教育部人文社会科学重点研究基地

安徽师范大学中国诗学研究中心 编

中國賦學

第四辑

凤凰出版社

图书在版编目（CIP）数据

中国赋学. 第四辑 / 安徽师范大学中国诗学研究中心编. -- 南京：凤凰出版社，2024. 6. -- ISBN 978-7-5506-4245-4

Ⅰ. I207.224-53

中国国家版本馆CIP数据核字第2024N8Z141号

书　　　名	中国赋学（第四辑）	
编　　　者	安徽师范大学中国诗学研究中心	
责 任 编 辑	黄　悦	
装 帧 设 计	陈贵子	
责 任 监 制	程明娇	
出 版 发 行	凤凰出版社（原江苏古籍出版社）	
	发行部电话025-83223462	
出版社地址	江苏省南京市中央路165号，邮编：210009	
照　　　排	南京凯建文化发展有限公司	
印　　　刷	江苏凤凰数码印务有限公司	
	江苏省南京市栖霞区尧新大道399号，邮编：210038	
开　　　本	787毫米×1092毫米　1/16	
印　　　张	14.25	
字　　　数	269千字	
版　　　次	2024年6月第1版	
印　　　次	2024年6月第1次印刷	
标 准 书 号	ISBN 978-7-5506-4245-4	
定　　　价	108.00元	
	（本书凡印装错误可向承印厂调换，电话：025-57718474）	

《中国赋学》编委会

目　　录

理论研究

文献研究

海外赋学

研究综述

新书推介

晋赋的写实走向及其思考[*]

许　结

内容摘要：晋朝是玄言盛行的时代，也是文学注重写实的时代，晋人批评汉赋"虚而无征"，自述赋作可"稽之地图""验之方志"，充分说明其赋体写实的特征。而论述其因，又主要有四大视点，分别是以其形态与主题呈现的赋迹，玄语与物性呈现的赋义，地志与纪行呈现的赋象，以及序志与明理呈现的赋心。由此考察晋赋的写实走向，既是一代征实文学思潮的文体表达，也是整个赋史发展过程中的重要环节。在某种意义上晋赋"随物赋形"的人生理趣，是对汉赋"虚辞滥说"的反动，同时也启导了唐宋科举考赋功利化创作现象的盛行。

关键词：晋赋创作　形态主题　玄语与物性　纪行与序志　写实走向

在赋史上两晋赋介乎汉魏与齐梁之间，具有特殊的时代意义，其中写实的走向最为显著。晋人承汉而有异同，汉赋以"经学"文化为背景，似多致用之实，晋赋以"玄学"文化为背景，似多玄远之虚；然观其文本，汉人又多纵横虚夸之词，以致挚虞批评其"假象过大"等，晋人则多按图索骥之语，以致左思感于汉赋四大家(马、扬、班、张)之篇"虚而无征""虽丽非经"，而自诩己作是"稽之地图""验之方志"，这也标明了晋赋极重写实。近人刘师培《汉魏六朝专家文研究》设专章论《汉魏六朝之写实文学》，虽合汉、晋文学之"实"而区分于唐宋文学之"虚"，然于晋人写文章外虚而内实，颇有建言："《晋书》《南、北史》喜记琐事，后人讥其近于小说，殊不尽然。试观《世说新语》所记当时之言语行动，方言与谐语并出，俱以传真为主，毫无文饰。……至其词令之隽妙，乃自两晋清谈流为风气者也。"[①]"传真"二字，妙机其微。在诸多文类中，赋体依于"赋"法是铺陈与直言，晋赋的写实现象与内涵

---

* 本文为国家社会科学基金重大项目"辞赋艺术文献整理与研究"(17ZDA249)阶段性成果。

① 刘师培《汉魏六朝专家文研究》，商务印书馆 2010 年版，第 152 页。

最重"传真",观其因果机趣,可从形态与主题、玄语与物性、地志与纪行、序志与明理四方面作些探寻与思考。

一、赋迹:形态与主题

晋赋创作的一个显著的批评标志就是陆机以赋作论赋体的"赋体物"说,即《文赋》的"体有万殊,物无一量,纷纭挥霍,形难为状……诗缘情而绮靡,赋体物而浏亮……"①,其说一则谓文学描绘物象"难为状",一则谓"赋体物",在赋的"体"与"物"之间既说明了创作质性,也喻示了赋创作重视物之形态的时代走向。由此推述,晋赋写实的行迹,最突出的表现在别乎汉人而对具体物态的普遍关注。廖国栋《魏晋咏物赋研究》搜列魏晋咏物赋作428篇(含存、佚),其中320篇为两晋赋。由数量考究原因,廖撰除了讨论赋体本身因素与时代背景的变化,又言及"游戏性质之转浓""园林山水之风行"与"巧构形似"的文风等创作特征②。对照汉代很少专门描写个体物象且以游猎、郊祀与京都的骋辞大赋为主旨的创作,晋赋更多地书写个体形态并由此呈现出鲜明的咏物主题,诚为一代赋作最为彰显的创作现象。

考察晋赋的咏物,已涉及自然、社会与人生的方方面面,然就其赋作题材的开辟意义而言,其创作又可归纳为以下几大主题:

一曰自然物态题。人与自然的关系,在晋赋中得到充分的体现,自然以天地为大,故成公绥首创《天地赋》以张本,并于序中言:"赋者,贵能分赋物理,敷演无言,天地之盛,可以致思矣。"至于由汉赋山水比德向魏晋赋山水畅情的变迁,也隐示着写实的精神。如木华的《海赋》、成公绥的《大河赋》、郭璞的《江赋》等"水"赋,与孙绰的《游天台山赋》、孙放的《庐山赋》等"山"赋,以及自然现象的风云雷电赋等,均有较为统一的写作指向。例如木华的《海赋》与汉人班彪的《览海赋》比较,前者重观览,后者重实景,这种写作风格延续到南朝,仍能看到晋赋导向的作用。例如《南齐书》记载一则顾凯之评述张融《海赋》的文字:

> (融)于海中作《海赋》……后还京师,以示镇国将军顾凯之。凯之曰:"卿此赋实超玄虚,但恨不道盐耳。"融即求笔注之曰:"漉沙构白,熬波出素。积雪中春,飞霜暑路。"③

---

① 陆机著,张少康集释《文赋集释》,人民文学出版社2002年版,第99页。
② 廖国栋《魏晋咏物赋研究》,文史哲出版社1990年版,第29—66页。
③ 萧子显撰《南齐书》,中华书局1972年版,第721—726页。

刘熙载曾引此推述云:"张融作《海赋》不道盐,因顾凯之之言乃益之。姚铉令夏竦为《水赋》,限以万字。竦作三千字,铉怒,不视,曰:'汝何不于水之前后左右广言之?'竦益得六千字。可知赋须当有者尽有,更须难有者能有也。"①这里强调的是赋体物明事的写作特征,然"道盐"的典故,也正是当时赋家强调写实的一则案例。郭璞《江赋》首开赋写长江的题材,该赋先写源流,次写壮观,如围绕江干之湖泊、山峦、水流、气象等,重点写江中各类物态,以鱼类为主,最后写行舟江上之状与神话传说之美。如赋写江域的鱼类:

> 鱼则江豚海狶,叔鲔王鳣,鮹鲢鳋鮋,鲮鳐鯩鲢。或鹿豰象鼻,或虎状龙颜。鳞甲鏙错,焕烂锦斑。扬鳍掉尾,喷浪飞唌。……水物怪错,则有潜鹄鱼牛,虎蛟钩蛇,蜦蟺鲨蝐,鲼蟞鼀鼊,王珧海月,土肉石华,三蜗蚧江,鹦螺蜁蜗。璅蛣腹蟹,水母目虾。紫蚖如渠,洪蚶专车。②

合观庾阐的《涉江赋》"山川瑰怪,水物含灵,鳞千其族,羽万其名"的描写,旨趣相近。如果比较晋人江赋与后世如宋代江赋,如李觏的《长江赋》对围绕长江的人事兴衰的描写,又可看到由重"物"到重"事"的变移。

二曰生命物态题。晋人咏物赋数量多且具特色的是对生物的描写,其中有少量的传承楚辞与汉赋中"圣物"如龙、凤、狮、鹏,而大多数的则是以鸟兽凡物为描写对象。举凡大要,动物赋如描写"莺""燕""鹰""乌""蜘蛛""螳螂""蝉""鹪鹩""猿猴""鸥鸟""龟""兔""走狗""叩头虫"等,植物赋如描写"槐树""莲花""芙蓉""秋菊""安石榴""浮萍""枇杷"以及各类瓜、果等。在上述题材的写作中,晋人的偏好在两点:一是"微",就是喜欢刻画比较细小的生物;二是"凡",就是喜欢刻画平常熟见的生物。因其"微"与"凡",所以晋赋比较突出地呈现出与汉大赋"体国经野"不同的"随物赋形"的审美趣味。如傅玄的《桃赋》有云:

> 有东园之珍果兮,承阴阳之灵和。结柔根以列树兮,艳长亩而骈罗。华落实结,与时刚柔,既甘且脆,入口消流。夏日先熟,初进庙堂。辛氏践秋,厥味亦长。亦有冬桃,冷倅冰霜。和神适意,恣口所尝。③

其中"珍果""灵和"话语略有夸饰,主体描绘基本征实。又如傅咸的《班鸠赋》的描写:

---

① 刘熙载撰《艺概》,上海古籍出版社 1978 年版,第 99 页。
② 萧统编,李善注《文选》,中华书局 1977 年版,第 185—186 页。
③ 韩格平等校注《全魏晋赋校注》,吉林文史出版社 2008 年版,第 168 页。

> 集茂树之荫蔚,登弱枝以容与。体郁郁以敷文,音邕邕而有序。……尔乃饮以神泉,食之稻粱;朝憩椒涂,夕宿兰房。时连翩于庭柯,见飞燕之颉颃。①

除了赋家所常有的夸饰语如"神泉""兰房",主要也是见象成文,表达的是自然物态的本体特征。当然,晋人以生命物态为主题的咏物赋,又尝与其时代的"玄语"结合,凸显其写物态而明物性的意义。

三曰工具物态题。物态文化包括自然物与人工物,作为社会劳动的工具则是人工物的体现,而晋人赋作有关工具的题材极为广泛而众多,例如"舟""车""杖""灯""枕""扇""钱""奇布"等,其以工具为功用,正是晋赋写实的一个重要方面。例如古代天文工具入赋,汉人常在骋辞大赋中言及,诸如观测风向的相风铜乌(或木乌),到晋人笔下则涌现出大量同题创作的《相风赋》,其中傅玄、夏侯湛、傅咸、卢浮、张华、潘岳、牵秀、陶侃等均有写作。如傅玄《相风赋序》称:"上稽天道阳精之理,表以灵乌,物象其类;下凭地体安贞之德,镇以金虎,玄成其气。"观其赋篇残文:

> 乃构相风,因象设形。蜿盘兽以为趾,建修竿之亭亭。体正直而无挠,度径挺而不倾。栖神乌于竿首,候祥风之来征。②

而傅咸所撰《相风赋》又描写了一种与太史令所掌的相风不同的简易物,赋序记述其事云:"太仆寺丞武君宾,树一竹于前庭,其上颇有枢机,插以鸡毛……斯乃简易之至,有殊太史相风。"③尽管诸家"相风"赋作在观测风向外尚有预测吉凶的叙写,但其相对专注于"物象其类"的形态,显然与汉人写天文多寄托于游仙描写大相径庭。

四曰饮食物态题。在汉赋中已有关于食品的描写,如扬雄的《蜀都赋》所述的"山珍"佳肴。而晋人赋涉及面更广,且以个体食品单独为篇,概述其要,亦在"饮"与"食"两端。论其饮品,如张载的《酃酒赋》写衡阳酃水所酿之酒,重点描述酿造过程与技术,如谓"漂蚁萍布,分香酷烈""匪徒法用之分理,信泉壤之所钟""造酿以秋,告成以春,备味滋和,体醇色清"等④,其与扬雄《酒箴(赋)》以滑稽俚语起讽喻之意完全不同,重点在物态与物性。论其食品,美国学者康达维的《早期中国文学中的食物》对中国早期食物文献文化进行了

---

① 《全魏晋赋校注》,第199页。
② 《全魏晋赋校注》,第157页。
③ 《全魏晋赋校注》,第187页。
④ 《全魏晋赋校注》,第443页。

梳理,而言及食物赋,则举陆机《七徵》中描写的神奇食物如"剖柔胎于孕豹""宰潜肝乎鲛龙"之"豹胎"与"山麋"之脑,而常见食物则以晋人束皙的《饼赋》为例,其中包括饼的做法如"馒头""薄壮"(理想饼食)、"起溲"(发酵浸泡过的饼食)与"汤饼"等①。观束氏《饼赋》的描写,所述不同饼类又以四季不同用食为宜:

> 三春之初,阴阳交际,寒气既消,温不至热,平时享宴,则馒头宜设。(春)
> 吴回司方,纯阳布畅,服绤饮冰,随阴而凉,此时为饼,莫若薄壮。(夏)
> 商风既厉,大火西移,鸟兽氄毛,树木疏枝,肴馔尚温,则起溲可施。(秋)
> 玄冬猛寒,清晨之会,涕冻鼻中,霜凝口外,充虚解战,汤饼为最。(冬)②

如此描写,不仅实写饼类,而且对用食时令的要求,也使人返归当下,感受到极其清晰而浓郁的生活气息。

　　五曰艺术物态题。汉晋赋风的一大转折,在由礼仪文本的书写向具有个性化人物、山水的书写,这也决定了晋赋在继承汉魏赋写"笛""箫""琴"等艺术物象的同时,在题材上更为广泛,在创作上更有特点。就题材而言,诸如"琴""筑""筝""笙""琵琶""啸"等乐器与乐舞,"纸""笔""砚"等书写工具,无不入赋。如成公绥《啸赋》的"动唇有曲,发口成音,触类感物,因歌随吟""唱引万变,曲用无方,和乐怡怿,悲伤摧藏",描写"啸"法及效果,极为细腻。而在这类艺术物态中,最引人注目的是绘画赋的出现,代表作有傅咸的《画像赋》、王羲之的《用笔赋》等。如傅咸撰《画像赋》记述古代卞和之图像:

> 又图像于丹青,览光烈之攸画,睹卞子之容形。泣泉流以雨下,洒血面而潸缨。痛两趾之双刖,心恻凄以伤情。虽发肤之不毁,觉害仁以偷生。③

其中兼含叙事、图形、议论,然"血面""刖趾"的描写,仍以形象为主构。陆机在《演连珠》中称道:"丹青之兴比雅颂之述作,美大业之馨香。宣物莫大于言,存形莫善于画。"④以"宣物"与"存形"区分语象雅颂和图像丹青。而针对陆氏所言之"物",钱钟书解释说:"这里的

---

　　①　[美]康达维著,苏瑞隆译《汉代宫廷文学与文化之探微:康达维自选集》,上海译文出版社 2013 年版,第 235—256 页。
　　②　《全魏晋赋校注》,第 458 页。
　　③　《全魏晋赋校注》,第 191 页。
　　④　张彦远著,俞剑华注释《历代名画记》,上海人民美术出版社 1964 年版,第 4—5 页。

'物'是'事'的同义字,就像他的《文赋》'虽兹物之在我',《文选》李善注:'物、事也。'"①这以事情与物形区分语象与图像,也很形象地喻示了晋人写赋注重实象及其艺术的延展。

以上物态主题,涵盖了晋人咏物赋的大概,也是当时"赋体物"说提出的最明显的创作表征。对此,明人谢榛《诗家直说》卷一认为"陆机《文赋》曰:'诗缘情而绮靡,赋体物而浏亮。'夫'绮靡'重六朝之弊,'浏亮'非两汉之体"②;胡应麟《诗薮》外编卷二也认为"《文赋》云'诗缘情而绮靡',六朝之诗所自出也,汉以前无有也;'赋体物而浏亮',六朝之赋所自出也,汉以前无有也"③。赋体物效果之"浏亮",是写实传真的需要,所谓异于汉代的"六朝",也是个宽泛的历史概念,在这长时段中两晋咏物赋的写作特征,是非常突出而明显的。

二、赋义:玄语与物性

晋人的写实精神与方式最具兼性智慧的是玄语传真,其落实于赋域则是对事物本象与本性的探求。时人以玄谈论赋,记当时之言语行动并呈现其义旨,相对集中在刘义庆《世说新语·文学篇》中,为说明问题,略举数例如下:

> 庾子嵩作《意赋》成,从子文康见,问曰:"若有意邪? 非赋之所尽;若无意邪? 复何所赋?"答曰:"正在有意无意之间。"

> 孙兴公作《天台赋》成,以示范荣期,云:"卿试掷地,要作金石声。"范曰:"恐子之金石,非宫商中声!"然每至佳句("赤城霞起而建标,瀑布飞流而界道。"此赋之佳处),辄云:"应是我辈语。"

> 桓宣武命袁彦伯作《北征赋》,既成,公与时贤共看,咸嗟叹之。时王珣在坐云:"恨少一句,得'写'字足韵,当佳。"袁即于坐揽笔益云:"感不绝于余心,溯流风而独写。"公谓王曰:"当今不得不以此事推袁。"

> 袁宏始作《东征赋》,都不道陶公。胡奴诱之狭室中,临以白刃,曰:"先公勋业如是! 君作《东征赋》,云何相忽略?"宏窘蹙无计,便答:"我大道公,何以云无?"因诵曰:"精金百炼,在割能断。功则治人,职思靖乱。长沙之勋,为史所赞。"

> 或问顾长康:"君《筝赋》何如嵇康《琴赋》?"顾曰:"不赏者,作后出相遗。深识者,

---

① 钱钟书《读〈拉奥孔〉》,钱钟书著,舒展选编《钱钟书论学文选》(第6卷),花城出版社1990年版,第63页。
② 谢榛著,李庆立、孙慎之笺注《诗家直说笺注》,齐鲁书社1987年版,第92页。
③ 胡应麟《诗薮》,上海古籍出版社1958年版,第146页。

亦以高奇见贵。"①

上引五则谈赋,均为玄语传真的例证:第一则玄语"有意无意之间",所传之真乃当时"言尽意"与"言不尽意"的学术思考。第二则玄语"作金石声",所传之真乃在"佳句",实作赋句法之妙。第三则玄语"恨少一句",所传之真在"坐揽笔益云",重在因词以实义。第四则玄语"不道陶公",所传之真是"因诵曰",以呈示时人视赋笔如史笔的现实意义。这一则故事刘孝标注引《续晋阳秋》更"陶范"(胡奴)而为"桓温",袁宏所诵亦由"长沙之勋"更为"宣城之节",取实求义则是一致的。第五则玄语在"不赏"与"深识",所传之真在道破两赋(《筝赋》与《琴赋》)摹拟与创新的关系。

由此综观晋人赋创作于玄语探寻物性,其写实特征又主要呈现在三个方面:

一是物态。此乃晋人写赋最为广泛的视域,如前引大量的晋代咏物赋作,无不还原物态,探寻物性。而在晋人相关赋文中,又尝借《庄子》寓言中物态以成篇,成为其玄语与物态的契接点。如傅玄的《斗鸡赋》与张华的《鹪鹩赋》,前者以《庄子·达生》"纪渻子养斗鸡"的寓言引起,描写斗鸡这一物象的"目象规作,觜似削成。高膺峭跱,双翅齐平"的静态与"或踟蹰踟蹰,或蹀躞容与。或爬地俯仰,或抚翼未举。或狼顾鸥视,或鸾翔凤舞,或侼背而引敌,或毕命于强御"的动态,以呈现其"猛志横逸,势凌天廷"的精神境界②。后者以《庄子·逍遥游》"鹪鹩巢于深林,不过一枝"语,发挥其义而成一咏物赋篇。赋云:

> 巢林不过一枝,每食不过数粒。栖无所滞,游无所盘。匪陋荆棘,匪荣苣兰。动翼而逸,投足而安。委命顺理,与物无患。伊兹禽之无知,何处身之似智。不怀宝以贾害,不饰表以招累,静守约而不矜,动因循以简易,任自然以为资,无诱慕于世伪。③

这不仅是对"鹪鹩"的微禽形态的描写,而且是借庄学咏世故,由物态勘进于物性,成为晋人赋印证刘勰《文心雕龙·时序》"赋乃漆园之义疏"话语并对庄子"逍遥义"进行形象化之阐发的典型篇章④。

二是时态。汉末魏初,时逢大乱,所谓"世积乱离,风衰俗怨"(刘勰语),一种人生的伤逝之感弥漫于这个时代,承载于文学创作,在汉末的《古诗十九首》与曹魏时期的感伤诗赋

---

① 余嘉锡撰,周祖谟、余淑宜整理《世说新语笺疏》,中华书局 1983 年版,第 256、267、270—271、274、275 页。
② 《全魏晋赋校注》,第 173 页。
③ 《文选》,第 202 页。
④ 详参拙文《赋为"漆园义疏"说》,《文学评论》2022 年第 1 期。

中有明显的体现。而这一现象延伸到晋赋的写作,又将一种生命意识融织于景候描绘,使其时态的展示更具有写实的意义。这类作品在晋赋中极多,譬如傅玄的《阳春赋》《述夏赋》、夏侯湛的《大暑赋》《寒雪赋》《春可乐赋》《秋可哀赋》、潘岳的《秋兴赋》、陆机的《感时赋》、李充的《春游赋》等。在各家赋作中,春秋代谢最能反映人生的感时之怀,是自然景候与人的生命的共振与物化。如湛方生的《怀春赋》云:

> 夫荣凋之感人,犹色象之在镜。事随化而迁回,心无主而虚映。晒秋林而情悲,游春泽而心恋。孰云知其所以,乘天感而叩性。①

其因"秋"景而"情悲"与因"春"景而"心恋"的时态,是一种生命本能的体现,并以"叩性"以达致适性自然的人生理想。又如潘岳的《秋兴赋》引宋玉《九辩》"悲哉,秋之为气也"语后继云:

> 屏轻箑,释纤绤,藉莞蒻,御袷衣。庭树槭以洒落兮,劲风戾而吹帷。蝉嘒嘒而寒吟兮,雁飘飘而南飞。天晃朗以弥高兮,日悠阳而浸微。何微阳之短晷,觉凉夜之方永。月朣胧以含光兮,露凄清以凝冷。熠耀粲于阶闼兮,蟋蟀鸣乎轩屏。听离鸿之晨吟兮,望流火之余景。②

对"秋气"的描写是通过真实的感受与时序的景象得以呈现。而通观潘赋全篇,其技法也征实精微。近人徐昂《文谈》的《论制作·辞赋》有一大段文字列举该赋的句法意旨,如偶句、整句、化偶为奇、对待相叠、顺配之法、错综之妙等,并归纳全篇结构:"先说送归而后说远行,先说临川而后说登山,与上文先远行而后送归,先登山而后临水,次第皆颠倒,此一美也。是篇体制因袭楚骚,兮字前后多六言,'夫送归怀慕徒之恋兮'四语,兮字前后皆七言,字数变化,此又一美也。文以避复为贵,下文承上,复举其词,无可避复,而变化其次第或字句,能该二美,益臻妙境矣。铺陈景物,于状态或光采而外,可兼写其声音,文字之胜于图画者在此。"③这对赋家所施句法及所营结构的称颂,既彰显了晋人作赋的"体物"特征,也内含了因文呈像的求实精神。

三是心态。刘勰《文心雕龙》的《诠赋篇》论赋例举晋人六家,分别是左思、潘岳、陆机、

---

① 《全魏晋赋校注》,第 524 页。
② 《文选》,第 192—193 页。
③ 王水照编《历代文话》(第 9 册),复旦大学出版社 2007 年版,第 9048 页。

成公绥、郭璞、袁宏,而在《才略篇》言及晋赋十余家,如谓"成公子安选赋而时美,夏侯孝若具体而皆微"①,"时美"指时代风尚,"具体"指晋人写实。然相由心生,晋赋写实也可聚焦于心态,这又可归纳为两点:一曰"专"。如果说汉人写作骈辞之赋是以"大"为美,有关物象、事象均融织于宏大书写,如京都赋的包罗万象,那么晋人写赋则注重"专题",是从汉人宏大书写中抽象出的题材,使之具体而微。例如写猎禽兽,汉人将其融织于如"天子游猎"的描写中,而晋人则多如潘岳《射雉赋》类的专题写作。又如写典礼,汉人将"元会礼"在京都赋中呈现,如班固《两都赋》、张衡《二京赋》中的相关描述,晋人则如傅玄的《朝会赋》则以专题书写。汉赋的情感描写也多在情景的烘托间,而晋人更多的专题书写,如潘岳专赋"悼亡",将对亡妻的哀念以不事雕缋的白描手法表现,让读者感受到作者沉痛的心绪与真挚的情感。至于汉大赋中排列的动植物,在晋人笔下则多是个体化的专题,如植物之瓜、果、桑、柳等。品读潘尼的《桑树赋》,其云"俯睨灵根,上眺修条。洞芳泉于九壤,含溢露于清霄。倚增城之飞观,拂绮窗之疏寮。下迢递以极望,上扶疏而参差。匪众鸟之攸萃,相皇鸾之羽仪,理有微而至显,道有隐而应期"②,专注于物态的描写,发掘其隐喻于物性的人生态度。二曰"闲"。晋赋与汉赋的一大不同,在于汉人多以宫廷语言侍从的身份"献赋",晋人虽亦有献赋之举,然主体创作已转向文士独立的书写,其创作心态在淡褪干禄求进的功利后,更偏重于个人心志的防闲与闲适。由于魏晋时期政治的险恶与人事的危浅,晋赋的防闲之心可以陶潜的《闲情赋》为典型,其闲适之义又可以潘岳的《闲居赋》为代表。尽管元好问《论诗三十首·其六》所谓"心画心声总失真,文章宁复见为人。高情千古《闲居赋》,争信安仁拜路尘"③,内含讽喻作者"假隐"之义,然则后人"情适闲居赋"(弘一诗句)作为超脱尘世喧嚣的隐喻,却是真实存在的情愫。正因为晋人赋题之"专"与赋心之"闲",也强化了重视"物自体"的写实意义。

由物态、时态、心态勘进于物性、时性与心性的探讨,喻示了晋人玄语与赋性的关联。

三、赋象:地志与纪行

晋人多以"纪"体写赋,包括京都、述行与山水等创作题材,这与晋代地志文化的昌明及相关书籍的撰述有关。据《隋书·经籍志》记述:"晋世,挚虞依《禹贡》《周官》,作《畿服经》,其州郡及县分野封略事业,国邑山陵水泉,乡亭城道里土田,民物风俗,先贤旧好,靡

---

①　刘勰著,范文澜注《文心雕龙注》,人民文学出版社 1958 年版,第 701 页。
②　《全魏晋赋校注》,第 294 页。
③　郭绍虞笺释《元好问论诗三十首小笺》,人民文学出版社 1978 年版,第 62 页。

不具悉。"①至于著录典籍,如《水经》(郭璞注)、《黄图》《洛阳记》(陆机撰)、《吴郡记》(顾夷撰)、《述征记》(郭缘生撰)、《西征记》(戴延之撰)、《风土记》(周处撰)等,篇目繁多,呈一时之盛。前引挚虞《畿服经》虽亡佚,如果对照他的《文章流别论》批评汉赋"假象过大,则与类相远。逸辞过壮,则与事相违。辩言过理,则与义相失。丽靡过美,则与情相悖"②,亦可见其治学与写赋的关联以及征实的缘由。

　　就京都赋而言,有关左思《三都赋》的创作就是一个聚焦点。据《晋书·左思传》记载,左思《三都赋》写就,张载注《魏都》,刘逵注《吴都》《蜀都》并作序谓"观中古以来为赋者多矣,相如《子虚》擅名于前,班固《两都》理胜其辞,张衡《二京》文过其意。至若此赋,拟议数家,傅辞会义,抑多精致,非夫研核者不能练其旨,非夫博物者不能统其异";卫权又为该赋作《略解》,其序亦谓"余观《三都》之赋,言不苟华,必经典要,品物殊类,禀之图籍"③,无不以征实为贵。对照左思《三都赋序》在批评相如《上林赋》、扬雄《甘泉赋》、班固《西都赋》、张衡《西京赋》"假称珍怪,以为润色"后自述作赋之义:

　　　　余既思摹《二京》而赋《三都》,其山川城邑,则稽之地图;其鸟兽草木,则验之方志;风谣歌舞,各附其俗;魁梧长者,莫非其旧。……美物者贵依其本,赞事者宜本其实,匪本匪实,览者奚信?且夫任土作贡,《虞书》所著;辩物居方,《周易》所慎。聊举其一隅,摄其体统,归诸诂训焉。④

对照"三都"赋文,其中都城山川、草木禽兽,与汉代京都赋同类描写相比,皆"稽之地图""验之方志"而"本其实",故有《左思传》"访岷邛之事,构思十年"之说,这也是其创作质性所决定的。正因左氏京都赋的征实性,后人视其赋为"纪",如沈祖燕、吴颖炎编辑《策学备纂·艺文·赋学》于"古人赋类"记述云:

　　　　晋左思作《三都赋》,纪吴、蜀、魏之旧事也。其纪蜀也,不独见于筇竹菌桂之郁茂,犀象孔翠之驰翔,至于剑阁、石门之敛,华容、昆仑之要,皆纪焉。其纪吴也,不特夫婺女斟翼之次,草本珍赂之小,至于武昌、建业之盛,衡山、洞庭之盛,皆纪焉。及其赋咏魏之铺张夸大,尤有吴蜀之所不足者,故极陈中土之美,不特纪夫苑囿陂池之胜,

①　魏征等撰《隋书》,中华书局 1973 年版,第 988 页。
②　严可均辑《全上古三代秦汉三国六朝文》之《全晋文》卷七七,中华书局 1958 年版,第 1905 页。
③　房玄龄等撰《晋书》,中华书局 1974 年版,第 2376 页。
④　《文选》,第 74 页。

而山林水泽皆载焉；不特纪夫章木鱼虫之变，而土壤原隰皆载焉；不特备其宫室之丽，而鉴茅茨于陶唐，察卑宫于夏禹，其义在焉；不特备其民物之庶，而虞夏之余人，而先王之桑梓，其意在焉。①

其纪物与纪事，其论古以载今，突出的是以左思为代表的晋人京都赋的写实特征。

以"纪"体写赋，最典型的是晋人的"述行"题材赋的创作。这类赋作以汉人刘歆《遂初》、班彪《北征》、蔡邕《述行》肇端，到魏晋时期篇目增多，晋人今存诸如傅玄《叙行》、潘岳《西征》、陆机《行思》、陆云《南征》、袁宏《东征》、曹毗《涉江》、傅亮《征思》、谢灵运《撰征》等约20篇作品，观其异于前人的写作特点，除了大量引述经史旧典，更突出表现于对近史今事的描述，以增添其写实的时代内容。前引袁宏撰《东征赋》而未及"陶"（侃）"桓"（玄）险起祸端之事，是晋人以赋察今纪功为职志的典型证据。又如潘岳《西征赋》的写作，该篇是以汉代骈辞大赋的体式以为"述行"的作品，宏章巨制却无不征实。其赋文中由引"古典"到"今典"变化，特别是对近代事典的关注，正是晋人写赋以近史鉴今事的思想指向。潘赋撰于晋元康二年（292），作者外贬长安，途经周秦汉故地，感于晋惠帝即位后的内讧，将肇"八王之乱"的祸端，故引汉末史实以寓当朝之衰。如纪云：

> 愠韩、马之大憝，阻关、谷以称乱。魏武赫以霆震，奉义辞以伐叛。彼虽众其焉用？故制胜于庙算。砰扬桴以振尘，繣瓦解而冰泮。超遂遁而奔狄，甲卒化为京观。

> 愍汉氏之剥乱，朝流亡以离析。卓滔天以大涤，劫宫庙而迁迹，俾万乘之盛尊，降遥思于征役。顾请旋于催、汜，既获许而中惕，追皇驾而骤战，望玉辂而纵镝。痛百寮之勤王，咸毕力以致死，分身首于锋刃，洞胸腋以流矢。有褰裳以投岸，或攘袂以赴水，伤枵楫之褊小，撮舟中而掬指。②

所记皆汉末史事，前一则叙述韩遂、马超作乱，事见《三国志·魏书·武帝纪》及裴松之引鱼豢《典略》注《马超传》；后一则叙述李催、郭汜欲奉天子以令诸侯，事大略见《三国志·魏书·董二袁刘传》裴注引《献帝起居注》与《献帝纪》。从《西征赋》所述近史载纪所表达的晋继魏统的正朔观，清人朱彝尊《陈寿论》阐释云："于时作史者，王沉则有《魏书》，鱼豢则有《魏略》，孔衍则有《魏尚书》，孙盛则有《魏春秋》，郭颁则有《魏晋世语》，之数子者，第知

① 王冠辑《赋话广聚》第6册影清光绪十三年点石斋校印本《策学备纂》，北京图书馆出版社2006年版，第411页。
② 《文选》，第152、150—151页。

有魏而已。"①由史实而求赋实,故赋语及论与史语及论有着高度的一致性。何焯《义门读书记》曾评《西征赋》说"子山《哀江南赋》体源于此,庾赋今事,故尤有关系能动人,此善变者也"②,以庾赋赓续潘赋,亦在切实的"今事"。而纵览《西征赋》所述"西行"经历,又完全能够"禀之图籍",勾画出由洛阳往长安的地理路线③。赋文与史地撰述的契合,皆征真实而可考。

据陈元龙《御定历代赋汇》卷一〇一、一〇二"书画"类载录,晋人如傅咸始有《画像赋》,而绘画赋又是先人物而后山水,到唐人如署名沈亚之的《古山水障赋》、荆浩的《画山水赋》等④。画山水赋题材的出现,首先在伴随山水诗创作而来的山水赋,包括从晋宋到唐宋大量山水赋的创作,特别是纪游山水于赋最为发达的时期是两晋。这类游记体赋初见于建安时王粲的《游海赋》,继后如应贞的《临丹赋》、谢万的《春游赋》、潘岳的《登虎牢山赋》、庾阐的《涉江赋》、孙绰的《游天台山赋》、殷仲堪的《游园赋》、曹毗的《观涛赋》等。这类山川描写的赋作,均以写实为主,其中包括作者视域中的纪实与纪行。如孙绰的《游天台山赋》虽不乏玄道意旨,然于赋序所述,乃实写此山及其游历:

> 天台山者,盖山岳之神秀者也。涉海则有方丈、蓬莱,登陆则有四明、天台……夫其峻极之状,嘉祥之美,穷山海之瑰富,尽人神之壮丽矣。所以不列于五岳,阙载于常典者,岂不以所立冥奥,其路幽迥,或倒景于重溟,或匿峰于千岭;始经魑魅之涂,卒践无人之境;举世罕能登陟,王者莫由禋祀,故事绝于常篇,名标于奇纪。

所言阙载常典,有以赋代山志之意,而"奇纪"二字,亦道破以"纪"为赋的时代特征。观赋文所纪,如"睹灵验而遂徂,忽乎吾之将行……披荒榛之蒙茏,陟峭崿之峥嵘。济楢溪而直进,落五界而迅征。跨穹隆之悬磴,临万丈之绝冥。践莓苔之滑石,搏壁立之翠屏",虽含神氛,却多践行之迹;又如"尔乃羲和亭午,游气高褰,法鼓琅以振响,众香馥以扬烟。肆觐天宗,爰集通仙。挹以玄玉之膏,嗽以华池之泉,散以象外之说,畅以无生之篇"⑤,虽述仙篇,却多登陟的真实感受。又如曹毗的《涉江赋》残篇:

---

① 朱彝尊《曝书亭集》卷五九,《四部丛刊》初编影原刊本,第 13 页。

② 何焯《义门读书记》,中华书局 1987 年版,第 871 页。

③ 有关《西征赋》引述史事,详参赵元皓《汉晋述行赋研究》第四章第三节《潘岳西征赋用典与魏晋史学的发展》,南京大学 2016 年博士论文。

④ 许结主编《历代赋汇(校订本)》,凤凰出版社 2018 年版,第 2825—2884 页。

⑤ 《文选》,第 163—164、166 页。

　　迄赵屯,历彭川。修岸靡靡,莞苇芊芊。紫莲被翠,波而抗英。碧椹乘天,岸而星悬。百籁夕奏,山精夜燃。狂飙萧瑟以洞骇,洪涛突兀而横峙。尔乃江狶彭濞,夜火辉焕。凌错吐飙,骇鲸喷澜。采蜂于是泛波,文鱼于是登岸。①

纪行、体物、写景,均属实录,至于赋中的"洞骇""横峙"等夸饰语,也无不是围绕江景与江物之真实图像的书写。

　　从上述晋赋都城、述行、山川等题材的创作,可观与晋人关注地志的真实情怀应契,这对南朝山水赋写作的繁荣也有极大影响。例如晋宋之际的谢灵运大量的山水诗赋的写作,其《撰征赋》对山水描述的图景实录,其《山居赋》以"自注"形式的考物摹真②,正是晋人写实走向的延续与发展。

四、赋心:序志与明理

　　元人祝尧《古赋辨体》曾以"六义"论历朝赋,或"赋"或"比"或"兴",或"赋而比"或"比而兴"或"赋而颂",其于选录的晋人赋,皆取"赋"法,取义正在"直言"其物与事。倘论其咏物、纪行,如张华《鹪鹩》、孙绰《天台山》诸篇,自是"赋"法,而论成公绥之《啸赋》,祝氏亦归于"赋"法,如谓:"赋也。大凡人作有故实底文字,则有依傍,有模仿,夫何难哉!若作无故实底文,必须凌危驾空,将无作有,或引别事比映,或就别事团搦,全靠虚空形容,咏出来方见能手。"③这以"别事比映"与"虚空形容"归于"赋",正是晋赋虚处求实的技法。陆机《文赋》有云:"伊兹文之为用,因众理之所因。恢万里而无阂,通亿载而为津。俯贻则于来叶,仰观象乎古人。济文武于将坠,宣风声于不泯。"④所谓"恢万里""通亿载",就赋体而言,实乃体物而明理,关键在于求实。而考察晋赋的求实传真,还有一个重要的特征,就是以赋序明赋理的写作风尚。

　　有关赋序的写作,清人王芑孙《读赋卮言·序例》认为:"周赋未尝有序。……西汉赋亦未尝有序。……(《文选》录)西汉赋七篇,中间有序者五篇,《甘泉》《长门》《羽猎》《长杨》《鹏鸟》,其题作序者,皆后人加之故,即录史传以著其所由作,非序也。自序之作,始于东

---

　　①　《全魏晋赋校注》,第 475 页。
　　②　有关谢灵运《山居赋》"自注"的求实性,详参拙文《论赋注批评及其章句学意义》,《中国韵文学刊》2011 年第 4 期。
　　③　王冠辑《赋话广聚》第 2 册影文渊阁《四库全书》本《古赋辨体》,第 300 页。
　　④　《文赋集释》,第 261 页。

京。"①然考查东京赋序,著名者如班固《两都赋序》,仅序述西汉武、宣之世的献赋制度,而于本赋中的内容则毫无关联。由此再看晋人创作,不仅赋序增多,而且所撰序文无不针对所作赋文,序意明理,使其作赋的物态与心志得以显明。如写物,张华《鹪鹩赋序》云:

> 鹪鹩,小鸟也,生于蒿莱之间,长于藩篱之下,翔集寻常之内,而生生之理足矣。色浅体陋,不为人用,形微处卑,物莫之害,繁滋族类,乘居匹游,翩翩然有以自乐也。……夫言有浅而可以托深,类有微而可以喻大,故赋之云尔。②

赋序以鹪鹩与"彼鹫鹗鹍鸿,孔雀翡翠,或凌赤霄之际,或托绝垠之外,翰举足以冲天,觜距足以自卫"对比,结果这些巨鸟猛禽"皆负矰婴缴,羽毛入贡",因"有用于人"而遭祸害,而此微禽因"不为人用"故"物莫之害",其"生生之理"不仅是赋者对《庄子》寓言的阐发,也是喻示当时士人全身避祸的生存心态,并寄托"言有浅而可以托深,类有微而可以喻大"的人生哲理。又如言志,陆机《遂志赋序》云:

> 昔崔篆作诗以明道述志,而冯衍又作《显志赋》,班固作《幽通赋》,皆相依仿焉。张衡《思玄》,蔡邕《玄表》,张叔《哀系》,此前世之可得言者也。崔氏简而有情,《显志》壮而泛滥,《哀系》俗而时靡,《玄表》雅而微素,《思玄》精练而和惠,欲丽前人,而优游清典,漏幽通矣。……岂亦穷达异事,而声为情变乎! 余备托作者之末,聊复用心焉。③

这篇赋序不仅是一篇有关"言志"赋创作的小史,也是作者对前人同类写作的优劣评论,并说明自己"聊复用心"而写该赋的意义。再如述时,潘岳《秋兴赋序》云:

> 晋十有四年,余春秋三十有二,始见二毛。以太尉掾兼虎贲中郎将,寓直于散骑之省。高阁连云,阳景罕曜,珥蝉冕而袭纨绮之士,此焉游处。仆野人也。偃息不过茅屋茂林之下,谈话不过农夫田父之客。摄官承乏,猥厕朝列,夙兴晏寝,匪遑底宁。譬犹池鱼笼鸟,有江湖山薮之思。于是染翰操纸,慨然而赋。于时秋也,故以《秋兴》

---

① 王冠辑《赋话广聚》第 3 册影《国朝名人著述丛编》本《读赋卮言》,第 335—337 页。
② 《文选》,第 201—202 页。
③ 陆机著,刘运好校释《陆士衡文集校释》,凤凰出版社 2022 年版,第 110 页。

命篇。①

　　赋序不仅说明了作者的生存境遇与心志向往,并于生存与理想的矛盾间生发出赋文感"秋"的意义。潘赋中"嗟秋日之可哀兮,谅无愁而不尽",上承宋玉《九辩》"悲哉,秋之为气"之思绪,下启杜甫长篇组诗《秋兴八首》之创作,杜诗"用赋题作诗题,亦变赋入律之先例。而感秋景以生情,盖与潘赋及宋玉悲秋,同一思绪"②。

　　至于晋赋中宏大题材的书写,如成公绥《天地赋》,其赋序自解赋理云:"赋者贵能分赋物理,敷演无方,天地之盛,可以致思矣。……故体而言之,则曰两仪;假而言之,则曰乾坤;气而言之,则曰阴阳;性而言之,则曰刚柔;色而言之,则曰玄黄;名而言之,则曰天地。"③从多视角探讨天地之名实,是对通篇大赋描写的具体而微的提摄。晋赋中的微细描写,如陆云《寒蝉赋序》云:"夫头上有绥,则其文也;含气饮露,则其清也;黍稷不食,则其廉也;处不巢居,则其俭也;应候守节,则其信也。加以冠冕,则其容也;君子则其操,可以事君,可以立身,岂非至德之虫哉?"④对应其赋文的"咏清风以慷慨,发哀歌以慰怀"的创作心态,赋序的阅读导引作用也是极为明显的。

　　汉人于赋域中强调实用的批评,却在虚夸中获取"体国经野"的政教大义,晋人则于赋域强调艺术体性的批评,尽管两晋赋比较,西晋更重物态与征实,东晋因玄远而显得空灵,但在反对汉赋虚夸的征实描写中获取"随物赋形"的人生理趣,则是统一且明显的。而晋赋的写实走向,在某种意义上正是对汉赋"虚辞滥说"的反动,同时也启导了唐宋时期科举考赋功利化创作现象的出现及盛行。

　　(许结,安徽师范大学特聘教授,南京大学文学院教授,出版过专著《中国辞赋理论通史》等。)

---

　　①　《文选》,第 192 页。
　　②　许永璋《杜诗名篇新析》,南京大学出版社 1989 年版,第 199 页。
　　③　《全魏晋赋校注》,第 204 页。
　　④　陆云著,刘运好校释《陆士龙文集校释》,凤凰出版社 2022 年版,第 153 页。

经学与汉代经生及赋家群体[*]

易闻晓

内容摘要："六经皆史"，其本"先王之陈迹""王教之典籍"，先秦诸子多为称述，而惟孔子从周，借以发明政教伦理，其后弟子相传，及汉益以师徒、家法授受，或章句训诂，或阐发大旨，遂为经学。武帝"表彰六经"，诱以利禄，卒成经学之盛。汉代经生群体庞大，且多致高位，其传经系统具有封闭性、保守性、排他性以及派系之间的争斗性；而赋家小众，沉沦下僚，不可等观，为赋则本创作，多出凭虚想象，不同经训章句。经生为赋者寡，赋家通经而不为传训，分属两个不同的群体。经生与赋家并非同道，其平生为学、事业、行事及其所致利禄名位殊越，不可同日而语，乃至心中所思、目前所示、口中所言、笔下所书俱非同然。凡言汉赋"经学影响"，当明此一前提，殊免混同本原，所谓"辨章学术，考镜源流"，在此尤为要义。

关键词： 孔教　汉代　经学　赋学

今代论汉赋，多称"经学影响"，甚至说赋为"经学附庸"。刘勰《文心雕龙·诠赋》谓赋"受命于诗人，拓宇于楚辞"，而后"荀况《礼》《智》，宋玉《风》《钓》，爰锡名号，与诗画境，六义附庸，蔚成大国"[①]，其论赋体产生，如班固《两都赋序》所谓"赋者，古诗之流也"[②]，这是站在《诗》学经义的本位论赋而将屈《骚》楚辞纳入《诗》的流变系统，盖赋本于《骚》，则亦《诗》之流亚，其实《骚》不本《诗》，赋体自立。然汉赋受经学影响，与《骚》不本于《诗》，并非同一问题，人们以汉赋受《诗》影响，或混同《骚》亦本《诗》，需要区别对待。而于汉赋所受《诗》及诸经影响，尤以教科书夸大其词，多指汉武帝"罢黜百家"，是以"汉代的文学，自此沦为经学的附庸"[③]。对此不乏驳论，尽管承认经学影响，也应看到问题的"两面性和有

---

　　[*]　本文为国家社会科学基金重大项目"历代赋论整理研究"(19ZDA249)、国家社会科学基金重点项目"赋学通论"(18AZW011)阶段性成果。

　　①　刘勰著，范文澜注《文心雕龙注》，人民文学出版社 1962 年版，第 134 页。
　　②　萧统编，李善注《文选》，上海古籍出版社 1986 年版，第 173 页。
　　③　郭预衡主编《中国古代文学史》(一)，上海古籍出版社 1998 年版，第 167 页。

限性"①。人们论汉赋所受经学影响,表现于赋家思想、赋作内容和语词取用等方面,但更应当看到不是所有赋家的所有思想、所有赋作和语词取用都受"经学影响"。实际上如章学诚谓所称汉赋"出入战国诸子"而"成一子之学"②,语词取用更不限于五经。而赋家作赋与经生传经,自是两个不同群体及其别异的生事,需要整体呈现,以为比照,对于简单推想如赋家通经且其思想必受经学影响云云,汉代经生和赋家群体整体呈现的两相比照是必要的,唯此才能说明基本的问题。

一、孔教本质与六经皆史

经学是儒家"六艺"或"六学"的传承和传注。六艺本指周代贵族教育的六种技能,即礼、乐、射、御、书、数,最早见于《周礼·地官·大司徒》③;又指孔子删定和整理古代的文献典籍,即《诗》《书》《礼》《乐》《易》《春秋》,也称"六经"。《庄子·天运》中孔子谓老聃"丘治《诗》《书》《礼》《乐》《易》《春秋》六经",老子谓"六经,先王之陈迹也"④,孔教本之,根本上就是政治之学。《史记·孔子世家》谓孔子删定六经,后代虽或致疑,但孔子以六艺分科教授是实。《汉书·儒林传》云:"古之儒者,博学乎六艺之文。六艺者,王教之典籍,先圣所以明天道、正人伦、致至治之成法也。"⑤这显示六艺作为史籍在于孔子的取用及其儒家经典化。"王教之典籍"本是史书,即老子所谓"先王之陈迹"。清章学诚《文史通义·内篇·易教上》谓"六经皆史"⑥,乃夏、商、周典章政教的历史记录,儒家取为己用,是即"器"言"道",故谓"六经皆器",不可"离器言道"⑦。在章学诚之前,隋代王通《中说·王道》早已指出:

> 昔圣人述史三焉:其述《书》也,帝王之制备矣,故索焉而皆获;其述《诗》也,兴衰之由显,故究焉而皆得;其述《春秋》也,邪正之迹明,故考焉而皆当。此三者,同出于史而不可杂也,故圣人分焉。⑧

---

① 陈松青《试论汉代文学没有沦为经学之附庸》,《唐都学刊》2007 年第 1 期。
② 章学诚著,王重民通解《校雠通义通解》,世纪出版集团、上海古籍出版社 2009 年版,第 117 页。
③ 郑玄注,贾公彦疏《周礼注疏》,《十三经注疏》,中华书局 1980 年版,第 707 页。
④ 郭庆藩撰,王孝鱼点校《庄子集释》,《新编诸子集成》,中华书局 1961 年版,第 531—532 页。
⑤ 班固《汉书》,中华书局 1964 年版,第 3589 页。
⑥ 章学诚著,叶瑛校注《文史通义校注》,中华书局 1985 年版,第 1 页。
⑦ 《文史通义校注》,第 132 页。
⑧ 王通著,阮逸注,秦跃宇点校《文中子中说》,凤凰出版社 2017 年版,第 2 页。

明王世贞《艺苑卮言》亦云："天地间无非史而已。三皇之世,若泯若没;五帝之世,若存若亡。噫! 史其可以已耶? 六经,史之言理者也。"①六经中如《书》《春秋》固以言事为本,虽有事理,但理或道则在传的阐发。孔子将既有典籍用于教学,虽以行为本,然其所塑造的德行合乎政教,政教乃是孔门教学的核心。我们大可相信"六经皆史",在某种程度上也是"先王成法"的历史记录,例如《书》所载君臣言语和典章制度,但如《春秋》纪事,不尽合于儒家政教的立场,即使三传的敷衍也有待于经学再传的阐发,它们由于增益故事反较《春秋》经文易致他义,更有赖于后世经生合乎孔门和迎合时政的再三索解。尤其是《诗》的收集、整理,包括合乐、配舞以及"赋诗言志"的断章取义,必然变易本旨。孔门将这一部"吟咏情性"的诗集变为德行政教的教科书,不得不说是儒家利用现有典籍宣扬自我思想的成功范例。

六经皆史,不独儒者称述,实际上先秦墨、道多称三代,只是取以论说,其旨不同。庄子"以重言为真",重言"谓为人所重者之言也",清王先谦《庄子集解》谓"其托为神农、黄帝、尧、舜、孔、颜之类,言足为世重者,又十有其七"②,亦若墨家"三表"之"有本之者",盖"上本之于古者圣王之事"③,只是没有将既有典籍据为己有而产生墨家"六经"并递相传注笺疏而已。章学诚又谓"道体无所不该,六艺足以尽之。诸子之为书,其持之有故而言之成理者,必有得于道体之一端"④,则诸子之言,亦假六艺之书,其推重尧舜亦若王通所谓"圣人述史"。现代如熊十力谓"诸子之学,其根底皆在经也"⑤,马一浮则指"墨家统于《礼》,名、法亦统于《礼》,道家统于《易》"⑥。究之"六经皆史",乃是诸子所资的共有文化资源,乃非儒者所专。李学勤说:"当时所有人所受的教育,都是来自六艺,来自《诗》《书》《礼》《乐》,不管他赞成还是不赞成。这属于他们的传统文化。"⑦现在尽可以说六艺是我们中国的文化根基,但学者仍然拘为儒家或经学之囿,真是怪事。

孔子整理六籍,后世尊之为经,故皮锡瑞《经学历史》谓"经学开辟时代,断自孔子删定'六经'为始"⑧,虽孔子之前六籍皆备,但不得称经。孔子亦未称诸书为经,只是后来弟子相传,相对于传承而指所传者为经,六籍正是在递相传受和不断解释中获得经典化。孔子殁后,弟子散游各方,自相传授,《史记·儒林列传》谓"自孔子卒后,七十子之徒散游诸

---

① 王世贞著,罗仲鼎校注《艺苑卮言校注》,齐鲁书社 1992 年版,第 32 页。
② 王先谦《庄子集解》,《新编诸子集成》,中华书局 1987 年版,第 245 页。
③ 孙诒让撰,孙启治点校《墨子间诂》,中华书局 2001 年版,第 266 页。
④ 《文史通义校注》,第 60 页。
⑤ 熊十力《读经示要》,上海书店出版社 2009 年版,第 5 页。
⑥ 马一浮《泰和宜山会语》,辽宁教育出版社 1998 年版,第 10 页。
⑦ 李学勤《国学的主流是儒学,儒学的核心是经学》,《中华读书报》2010 年 8 月 10 日。
⑧ 皮锡瑞著,周予同注释《经学历史》,中华书局 1959 年版,第 19 页。

侯,大者为师傅卿相,小者友教士大夫,或隐而不见"①。《韩非子·显学》谓孔子之后,儒分为八,"有子张之儒,有子思之儒,有颜氏之儒,有孟氏之儒,有漆雕氏之儒,有仲良氏之儒,有孙氏之儒,有乐正氏之儒"②。或以"孙氏之儒"即荀子,盖荀卿又称孙卿。司马贞《史记索隐》、颜师古注《汉书·艺文志》并谓汉人避宣帝刘询讳而称孙卿③,然汉人避讳不严,清谢墉《荀子笺释序》辨之确切④,其实"荀""孙"音近相通,作字不同而已。

孔门传经,历战国而儒术既绌,独齐鲁不废,及遭秦火,六艺残缺。至汉则唯河间献王刘德"修学好古,实事求是",以金帛从民间收集善书,"皆古文先秦旧书,《周官》《尚书》《礼》《礼记》《孟子》《老子》之属,皆经传说记,七十子之徒所论",而"其学举六艺,立《毛氏诗》《左氏春秋》博士。修礼乐,被服儒术,造次必于儒者。山东诸儒多从而游"⑤。但在其他封地,如淮南王与梁王并好辞赋,从汉初政治文化的总体上说,其时经学尚未建立,论汉赋所受经学影响,武帝前不在其囿。而经生传经进身也只有等到武帝尊经,才走向坦荡之途。

对于汉代思想,我们现代人的深刻印象就是武帝"罢黜百家,独尊儒术",这是得自教科书的普遍观念,都以董仲舒献策所致。然《汉书·武帝纪》的表述则是"孝武初立,卓然罢黜百家,表章六经"⑥,"罢黜百家"是从"表章六经"的角度而言,反之亦然。不是现代泛称"儒家统治思想"表明思想的专制,而是五经的传承系统并经生进身、为学、行事和君上用人以及人才培养的重大战略和切实措施,对于汉赋研究来说,也不适合"经学影响"的直接推导。

董仲舒《举贤良对策》提出"春秋大一统"和罢黜百家,独尊儒术,宣扬君权神授、三纲五常。《汉书》本传谓"自武帝初立,魏其、武安侯为相而隆儒矣。及仲舒对册,推明孔氏,抑黜百家。立学校之官,州郡举茂材孝廉,皆自仲舒发之"⑦。然在董仲舒对策之前,先有丞相卫绾奏罢贤良而习百家之学(前140),继有魏其、武安为相隆儒,后者"绌黄老、刑名百家之言"(前135),而且已置五经博士,那么董仲舒对于"罢黜百家,表章六经",就只是起到推动的作用。南宋史浩《谢得旨就禁中排当札子》"下陋释老,独尊儒术"云云⑧,晚近

① 司马迁《史记》,中华书局1959年版,第3116页。
② 王先慎撰,钟哲点校《韩非子集解》,中华书局1998年版,第456页。
③ 《史记》,第2348页;《汉书》,第1728页。
④ 王先谦撰,沈啸寰、王星贤点校《荀子集解》,中华书局1988年版,第14页。
⑤ 《汉书》,第2410页。
⑥ 《汉书》,第212页。
⑦ 《汉书》,第2525页。
⑧ 史浩《谢得旨就禁中排当札子》,《鄮峰真隐漫录》卷三○,清乾隆刻本。

诸人用以改造《汉书》"罢黜百家,表章六经"之言,合为"罢黜百家,独尊儒术",见于易白沙《孔子平议上》等①。然在汉武帝"罢黜百家",只是不立博士之官以为授受,"表章六经"则大立学官传经并对经生诱以功名利禄,并未实行"独尊儒术"的思想专制,人们仍然可以阅读百家之书,著书立说也不回避儒家之外的多种思想。而经生传经,不一定是孔子及其弟子那样践行仁义的儒者,但作为儒家思想和知识的传播者,必不会割裂先儒思想与六艺的联系,然而六经注我,主要就是迎合新的王朝政治,为大汉帝国造就统治思想的体系和新的国家图腾,本于经学的纬学尤其如此。

二、传经体系与经生群体

汉代五经传承体系,具体见于《史记》并两《汉书·儒林传》。经学的本质及其传承的特征,主要表现为经生传经谨守门户的线性系统,这也显示经学固有的内在封闭性、保守性、排他性及其派系之间的争斗性。经学的传承总体上是封闭性的师承之学,四家诗以及《尚书》今古文、《尚书》欧阳学、大小夏侯学都是各立门户,其线性传承的累加愈益烦琐。《汉书·儒林传》赞曰"自武帝立《五经》博士……迄于元始,百有余年,传业者浸盛,支叶蕃滋,一经说至百余万言"②,东汉愈甚。经学既以门派封闭授受导致烦琐,就必然缺乏内在的创造活力。它是一门严谨刻板和枯燥乏味的学问,尽管如董仲舒可以借《春秋》以言灾异,又以天人感应构建新的儒学体系,但总体上经学的传承建立在章句释诂的基础上,无疑具有极大的保守性和封闭性。皮锡瑞《经学历史》谓"前汉重师法,后汉重家法,先有师法,而后能成一家之言",而"师法者溯其源,家法者衍其流也"③,实际上无论师法还是家法,谨承师说而各守门户都是一致的。

然其创造性的缺失也是稳定性的表现,经学用以治道、经生多致高位,也许主要是因为经学以及经生思想的保守性利于大汉政治的稳定,至少它继承孔教儒学的政治依附性和柔顺性,而不是墨子或庄子那样的反叛,或黄老掺杂多种不纯的思想,这对于武帝选择"罢黜百家,表章六经"也许是最为重要的考量。经学的保守性也表现于一家之学传承的排他性,这容易引发不同派系的斗争。经学的家法传承本质上是政治势力的竞争,争立学官就是明显的表现。

反观汉代赋家,虽有递相模拟或相与竞胜以至文人相轻的情形,但并不形成封闭的线

---

① 易白沙《孔子平议上》,《青年杂志》1916年2月第1卷第6号。
② 《汉书》,第3620页。
③ 《经学历史》,第136页。

性传承系统,也根本不可能导致权位的斗争。有人将汉赋创作附会经学的保守性和封闭性,如"七体"的递相模仿、赋家如扬雄之拟相如,认为都受经学"师法"或"家法"的影响①,是不知创作祖述使然。一体文学如大赋的创制,必以体制的要求在结构、句式、名物和语词铺陈等方面呈现普遍共有的赋体特征。这是辞章创作的体制规定,其递相模拟乃是出于文学创制的祖述机制,后代诗词创作尤其如此,不同于经学的家法授受。就经学本质而言,它是一门墨守成规的学问。经生就是学者,其章句注释和义理的发明也是按部就班的操作,皓首穷经的枯燥工作乃是经生的本职。赋家则是创作家,他们的创作则如刘勰《文心雕龙》所谓"神思",现代大约可类比为"形象思维"。赋家"控引天地,错综古今""苞括宇宙,总览人物"的凭虚铺陈漫无方的,即使学者如扬雄、马融严谨,一旦作赋,则唯夸诞为务。经生与赋家不是同一类人,治经与作赋乃是性质殊别的不同事务。

这就是说,经学作为学术或知识的体系与作为辞章的赋体创作是完全不同的系统,二者之间缺乏基本的可比性。应当在认识这种相异性的基础上讨论经学对于赋体创作的影响。而且经学体系庞大、经生人数众多及其获取的政治资源,更是赋家地位及其创作万不及一的存在,二者胡越,判若云泥。当我们回视汉代的历史,似乎经学与赋的创作十分和谐地统一于大汉历史的模糊画卷中,然而真正的情形却非如此,实际上汉代赋论攀比经学和对"辞人"如倡优般的不屑,即此反映二者之间的悬殊。我们也完全可以想象扬雄自悔作赋的心态中包含相对于经生荣华富贵的无奈,他的《解嘲》和前此东方朔的《客难》就是明显的表现。

汉代经生人数众多,东汉益甚。兹按两《汉书·儒林传》统计传经而有名姓者,传《诗》63人,其中《鲁诗》23人、《齐诗》15人、《韩诗》14人、《毛诗》11人,传《书》54人,传《礼》26人,传《易》58人,传《春秋》68人,共269人。这是约略的数字,两《汉书·儒林传》所录,遗漏不在少数。至如"大帅众至千余人"②,大师既多,各拥生徒益众,除知名者外绝大部分亦未载录,而见录《儒林传》者,可能万不及一。此外名儒大师别有传记,如张纯、曹褒对于汉代礼仪具有突出的贡献;郑玄集一代经学大成,则别为合传;马融作为郑玄的老师"为世通儒",但以赋家立传。而曹褒治《礼》,则在整个后汉经学传承中不明其授受纲序。两汉书《儒林传》所述汉代传经谱系,亦非完整齐全,其目的也是但示大略,其经师而另立传者,与传经谱系并非完全接榫,是以所阙愈甚。

经生为官,以博士为始。博士由朝廷定员。《汉书·儒林传》:"昭帝时举贤良文学,增

①　李群《经学思维与汉大赋的模仿》,《江西教育学院学报》2009年第3期。
②　《汉书》,第3620页。

博士弟子员满百人,宣帝末增倍之。元帝好儒……更为设员千人,郡国置《五经》百石卒史。成帝末……增弟子员三千人……平帝时王莽秉政,增元士之子得受业如弟子,勿以为员,岁课甲科四十人为郎中,乙科二十人为太子舍人,丙科四十人补文学掌故云。"①

至于经生私相授受,则多不胜言。两《汉书·儒林传》多泛言人数,或称徒众之盛。偶有君上指授,如宣帝选高材郎十人从梁丘临讲经,但以私授为常。申公传《鲁诗》,退居家教,"弟子自远方至受业者千余人",瑕丘江公后亦传之,"徒众最盛";颍川满昌君都授《齐诗》于九江张邯、琅邪皮容,"皆至大官,徒众尤盛";泰山栗丰授《韩诗》于山阳张就,淄川长孙顺授东海发福,亦"皆至大官,徒众尤盛"②;任城魏应授《鲁诗》山泽中,"徒众常数百人",及为官,"弟子自远方至,著录数千人"③。欧阳《尚书》则九江朱普公、济南林尊传之,并"徒众尤盛,知名者也"④;欧阳歙光武时在郡教授数百人,门人济阴曹曾"门徒三千人";乐安临济牟长"自为博士及在河内,诸生讲学者常有千余人,著录前后万人",子纡"又以隐居教授,门生千人";京兆长安宋登传"教授数千人"。陈留东昏杨伦讲授大泽中,"弟子至千余人"。《礼》则键为资中董钧建武中《庆氏礼》,"常教授门生百余人"⑤。

陈留刘昆授《施氏易》,王莽时"教授弟子恒五百余人",光武"令入授皇太子及诸王小侯五十余人";南阳洼丹世传《孟氏易》,王莽时"常避世教授,专志不仕,徒众数百人";京兆杨政"教授数百人"。颍川鄢陵张兴传《梁丘易》,"弟子自远至者,著录且万人"⑥。《公羊春秋》则琅邪公孙文、东门云"徒众尤盛";董仲舒再传弟子眭孟"弟子百余人"⑦;山阳东缗丁恭常数百人,为少府时"诸生自远方者,著录数千人";北海安丘周泽隐居教授,"门徒常数百人";扶风漆人李育"常避地教授,门徒数百"。传《严氏春秋》则北海安丘甄宇"教授常数百人",子普"讲授常数百人";又陈留雍丘楼望"教授不倦,世称儒宗,诸生著录九千余人……卒于官,门生会葬者数千人,儒家以为荣";豫章南昌程曾还家讲授,"会稽顾奉等数百人常居门下"。传《颜氏春秋》则河内河阳张玄,弟子"著录千余人"。而南阳章陵谢该善明《春秋左氏》,为世名儒,门徒数百千人。至于汝南南顿蔡玄学通《五经》,"门徒常千人,其著录者万六千人"⑧。范晔论曰:

---

① 《汉书》,第3596页。
② 《汉书》,第3608—3614页。
③ 范晔《后汉书》,中华书局1965年版,第2571页。
④ 《汉书》,第3604页。
⑤⑥ 《后汉书》,第2550—2577页。
⑦ 《汉书》,第3616页。
⑧ 《后汉书》,第2578—2588页。

自光武中年以后,干戈稍戢,专事经学,自是其风世笃焉。其服儒衣,称先王,游庠序,聚横塾者,盖布之于邦域矣。若乃经生所处,不远万里之路,精庐暂建,赢粮动有千百,其奢名高义开门受徒者,编牒不下万人。①

汉代经生之众和经学的兴盛,根本上在于利禄的诱导和驱使。《汉书·儒林传》赞语"传业者浸盛,支叶蕃滋"云云,根本上在于朝廷"劝以官禄……盖禄利之路然也"②,武帝时公孙弘等平议奏上云云,后诸帝递相任儒,尤其光武修太学、章帝大会诸儒白虎观等,都是汉代经学传播史上的重大事件,突出反映了君主和朝廷对于经学的重视和对儒生的利好。经生进身见用是汉代最为突出的政治现象,较诸汉初功臣得位受封,这是武帝开启的重大转变。学者尽管可举非出经生的各类人才重用,但经生人数众多,占据各种高位,《汉书·儒林传》"至大官""皆至大官"各见两用,四者一以治《书》言,一以治《易》言,一以《齐诗》言,一以《韩诗》言,由此可见一斑。

三、高官厚禄的利益占取

汉代官制承秦。《礼记·明堂位》谓"夏后氏官百",郑玄注引《昏义》曰"天子立六官,三公九卿"③。《汉书·百官公卿表》首述百官所由,谓禹作司空,平水土,弃作后稷,播百谷,卨(契)作司徒,敷五教,而夏、殷亡闻,周官则备,以天官冢宰,地官司徒,春官宗伯,夏官司马,秋官司寇,冬官司空,是为六卿。"或说司马主天,司徒主人,司空主土,是为三公",这是今文经学据《尚书大传》《礼记》之说。又言"太师、太傅、太保,是为三公,盖参天子,坐而议政,无不总统,故不以一职为官名",则古文经学据《周礼》之说,班氏从之。依三公"又立三少为之副,少师、少傅、少保,是为孤卿,与六卿为九焉",或以六卿为冢宰、司徒、宗伯、司马、司寇、司空,分别称天官、地官、春官、夏官、秋官、冬官,则三公九卿成一系统。然"记曰三公无官,言有其人然后充之"。今、古文所述既已不同,而"自周衰,官失而百职乱,战国并争",各有变异。及"秦兼天下,建皇帝之号,立百官之职",不设三公,汉循秦制,盖"明简易,随时宜也"。然亦颇有改易,如王莽"慕从古官",汉主亦然④。武帝为强化集权而削弱相权,昭帝时霍光以大司马大将军辅政,此后大司马权高丞相。成帝时何武议改

---

① 《后汉书》,第 2588 页。
② 《汉书》,第 3620 页。
③ 郑玄注,孔颖达疏《礼记正义》,《十三经注疏》,北京大学出版社 1999 年版,第 952 页。
④ 《汉书》,第 721—722 页。

御史大夫为大司空,与大司马、丞相鼎立,形成三公制。哀帝复改丞相为大司徒,卒与今文经三公等名,又置原太傅与新太师、太保于三公之上,但无实权。其后仍三公,但以大司马权重,及新莽并东汉初仍之。光武建武间乃改大司马为太尉,去大司徒、大司空"大"字,称司徒、司空,仍以太尉居首。自和帝、安帝外戚为大将军,位越三公,后者受制于尚书、外戚、宦官。及汉末董卓相国,复居三公之上。建安十三年(208)曹操罢三公,复置丞相、御史大夫,并自为丞相,三公制终焉。

《汉书·百官公卿表上》首列太师、太傅、太保,虽非实职,其副则少师、少傅、少保,非实职而位高。汉代经生中为傅最多,盖帝王必以治术治天下,其所为治,必始教于太子;儒生既以通经谙先王治迹,也适为帝王师,儒家正是通过教导帝王实现其理想的治道,从而把握政治权力的核心。汉代经生中王臧治《鲁诗》,为景帝太子少傅;济南林尊、齐人周堪并为宣帝太子(元帝刘奭)太傅,尊治《欧阳尚书》,堪治大夏侯《尚书》;平当为王莽太傅,亦治《欧阳尚书》,沛郡唐尊继任,治小夏侯《尚书》。又多人为王侯国傅,《汉书·百官公卿表》谓诸侯王"有太傅辅王",平七国乱后,"景帝中五年令诸侯王不得复治国,天子为置吏"[1],王侯国傅亦以汉廷任命。经生为王侯国傅者,始于三家《诗》在汉首传者申公为楚王郢太子戊傅、韩婴为常山王太傅、辕固生为清河王太傅,其后治《齐诗》者夏侯始昌武帝时为昌邑太傅,宣帝时治《礼》者沛郡庆普孝公为东平太傅、大戴德为信都太傅,治《易》者邓彭祖为真定太傅。又成帝时治《齐诗》者伏理为高密太傅,东汉安帝时治《古文尚书》陈留东昏杨伦为清河王傅。

实职丞相为高,至少前汉如此,《汉书·百官公卿表》位列第二。其本秦官,金印紫绶,"掌丞天子助理万机"[2],有左、右,高帝置一丞相,十一年(前196)更名相国,绿绶。惠帝、高后又置左、右,文帝前元二年(前178)复一。汉代经生六人位至丞相,公孙弘并韦贤、玄成父子最为人知。韦贤相宣帝,玄成相元帝,张禹、翟方进相成帝。平当相哀帝,卒后数月,子晏以明经历位大司徒,封防乡侯,"汉兴,唯韦、平父子至宰相"[3]。哀帝建平二年(前5)平当拜丞相,明年欲封当,当病笃,月余卒,后当子晏为大司徒,是在哀帝元寿二年(前1)。《汉书·百官公卿表》谓本年更名丞相为大司徒,即拜平晏,位本丞相,故言当、晏"父子至宰相"。又马宫治《公羊春秋》,平帝时为大司徒。蔡义治《韩诗》,元平元年(前74)为丞相。

丞相副职为御史大夫,本秦官,位上卿,银印青绶,掌副丞相,有两丞,一曰中丞,成帝

---

[1][2] 《汉书》,第724—742页。
[3] 《汉书》,第3051页。

绥和元年(前8)更名大司空,金印紫绶,禄比丞相,置长史如中丞,官职如故,哀帝建平二年(前5)复御史大夫,元寿二年(前1)复为大司空,御史中丞更名御史长史。汉代经生为御史大夫者,武帝时千乘儿宽、兰陵王臧,宣帝时兰陵萧望之,元帝时琅邪贡禹,成帝时王骏,哀帝时赵玄、平当。亦有为司空者,从御史大夫改名。彭宣治《易》,哀帝时为大司空。东汉明帝时牟融、伏恭并为司空。融治大夏侯《尚书》。恭治《齐诗》,永平二年(59)拜司空,"儒者以为荣"①。

汉官三公以下为九卿。秦九卿为奉常、郎中令、卫尉、太仆、廷尉、典客、宗正、治粟内史、少府。汉改奉常为太常、郎中令为光禄勋,典客为大鸿胪,治粟内史为大司农。汉经生中受《施氏易》者戴崇子平为九卿,治《尚书》者许商四至九卿,其门人沛唐林、重泉王吉王莽时并为九卿,这都是泛指,不是具体官职。

九卿中汉儒叔孙通在高帝时即拜太常,武帝时则兰陵王臧,后汉则明帝时楼望,望又为大司农。臧从申公受《鲁诗》,后代赵绾为御史大夫。《汉书·儒林传》载,公孙弘立学官请言,"谨与太常臧、博士平等议"上奏②,前者即王臧。景帝中元六年(前144)改秦奉常为太常,职仍旧,掌宗庙礼仪等,"每祭祀,先奏其礼仪,及行事,常赞天子"③,以职责繁重恭敬位列于诸卿之首,西汉太常多以过错免官。王莽改太常曰秩宗。

汉代博士为太常属官,绝多未见著录。《汉书·儒林传》经生录名姓而为博士者约二三十人。许慎《五经异义》谓"战国时,齐置博士之官"④。沈约《宋书·百官志》亦云:"博士,班固云,秦官。史臣案,六国时往往有博士。"⑤王先谦《汉书补注》卷一九齐召南曰:"《宋志》此文所以纠正班表之失也。据《史记·循吏传》'公仪休,鲁博士也,以高第为鲁相',则鲁有博士官矣。"⑥《战国策·赵策三》郑同北见赵王,赵王曰:"子,南方之博士也。何以教之?"⑦亦可为证。秦因之,《汉书·百官公卿表》谓"博士,秦官,掌通古今"⑧,《史记·秦始皇本纪》谓"始皇置酒咸阳宫,博士七十人前为寿"⑨。汉因秦制,武帝前已置博士官,如景帝时辕固生任之,然武帝建元五年(前136)初才置五经博士。汉初博士秩为四百石,宣帝时比六百石。应劭《汉官仪》载冠冕之制,朝贺时博士与卿、大夫、尚书及二千石

---

① 《后汉书》,第2571页。
② 《汉书》,第3593页。
③ 《后汉书》,第3571页。
④ 董说《七国考》,《丛书集成初编》,中华书局1985年版,第33页。
⑤ 沈约《宋书》,中华书局1974年版,第1228页。
⑥ 班固撰,王先谦补注《汉书补注》,上海古籍出版社2008年版,第871页。
⑦ 刘向集录《战国策》,上海古籍出版社1985年版,第712页。
⑧ 《汉书》,第726页。
⑨ 《史记》,第254页。

级高官享有同等待遇,而且博士常可与上问对①。博士也是升迁之途的高级平台,例如《汉书·孔光传》谓成帝时"博士选三科,高第为尚书,次为刺史,其不通政事,以久次补诸侯太傅"②。

光禄勋属官光禄大夫,本秦郎中令,武帝太初元年更名,秩比二千石,属官有大夫、郎、谒者,皆秦官。大夫掌论议,有太中大夫、中大夫、谏大夫,皆无员,多至数十人。东汉传《齐诗》者琅邪伏黯、九江寿春召驯并为光禄勋。武帝太初元年(前104)更名中大夫为光禄大夫,其职同"大夫、议郎皆掌顾问应对,无常事,唯诏令所使。凡诸国嗣之丧,则光禄大夫掌吊"③。宣帝时刘向,治小夏侯《尚书》者平陵郑宽中,治《春秋》者不其房凤,治《鲁诗》者哀、平间高容,后汉明帝时任城魏应都任或曾任光禄大夫。

武帝元狩五年(前118)初置谏大夫,秩比八百石,东汉改称谏议大夫,然《后汉书·儒林列传》多称谏大夫。治《公羊尚书》者东平嬴公为昭帝谏大夫。宣帝时楚元王后刘向、沛蔡千秋并为谏大夫。东海郡下邳翼奉亦任此职。后汉治《伏生尚书》者济阴曹曾为谏议大夫。南阳堵阳尹敏治《欧阳尚书》《古文尚书》《毛诗》,《榖梁》、左氏《春秋》,明帝永平十一年(68)为谏议大夫。任城樊何休精研《六经》,世儒莫及,撰《春秋公羊解诂》,覃思不窥门,十有七年,又注训《孝经》《论语》,灵帝时为谏议大夫。

秦官典客掌诸归义蛮夷,景帝中元六年(前144)更名大行令,武帝太初元年(前104)更名大鸿胪,王莽改曰典乐。《汉书·儒林传》谓"小戴授梁人桥仁季卿……仁为大鸿胪,家世传业"④。《后汉书·李陈庞陈桥列传》谓梁国睢阳桥玄七世祖仁,从同郡戴德学,成帝时为大鸿胪⑤,戴德为大戴,与《汉书》所记小戴授桥仁不同,《后汉书》当本《汉书》而误。又传《孟氏易》者南阳育阳洼丹、传《鲁诗》《论语》者会稽曲阿包咸分别于光武建武、明帝永平中为大鸿胪。

秦治粟内史掌谷货,景帝后元元年(前143)改为大农令,武帝太初元年(前104)更名大司农。汉代经生除后汉楼望为此官,哀帝时治《公羊春秋》者孙宝,光武时《鲁诗》博士高诩,明帝时司空、太尉牟融,灵帝时治大夏侯《尚书》者济阴定陶张驯都任或曾任之。

汉代官制有内史,本周官而秦因之,掌治京师。景帝前元二年(前155)分置左、右内史。武帝太初元年(前104)改右内史为京兆尹,左内史更名左冯翊,仍治京师。诸侯封地

---

① 应劭《汉官仪》,《丛书集成初编》,中华书局1985年版,第9页。
② 《汉书》,第3353页。
③ 《后汉书》,第3577页。
④ 《汉书》,第3615页。
⑤ 《后汉书》,第1695页。

内亦置内史,有太傅辅王,内史治国民,景帝中元五年(前145)令诸侯王不得复治国,天子为置吏,及武帝改汉内史为京兆尹,故封地如故,成帝绥和元年(前8)省内史,更令相治民,如郡太守。《史记·儒林列传》载申公授《鲁诗》,弟子周霸至胶西内史,夏宽至城阳内史,兰陵缪生至长沙内史,徐偃为胶西中尉,邹人阙门庆忌为胶东内史①。又治《礼》者徐襄为礼官大夫、广陵内史。而汉九卿中有少府,本秦官,掌山海池泽之税。武帝时东海郯后苍通《诗》《礼》、淄川任公治颜氏《春秋》,元帝时欧阳高治《欧阳尚书》,琅邪王中治彭氏《春秋》,并为少府。

不同于诸侯王内史,太守则治汉域,景帝中元二年(前148)自秦郡守更名,承秦郡县制,与诸侯国并行而治。经生中为太守者多,申公弟子治《鲁诗》与古文《尚书》者孔安国武帝时为临淮太守,同时申公弟子砀鲁赐为东海太守,高嘉为上谷太守。《欧阳尚书》后代传人欧阳歙光武时为汝南太守,同时乐安临济牟长为河内太守,京兆长安宋登顺帝时为颍川太守。治《礼》则戴圣(小戴)宣帝时为九江太守,沛人庆咸元、成时为豫章太守,瑕丘萧奋为淮阳太守,杨荣为琅邪太守。治《易》则琅邪鲁伯为会稽太守,太山毛莫如为常山太守,陈留东昏刘昆光武时为弘农太守,南阳魏满明帝永平中为弘农太守。治《春秋》则淮阳泠丰为淄川太守,房凤哀帝时曾为九江太守,服虔灵帝中平末为九江太守。通五经则汝南南顿蔡玄顺帝时为弘农太守。

《汉书·儒林传》"鲁伯授太山毛莫如少路"颜师古注谓"姓毛,名莫如,字少路"②,应劭《风俗通义》谓"汉有屯莫如,为常山太守"③。《汉书·沟洫志》"河复北决于馆陶,分为屯氏河"颜师古注云:"隋室分析州县,误以为毛氏河,乃置毛州,失之甚矣。"④后世遂为成语"屯毛不辨",应氏之辨或本此。北宋宋祁《笔记》谓"此莫如姓非毛,乃应作屯,字音徒本反"⑤,南宋王应麟《困学纪闻·考史》亦疑焉⑥。然应劭《风俗通义》所疑也非必为确。

汉代官制较为特殊的是刺史。秦有监御史,掌监郡。汉以丞相遣史分刺州,不常置。武帝元封五年(前106)初置部刺史,分三辅及弘农以外地区为十三州,州设一刺史监察,西汉末至东汉改称州牧,由是诸侯王权势愈小。经生泰山栗丰、清河胡常并刺史,丰为《韩诗》,常为穀梁《春秋》。尽管其所致位并不甚高,但刺史监察却是手持"尚方宝剑",足令郡县"外官"畏惧忌惮,更无论三公九卿,汉代经生多致其位,至少是具有特殊光环的博士,也

① 《史记》,第 3122 页。
② 《汉书》,第 3598—3599 页。
③ 应劭撰,王利器校注《风俗通义校注》,中华书局 1981 年版,第 534 页。
④ 《汉书》,第 1686—1687 页。
⑤ 宋祁《宋景文公笔记》,《丛书集成初编》,中华书局 1985 年版,第 9 页。
⑥ 王应麟《困学纪闻》,上海古籍出版社 2015 年版,第 395 页。

与被人轻视的"辞人"不可同日而语。

四、赋家小众的别异生事

相对于汉代庞大的经生群体以及经学传受的极盛,汉代赋家及其创作却很"小众"。前汉赋家人众见《汉志·诗赋略》载录屈原以下赋 20 家、陆贾以下赋 21 家、孙卿以下赋 25 家、客主赋下杂赋 12 家,总共才 78 家;费振刚等《全汉赋校注》上册录汉代作者 38 家、下册 30 家、魏 14 家,即使并魏入汉,汉代赋家总数也才 82 家。固然汉赋作品必有散佚,作者或亦不传,然《汉志》所辑,去前汉不远,当大致反映前汉赋家的实情;而今人所编《全汉赋》则主要辑自唐代类书,甚至片言只语,与两《汉书》所载汉代赋家赋作相差不大,可知汉代赋家及其作品湮没不传者,必不倍过此数。这与诸经各派徒众相差巨大,即使两《汉书·儒林传》所具名姓者 269 人,也是全汉赋家三倍之多。而且两汉经生绝大部分不见著录,但视两《汉书·儒林传》"徒众尤盛""门生千人""门徒三千人"甚至上万云云,便会立刻产生强烈对比下的突出印象,这就是汉代经生与赋家人众的多寡大小相差悬绝,在经生之众面前,汉代赋家乃是绝对的弱势群体。何况经生多致高位,即使只是一个博士官,也有以入籍的身份在朝廷享受与上问对和参与朝贺的机会,从而站稳了升迁的平台。经生皓首穷经的劳苦所获,也许最差也比赋家强,在经生立志治经之始,料想都有这样的明断。

汉代经生为赋者极少,赋家抑或通经,但不以传经为业,不得谓为经生,因而经生与赋也是鲜有交集。个别治经而为赋者,汉自董仲舒始,仅《士不遇赋》,《汉志》未见载录,不足名家。次孔臧,《汉志》载录其儒家类著作 10 篇、赋 20 篇,今存赋 4 篇,均见《孔丛子·连丛子上》。《资治通鉴·汉纪十》:"上欲以蓼侯孔臧为御史大夫,臧辞曰:'臣世以经学为业,乞为太常,典臣家业,与从弟侍中安国纲纪古训,使永垂来嗣。'上乃以臧为太常,其礼赐如三公。"①那么孔臧与孔安国一样也从事治经,然《汉书·儒林传》未载录。

刘向字更生,为楚元王刘交后,初以通达能属文,与王褒等并进对,献赋颂凡数十篇,他在宣帝时献奇书造黄金未果获罪后复拜为郎中,成帝即位乃复进用,又以讥刺外戚王氏及在位大臣,成帝数欲用为九卿而终不得迁,虽未至高位,但三朝见用,也是倚仗宗室贵胄的老本,固非作赋之功。其《九叹》录入《楚辞》,流传后世,也以辞赋家称名。《汉书·楚元王传》赞曰:"自孔子后,缀文之士众矣,唯孟轲、孙况、董仲舒、司马迁、刘向、扬雄,此数

---

① 司马光《资治通鉴》,中华书局 1956 年版,第 609 页。

公者,皆博物洽闻,通达古今,其言有补于世。"①此谓孟、荀及以下诸人"缀文",都指博洽通达,非谓作赋,在今略当学者之谓,扬雄即被视为"学者型文人"②。刘向亦然,成帝初领校中五经秘书,子歆续成,并博识,淹通百家之学,与经生专治一经一学不可同日而语。

《汉志·诸子略》儒家类著录刘向《新序》67 篇,注谓"《新序》《说苑》《世说》《列女传颂图》也"③;道家类著录刘向《说老子》4 篇,《诗赋略》著录刘向赋 33 篇。刘向说《老》,则思想非拘于儒,亦见武帝"罢黜百家,表章六经",确实没有后人想象的"思想专制",在整个中国古代也是较为宽松,汉以后"三教合流"就为明证。而向子歆成帝时以通《诗》《书》能属文召,为黄门郎,"受诏与父向领校秘书,讲六艺传记、诸子、诗赋、数术、方技,无所不究"④,哀帝时继父业领校群书,争立《左氏春秋》于学官,移书太常博士,责让甚切,导致诸儒怨恨,为大司空师丹所劾,新莽时贵为国师,也陷入政治旋涡而欲挣脱,遂谋诛莽,事泄自杀。其致高位,固以父荫和自身博学,尤其推扬古文经学,颇合王莽改制篡位。其博学则远非通一经而固守家业者可比,且为辞赋名家,以《遂初赋》最为知名,《甘泉宫赋》《灯赋》亦存。

后汉以作赋并经学著名者马融最为突出,其他赋家或亦通经,或经生作赋,咸非两美。马家也可算作外戚,但与其他外戚如窦氏、梁氏相比,则权势远逊。马融也并未蒙荣,相反倒是一直受到外戚邓氏及梁氏的打压,仕途非常不顺,以上《广成颂》忤邓太后,滞于东观十六年。及太后崩,安帝亲政,乃召还郎署,出为河间王厩史,复拜郎中,移病去,为郡功曹。后拜议郎,大将军梁商表为从事中郎,转武郡太守,桓帝时为南郡太守,又以先忤大将军梁冀髡徙朔方,自刺不殊,得赦还,复拜郎中,重在东观著述,以病去官,最后返回原点,虽委曲其间而不能党附,即忤权贵而不免屈从,至梁冀草奏李固,又作《大将军西第颂》,进退逡巡,而终不能达,在汉代经师和赋家中,仕途颇为不顺。然以大儒和大赋家留名后世,及唐贞观配享孔子,北宋追封为扶风伯,从祀孔庙。马融"为人美辞貌,有俊才",从挚恂游学,"才高博洽,为世通儒,教养诸生,常有千数。涿郡卢植,北海郑玄,皆其徒也",尤"善鼓琴,好吹笛,达生任性,不拘儒者之节"⑤,远非一般经生可比。马融之师挚恂"以儒术教授,隐于南山,不应征聘,名重关西"⑥,未见两《汉书·儒林传》,或以隐其行迹失记,汉代经师或经生若此类者必不为少。

---

① 《汉书》,第 1972 页。
② 侯文学《扬雄从才子型文人到学者型文人的转化及其意义》,《江西师范大学学报》2015 年第 5 期。
③ 《汉书》,第 1727 页。
④ 《汉书》,第 1967 页。
⑤ 《后汉书》,第 1953—1972 页。
⑥ 《后汉书》,第 1953 页。

亦有赋家治经而未视以儒为传者,即马融传重其俊才而录《广成颂》,占据大半篇幅,固以赋家传之。及后融弟子郑玄总汉经学大成,"括囊大典,网罗众家,删裁繁诬,刊改漏失,自是学者略知所归"①,则并张纯、曹褒列传,后二人于汉礼乐贡献为大,故合而传之。郑玄有《相风赋》,见《北堂书钞》卷一三〇、《艺文类聚》卷六八,后者题《类聚》傅玄作,即使为郑作,郑玄也不以一篇小题赋作称为赋家。又梁竦世为武将,为功臣后,以少习《孟氏易》,弱冠能教授,壮以经籍为娱,早年又作《悼骚赋》,但也不能算作出名的赋家,《后汉书·儒林列传》未为著录,也不以经学家看重。又皇甫规为度辽将军皇甫棱孙,时梁冀以太后兄贵为大将军,而规对策颇劝冀增修谦节,省去游娱云云,冀愤其刺己,以规为下第,拜郎中,乃托疾免归,以《诗》《易》教授十四年,门徒二百余人,实较一般经师声望为大,但《后汉书·儒林列传》并未列入传经谱序。规著赋、铭、碑、赞、祷文、吊、章表、教令、书、檄、笺记凡二十七篇,赋仅《芙蓉赋》存目,见顾怀三《补后汉书艺文志》,亦非以赋知名。

尽管汉代赋家也多通经,但赋家与经生乃是不同的群体。尤其是武帝以前赋家,其意气行事,不得以儒家方之。其时方尚黄老,诸王如梁王、淮南王则好辞赋,初则吴王亦致赋家如邹阳、枚乘等,唯河间献王收集五经传记,举六艺而立《毛诗》《左氏春秋》博士,可以看作汉廷尊经崇儒的前奏。除此之外,汉廷与诸王未立经学,虽民间传经,私相授受,但作赋者无预,他们或亦读经知儒,但作为知识的习得却不能纳入"经学影响"的范围。所谓汉初赋受经学影响,就是一个伪命题。在游吴、梁赋家中,邹阳齐人,"为人有智略,慷慨不苟合"②,本智谋谈辩之士,游吴而谏止谋逆,去而之梁,为羊胜、公孙诡疾恶下吏,上书自辩得解,梁事败,又为梁王谋略解罪,访诸齐人王先生。观谏吴王于狱中上书,不及五经及儒家一语,所举则纵横常说者,并其行事,的然纵横者流。羊胜、公孙诡则是阴谋家,也可算作赋家,更是无与儒经,如果一定要说思想的影响,则论阴谋思想影响可矣。

枚乘和司马相如则是大赋家,并客梁,枚乘亦有辩士之风,初在吴谏王亦然,特以祸福相依为说,乃本老子之言,赋《七发》亦归"天下要言妙道",乃"圣人辩士之言"③,"圣人"则非孔圣或非仅孔圣所称,老、庄、墨翟亦称焉,盖上古圣人,特非儒者所专,五经亦然。枚乘子皋虽"少习儒"而"不通经术",专为从上"赋颂","诙笑类俳倡",比于东方朔滑稽之类④,官止于郎。而东方朔上书自吹说"臣朔⋯⋯年十三学书,三冬文史足用,十五学击剑。十六学《诗》《书》,诵二十二万言。十九学孙吴兵法,战阵之具,钲鼓之教,亦诵二十二万言。

① 《后汉书》,第1213页。
② 《汉书》,第2343页。
③ 《文选》,第1573页。
④ 《汉书》,第2366页。

凡臣朔固已诵四十四万言"，又言臣朔年二十二，则所诵倍于年龄，固以诙谐自荐，而非确数，然仅诵《诗》《书》而不为经生章句之学，其学庞杂而不主一家，更非经生家法之属。虽其"高自称誉，上伟之"，初亦"令待诏公车，奉禄薄，未得省见"①，其后也只是做到太中大夫，为光禄勋属官，无员，秩千石②。

司马相如初与枚乘客梁，复与皋见召武帝，奏《上林赋》，亦以为郎，使蜀后拜为孝文园令，以病免。相如所任官属太常。《后汉书·百官志二》："先帝陵，每陵园令各一人，六百石。"③秦汉万户以上为县，置令，秩六百石至千石，则相如任官等同县令秩之最低者，比东方朔还低。至于他"少时好读书，学击剑"，其所读非专儒书，更不治经，而"慕蔺相如之为人"，故改幼时"其亲名之曰犬子"而取以名焉，景帝时以赀为郎，为武骑常侍④。其官多以郎为之，车驾游猎，常从射猛兽，可见相如少学击剑，颇负勇力，其慕蔺相如，也不屑经生之为。

尽管相如少时读书包括经籍如《诗》，论者以《子虚》《上林》讽旨同于《诗》者，尤以《上林》曲终奏雅托上"此大奢侈"云云，并述仪礼"游于六艺之圃，驰骛乎仁义之涂，览观《春秋》之林，射《狸首》，兼《驺虞》"云云⑤，证明作者所受经学影响，司马迁亦言"相如虽多虚辞滥说，然其要归引之节俭，此与《诗》之风谏何异"⑥？而班固则引扬雄谓"靡丽之赋，劝百而风一，犹骋郑卫之声，曲终而奏雅，不已戏乎"⑦？对于经生守正而言，确实为"戏"。何况作文述志，非褒则贬，亦如墨子非乐而极主节俭，也能说是"与《诗》之风谏何异"否？老子《道经》第十二章也说"驰骋畋猎，令人心发狂"⑧，不也是归于节俭吗？

司马相如之后，班固《两都赋序》列举的著名赋家为宣帝时王褒及《汉志》所称成帝时扬雄，二人所学及所得禄位，亦见赋家远逊经生。《汉书·王褒传》未述其学，只说他在宣帝时与刘向、张子侨等待诏金马门，数从上放猎歌颂以受赐帛，招致物议，擢为谏大夫，后受命往益州祭祀金马碧鸡，病死道中。如非早卒，也不知是否还能升官。谏大夫为光禄勋属官，无员，品同司马相如。扬雄生当成、哀、平之世，与刘歆同时，但后者以帝王贵胄身致高位，又以领校图籍与父闻声，扬雄的主要业绩却是赋作和《太玄》《法言》之撰。《汉书》本

① 《汉书》，第 2841—2842 页。
② 《汉书》，第 727 页。
③ 《后汉书》，第 3574 页。
④ 《史记》，第 2999 页。
⑤ 《文选》，第 376—377 页。
⑥ 《史记》，第 3073 页。
⑦ 《汉书》，第 2609 页。
⑧ 朱谦之《老子校释》，《新编诸子集成》，中华书局 1984 年版，第 46 页。

传说他"少而好学,不为章句,训诂通而已,博览无所不见"①,不是穷究章句的经生。《汉书》本传赞曰:

> 其意欲求文章成名于后世,以为经莫大于《易》,故作《太玄》;传莫大于《论语》,作《法言》;史篇莫善于《仓颉》,作《训纂》;箴莫善于《虞箴》,作《州箴》;赋莫深于《离骚》,反而广之;辞莫丽于相如,作四赋:皆斟酌其本,相与放依而驰骋云。②

自汉人视之,经、传、史、骚、辞都为一学,清章学诚《校雠通义》亦指汉赋为"一子之学"。扬雄为学,都是取法乎上,至以作经自高,不屑经生章句之学。更为深层的是不愿穷经以求进身,"清静亡为,少耆欲,不汲汲于富贵,不戚戚于贫贱,不修廉隅以徼名当世"③。赋则从上受命所为,以成帝时客荐待诏,即从祀甘泉泰畤、汾阴后土,又从羽猎,作《甘泉》《河东》《校猎》《长杨》,《汉书》本传即以两年内四赋之撰时序述之,可见这一时期都以作赋为事,仕途也从此开始,初与王莽、刘歆并,哀帝后又与董贤同官,后来莽、贤并谓三公,尤其王莽之贵,百官莫不趋附,雄则三世不徙官而恬于势利,但更多的是无奈。在汉代赋家,即如东方朔高自称誉而欲求大官,也是"终不见用"。赋家既以辞章为业如司马相如、枚皋、王褒,君上也是用为"润色鸿业";或耽于学术,如扬雄、张衡,则不得专于仕进,亦不如专于经学者如公孙弘治《公羊》以明治道。赋家博学如扬、张并马融等,也许惟以博学不纯,不能专于经义治道。经生则自幼受经开始,就一心维系进身的利禄目标,而且经学授受的师承也带来很好的政治资源。两《汉书·儒林传》常以一家之学师承者"皆至大官,徒众尤甚",甚至父子、兄弟"皆至高位",一门之中亦常以致高位众多而自我标榜,在"经学界"的"圈子"里,也往往是"儒者以为荣"。但荣耀的背后却隐藏着仕途的风险,扬雄《解嘲》具有清醒的认识,谓"炎炎者灭,隆隆者绝……攫拏者亡,默默者存"④,例如王莽篡位,最后身败名裂,所幸扬雄自我退藏,否则与之俱死而已。

张衡之学实与扬雄有关,他耽好扬雄《玄经》,扬雄作《太玄赋》,张衡亦拟《思玄赋》,长篇巨制,远过雄作。其以大赋家博识,也超过扬雄,不仅少善属文,"通五经,贯六艺",更是善机巧,致思于天文、阴阳、历算,尤非治一经者可以方比,也不像马融、郑玄以大儒名世。张衡笃好学术,安帝也是以衡善术学而征拜郎中,再迁太史令,然自始"从容淡静,不好交接俗人""不慕当世",顺帝时"所居之官,辄积年不徙。自去史职,五载复还,乃设客问,作

---

① ③ 《汉书》,第 3514 页。
② 《汉书》,第 3583 页。
④ 《汉书》,第 3571 页。

《应间》以见其志"。这是仿东方朔《客难》、扬雄《解嘲》之作，以为反讽，不无不平之意，但与二人满腹牢骚的正话反说不同，张衡《应间》主要是正面立论，充满正能量。《后汉书》本传未言《应间》自明所指，览其文而知为"机巧"所发，盖所假或人之"间"，谓衡不如昔贤使君为尧舜，致唐虞、干周邦，而"徒经思天衢，内昭独智"，是指其造浑天仪、地动仪之属，《本传》云"阳嘉元年，复造候风地动仪"，则前已造之，盖在撰《应间》前。文云"君子不患位之不尊，而患德之不崇；不耻禄之不夥，而耻智之不博。是故艺可学，而可行力也"，是如"仲尼不遇，故论《六经》以俟来辟，耻一物之不知，有事之无范"①，乃以博物为高，非徒经生仅以一经章句用邀利禄，相对于后者在汉代的普遍现象，《应间》对于博物之"知"的突出强调，真可视为科学家直面经学"文科"章句雕虫或儒者漫言道德的宣言。其赋《二京》，也是十分博识，又过班固《两都》之赋，至少汉人视赋为一学，自扬雄已然，张衡对于博知的强调和学者身份的自我认同，实亦包含赋家博识对于经生专究一经的鄙陋，让我们看到汉代赋家"小众"的别异生事，远非"炎炎""隆隆"，后者则是不少经生获致的当世荣耀，两相比较之下，对于汉赋之与经学的关系，亦当具有更为切近的认识。

（易闻晓，贵州师范大学文学院教授，出版过专著《诗赋研究的语用本位》等。）

---

① 《后汉书》，第 1897—1909 页。

赋与书的互文

——陆机《文赋》的书法演绎*

潘务正

内容摘要:陆机《文赋》深得书家的青睐,书写者自王羲之以后络绎不绝。书写此赋,一个重要的意图是学文,故对赋中感同身受的段落书写频次颇高。赵孟頫书《文赋》,曲尽文之"变态",赋之结构影响着书写节奏的变化,文家之情绪左右着书家的笔法,书家用轻重大小的错综布局展示赋文的重心所在,并以不同的书体呈现赋之"曲尽为文之态"的成就。但董其昌批评赵书并非以晋人书法写晋人文,只是"姿媚横出",而缺少王羲之书法"奇宕潇洒"的风致。董书追求晋人之韵,书写时注重字的"瘦"或"壮",以及布局结构的疏落之美。在书《文赋》的策略上,一些书家为锻炼"行气"而书全篇,另一些书家则在作品某些描写的感发下即兴而书,属于"遣兴",书写《文赋》,可以实现不同的创作目的。书赋的行为也在另一个领域让《文赋》得到经典化。

关键词:《文赋》 书法 互文 行气 遣兴

陆机《文赋》撰成之后,不久就得到书家的青睐,最早的书写者应为王羲之,黄庭坚云:"李翘叟出褚遂良临右军书《文赋》,豪劲清润,真天下之奇书也。"①虽然王之原作及褚之临作不传于今,但黄氏既然亲见褚遂良所临王书《文赋》,说明王作在唐代初年尚存,而褚作亦流传到北宋年间。对此董其昌深信不疑②,虽然褚作在他之前早已泯没。唐代初年

* 本文为国家社会科学基金重大项目"辞赋艺术文献整理与研究"(17ZDA249)阶段性成果。

① 黄庭坚《书右军〈文赋〉后》,《豫章黄先生文集》卷二八,《四部丛刊》本。

② 董其昌《画禅室随笔》云:"因考右军曾书《文赋》、褚河南亦有《临右军文赋》。"(《历代书法论文选》,上海书画出版社 2014 年版,第 546 页)大概就是承黄庭坚之言而来。不过明人王世贞与孙鑛对此持怀疑态度。王氏跋云:"览《右军书目》原无载士衡《文赋》,此亦一旧拓,虽笔意圆美而少国士风,岂南渡后光尧重华与我明周宪王戏草耶!"(接下页)

尚有陆柬之以右军笔法所书之《文赋》,不论其真伪如何[①],在唐太宗推崇陆机与王羲之的时代,以王书写陆赋成为一时风尚实属自然之事。其后著名书家多喜书陆赋,除王、褚、陆之外,现可知黄庭坚、米芾、宋高宗、赵孟頫、文徵明、董其昌、王宠、洪宽、熊赐履、查升等均曾完整书写过此作,至于择取其中片段而书者则更多,有的甚至反复书写,只不过流传下来的较少。据统计,晚清之前士人书《文赋》仅次于书曹植《洛神赋》,可以见出书家对此作的钟爱。如果说书写曹赋体现着文人对浪漫邂逅的憧憬,那么,书写《文赋》的心理动机何在呢?且是如何通过笔法和篇章体现出来的呢?

　　为便于后文的论述,先在此处对《文赋》的分段作简要的说明。前人对此赋正文有不同的分段方式,方廷珪分为十二段,骆鸿凯分为十九段[②],本文从后者。段落起讫及大意如下:

　　第一段:“伫中区以玄览”至“聊宣之乎斯文”,言作文之由;

　　第二段:“其始也”至“抚四海于一瞬”,言构思之状;

　　第三段:“然后选义按部”至“或含毫而邈然”,言谋篇之始,部署意辞之状;

　　第四段:“伊兹事之可乐”至“郁云起乎翰林”,状文之深宏芳茂;

　　第五段:“体有万殊”至“故无取乎冗长”,辨体;

　　第六段:“其为物也多姿”至“故淟涊而不鲜”,言会意遣言而详论调声;

　　第七段:“或仰逼于先条”至“固应绳其必当”,言去取之术;

　　第八段:“或文繁理富”至“故取足而不易”,言篇中必有主语;

　　第九段:“或藻思绮合”至“亦虽爱而必捐”,言不当抄袭;

　　第十段:“或苕发颖竖”至“吾亦济夫所伟”,言文中特有佳处而全篇不称;

　　第十一段:“或托言于短韵”至“含清唱而靡应”,言清而无应,此文小之故;

　　第十二段:“或寄辞于瘁音”至“故虽应而不和”,言应而不和,此辞窳之故;

　　第十三段:“或遗理以存异”至“故虽和而不悲”,言和而不悲,此理虚之故;

　　第十四段:“或奔放以谐合”至“又虽悲而不雅”,言悲而不雅,此声俗之故;

　　第十五段:“或清虚以婉约”至“固既雅而不艳”,言雅而不艳,此质多之故;

　　(接上页)孙氏云:“跋谓圆美而少国士风,今《东书堂帖》中有宋太宗书此赋,笔法正合此评,得无即此本耶? 司寇公疑是周宪王,然则或即《东书堂》旧拓,亦未可知。”见孙矿《书画题跋·王右军文赋》,《历代书法论文选续编》,上海书画出版社 2015 年版,第 405 页。

　　① 对于陆柬之《文赋》是否为陆氏所书,学界有争议,参见杨春晓《陆柬之文赋真伪辨析》,《收藏家》2013 年第 12 期;施锡斌《传陆柬之书〈文赋〉真伪考辨》,《中国书画》2015 年第 10 期;徐锦顺《传陆柬之书〈文赋〉考略》,《中原文物》2014 年第 4 期。

　　② 陆机著,张少康集释《文赋集释》,人民文学出版社 2002 年版,第 274—275 页。

第十六段:"若夫丰约之裁"至"故亦非华说之所能精",言随手之变,难以辞逮;

第十七段:"普辞条与文律"至"顾取笑乎鸣玉",言古之佳文难得,故己作亦鲜有佳;

第十八段:"若夫应感之会"至"吾未识夫开塞之所由",言文思开塞之殊;

第十九段:"伊兹文之为用"至"流管弦而日新",总叹文用。

一、学文与论书

阅读作为论文名篇的《文赋》,其志在为文,不言而喻;古代书家多为文士,书与琴、棋、画并列为雅士之四能。书家书写陆赋,意在揣摩为文之理,宋释居简云:"颖德秀书《师说》,其亟于就有道而求正,亦若为老坡书《文赋》,志于文也。"①又云:"颖书此赋,毋虑十数本,笃于文也;第未见其文。"②颖德秀书韩愈《师说》,其用意在于对传道、授业、解惑之师的渴求;同样,他数十度书《文赋》,是为了反复琢磨为文之方。惜其文集未见流传,见不出辛苦学习的功效。释居简之论揭示出一个普遍的道理,即书写某篇经典之作,是在一定的心理驱动下进行的,而此种心理机制,又与作品的主旨内容相关;即使书家某些时刻是应人之请而书,也需迎合请书之人的意愿。《文赋》是阐释文学理论的经典之作,故书此与学文有必然的联系。

如果说书写全篇体现出对此赋整体的欣赏与认同,那么书写某个片段则展示书家与之会心不远。《文赋序》云:"余每观才士之作,窃有以得其用心。"陆机与古人心心相印,写出了文学创作的共同感受,故此赋成为后世学文者指南,后人亦能与此赋产生共鸣。因此,后人在书写的时候,往往择取其中感受最深的片段。清人刻《文赋》第五段文体论于竹笔筒,后有跋云:"余每自为文,恒患意不妥适,故节录士衡《文赋》,择其言尤中为文利害者,刊镂于斯,异日触目惊心,庶援篇投笔,或能曲得其体。"③认同其言而刻于竹笔筒上,时刻揣摩,为座右铭之用。书写《文赋》亦有此意。

由书写片段可以看出后世对《文赋》理论推崇的重点所在。下表对晚清之前书家所书片段进行统计,若一幅作品书写几段的,分别勾选;而仅书写其中某一两名句的,则归入某段之中。

---

① 《跋颖大师书韩愈〈师说〉》,《北涧集》卷七,影印文渊阁《四库全书》第 1183 册,第 94 页。

② 《跋颖德秀书〈文赋〉后》,《北涧集》卷七,第 93 页。

③ 雅昌拍卖网,拍卖编号:0082。

姓名	1	2	3	4	5	6	7	8	9	10	11	12	13	14	15	16	17	18	19
李光地		✓																	
刘埔	✓																	✓	
皇六子		✓	✓																
汪由敦																			✓
袁枚	✓	✓	✓	✓	✓	✓	✓												
英和		✓																	
黄钺				✓	✓														
金士松			✓	✓	✓	✓	✓	✓	✓										
梁同书				✓	✓														
钱坫					✓			✓											
曾国荃	✓	✓	✓																
胡林翼		✓	✓																
胡长龄		✓																	
陈宝箴					✓														
陈亮畴			✓	✓															
成亲王		✓	✓																
张师诚			✓																
翟云升		✓																	
高毓浵					✓														
翁同书	✓	✓	✓																
姚元之		✓																	
袁崇毅	✓	✓																	
林则徐	✓																		
沈曾植																✓		✓	
朱汝珍		✓	✓					✓	✓	✓									
夏同龢	✓						✓	✓	✓	✓	✓	✓	✓	✓	✓	✓	✓		
盛惇大	✓	✓																	
王仁堪	✓			✓	✓														
王寿彭				✓	✓														
王澍																		✓	

续表

姓　名	1	2	3	4	5	6	7	8	9	10	11	12	13	14	15	16	17	18	19
王维贤	√	√																	
王　禔	√																		
吴　陛								√	√	√	√	√	√	√	√		√	√	
许乃普									√										
张启俊				√															

上表所列,均为清康熙至宣统时期之人,而无明代以前书家,这与书法作品所依存的媒材保存情况相关,时代越近,保存下来的就越多,因此,上表中清代后期人物又比前中期多出数倍。尽管只是有清一代,但亦可作为样本讨论。根据以上的统计,书写频率高低依次是:第二段 15 人次,第一段 11 人次,第三段 10 人次,第五段 9 人次,第四段 8 人次,第八段、第九段 5 人次,第十八段 4 人次,第七段、第十段、第十六段 3 人次,第六段、第十一段、第十二段、第十三段、第十四段、第十五段、第十七段 2 人次,第十九段 1 人次。

首先,第二段书写频率最高,说明陆机对"构思之状"的描摹最能引起共鸣。首句"其始也,皆收视反听,耽思傍讯。精骛八极,心游万仞",言构思之始全情投入的状态,即"思想专一,视听皆息";而思虑之至,"遂令其精神横骛八极之远,心思竖游万仞之高"[①]。正因用思如此之苦,于是方有"其致",思路逐渐清晰,沉辞、浮藻终至于若游鱼出渊、翰鸟坠云一样迅速呈现。由是自然能达到"谢朝华于已披,启夕秀于未振。观古今于须臾,抚四海于一瞬"的畅快淋漓之境。同时,这段不仅论文事,实亦可关涉所有艺事。只有在艺术创作准备阶段潜心投入,艺术形象方能逐渐清晰而至于心手相应。任何艺事都需过此一关,书法也是如此,刘麟跋赵孟頫书《文赋》云:

书学自王右军以降,乃有吴兴赵承旨。研穷奥妙,数百年操觚之士,鲜克追步。惜华夷一变,厥迹罕存;间或有之,皆饭僧施佛祈禳之帖,不足藏也。今石川子得其所书陆士衡《文赋》,真天孙衣被云锦也,观者叹曰:"是醴泉甘露,术可学而能也。"麟窃以为不然。尝闻承旨乞《兰亭帖》于僧淳鹏,得之。入舟北行,且临且跋,仅月余,得跋一十有三篇,勤苦可知。今所书陆赋,赋中论文亦曰:"才士作文,收视返听,耽思旁讯,精骛八极,心游千仞。"言能之为难也,独染翰哉?惑于"醴泉""甘露"之说者,此卷直玩具耳。[②]

---

① 王焕镳与唐大圆语,《文赋集释》,第 37—38 页。
② 《石渠宝笈》卷五,影印文渊阁《四库全书》第 824 册,第 139—140 页。

赵孟頫所书《文赋》，被人称为是天赋所得，如醴泉、甘露之降自天，但刘麟以赵氏临摹与题跋《兰亭》之勤，说明其之所以能达到此种境界，正在于"勤苦"。张芝"临池学书，池水尽墨"，方有后来的"下笔必为楷则"①。刘氏所引《文赋》次段首句，用来证明不止是书法，任何技艺要达到纯熟的境地，全身心投入是必不可少的历程。书家于此均有切身体验，故乐书之。

其次，第一、三、五段书写频率次于第二段，但居于其他各段之前。第一段由于特殊的位置，书写较多，此点后面还要论述。第三段言"部署意辞"的种种情状，"马迟枚速"，各人才性有异，"或操觚以率尔，或含毫而邈然"，因此下笔迟速不同。这是诗文写作过程中最常见的现象，陆机对其中甘苦体会深刻，徐元文云："士衡工为文辞，故深识甘苦，自言得作者之心，而曲尽其妙，洵非夸谬也。"②陆机言文辞部署，体贴入微，故容易引起后世文士的共感，傅山书写《文赋》后有云："我今赞叹，于彼陆生。作文利害，随子之变。各人甘苦，各各自知。"③正因为文士对此有深切的体会，方能于陆赋之言心有戚戚。第五段涉及诗文辨体的原理，辨体在唐宋以后成为重要的诗文理论，宋人倪思云："文章以体制为先，精工次之；失其体制，虽浮声切响，抽黄对白，极其精工，不可谓之文矣。"④明吴讷《文章辨体》开篇即云："文辞以体制为先。"⑤均注意文章体制即辨体的重要性。陆赋描述个人体性与文章风貌的关系，并论述每一种文体的风格特性，这有利于书家及文士在写作中做到"得体"。正因如此，需要反复涵咏体悟这些为文的注意事项，故不断书写之。

最后，书写《文赋》后半部分少于前半部分，前八段共书写了63人次，后十一段共书写了28人次，说明在书家心目中，《文赋》的精华在前半部分。后半部分中第九段言不当抄袭、第十八段言文思开塞之殊，较得书家心意；然亦仅超过第六、七段的书写频率，远不及前半部分的其他段落，亦可以看出构思、谋篇、辨体等理论是书家和文士最为关心的问题。

陆机的《文赋》以精美的文辞细致深入地阐释文学理论，成为其他艺术样式建构理论时借鉴的模板。南朝宋王僧虔《书赋》就有意摹仿陆作⑥，在今所见流传下来的文字中，有句式、思想与《文赋》相似者，如"情凭虚而测有，思沿想而图空"二句，与陆作中"课虚无以责有，叩寂寞而求音"极为接近；陆赋善用比喻，且好用博喻，王作亦是如此，如"沉若云郁，

①　《历代书法论文选》，第16页。

②　徐元文《跋所书文赋》，《含经堂集》卷三〇，清刻本。

③　傅山《书文赋后》，《霜红龛集》卷一七。

④　吴讷著，于北山校点；徐师曾著，罗根泽校点《文章辨体序说 文体明辨序说》，人民文学出版社1962年版，第80页。

⑤　《文章辨体序说 文体明辨序说》，第9页。

⑥　《历代书法论文选续编》，第19—20页。

轻若蝉扬,稠必昂萃,约实箕张"之类。甚至有些句式、用语也相似,如王作中"垂端整曲,裁邪制方"就是化用陆赋中"虽区分之在兹,亦禁邪而制放"而来。至于"或具美于片巧,或双兢于两伤",亦是仿照陆赋第七至十五段的"或"字句①。王作虽极力规模陆作,但二者在理论贡献与艺术成就上有天壤之别,故唐人王翰说《书赋》"殊不足动人"。这种缺憾,激发后人挑战的热情,因此王翰与苏晋谋划重写《书赋》,而《文赋》就是他们参照的对象,王翰云:"如陆平原《文赋》,实为名作,若不造其极境,无由伏后世人心。"②肯定陆作的成就,意欲写出一篇"造其极境"的《书赋》。

创作《书赋》至少需要两方面的条件,一是具备文学才华,尤其是作赋才能;二是精通书学理论,对书法史了然于心。写作《文赋》虽亦须具备文学才华与文学理论,但此二者属于同一领域,难度相对来说要小一些。而写作《书赋》者,或具有文学才华,但缺少书法的理论涵养;或精通书学,又文采不足。因为属于"跨学科",故创作的难度必然大于《文赋》。意欲创作《书赋》的苏晋与王翰是当时"朝端英秀,词场雄伯",作为盛唐有名的文士,其文学才华自不容置疑,故看不上王僧虔之作,欲造《书赋》,作为张怀瓘《书断》之后序。但是他们缺少书法的理论素养,于是经过"旬月"的尝试之后,只好怅然作罢,困难就在于他们所说的:"书道亦大玄妙,翰与苏侍郎初并轻忽之,以为赋不足言者,今始知其极难下语,不比于《文赋》。书道尤广,虽沉思多日,言不尽意,竟不能成。"他们虽有文采,但由于书道之玄妙广大,终不能言以尽意,作《书赋》的难度超出他们的想象。张怀瓘有《书断》的写作经历,精通书法理论,故亦自作《书赋》。赋成之后,持示众人,褚思光、万希庄、包融等"读赋讫,多有赏激",苏晋称之为"非思虑所际",并因自己"历旬不成"《书赋》而倍感惭愧;万希庄赞曰:"文与书,被公与陆机已把断也,世应无敢为赋者。"将《书赋》与《文赋》并置而观。诸人如此之高的评价,显然带有恭维的成分。只有包融毫不留情地说:"此赋虽能,岂得尽善?无今而乏古,论书道,则妍华有余;考赋体,则风雅不足。才可共梁已来并辔,未得将宋已上齐驱。"褚思亮附和说:"诚如所评,赋非不能,然于张当分之中,乃小小者耳。其《书断》三卷,实为妙绝。"③褚之语虽较包更能照顾作者之颜面,然亦于张作《书赋》流露出不满。陆机鉴于"意不称物,文不逮意"而作《文赋》;作《书赋》者亦有"书不尽言""言不尽意"之叹。然前者能成为经典,后者却难以完成或完成后无法流传下来。总之,有《文赋》为高标,《书赋》的创作就很难为人们满意,尽管文家和书家在写作时均以前者为楷模,但高标一经确立,超越便极为困难,况且书理与文才兼具之人实属难得。

---

① 关于《书赋》与《文赋》的关系,可参看孙思凡《浅议〈文赋〉〈书赋〉之关联》,《名作欣赏》2020 年第 7 期。
② 《历代书法论文选》,第 209 页。
③ 《历代书法论文选》,第 209—211 页。

书家书写《文赋》，或模拟《文赋》作《书赋》，都流露出对经典的膜拜之情，或是从文学创作的体会来书写，或是从书法理论的表达去揣摩，由此《文赋》在书学领域进一步被经典化。

二、"曲尽其妙"与"曲尽变态"

历代书写《文赋》的作品中，赵孟頫之书无疑是最受欢迎的，后世书此赋，大多临赵作。即使声称"不学赵书"的董其昌，亦"偶然临写"赵作，其书《文赋》有一本尽管并未通篇临写，但至少前二十余行一遵赵作①。至于清代，临写者更众，今所见者有查升、嵇璜、皇六子永瑢、金士松、黄钺、姚元之等名家。其中嵇、金、黄之作末署云："臣某某敬临。"三人均曾仕于乾隆一朝，而乾隆帝最爱赵书，故诸人奉命临写进呈。这些均明临赵书，至于暗临者显然更多。

赵书之所以能主导《文赋》的书写风格，其原因正如牟巘所云：

> 子昂书士衡《文赋》，曲尽变态，词之妙固有以发之，亦未尝不资乎字之妙，而交相发也。②

《文赋》论作文之"利害所由"，期待文士他日可以"曲尽其妙"，为此，陆机精妙地叙述为文之种种情状，以作为"曲尽其妙"的表率，杨慎云："士衡《文赋》曲尽为文之态，操觚者由此会心，即以游作者之庭，易易耳。"③山晓阁评云："经国大业，不朽盛事，固应有此变态。然非极深研几如士衡，不能曲尽其妙也。阐发至此，恐鬼神闻而夜哭。"④均肯定陆作"曲尽""变态"之成就。为传达陆赋之妙，赵书亦随之而"曲尽变态"。牟巘认为，赵书的此种特点，有两个方面的成因，一是陆作的"词之妙"激发赵之书写兴致，一是赵书"字之妙"契合陆赋风格，词与字交相感发，赵书的"曲尽变态"之风貌与陆赋的"曲尽为文之态"互相依存，互相成就。

词对字的感发之功，首先体现在《文赋》结构对书写节奏的影响上。《文赋》正文以十九个段落描述多方面的内容，从而产生丰富多样的形态。有的书家如沈文衡以空一格的形式标示段落起结点，而赵孟頫根据作品的结构，书写时以笔法的变化呈现起结的所在。正文以"伫"字领起，赵书此字笔画饱满厚实，形体硕大突兀；而其下的"中"字高度仅为其

① 董其昌《容台集·别集》卷三，《四库全书存目丛书》集部第 171 册，第 702 页。
② 《石渠宝笈》卷五，影印文渊阁《四库全书》第 824 册，第 139 页。
③ 赵俊玲《文选汇评》，凤凰出版社 2018 年版，第 431 页。
④ 《文选汇评》，第 447 页。

三分之一,宽度亦仅是其二分之一左右。二者对比鲜明,可以见出书家为凸显其开篇之地位,故意如此设计,以增加视觉冲击力(图1)。而此段结末"聊宣之乎斯文"之"文"字,前三笔下笔极轻,故笔画较瘦;而最后的捺画,从起笔到捺足逐渐下按,然后再缓缓提起,形成较为饱满的捺尾。因此,书至"文"字时,明显可以看出节奏的变换,书家稍事调整之后,再书写下一段。与此相似,书家非常注意每段的开头和结束时书写节奏的起伏,这在第十六段结束和十七段开始时表现得最为明显。当写到"之所能精"四字时,字形逐渐变大,且"能"字左边笔画丰满,"精"字之大与"能"字并,二字舒张开朗。而下面的"普辞"二字,字形则极为瘦小,每字所占空间仅为"能"或"精"的一半;且笔画纤细,似乎不胜笔力,显然是用笔尖轻触纸面书写而成,给人弱不禁风的感觉;其下的"条与"、右行的"所不"及左行的"钦练"字形都较大,加之其上的"能精",瘦弱的"普辞"二字被四面硕大的文字包围,更显其弱小,视觉差异显著,充满戏剧性的变化(图2)。当书家写至第十八段末时,这一戏剧性的安排再次出现,大概是由开篇至此,经过一段长时间的书写,已经疲劳的书家终于看到结束的希望,故写至"之所由也"时,前三字较小,而"也"字则极扁而宽,右边的横钩已经跨行侵犯到"而"字的空间(图3)。书写至此,书家仿佛长舒一口气,而观众由充满动感的"也"字似乎也能听到这一声气息。同时,此字与正文开篇的"伫"字又形成呼应。经过短暂的调整,书家再以正常的速度书写最后一段,又与赋序形成首尾照应。赵孟頫根据《文赋》篇章结构,设置书写的节奏,从而形成"曲尽变态"之貌。董其昌推《兰亭序》章法"古今第一",是由于"其字皆映带而生,或小或大,随手所如,皆入法则,所以为神品也"①。质之赵作,在特定的地方有意为大小,与赋作的结构相应和。

图1　　　　　　　图2　　　　　　　图3

---

① 《历代书法论文选》,第543页。

其次，《文赋》的情绪变化左右着书家的表现。经典作品具有强烈的感染力，读者的情感随着作者的情绪变化而不断波动，《文赋》云"思涉乐而必笑，方言哀而已叹"，此言创作，实际上阅读文学作品也是如此。书写同样受所书作品情感的支配，有什么样的感受，字形就体现出相应的样态，陈绎曾云："喜怒哀乐，各有分数。喜即气和而字舒，怒则气粗而字险，哀即气郁而字敛，乐则气平而字丽。情有重轻，则字之敛舒险丽亦有浅深，变化无穷。"①作品传达的情感触动书家之心灵，书写的笔迹随着喜怒哀乐情感的流动而有所变化，显示出无穷的变态。《文赋》虽不如《洛神赋》《归去来兮辞》等作感情强烈，但陆机在描述创作体验时，亦有情感的起伏，这自然体现于书家笔下。赋序阐明作赋的缘由，赵孟頫以一种从容的笔调和速度书写，这一段整体来说字形的变化不大，书写速度平缓。正文第一段言作文之由，陆机使用了诸多极富情感的词语，如"叹逝""悲落叶""喜柔条""心凛凛""志眇眇""慨投篇""聊"等，书写这些情感词时，书家一般都作特别的处理，如"悲"字，笔画较前之"遵四时以叹逝，瞻万物而思纷"数字为重，此十余字线条细腻流畅。而写到"悲"字时，书家特意放慢速度，并按下笔尖增加笔画的肥度；同时，又简化笔画，上部"非"之左边三横简化为一竖，右边三横简化为有波折的竖笔；下部的"心"简化为一横，起笔露锋后一顿，提笔快速写到右边，又迅速书写"落"字上部两点。同时，"悲"字内部和外部均以牵丝映带，书家先写上部中间第一竖，再写左边简化的一短竖，且此笔到中间的第二长竖，以牵丝连接；右边简化的波折竖笔又以极细的牵丝与下面的一横笔断而意连，而此横写到右边时，又以明显的极富张力的弧形牵丝与"落"的第一点相连，且笔尖又快速过渡到第二点，从而在"悲""落"之间形成一个别具意味的空间。由此，观赏"悲落叶"之书时，自然唤起一种悲伤之情。而在写"喜"字的时候，则是另一种处理方式，除第一横稍肥而短外，另外一中横和一长横均较细，与之形成鲜明的对比。尤其是长横，细而长，从左下向右上划过，长度是第一横的三倍以上，伸展而从容，真是"气和而字舒"，与"喜"之情绪妙合无间，又同上面的"悲"字肥瘦相映，极为巧妙地表现情绪的变化(图1)。

从字对词的感发之用来说，首先，书家用轻重大小的变化展示赋文的重心所在。书写的时候，赵孟頫往往是一两句方蘸一次墨，故字的墨色浓淡、线条肥瘦分明。其最浓者或在句首，但更多却是在句中，用意提示该句重心所在。如第五段论述各体之特性时，特意将"缘情""体物""浏亮""缠绵""温润""顿挫""清壮""优游""精微""朗畅""炜烨""谲诳"诸词通过浓墨、大字加以凸显。这固然是抓住作家创作时的用心，同时也似乎提醒读者在阅读时于此数词应加重语气。而遇到重要之句时，又不惜整句施以浓墨。正如《文赋》第八

---

① 《历代书法论文选》，第490页。

段所云:"立片言以居要,乃一篇之警策。"于"警策"之字词用墨不同,于"警策"之句亦是如此。此句作为本篇的名句,赵氏亦别有用心地加以处理,"乃一篇之警策"六字,字形之大,笔画之粗,显而易见,与左行"必待兹而效"略瘦的用笔相映衬。特别是"一"与"之"字,前者本文中出现四次,"一瞬""一量"之"一"以瘦笔书写,长短适中;而"一篇"之"一"字除落笔略尖,整个字形显得长而肥。"之"字亦不同他处的舒张,点下之三笔显得有些拥挤,折笔尤为粗重,所以虽占空间不大,但因用墨之浓,亦不觉其小。"乃一篇之警策"如此处理,不仅是凸显文意的需要,也从视觉形态上提醒读者和观众此句的重要性(图4)。由于轻重大小别出心裁的处理,使得整篇作品观感上错落有致,富于美感。

其次,以不同的书体使整篇体现出"曲尽变态"之貌。赵孟頫在书写《文赋》时,根据情况分别运用了楷书、行楷、行书、行草及草书五种书体。赵氏如此处理,应该是参照了传为陆柬之所书的《文赋》。陆书于行书中杂有楷书与草书,如赋序中"可得而言"四字,就以草书写就,与周边的行书大异其趣。这种处理方式,可能与其集王字有关,因为是集字,就难免有生硬之嫌①。赵孟頫显然吸取了陆书的经验②,并避免失败的教训,几种书体的分布运用相当和谐。当表现情绪平稳时,一般用楷及行楷二体,相反就多用行书或行草书体。赋序即以行楷书写,偶尔杂有楷书及草书,楷书如"先士之盛藻""作文之利害"中的"之"字,草书如"意不称物"之"物"字,由于主要以行楷及行书写就,故从容不迫,给人以安详之感。而当写至会心之处,则以行草或草书写就,尤其是赋中的秀句"谢朝华于已披,启夕秀于未振;观古今于须臾,抚四海于一瞬",书写前句"采千载之遗韵"时还是从容的行楷,而至书"谢"字时,则以简笔草书快速写就,"朝华"二字牵丝映带,"秀"字则一笔连写。至于"振观"二字,转折处多施以圆笔,书"振"之右边"厂"时,笔势从左边提手旁之提画提至右上角立即以一个弧度折向左下角;"观"之右边"见"字,全以圆笔书就(图5)。如此处理,以增加书写的速度,体现书者兴奋而急迫的心情。董其昌云:"赋云:'谢朝华于已披,启夕秀于未振。'是余书旨也。"③可以看出陆赋中此四句道出后世文人与书家之心曲,故书写时快意之情油然而生。同样,"一唱而三叹"五字中,"唱而"为草体,"一""三叹"为行草,两数字词笔画较少,但落笔铰重;"唱""叹"以流畅的线条表达出咏叹之格调(图6)。

---

①　关于陆柬之《文赋》"集王"的讨论,可参看钱超《试论陆柬之书〈文赋〉的成因》,《文史杂志》2013年第3期。

②　《唐陆柬之书〈文赋〉一卷(上等黄一)》云:"赵文敏晚年书法,全从此得力。人鲜见司谏书,遂不知文敏所自来耳。"(《石渠宝笈》卷二九,影印文渊阁《四库全书》第825册,第178页)实际上中年时期赵孟頫亦受其影响,尤其是书《文赋》之时。

③　董其昌《容台集·别集》卷三,《四库全书存目丛书》集部第171册,第702页。

  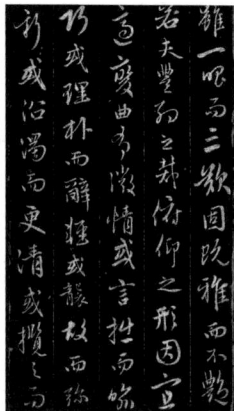

图 4　　　　　　　　图 5　　　　　　　　图 6

再次，同一字反复出现时，赵孟頫采用不同的书写方式以避免单调，从而体现出"曲尽变态"之妙。《文赋》中有 31 个"或"字句，描写为文的 31 种形态，其"曲尽为文之妙"，很大程度是由这些"或"字句及"或"字引起的段落制造的。有些段落密集出现，如第三段出现十次，其中前八次连续作为句首出现，这种情况下，更要变换写法。前两个"或"字为行楷书，第一字笔画较瘦，第二字笔画较肥，由于戈笔不像前者弯度大，故字形显得更长。第三个"或"字则变为行草书，且戈笔的钩不是向右上提，而是向左上提，在空中划过一道弧形之后，再落到纸上写左下的"口"。此"口"字亦与前二字有别，由右向左下再向右上画了一个美妙的圆圈，再与戈笔的撇连成一个更大的圆形，最后以弧形转向左下，与横笔相连，动感十足；下面"本隐"中"本"为行书，而"隐"为草书，与草书"或"字相应。第四个"或"字与前者相近，亦为草书，但起笔横画与圆口的笔画均较前者为细，显示出变化。而第五、六、七、八个"或"字又与第一个"或"字写法相近，均为行书，不过或呈横势，或呈纵势，虽与第三、四个"或"字差异不大，但亦体现出细微的不同（图 7）。至于第七段的四个"或"字，亦是形态各异，第二个"或"字以草书写就，然戈笔之钩往右上提，与之前草体不同。第一、三、四个"或"字在笔画的肥瘦、字体的纵横、点画的位置、左下横笔倾斜的角度都有较大的不同，因此虽同为行书，亦各个有异。第十六段相连的六个"或"字句，又彼此有异，体现出正如此段中所说的"因宜适变"的写作原则（图 6）。第八至十五段以"或"字领起的段落，其处理的方式与第三段相似，第十三段的"或"字写成草体，且戈笔钩向左上，从而与其他段落的"或"字相异（图 8）。与之相比，陆柬之书《文赋》的处理就显得单调，董其昌流传下来的三件作品有意模仿陆柬之，虽注重"口"字的书写变化，但亦未如赵作以草体书写，其"变态"程度无法与之相比。

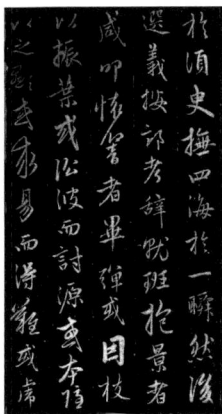

图7　　　　　　　　　图8

《文赋》曲尽为文之变态,赵孟頫以其变化多端的笔法与章法,将此淋漓尽致地展现出来,实现书与文的高度契合,形成"曲尽变态"的面貌,故被奉为经典,得到后世书家的膜拜。祝允明跋赵作云:"观古人文,可得书法;观书,可得文法。此具目者之能事也,此卷所具亦多矣。"①赵孟頫就是从《文赋》"曲尽为文之妙"的文法中体悟出书法的"曲尽变态";而从赵氏书法中,亦能领略到《文赋》本身的艺术魅力。其他如陆柬之、董其昌行书《文赋》,都未能臻此境界。至于文徵明、陆深、王宠、熊赐履等人楷书之作,则受限于字体,更不可能具有此种视觉效果。

三、"本家笔"与"晋人书"

书写经典作品,应该施以何种风格,这是书家需要考虑的重要问题。赵书《文赋》打通书法与文法的壁垒,以"曲尽变态"的书法呈现"曲尽文章之妙"的赋作,实现文与书的合一,虽然获得后世的称颂,但遭到董其昌的批评。董氏主要着眼于书风与文意及文风的一致②,而指责赵作并未顾及于此。他说:

> 赵吴兴书《文赋》,虽姿媚横出,未脱本家笔。此晋人文,当以晋人书书之,佘愧未能也。③

---

① 祝允明《跋赵子昂书文赋》,《怀星堂集》卷二六,影印文渊阁《四库全书》第1260册,第723页。
② 董其昌尤其注意这一点,参见金学智《论书法与文学的亲缘美学关系》,《艺术百家》1993年第2期。
③ 董其昌《容台集·别集》卷三,《四库全书存目丛书》集部第171册,第702页。

赵书《文赋》"姿媚横出",一方面出于所书对象的需要,陆赋语言华美,正如陆云所评的"甚有辞,绮语颇多"①,刘勰以一"巧"字括之,所指正在于此。为表现作品之美,赵孟𬱟采用"姿媚"之笔来呈现。另一方面,"姿媚"之笔在董其昌看来是赵孟𬱟的"本家笔",即为其书法一贯的特色。而书写前人的作品,必须采用符合其精神面貌的笔法。颜真卿从宋璟《梅花赋》体会其神情,所书《宋广平碑》"纡余蕴藉,令人味之无极"②,书风与所书对象的气质神韵妙合无间。传陆柬之所书《文赋》,就是用右军笔法,兼虞世南之"逸致",而虞曾从隋僧智永学书,智永为王氏后人,故陆之所得,尽在晋人,因此其所书陆赋,"风骨内含,神采外映,真得《兰亭》之髓者,不独皮貌相肖也"③,成为以晋人书书晋人文的典范。刘熙载云:"一代之书,无有不肖乎一代之人与文者。"④出于这一原则,董其昌批评赵孟𬱟用"姿媚横出"的"本家笔",而未能采用作为晋人的陆机时代之书风展现其精神气韵。

清代书论家梁巘云:"晋尚韵,唐尚法,宋尚意,元、明尚态。"⑤以晋人书书晋人文,最重要的当然是要体现出这种"韵"即魏晋风度。此虽清人的看法,但董其昌无疑也是持此种观点,他说:"山谷老人得笔于《瘗鹤铭》,又参以杨凝式骨力,其欹侧之势,正欲破俗书姿媚。昔人云右军如凤翥鸾翔,迹似奇而反正,黄书宗旨近之。"⑥而黄庭坚书学右军及《瘗鹤铭》,即重其韵,晁端彦论黄书"唯有韵","至于右军波戈点画,一笔无也"。对于前一点,黄氏无异议,他提倡以"韵"观王氏父子及魏晋间人书⑦。但对于后一点,他反驳说:"若美叔则与右军合者,优孟抵掌谈说,乃是孙叔敖邪?"⑧认为学大王之波戈点画,只能得其形,而欲学其韵,则要从波戈点画之外得之,那就是"似奇而反正",以这种"欹侧之势",破除"俗书姿媚"。韩愈批评大王书法云:"羲之俗书趁姿媚。"⑨而在董其昌看来,赵作的"姿媚横出",正是学右军之"波戈点画"的结果。

赵孟𬱟之书,亦学晋人,尤其是二王,明人倪谦曾于毕廷玺处见赵氏所书《文赋》,"观其行书笔意,皆自羲、献中来,而融会变化,极其精熟,诚不易得也"⑩,对其学二王赞不绝口。赵孟𬱟于王羲之《兰亭序》及王献之《保姆碑》亦推崇备至,说《兰亭》是右军得意书,

① 《文赋集释》,第 270 页。
② 刘熙载撰,袁津琥校注《艺概注稿》,中华书局 2009 年版,第 749 页。
③ 倪涛《唐陆柬之书陆机文赋》,《六艺之一录》卷四〇六,影印文渊阁《四库全书》第 838 册,第 534 页。
④ 《艺概注稿》,第 755 页。
⑤ 《历代书法论文选》,第 575 页。
⑥ 董其昌《容台集·别集》卷三,《四库全书存目丛书》集部第 171 册,第 703 页。
⑦ 《历代书法论文选续编》,第 60 页。
⑧ 《历代书法论文选》,第 356 页。
⑨ 韩愈《石鼓歌》,钱仲联集释《韩昌黎诗系年集释》卷七,上海古籍出版社 1984 年版,第 795 页。
⑩ 倪谦《跋赵魏公书〈文赋〉》,《倪文僖集》卷二四,影印文渊阁《四库全书》第 1245 册,第 483 页。

学之不已,何患不过人耶";他得到当时新出的小王之《保姆碑》,"公余出示",把玩不已①,可见他对二王下过一番工夫,故书《文赋》时,笔端自然流露出二王笔法。但董其昌认为赵孟𫖯虽学二王,未得门径:"书家好观《阁帖》,此正是病。盖王著辈绝不识晋、唐人笔意,专得其形,故多正局。字须奇宕潇洒,时出新致,以奇为正,不主故常。此赵吴兴所未尝梦见者。"又说:"古人作书,必不作正局。盖以奇为正,此赵吴兴所以不入晋、唐门室也。"②指出赵书多正局,未能以奇为正,所以虽学王,但丢失了王字之"奇宕潇洒"的风致。元明人书法"尚态",赵书之"姿媚横出",就是"尚态"的体现,董其昌以"姿媚"评赵书,显然带有贬义。生活在晚明的文化氛围中,董其昌已摆脱"尚态"的偏好,而主张"尚奇"③,故其学二王,重其以奇为正,以"欹侧之势"④,破赵书之"姿媚"。

董其昌流传的三幅《文赋》作品中,有一幅是临赵作。但即使是临作,亦显示出不同。他说:

> 吾郡普照寺,士衡宅也。宋末时有碧溪上人与赵子昂游,得其所书《文赋》,特为精妙。牟巘、任士林诸君子皆为题咏,不知何时流落好事家。后为项子京所摹刻,以较真迹,无复遗恨。余不学赵书,偶然临写,亦略相似。初书二十行,顾离而去之。后乃悉从石本,但助以神气耳。临书要如李光弼入郭子仪军,旌旗一变;又如苏张纵横同出于鬼谷,不为其所笼罩;虽肖似不足称也。⑤

可见其所临为项子京家摹刻本及其墨本,"初书二十行,顾离而去之",这二十行总体上虽"略相似",但某些字亦有很大的不同。赋序中有两"每"字,赵书二字虽各不同,但"母"之第一横笔及中间的长横与"每"最上的一横几乎平行,因此,"母"字布局比较平正;而董书"母"字,虽中间长横与最上一横平行,但"母"之起笔却与其上一横成夹角之势,这就使得此字整体上向右倾侧,通过竖钩尽力向左摆动而使整个字的重心稳定。又如"士"字,赵书的两横上长下短,几乎是两倍的差距,且两横总体上平行;竖笔中正。而董书两横长短的差距不如赵书之大,上横向右上呈左俯之势,而下横平正,两横之间呈夹角;同时,中竖落笔之后侧向左,以使重心稳定。董书之"母"采纳了王羲之《丧乱帖》中"毒"下部的写法,王

① 《历代书法论文选续编》,第178—180页。
② 《历代书法论文选》,第541页。
③ 参见白谦慎《傅山的世界:十七世纪中国书法的嬗变》,生活·读书·新知三联书店2015年版,第14—39页。
④ 王羲之《书论》云:"先须用笔,有偃有仰,有欹有侧有斜,或小或大,或长或短。"董氏之论,来自大王。见《历代书法论文选》,第28页。
⑤ 见董其昌行书《文赋》手卷卷末董氏跋语,雅昌拍卖网,拍卖编号:0668。

书此字上半部左俯,下半部右侧,上三横画与下三竖画仿佛是从字外右上方同一个想象点上辐射出来的①,可见欹侧角度之大。与王书相比,赵书属于"正局",欹侧的角度较小,给人平直端正的感觉②;而董书则欹侧的角度较大,只是通过笔画走势的处理,整个字形又保持重心平稳,显得"奇宕潇洒"。这就是"以奇为正",追求晋人潇洒的韵致。

晋人之韵还体现在"清"的风貌上。据统计,见于《世说新语》的《赏誉》《品藻》两篇的"清"就有 31 例,并由人而及文,以"清"论文已成为普遍的现象,《文心雕龙》《诗品》中"清"出现数十次之多。《文赋》中用"清"7 次,如"清芬""清壮""清丽""清唱""清虚""清泛""沿浊而更清"。"赋体物而浏亮"中的"浏亮",即"清明之称"③,故《文赋》本身亦有"浏亮"之风,观其喜用"柔条""芳春""芳润""芳蕤""青条""风发""泉流"等清丽之景物可知。正如清人邵齐焘所云,六朝骈文是"于绮藻丰缛之中,能存简质清刚之制"④,陆赋就是将绮缛的辞藻与简质清刚的风貌结合在一起的典范。而赵书得其绮缛之美,俞承勋跋云:"松雪此卷,笔精殊妙绝,无容品题书法矣。"⑤陈道复跋云:"右松雪翁书《文赋》,精妙无容赘言。"⑥其精妙正如王世贞所云"精工之极,如花月松风,娟娟濯濯,披襟留连,不能自已"⑦。文徵明小楷《文赋》,亦得陆赋此面,故有"纤妙妍美"之誉⑧。而王羲之所书《文赋》,则"豪劲清润"⑨,陆柬之书"全摹《禊帖》,而带有其舅氏虞永兴之员劲,遂觉韵法双绝"⑩,"唐尚法",则其"法"来自虞世南,其"韵"重在大王之"清",便是从"清刚"的层面把握《文赋》风格。

"清"美在视觉上的体现是"瘦"或"壮",而肥则难以给人"清"的感觉。王字之"清",一是笔画偏瘦,几乎不用肥笔;二是字形呈纵势,显得修长。陆柬之《文赋》,"其笔法皆自《兰亭》中来,有全体而不变者,识者知之耳"⑪。其笔画肥瘦,除偶尔夹杂行书,整体上以瘦笔为主,如赋序中的"材士"之"材"字,不管是横笔、竖笔还是撇和点,笔画粗细相当一致,无一肥笔。至于纵势,不用说字形较长的字,就是一些本身为横势的字,也往往转换成纵势,观其所书"之"字可知。当"之"字写成楷书时,呈横势无可避免,"材士之作"中的"之"字就

① 关于《丧乱帖》中"毒"字的分析,可参看雷德侯著,许亚民译《米芾与中国书法的古典传统》,中国美术学院出版社 2008 年版,第 21 页。

② 赵孟頫书法比较平和,很难找到欹侧幅度较大的字。见张国宏《赵孟頫书法艺术》,上海大学出版社 2009 年版,第 250 页。

③ 《文赋集释》,第 112 页。

④ 邵齐焘《答王芥子同年书》,《玉芝堂文集》卷五,《四库全书存目丛书》集部第 281 册,第 504 页。

⑤⑥ 《贮乾清宫·元赵孟頫书文赋一卷》,《石渠宝笈》卷五,影印文渊阁《四库全书》第 824 册,第 240 页。

⑦ 王世贞《赵子昂杂帖》,《弇州四部稿》卷一三六,影印文渊阁《四库全书》第 1281 册,第 252 页。

⑧ 《衡山文赋》,《墨林快事》卷一一,清抄本。

⑨ 黄庭坚《书右军文赋后》,《豫章黄先生文集》卷二八,《四部丛刊》本。

⑩⑪ 《唐陆柬之书〈文赋〉一卷》,《石渠宝笈》卷二九,影印文渊阁《四库全书》第 825 册,第 178 页。

是如此。而书成行书时,有时作特别的处理:横画缩短,长捺简化成长点,而中间的折笔有时呈竖笔之形。如"能之难""藻丽之彬彬""六艺之芳润""青条之森森""众辞之有条""世情之常尤"等中的"之"字,都是如此处理。将横势转换成纵势,凸显颀长的字形,体现"清"之气韵。董其昌万历四十年(1612)所书《文赋》①,从书写风格来看,显然是临陆柬之书,卷尾跋云:"春首书此帖,尚缺二十四行。岁暮得文待诏'景耀流晖'古研,遂为足之,肥瘦差不伦耳。"虽则如此,其笔画以瘦笔最为显眼。字形亦呈纵势,如"之"字,往往写成连笔的"三"字形,或连笔的三点,也是有意将横势转化为纵势。故整体上给人以清新之感,而体现出韵致。

除笔画之瘦与字体之长,董书中"清"还体现在行间的疏落之美上。董其昌云:"义阳吴光禄寄余褚登善《千文》,遒紧绵密,在钟、王之间。因用其意,书士衡赋,不类余平日笔。余以不自立家,故数数迁业如此,得在此,失亦在此。"②在现所见其行书《文赋》中,有一幅仅有题名,而未有跋③。不过,此卷笔迹与董氏平日所书不类。其书最显著的特点有三:一是墨迹浓淡相间,视觉感对比明显;二是笔法与临陆书及赵书不同,用笔苍劲,撇与捺少摇曳之姿,多枯槎之意;三是字与字、行与行之间的距离非常大,体现出疏落之致。第二点与其所言"不类余平日笔"相合,展现出钟、王及褚"遒紧绵密"的特点,故其所言,当指此卷。而第三点则与其一贯的作风相似,如其书《枯树赋》字与字之间、行与行之间的距离较其他人为大,这种巨大的空白,使得此卷整体上呈现清新苍劲之风。

可以看出,在体现晋人风度上,董其昌与赵孟頫不同,赵偏重于妍秀,得陆机赋作的藻丽之美;而董偏重于清新,得陆作之韵致。晚明是一个倾心于六朝的时代,故董其昌对晋人之风度,较赵孟頫有更深入的体会,因此,其书《文赋》,均在"韵"上用工夫,力求做到书风与文风的完美合一,从而亦成为一代名作。清人查升书《文赋》学董,观生斋跋云:"董思伯书传于世间,与晋人几争道驰矣,声山深得其用笔之妙。今观此册,秀逸中饶雄劲,后世学董者可借此以作梯航。"④董氏追求的晋人之韵,至查氏表现为"秀逸"之气,在此基础上又多出"雄劲"之力,近于王羲之"豪劲清润",糅合了董与王的风格。

四、行气与遣兴

《文赋》共1668字,以行书速度书写,且去除中间蘸墨的时间,大概需要三四个小时;

---

①　雅昌拍卖网,拍卖编号:0138。
②　董其昌《容台集·别集》卷三,《四库全书存目丛书》集部第171册,第702页。
③　雅昌拍卖网,拍卖编号:0723。
④　雅昌拍卖网,拍卖编号:1472。

而如果算上蘸墨及短暂的休息时间,则大概需要一个白天。如此长的时间,对于书家来说,书写《文赋》是一件极为耗力的事情。正因如此,有些书家以书赋为锻炼行气的途径①。董其昌云:"余不学赵书,偶然临写,亦略相似。初书二十行,顾离而去之。后乃悉从石本,但助以神气耳。"②"石本"即项子京摹刻本,与墨本相比,石本的笔画较为锋利,气势外露,董氏说从石本"助以神气",大概是增加其用笔的力度,如此一来,则会更加消耗其精力。

如此费力之事,书家还乐此不疲,即意在借书赋以养气。刘熙载云:"凡论书气,以士气为上。若妇气、兵气、村气、市气、匠气、腐气、伧气、俳气、江湖气、门客气、酒肉气、蔬笋气,皆士之弃也。"又云:"写字者,写志也。故张长史授颜鲁公曰:'非志士高人,讵可与言要妙?'"③书气以士气为上,士气又在心志,故书气根本在心气,欲养书气,先培心志,而士气的核心无疑就是孟子所说的"浩然之气"。"赋者铺也,铺采摛文,体物写志"(《文心雕龙·诠赋》),通过铺陈,制造出排山倒海的气势,正如李元度所说,赋以气机为"第一义"。且赋的铺排笔法也有利于制造气势:"或翻空出奇,或逆折而入,或自难自解,或独往独来,每于路尽思穷时,忽开异境,其笔力纵横跌宕,顿挫淋漓,自有活虎生龙之妙。"故赋往往韵散相间,就是"以排山倒海之气,运水流花放之机"④。赋作之气势伴随书写,而书写时"一笔而成,偶有不连,而血脉不断,及其连者,气候通其隔行"⑤,笔间气脉相连,显然也有利于书家养气。《文赋》气势虽不能与汉大赋相提并论,但亦有一股清气流行其间,《文选尤》朱笔评云:"气如纤流,迅而不滞。"⑥指出其气势如迅捷的流水,绵绵不绝。《文赋》这类小赋介于汉大赋与诗词之间,篇幅短者注重兴会感发,篇幅长者需要气势浑然,前者为易,后者为难,因此书汉大赋者少,书诗词者多。而《文赋》虽长于诗词,但短于汉大赋,适中的篇幅书写起来比较适合养气。

不过由于篇幅原因,《文赋》往往很难一次写成,董其昌就有如此经历。前举其临陆柬之《文赋》,春首动笔,尚缺二十四行,至岁暮得文徵明古研,方足成之。因为不是一时书成,气势中断,所以他感觉有"肥瘦差不伦"之虞,通篇未能"神完气固"。而如果以楷书书之,书写速度更慢,所费时间更多,动辄花费数日或经历数年,文徵明以小楷书《文赋》就是如此,其跋云:"嘉靖甲辰三月,过补庵先生绿筠窝,出楮索书此赋。书三日,未及半而归。

---

① 本文所论"行气",与张国宏《赵孟頫书法艺术》所论"行气"不同,见该书第241—242页。
② 见董其昌行书《文赋》手卷卷末董氏跋语,雅昌拍卖网,拍卖编号:0668。
③ 《艺概注稿》,第790、805页。
④ 李元度《赋学正鹄》卷首序目,清光绪十一年春月文昌书局校刊。
⑤ 《历代书法论文选》,第166页。
⑥ 《文选汇评》,第447页。

至是再过,为补书之,已三易寒暑矣。日就昏耄,指弱不工,不足观也。丁未二月徵明识。"①嘉靖二十三年甲辰(1544)文徵明已为 75 岁之老人,又以小楷书写,其耗费精力可想而知,故三天而书未及半,至三年后方成。楷书虽很难见出前后差异之处,但书写长篇难度之大是可想而知的。

至于黄庭坚书《文赋》,则是另一种情况。杨万里云:

> 予尝见前辈言山谷先生为人书古人诗文,初非检书,亦非已出,必问求书者曰:"子欲某史某传乎?某赋某诗乎?"《文选》诸赋,自《三都》《二京》《子虚》《西征》《江》《海》之外,《文赋》辞最多,而先生一笔为晁仲询乌民书之,虽未卒章,亦不少矣。②

黄庭坚所书《文赋》今已不可见,但其为晁仲询书而未终章应实有其事,周必大亦云:"山谷元丰壬戌岁年三十八,宰太和县,书陆士衡《文赋》,及半,兴尽而止。以遗晁仲询,仲询传其亲孙胜之,寻归庐陵王扬仁,扬仁以遗太和严端礼。端礼将刻置山谷旧治,偕万安郭澥求跋语。"③周必大所言与杨万里一致,且亲见黄庭坚之书。据此,山谷盛年书此赋,不同于晚年"昏耄"的文徵明。其书之及半而辍,非为气力不够,而是"兴尽",即他以书短篇之诗的方式书赋,而未做好书长篇的准备。可见书赋与书诗之不同,一在行气,一在书兴。

孙过庭论"一时而书"的五种相合,其五为"偶然欲书"④,即受到某种感发而产生书写的冲动。但这种创作冲动来得突然,去得也突然,正如《文赋》所云"应感之会,通塞之纪,来不可遏,去不可止"。所以如果遵从这一原则,那么只适合书写短篇,在冲动消失之前及时完成。而书写长篇的《文赋》就不适合在"偶然欲书"的情况下落笔,需要做好充分的心理准备。不过,书写赋中的某个片段,由于字数不多,亦可挥笔而就。而《文赋》中的多数段落适合"偶然欲书",陆机以景物传达其创作感受,赋中"兴"的手法运用,最容易打动书家心灵,激发书写冲动。

《文赋》"曲尽其妙"除前所论,也体现在于赋中兼有比兴之法。陆机在描述创作体验时善用比喻,如"游鱼""翰鸟""景灭""响起""枯木""涸流"之类即是。同时,"兴"的手法于赋中运用得更为普遍,陆氏为避免创作中"文不逮意"之弊,故以"意在言外"的方式传达感受,于是赋中景物蕴含难以言说的体验,令读者自行感悟。刘熙载云:"春有草树,山有烟

---

① 《文徵明书文赋》,中华书局 2016 年版,第 7 页。
② 杨万里《跋山谷小楷书陆机文赋帖》,《诚斋集》卷九八,《四部丛刊》本。
③ 周必大《跋山谷书〈文赋〉》,《文忠集》卷四九,影印文渊阁《四库全书》集部第 1147 册,第 524 页。
④ 《历代书法论文选》,第 127 页。

霞,皆是造化自然,非设色之可拟。故赋之为道,重象尤宜重兴。兴不称象,虽纷披繁密而生意索然,能无为识者厌乎?"此处所论虽针对描写景物之赋,但由之上升到"赋之为道"的普遍规律,强调在铺排景物时"象"与"兴"相称。而"兴"中灌注了赋家的"生意"即生命体验,故他又说:"在外者,物色。在我者,生意。二者相摩相荡而赋出焉。若与自家生意无相入处,则物色只成闲事,志士遑问及乎?"①陆机就是将神秘而深邃的创作体验融入物色的描写之中,书家被蕴含着赋家"生意"的物色打动,从而产生书写的兴致。

在书《文赋》的策略上,一些书家为锻炼"行气"而书全篇,另一些书家则在作品某些段落的感发下即兴而书,于是由"行气"转而"遣兴"。正如本文第一部分所作的统计,清人书写第一段的有 11 人次,书写频率高居第二,有可能是写了开头就不想继续往下写,当然也与本段的"兴"句之多有关,如"遵四时以叹逝,瞻万物而思纷。悲落叶于劲秋,喜柔条于芳春。心懔懔以怀霜,志眇眇而临云",在景物描写中寓含的"悲"与"喜"之情,是由时序的流转而感发,书家阅读时因之而触动,自然情不自禁。第二段书写频率最高,有 15 人次之多,这既有文学观的契合,更有景物的激发之因。不仅"其始也""其致也"在景物描写中传达感受,同时又使用义兼比兴之句,如"沉辞怫悦,若游鱼衔钩而出重渊之深;浮藻联翩,若翰鸟缨缴而坠曾云之峻",在此段结尾,又出现"谢朝华于已披,启夕秀于未振;观古今于须臾,抚四海于一瞬"之句,读来畅快无比,故其被反复书写,自在情理之中。他如第三段"或因枝以振叶,或沿波而讨源""笼天地于形内,挫万物于笔端""思涉乐其必笑,方言哀而已叹"诸句,第四段"播芳蕤之馥馥,发青条之森森""粲风飞而猋竖,郁云起乎翰林"诸句,都能产生感发人心的作用,故书写频率高居前几位。由于赋作前半部分的兴句多于后半部分,书写的频率前后亦有巨大差异。

书家在情感受到激发之时,也以相应的笔法传达出来。"谢朝华于已披,启夕秀于未振;观古今于须臾,抚四海于　瞬",前二句言去故就新,后二句言包括万有,此四句酣畅淋漓,读之有手舞足蹈之快感。李光地以草书书此四句,下笔迅速,字与字之间距离较近,给人拥挤之感,可以觉察出书写时迫不及待的情状(图 9)。而当书写相反的情感时,书家则选择另一种笔法。刘墉有一幅行书作品(图 10),书第十八段中的"(前未见)滞,志往神留,兀若枯木,豁若涸流;揽营魂以探赜,顿精爽而自求;理翳翳而愈伏,思乙乙其若抽"诸句,此绘"文思之塞"的情状,为此,书家用墨凝重,时有涨墨之笔,字间、行间距离较大,可见运笔较慢。尤其是书"乙"字时,赋家以"乙乙"状"难出之貌",故书家以重笔缓慢书写此字,从笔画的运行中,可以体会出艰难之状。用笔之法亦可见出书家与赋家心灵的相通。

---

① 《艺概注稿》,第 454—457 页。

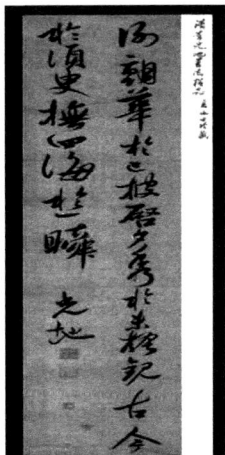

图9   图10   图11

正因为单独书写片段时具有遣兴的用意,所以抛弃崇高的、庄重的成分,《文赋》末段仅有一次书写,意味丰富。此段总论文章功能,强调"兹文之为用"在于"济文武于将坠,宣风声于不泯","被金石而德广,流管弦而日新",同曹丕《典论·论文》所言"经国之大业,不朽之盛事"无异,与儒家立德、立功、立言"三不朽"衔接。陆机于末段对文之功能加以升华,与汉大赋"劝百讽一"的结尾较为相似,并未从实质上提高文之价值。宋代高宗、理宗两位皇帝常将所书《文赋》赐予臣下,明人赵时春对此评云:"书《文赋》,曷如书《辨亡》?赐唐卿以书,曷若揭精忠之旗?笔札工于学晋,曷若奋一旅以绍少康、汉光?徒与左右相悦,曾不念二圣三宫之谍愤颠越也。呜乎!吾于宋高宗何讥乎?志士仁人,安得不扼腕而痛息。"①指责宋高宗沉溺艺术而无心收复失地,《文赋》与《辨亡论》相比,不值一提。此例虽有些极端,但亦可见出陆赋与"经国之大业"相距甚远。出于遣兴的目的书写《文赋》,末段自然难得书家青睐。片段书写多是应人之请,英和、胡林翼、王维贤、吴陞、袁崇毅、朱汝珍诸人作品均是如此。他人请书,艺术性的追求大于文学性,故轻松而随意,突出赏玩性。同时,所用的媒材性质也不适于书写这些段落。在所见作品中,有20件书于条屏,17件书于扇面,而条屏与扇面为清供之物。因此,书于其上者多为小品之文,或具有小品特性的文字。《文赋》虽非小品,然因其文辞华美,书家择其片段书写,也使其具有小品的观赏性。小品之文卸下"文以载道"的重缚,抒发性灵,从而摆脱了一本正经的面貌。《文赋》末段的崇高感与条屏、扇面等清玩属性正好相反,因此其被有意忽视自属当然。唯一书写此段于扇面的是汪由敦(图11),其馆阁重臣的身份促使他重视《文赋》的末段及扇面书写内

---

① 《宋高宗书〈文赋〉赐吴唐卿》,赵时春《浚谷集·文集》卷八,明万历八年周鉴刻本。

容的雅正。

陆机《文赋》的经典化历程,在文学领域之外,书法呈现亦是一条重要的线索。书家对作品的理解与文士有异,且以富有艺术性的线条直观表达。观赏书家书写的经典之作,与阅读纯文字的经典之作大不相同,前者在捕捉艺术意趣的同时,又追寻文本意义;在意义的获得之际,还感受艺术之美。这种美关涉文学作品、书法作品以及书写媒介等多种层面,是多种艺术美的融合,经典作品由此得到异乎寻常的表现。

(潘务正,安徽师范大学中国诗学研究中心教授,出版过专著《清代赋学论稿》等。)

陈绎曾的楚赋美学观[*]

刘朝谦

内容摘要:元代赋美学有两个理论高峰:祝尧的古赋文体观、古赋美学史观和陈绎曾的古赋美学观,自明、清至今日,祝尧的古赋文体观和古赋美学史观得到了学者更多的传承和研究,陈绎曾的古赋审美创作观则相对不那么受人重视。陈绎曾的古赋美学观主要是针对先秦两汉古赋的美学认知,其主要理论形态是古赋审美创作论,陈绎曾在其创作论中主要对古赋创作所依据的美的尺度、创作所要实现的古赋美的形态和格调,以及古赋审美创作的方法等作了具有创新性的、深刻的、细致入微的讨论,其讨论不仅赋予了古赋美学理论以实践品格,而且对古赋活动的文学美学本质也给予了别具一格的理论揭示。陈绎曾在讨论中,将很多传统的美学或文学美学的范畴用于对古赋美学问题的理论沉思与说道,将它们转型为古赋美学范畴,这样的语用既多元全面地揭示了陈绎曾对古赋美学本质和特征的揭示,又极大地拓展了中国赋美学自身的语言边界,并因此极大地拓展了中国美学理论与思想之世界的边界。

关键词:陈绎曾 楚赋 情本理辅 三极(极真、极活、极超) 丽

中国赋美学走到元代,其思与言的主要对象不再是唐宋人关注的律赋或文赋,元代统治者来自中国北方的蒙古,雄浑莽荒、粗犷豪爽,或因如此,他们对形式讲究精巧的骈赋、律赋没有什么兴趣。唐、宋时兴起的文赋多为描写人生哲理的赋体,充满文人的气息,这在尚武的元代统治者眼中,实在没有什么吸引力。当他们决定恢复国家科举制度,用赋取士之时,权衡诸多赋体,最终选择的是更符合其民族审美习性的古赋。元人理解的古赋主要是创自战国屈原的楚赋和汉代的诸种赋体,他们关于赋的创作和美学理论言说都主要围绕此古赋赋体来进行,对汉以后由新兴赋体支撑的赋美学的言说,则多较简略。从吴莱撰《楚汉正声》、陈绎曾撰《楚赋谱·汉赋谱·唐赋附说》两篇文献的标题,我们就可略见一

---

* 本文为国家社会科学基金西部项目"中国赋美学史"(18XZW001)阶段性成果。

斑。而陈绎曾的赋美学观在楚赋、汉赋和唐赋之美学思想上都多所发明,是元代人取得的不可多得的赋美学成果。本文主要对陈绎曾的楚赋美学观进行讨论。

陈绎曾,生活在 1329 年前后,字伯敷,一作伯孚,浙江丽水人,元至正三年(1343)任国史院编修,著名历史家、文学家和书法家。史学方面撰有《辽史》,文论和赋论方面撰有《文筌》《科举文阶》,书法方面撰有《书法本象翰林要诀》。其楚赋美学观主要见于《文筌》中的《楚赋谱》。他所说的"谱",主要指体系。《楚赋谱》主要有两大内容,一是楚赋的历史谱系,二是楚赋审美创作的知识体系。陈绎曾建构、阐释这一体系,从而形成了他的楚赋美学观。

陈绎曾所说的"楚赋",是指由屈原创起,为宋玉继承发扬,至汉得到蔓衍,在后世得到传承,并形成传统的楚赋历史现象。他认为楚赋即古赋,屈赋为楚赋之祖:"屈原《离骚》为楚赋祖,只熟观屈原诸作,自然精古。"①屈赋精古到了宋玉手上,古意不再如屈赋那样"浑全"。陈绎曾此处思想的逻辑,沿用了庄子关于道为天下裂,后世之人不复能得见大道之全之备的理路,他希望后人对古赋的学习,应直接到屈原赋那里揣摩,因为,只在屈赋里,才能真正看到赋的"浑全"古貌。

陈绎曾描述的楚赋美学史现象以楚赋体式为基本平台,楚赋在古赋诸体中,具有独特的审美本质,楚赋作者在实践中形成了自成体系的赋文审美创作范式,在创作上有很多成功的、优秀的赋文学文本,在赋史上有众多有名的赋家。陈绎曾据此建构起自己的楚赋美学,他对楚赋之审美本质的揭示和审美创作范式的描述、分析与阐释,相对于中国古代其他很多人的赋论话语,更为细致入微,更具有美学思想和理论的创新性,更具有鲜明的实践品格。

一、情本理辅的赋美本质论和创作方法论

陈绎曾《文筌·楚赋谱》由楚赋法、楚赋体、楚赋制、楚赋式和楚赋格五个部分构成,这五个部分文字所言说的思想和理论,构成了其楚赋美学的主要内容。陈绎曾首先谈到的一个重要美学理论就是赋文创作的"情本理辅"论:

> 楚赋之法以情为本,以理辅之。②

---

① ② 陈绎曾《文筌·楚赋谱》,王冠辑《赋话广聚》(1),北京图书馆出版社 2006 年版,第 355 页。

所谓"楚赋之法",指楚赋的创作方法。陈绎曾认为"以情为本,以理辅之"乃是楚赋创作的总纲。我们认为,当赋家遵循此创作方法创作出赋文本,赋文本形成"情本理辅"的话语结构之时,"情本理辅"就转而显形为楚赋独特的文学审美本质。

陈绎曾的"情本理辅"论抓住了楚赋创作的两个基本要素:一是情,一是理。在汉代人关于屈赋的著名争论中,我们已经知道楚赋中的情与理往往处在尖锐对立的状态,正如刘勰在《文心雕龙·辩骚》中所说的:"昔汉武爱骚,而淮南作传,以为'国风好色而不淫,小雅怨诽而不乱,若离骚者,可谓兼之;蝉蜕秽浊之中,浮游尘埃之外,皭然涅而不缁,虽与日月争光可也。班固以为露才扬己,忿怼沉江;羿浇二姚,与左氏不合;昆仑悬圃,非经义所载。"①以刘安、司马迁等人为代表的汉人认为屈赋是符合儒家理性的作品,以班固为代表的汉人认为屈赋意象和情感是狂狷的,非理性的,甚至是反理性的。陈绎曾提出的"情本理辅"说,可以看作是对汉代人关于屈原评价的不同意见的一种折中之见。

按照文艺学和心理学的一般通识,文学抒发的情感在很多时候是极端之情,作家深知对于一般读者而言,作品抒情越是极端,对某些读者而言就越有吸引力;作家在创作之时,亦会因种种原因,让自己的文学抒情陷入非理性,甚至是反理性的状态。这意味着楚赋的创作如果一味以情为本,则有可能导致创作本身的失范与无序,因为极端的抒情不加以应有的控制,易让创作被情感的激流所完全淹没,而没有理性约束的激情,乃是生命失范与无序的典型状态。明了这一点,我们才能明了陈绎曾所说楚赋创作虽然以情为本,却又必须"以理辅之"的意义和价值。这里所说的"理",在客观上指赋所写事、物、情三者赖以成立的生活逻辑、认知逻辑和社会文化逻辑,在主观上指赋的审美创作过程中创作主体冷静而理性的创作心理或生命精神状态。"理"无论是在楚赋文本的审美结构中,还是在楚赋的审美创作中,都居于辅助的地位。陈绎曾强调这一点,意在说明楚赋审美创作的情与理在体用关系上,情为体,理为用,楚赋的审美创作在根本上是对主体情感的审美体现。

二、清神沉思:楚赋创作的思维与美言生产

陈绎曾谈到楚赋创作的具体过程时,提出了"清神沉思"的美学命题:

> 先清神沉思,将题目中合说事物一一了然在心目中,却都放下,只于其中取出喜、怒、哀、乐、爱、恶、欲之真情,又从而发至情之极处,把第一、第二重易得之浮辞,一切

① 刘勰著,周振甫注《文心雕龙注释》,人民文学出版社 1981 年版,第 35 页。

革去,待其清虚深远者至,便以此情就此事此物而写之。写情欲极真,写物欲极活,写事欲极超,诣以身体之则情真,以意使之则物活,以理释之则事超。诣清神法,见古文谱,曰沉思。即沉抑两重浮辞而不用之是也。①

"清神沉思"包含了两个步骤:一是"清神",二是"沉思"。"清神"的字面意思是让充塞万物众声,喧闹混浊的主体精神返回到原初空无一物、虚静清澄的状态。陈绎曾的"清神"思想源于老子所说"致虚极,守静笃""归根曰静""涤除玄览"和庄子哲学中的主体心斋之说"唯道集虚,虚者,心斋也"②。老庄的虚静心斋之说,在于批判和否定人本世界的喧哗众声,明确人存在的本真意义先在于人本世界,原初的本真意义在于道域。其说法作为道家存在哲学中的主体论思想,其目的是为居于人本世界中迷失自身存在真义的主体提供一条返乡之路。后世文学家、艺术家在对文艺主体进行思考之时,借用老庄的虚静心斋之说,以讨论文艺活动中创作主体的在场情态,正如苏轼所说的"欲令诗语妙,无厌空且静。静故了群动,空故纳万境"③。此时,作家对虚静之境的返回,本质上是对自然初心的返回,此返回从表面上看是对当下现实的远离,但在深层的意义上,却是认为文学作家唯有通过远离,才能更本质、更清晰地看清现实,看清创作所要表现的对象,才能用文学的语言写出生活的本质真实。据此以观陈绎曾的"清神"之说,其意思是说楚赋作者进入创作状态,首先要做的事情就是应下一番功夫,将自己心中原来装满的与创作无关的事、物、情都清除出去,让自己的心灵精神之宇变得虚静澄明,唯其如此,赋家才能真正将文学表现作为反映生活的镜子树立起来,以一己之心镜,映出现实生活中的纷繁万象,并把万象背后的生活本质照射出来。正如陈绎曾所说的,把赋文所要表现之真情从事物中提取出来,才能为后面的楚赋文学沉思、创作构想和语言生产等提供必要的、有效的用武之地,成功地建造出楚赋文本中美的世界。

　　在陈绎曾的命题里,紧接"清神"的是"沉思"。"沉思"指楚赋作家创作构思的一种常见形式,陈绎曾指出,楚赋作家沉思的任务在于"了然"赋文本所要描写的物与事。"了然"即赋家在主观上对自己要用赋描写的客观的物与事有彻底的认知,对物与事从形到神作深入地洞悉,对赋文本所要描写的物与事有充分的移情。"了然"实现之时,作家作为主体同自己的审美创作对象之间的主客界限被抹除,在主体的感知中,主客不再是二分的,而是二者融为一体的。苏轼说文与可画竹之所以好,是因为文与可每到提笔作画之时,其与

①　陈绎曾《文筌·楚赋谱》,《赋话广聚》(1),第 355 页。
②　上海古籍出版社编《二十二子》,上海古籍出版社 1986 年版,第 5、21 页。
③　苏轼《送参寥师》,苏轼撰、王文浩辑注,孔凡礼点校《苏轼诗集》,中华书局 1982 年版,第 906 页。

所画之竹的关系步入了"身与竹化"之境①。"身"是艺术家作为艺术创作活动主体出现在艺术创作现场的指意符号,"竹"是艺术家当下所要给予艺术描画的美的对象,"身"与"竹"相化,指在画家画竹的那一瞬间,画家文与可感到他就是竹,竹就是他,因为如此,他在那一瞬间是世上最了然竹之形神的人。这种了然,保证了文与可画出的每一个线条,都是对竹的形与神最准确、最生动的描画。以此而观陈氏的楚赋创作"了然"之说,虽针对的是文学,但在根本上同苏轼的"身与竹化"说是相同的。

不过,必须说明的是,陈绎曾"了然"说所要求楚赋作家对其要描写的物与事的"了然",并不是楚赋创作真正的旨趣,而只是达成楚赋创作真正旨趣的必由之路。楚赋创作真正的旨趣在于抒发主体极致的情感,从现实生活中,从物与事中提取出这样的情感,并用美的赋言以表现,因此成为楚赋作家"沉思"的真正目的。

陈绎曾说,赋家了然物与事之后,就应当把物与事本身放下,转而从了然于心的物与事中提取出人的七种类型的真实情感,再从七种类型真情中择取极致的真情给予美的表现。这表明陈氏认为赋所铺写的物与事是内含真情的,物与事何以会内含真情,如何含蕴真情? 对这类问题陈绎曾虽然没有如嵇康在《声无哀乐论》文章中那样发出追问,并给予明确的问答,但是,他认为作家在"了然"物与事之后,才能提取到人的七种类型真情,则明确肯定了赋家要抒发的极致真情就内含在赋所描写的物与事之中。因此,赋家对物与事的了然,是为了自己了然人的七种真情。赋家在此基础之上,始能最终抵达楚赋创作的根本,即提取到人的极致真情,用赋言给予抒发。

陈绎曾于此说明,作为楚赋创作根本对象的情感不是一般情感,不是在情感类型化框架中作为情感知识现身的空洞、冰冷的情感,而是属于作家个人从现实生活中体认到的热乎乎的极致真情。极致真情不是那种平庸、淡而无味、缺乏个性色彩、不具有风格化形式之情,更不是被用来制作社交面具的虚假不真之情,作为极致真情,它是情感的极端形式,就像屈原在《离骚》中所处身的那种不得不呼天抢地,痛呼父母,以求得安慰的绝望之情。它是发自赋家内心深处的、源自人的天性,未受到遮蔽的绝对真诚之情。陈绎曾认为,在楚赋的创作构思阶段,这样的极致真情是作家通过对物与事的了然而最终获得的。赋家获得了极致真情,创作始可进入文学语言的审美表现环节。

陈绎曾指出,在用美的赋言抒情环节,楚赋作家会面临两种赋言,一种浮浅华美,这种赋辞言近旨浅,华而不实,形式虽美,而韵味不足;另一种是"清虚深远",这种赋辞言近旨

---

① 苏轼《书晁补之所藏与可画竹三首》,叶朗主编《中国历代美学文库》(宋辽金卷上),高等教育出版社 2023 年版,第 319 页。

远,属于晚唐司空图所说具有"四外"特征的富于韵味之言①,是有韵味的语言形式。前一种赋辞因其美的外表,对赋家是有一定吸引力的,它因此也会成为赋家在创作时可能陷入的一个误区。赋家迷失于这样的赋辞中,就会与真正美的赋言失之交臂。所以,陈绎曾强调楚赋作者在表现极致真情之时,切不可用轻易就可得到的浮华之词,必须使用最能深中极致真情精髓的辞语书写之。并且,这样的赋辞一定要始终攀缘于最能表现极致真情的事件与物色,从而保证其所抒发的极致真情不是空洞的、没有生活气息的无美而伪之情,而是血肉丰满,真切感人,把现实生活整体的历史性、感官性、复杂性和多元性带出的极致、极真之情。

三、极真、极活、极超:情物事之美的创作尺度

在上一节引用的陈绎曾论楚赋创作的文字中,他还就赋中物与事的描写、极致真情的抒发高悬了三个美的创作尺度,即"极真""极活""极超"。这三个尺度也是陈绎曾为楚赋审美创作构筑的三个主要范式。"极真""极活""极超"分别对应于赋对极致真情的抒发,对物色和事件的文学描写。

所谓"极真"者,指楚赋所抒发的情感不仅真而不假,而且是人之真情中又最真之情。"真"在这里被陈绎曾高悬为楚赋创作的最高审美尺度,用以强调楚赋的审美创作要以对情感的极端真实表现为最高目的。由于这里所说的真是就情感而言的,因此,它具有两种意义:一是指赋所抒发的至情作为真实的情感乃是一个事实。二是指赋所抒发的情感在更本质之处不仅是作为客观真实事实的情感,而且是关于此情感的真实感觉,也就是说,情感的真在本质上不是事实的真实,而是文学主体感觉到的真实。

所谓"极活"者,其中的"活",指文学物象得语言之力而呈现的生动活泼,即楚赋对物或物色的描写必须是生动传神的;"极活",则指赋所描写的物或物色生意盎然,生机勃勃,极具活力,极其生动,物或物色因此显现出生命的极致之美。古人向来认为,赋之所以为赋,一个根本的原因是这种文体是对物或物色的铺陈敷写,是"体物"之体,"赋者,铺也;铺采摛文,体物写志也"②。赋所描写的物,包括有机物和无机物,有机物在生活中自有生机,但被赋家转换成赋言之后,其生机并不必然地被保存下来,并不必然以文学语言的形式洋溢生机。无机物在生活中只是在人所定义的自然风景这一框架里,才会被人感知为

---

① 参见司空图所说诗的四种意境之美,即"四外":韵外之致、味外之旨、象外之象、境外之境。
② 《文心雕龙注释》,第80页。

有活力的物,如大江边上的巨石因为被人想象为望夫石,此石头作为无机物也因此在江边望夫的风景框架中显现出活力。但生活中的物或物色在赋中都要尽数转换成状物的文学语言,楚赋之言对物的摹状,是否可以形神兼备,就要看赋家以言状物的创作能力是否强大,文学美学修养是否深厚。陈氏强调楚赋必得写物,且其对物的摹状必须要写出物或物色的"极活"姿态,这样的物态作为物的生命在场身姿,乃是作为赋象的物或物色之美。陈氏对写物"极活"的要求,意味着他认为赋中的物或物色绝不能是死气沉沉之物,否则赋就无美可言。

所谓"极超","超"指事件、情节感性外观后的理性逻辑,它可以是生活的,也可以是知识、文化的;"极超",指赋中叙述的"事"(事实、事件)完全符合生活、知识和文化的理性逻辑。陈绎曾认为楚赋一般是由叙事和抒情两种书写方法共同完成的文学,据此,他对写事必须写得"极活"的要求自然是可以纳入叙事文学框架内来讨论的。在文学叙事的语境里,叙事意指用文学的语言讲故事,而故事主要由事件和情节构成,陈氏所说楚赋写"事",因此可以理解为楚赋的叙事,即楚赋对事件和情节的叙写。楚赋描写的事可能不是人的已然生活,但在作为人的应然生活方面,它必然是合理之事;赋中不合理的事件和情节,是不会被读者接受和体认的。这样的事件和情节本身不美,也不可能让赋所描写、表现的极致真情和鲜活物色成为美的赋情赋象。就是说,"极超"在楚赋文本中的存在,既保证了楚赋文本中的情感、赋象虽然有非理性、反理性的一面,但是最终用事件、情节存在的理性,为赋文本之情和物的非理性、反理性提供了存在的合理依据,让赋文本中的世界终究不至于整体陷入失范和无序的混乱状态。"极超"因此是让"极真"之情和"极活"获得理性秩序的法则,"极真""极活"因为得到"极超"给予理性逻辑的支持,而必然成为美的赋文本意象。此外,"极超"作为赋文叙事的至高法则,还会为楚赋文本带来理趣这一别样的审美形态。

陈绎曾对楚赋创作之"极真""极活""极超"三个美的尺度的高悬,其所形成的赋体文章审美创作论同主张诗言志观点的经学美学创作宗旨是大异其趣的,他所说楚赋的三种美的尺度无论是公共性的,还是属于个体性的,它都一点也不中庸,都自觉地不把礼乐诗教的理性精神作为文学美的最高尺度,当其抒发的是乱世怨情之时,它是不会止于礼义的。就像屈原在他的赋文创作中那样,他对怨情的抒发可以是对自身先天和后天之美的极度自恋,也可以是对伤害自己生命之美的社会政治的无尽批判;可以是他数责君王的话语,也可以是作家自杀的极端形式。陈氏所说楚赋抒发的至情也不是战国诸子时代的赋诗者搁放在诗语中,属于某个政治、军事集团急功近利的政治抱负、政治志向。在文学抒情论方面,陈氏的观点更像是将晋人陆机"诗缘情而绮靡"转用来定义楚赋创作的审美尺度①。依此,我们认为陈氏的"情本理辅"论在中国赋美学史上不属于经学赋美学观,其美学思想观点自成一家言,在经学赋美学观占据中心的中国古代社会,陈氏这一思想属于较为小众的观点,然而,小众不等于其理论的价值也小,在中国赋美学史上,不乏属于小众却能揭示真理的理论观点,当大众的或居于中心的主流观点扭曲文学的本质而不自知之时,有些小众的或居于边缘的理论观点却真正固执地将文学真正的本质照亮出来。我们认为,陈氏的楚赋美学观就是这样的小众赋美学观,在经学赋美学观宰制中国赋美学领域的元代,唯有他这样的赋美学话语体系才真正在以赋文学活动本身作为赋美学思与言的对象。至于他对"极活""极超"两个创作审美尺度的设定,则从体物写事这两个为赋专有的角度,坚守住赋的文体特征,让楚赋的美属于赋的美,而不是属于其他文学体裁的美。

四、楚赋创作方法的体系构建和阐释

"情本理辅"说是陈绎曾从创作的角度对楚赋审美本质的揭示,这一说法是其楚赋创作论的总纲,要把这个创作纲领具体落实到楚赋创作的各个环节,生成赋文本"情本理辅"的审美结构,就需要更具体而微的楚赋创作方法体系设计和建构。陈绎曾对此有自觉的认识,他在《文筌·楚赋谱》中设计和建构了具体的、具有操作性的楚赋创作体系,并对该体系给予了粗略地描述和阐释。

陈绎曾指出,楚赋创作在开始的地方应做到"原本"。所谓"原本",就是"推原本始",用今天的话来讲,是要求楚赋的创作应回到生活现场。更具体地说,就是要求赋家在创作之初,"或原理、或原事、或原物、或原景、或原情、或原古"②。陈绎曾在此把"理、事、物、景、情、古"六者确立为楚赋创作的基本要素,要求创作应先追溯此六种要素发生的原初现场,以抓住此六种要素的原初本真质性及其产生机理,再将之带入楚赋叙事、抒情的过程中,如此才能写出极真、极活、极超的赋美。

陈绎曾在此所说的"本始",既指六要素产生或发生的初始原因、机理,也指赋文本六要素在现实和历史生活中的原型,追溯和返回"本始"之处,即是追溯和返回赋文本六要素在历史、现实生活中的初始现场。陈绎曾强调赋家以此种追溯和返回作为赋文本创作的开始,表明他认识到楚赋文学之创作是以人的历史、现实社会生活为源泉的。据此,我们

---

① 陆机《文赋》,萧统编,李善注《文选》卷一七,中华书局1977年版,第720页。
② 陈绎曾《文筌·楚赋谱》,《赋话广聚》(1),第356页。

可以认为,"推原本始"之说把楚赋总体上定位成了现实型文学,即赋家所书写的赋文本内容从根本上讲不是想象或幻想的产物,而是对人生存并存在于其中的现实世界的再现和表现。陈氏对楚赋的这种定位,无视楚赋文本所具有的更为根本的浪漫型文学特征;没有对楚赋浪漫型文学特征同现实生活的关系给予描述和理论阐释,这不能不说是陈氏楚赋美学观的一个遗憾。不过,如果从浪漫型文学的创作源泉同现实型文学一样也是人的社会生活看,那么,陈氏关于赋家返回生活原初现场和历史语境的要求,又有其充分的合理性。

陈绎曾认为,楚赋作家在创作之初追溯并返回历史、现实的生活现场之后,即可进入叙事、抒情的创作环节。他指出,叙事和抒情是楚赋创作最为基本的两个层次。陈氏在如此言说的时候,没有专门讨论楚赋的叙事和抒情特殊在什么地方,因此,人们无法根据他的说法把楚赋的叙事和小说、剧本的叙事区别开来,也无法把楚赋的抒情同诗词等其他文学体类的抒情区分开来,这不能不说是一种遗憾。尽管如此,陈氏所说的叙事和抒情确实从屈赋那里就开始存在,《离骚》从美和政治两个层面对主人公的悲剧人生作了叙事,宋玉《高唐》《神女》二赋对楚王的云梦之游作了叙事。陈绎曾把楚赋的叙事定义为"直叙事实"。至于楚赋的抒情,从屈赋开始,本就是楚赋最重要的美学特征,陈绎曾将这一特征定性为"抒写至情",是十分恰当的。

在具体的创作技法上,陈绎曾对楚赋之叙事和抒情作了如下定义:"叙事:直叙事实。抒情:抒写至情。"[①]抒写至情这方面本文在上面已作了深入的讨论,至于直叙事实,则无非是说赋文本中故事进行的时间同这个故事在生活中进行的时间是高度一致的,楚赋作家并没有用倒叙、插叙等手法故意改变生活故事原有的时间框架。楚赋因直叙事实而再现的是生活客观真实的形与神,因抒写极真的至情而表现的是人对生活真实的情感态度,这两种创作方法让楚赋在客观再现和主观表现两个层面都能做到对现实生活的审美书写。

在赋家怎么叙事、如何抒情方面,陈绎曾谈到了"设事""冒头"和"破题"等创作手法,认为赋家可以通过对这些手法的运用,来让叙事和抒情得到最好的实现。他说道.

    设事:假设而言。

    冒头:立说起端。

---

① 陈绎曾《文筌·楚赋谱》,《赋话广聚》(1),第 356 页。

破题：说破本题。①

在"设事"一项，陈绎曾说到了楚赋"假设而言"的赋言审美特征，假设之言在很大程度上也就是虚构之言，其所表达的内容是人的应然、或然的生活，是人用想象和幻想的力量构建的世界图像。文学在本质上向来站在虚构这一边，陈绎曾所说的"假设而言"不经意间将楚赋的虚构本质揭示了出来。

陈绎曾论到楚赋创作想象特征之时，还说到了"况物"这一创作技法：

> 况物：借指他物，实言人事，辞欲不通而意初不悖，大概以草木况人品，以鸟兽况人物，以天宫况朝廷，以风云况号令，以弓剑况才用，以车马况行藏，以宝玉况德性。②

"况物"，指赋家自觉运用相似联想和关联想象的思维，将所要描写的人、事、物拟象于某种自然物或幻想的神话之物，这种修辞手法遵循赋体创作特有的体物原则，依美的尺度创造性地生产赋象，其所生产出来的赋象在本质上乃是一种美的拟象，此拟象将非人之物同人事之物打通成一体，展开的是两种物象之间的转喻关系，非人之物与人事之物在此拟象中隐匿地对话、相互争执且又握手言欢，因此在调性上具有复调调性。

陈绎曾的"况物"说在表面上渊源于《诗经》经学"三体三用"中的"兴"观念，"况物"即楚赋创作的暗喻修辞方式。但是，陈氏"况物"说真正的源头应是屈原在其赋中所开创的"物—人"审美意象系统，"物"指非人之物，如兰花香草、昆仑神山等物；"人"指人事之物，人事之物包括了人物、人之品性、德性以及人为自己制作生产的器具，指意的是人在当下具有具身性的此在与存在。屈原把非人之物作为指意人事之物的能指符号，把人事之物作为此能指符号的所指对象，即构成赋文本中的"况物"之象。陈绎曾特别指出，赋家运用"况物"技法创作出的赋文本意象，其非人之物同人事之物二者之间存在"不通"和"不悖"两个方面。"不通"，指非人之物与其所转喻的人事之物二者在物的外观和物性上明显是不同的，把二者纳入一个统一的意象框架里，其辞在事性物理上是不能吻合的。"不悖"，把"况物"之象中的非人之物同人事之物在赋所表达的人文意义层面，却又显现出相互融洽、不相悖反的特性。楚赋文本中构成"况物"之象的两种物象相反相成，是"况物"赋象的复调审美品格最为集中的表征。

---

① 陈绎曾《文筌·楚赋谱》，《赋话广聚》(1)，第 356 页。
② 陈绎曾《文筌·楚赋谱》，《赋话广聚》(1)，第 357 页。

我们认为,陈绎曾所说的"况物"赋象这一楚赋意象系统,并非如王逸所说的那样是屈原依《诗》取兴的产物,而是"兴"作为诗歌创作通用的修辞技法在屈原手上得到特殊运用的结果。陈绎曾在称名上刻意用"况"字取代了"兴"字。"况"的意思是指赋家将物与人事二者之间相近或相关联的地方提取出来,用以将物与人事建构为一个统一的文学意象系统,在这一系统中物象是表面的赋文本形象,人事是赋文本深层的意象,深藏在赋之物象后面,是由赋之表层物象来给予言说的。在此,物与人事的关系是自然之物、神圣之物和人为之物之间的转喻关系,正如屈赋中屈原作为人的美是由兰花香草的美来得到言说的。就是说,陈绎曾所说的"况物"指楚赋作家之书写意不在写出非人之物本身,而在于要用所描写的非人之物,转喻赋家想要叙述和描写的人为之物或属人之物。"况物"在本质上乃是赋家对非人之物同人事之物之间转喻关系的建构和呈现。

"况物"修辞方法的美学意义在于,人事之物在运用"况物"手法建构和呈现出来的转喻意象系统中是潜隐的、含蓄的、诡谲的赋象,此种赋象所包含的人文意义在阅读时其显现或被生产出来的路径是曲折的、复杂如迷宫般的,它让读者对赋文本的审美期待有效地得到延宕。延宕令楚赋文本审美意义生产总是显现为"犹抱琵琶半遮面"的情形,读者的审美期待因此被反复放大,赋文本审美意义生产之最终时刻因延宕而被有效推迟,从而使读者在不自觉中,快乐地居于阅读赋文本这个审美过程之中,生发、积累越来越强烈的审美感受。

东汉王逸认为屈赋的"况物"手法来自《诗经》的"兴"。兴者,指人在宗教、哲学和文艺活动中常用的一种想象思维,在《诗经》语境里,"兴"特指《诗经》活动中主体的政治、宗教和文学想象思维活动,也指诗人用此思维创作出的《诗经》中诗歌作品里的兴象。"兴"被经学家认为最初是由《诗经》创起和独占之物。我们认为,这种独断论明显是不能成立的,因为在人类的精神活动中,它是到处可见的想象思维的一种形式,在中国上古文学中,屈原创作楚赋所用到的"兴"不必一定来自《诗经》。屈原运用"兴"手法创作出的赋象,是依托楚地文化积淀而形成的,它首先是楚人民族集体意识在赋体文学活动中的显现。屈原在中国赋美学史上最早用"兴"的手法将赋家所要描写的当下之至情、人性、事与物等暗喻出来。而陈绎曾对楚赋的此种作赋手法以"况物"称之,或是要刻意同《诗经》比兴观划清界限,其对同一种文学修辞手法给予不同的称名,令陈绎曾之赋观不像王逸的赋观那样充满浓郁的经学色彩,不像王逸那样把楚赋仅看作是经学的仆从。

陈绎曾除了使用"况物"来揭示赋家运用联想、想象思维构建物与人事之间的转喻关系,他还使用"比物"一词以道说楚赋创作的比喻方式:"比物:以物比事,辞通而意露,与况物绝不同。"①"比物"同"况物"相同的地方在于搭建勾连物与人事之间的关系,但是,"比物"完全不同于"况物",陈绎曾指出,在"比物"的言象关系中,非人之物象同其所比喻的人事之物象,二者无论是在能指层面,还是在所指层面,彼此都是融洽相通、意义显豁的,作为能指的非人之物同作为所指的人事之物在赋文本中是平行关系,而不是赋文本之表层和深层两层结构之间的递进纵深关系。陈绎曾既然说"比物"是"以物比事",那赋家创作的思维就必得是联想和想象的思维,因为唯有使用这样的思维,物与事之间的可比性才能被发现,不同性质的物彼此之间的比较关系才能被成功构建,此物与彼事才有可能被打造成一个统一的赋文本审美意象。

陈绎曾对"设事""况物"和"比物"的讨论,都涉及赋文本创作的想象思维和虚构特征,涉及赋文本意象的复调美学结构,涉及赋文本审美思维的象征、转喻等特性,是从操作的层面对写物"极活",写事"极超"的具体阐述。陈绎曾指出,楚赋如此写物写事,而能达成对人极致真情的抒发。

至于陈绎曾所说的"冒头"一项,探讨的是楚赋开篇的创作方法,要求开篇即需"立说"。"立说",指赋家在赋文开篇对所要表达的主要思想观点的树立,"说"者,即是一篇赋文的主题。这种树立,即是"冒头",即把赋文的主题树立起来。

在"破题"一项,陈绎曾将"破题"定义为"说破本题"。"本题"者,此篇赋文本之思想主题,主题树立起来,内容还必须"说破",所谓"说破",就是解释。"破题"的意思,是说赋家的创作必须在赋文本中阐明主题的具体内容、意义,然后用种种文学手法深化之。这一要求在赋美学层面的意义,就在于一篇赋文必得有一个主题以作为文本的中心,有此中心,赋文本的美才有了存在的根基和主干。

五、陈绎曾关于楚赋美学范畴的生产

从思想生产的角度看,一个赋美学思想者的创造性生产不仅是为赋美学思想的表述制造出新词,而且是发现美学新的问题,并尝试给予解答,新的美学范畴的生产意味着新的美学问题意识和美学认知的产生,在这个意义上,历史上每一个新的美学范畴出现,都表征了美学自身的历史进步。一个历史时期出现的新美学范畴总是见证着范畴生产者对这个时期的美学所作出的历史贡献。就是说,中国赋美学史的历史变化通常是由其命题、范畴的变化来表征的,当一个谈论美学的人在赋美学范畴的使用和生产上较前人有所创

---

① 陈绎曾《文笙·楚赋谱》,《赋话广聚》(1),第 358 页。

新之时,我们就可以肯定地说,这个人称得上是赋美学家,因为他用对旧赋美学范畴新的语用以及他对新赋美学范畴的生产,实际地推动了中国赋美学的历史进步。据此以观陈绎曾,我们认为,他算得上是元代伟大的赋美学家之一。

陈绎曾在《文筌·楚赋格》讨论楚赋的审美格调之时,集中使用了许多美学范畴和命题,多方面、多层次地展示楚赋丰富的审美风格和气韵,其所使用的美学范畴如果放在美学和文学美学的大框架里看,或以为是陈词滥调,但是,陈氏把这些陈词如此集中地放在一起来总说楚赋的审美格调,把别的文学体类中用过的美学范畴拿过来阐释楚赋的审美本质与特征,令这些范畴在其楚赋美学话语体系中明确现身为赋美学的思想符号,这样的语用当然属于旧词新用,也可看成是楚赋美学范畴的创造性生产。我们从下面的引文可以看到陈绎曾对于楚赋美学范畴的语用情形:

> 清深(《骚经》):神清思精,意真语趣。
> ……
> 清婉:寓意深远,遣词粹雅。
> 超逸(《远游》):超出常度,别发奇文。
> 壮丽:奋厉辞气,不拘调度。
> 清丽:专炼辞情,略具首尾。
> 典雅:立意高平,造语淳古。
> 奇丽:运意险绝,造语精神。
> 顿挫:立意跳荡,措辞起伏。
> 绽后:前但泛言,后方著题。
> 布置:拆繁衍略,间架整齐。
> 顺布:自首至尾,顺文铺叙。[①]

在上述文字里,陈绎曾将楚赋创作放到意义和语言两个基点上,谈论抒情和叙事的方法。他用了多种美学范畴,来描述、定义创作的审美特质和具体方法。通过他的这种理论话语,我们可以感知到他确实有意将楚赋创作定性为对楚赋美的生产,有意将楚赋的美定义为有意味的审美形式。

陈绎曾首先用"清深"一词描述《离骚》的审美风格。"清深"在三个层面上表现出来:

---

① 陈绎曾《文筌·楚赋谱》,《赋话广聚》(1),第363—364页。

第一,神清思精。"神"和"思"合为"神思","清"和"精"是神思的状态。该范畴源自《文心雕龙·神思》,陈绎曾借来指《离骚》作者的创作思维,他对"神思"语用的新意在于他将"神思"分拆为"神"与"思"二者,而不再将"神思"看作是一个整体,拆分之后,谈"神"之"清"与"思"之"精",用以描述赋家创作之时,其思维清晰,富于条理,专注深刻,干净爽朗。第二,"意真语趣"。此范畴的美学指意是"真"与"趣","真"为赋辞所写意义天真淳朴,"趣"指赋文本语言所写照的生命生动有趣。"真"与"趣",反之则虚伪与了无生趣。"真趣"可被拆分成天真的"意趣"和天真的"语趣"。天真的"意趣"是赋文本表现的主体生命中天真生意之美,它是陈绎曾在"情本理辅"论中所说极致真情的一种审美形式。天真的"语趣"指赋之文辞本身乃是具有审美趣味的语言形式,它特别的生动活泼,富于情趣,招人喜爱。"真趣""意趣"和"语趣"三种趣味合起来,即构成楚赋文本总的审美趣味。第三,"清深"范畴的整体意思指屈原《离骚》所代表的楚赋对世界的敷布图画,对赋文思想和情感的展开与抒发,在思路上是清晰精到的,在赋的审美趣味方面则是富于意趣、真趣和意趣的,楚赋文本在天性自然真淳、情感极致真诚和语言生动活泼等方面,都极具美的滋味。

在楚赋审美价值观上,陈绎曾认为在楚赋所有美学格调中,"清深"是至高的品格。陈绎曾所标举的这种楚赋美学风格,最重赋语、赋意的天真率性、本朴烂漫之姿,明显同元代统治者的文化脾性极为吻合,是对六朝之后,至唐、宋大盛的精致的、形式的、人为的、僵硬的律赋美学风气的抵抗和拒绝。

陈绎曾将楚赋诸种审美格调放置于一个高下有别的等级阶梯中,在这一等级位阶中,"清深"之下的品格是"清婉"。"清婉"表述的是楚赋文本言意结构的审美特征,为文意之"深远"和赋辞之"粹雅"的结合体,"深远"指赋文本寄寓于赋辞之意义绵长深远,读者思之无穷,味之无尽。"粹雅"者,赋辞中的雅辞也,且此赋辞之"雅"不是一般的雅致有礼,它是"雅"中之"雅",是所有雅辞中最为纯粹的雅辞。"雅"在中国古代作为美学范畴,原生于先秦礼乐文化,曾是官方审美意识形态的语言形式,是贵族阶层、社会上层人士特别喜好的审美格调。当语言被规定成为雅辞,此雅辞也就具有了贵族的、礼乐文化的审美品性。陈绎曾将"粹雅"赋辞看作是楚赋"清婉"审美格调的主要内容之一,等于是说楚赋言意结构之美是具有贵族品性的。陈绎曾的这一说法在屈原的《离骚》中可以得到充分的证明,《离骚》中言与意的关系处处强烈表现的的确是屈原心中贵族性质的审美意识和美学好尚。在《离骚》这里,赋辞之粹雅和主体的贵族情意二者形成了该赋主要的言意关系,此关系所呈现出的楚赋文本之美乃是一种虽我行我素,却又典雅高贵的美。

陈绎曾接下来所说的楚赋"超逸"之格,在他之前,基本上没人用"超逸"一词来道说楚赋之美,前人更多的是用"超逸"一词因隐逸而超脱的本义,言说陶渊明代表的隐逸诗歌之审美格调，"超逸"在诗歌美学话语里，一则是说诗人在现实生活中乃是超逸于世俗生活轨道的主体，是主动归隐田园，或隐于山林的隐士高人；一则是说描写隐逸生活主题的诗歌作品在思想旨趣上超逸于世俗社会中的诗歌的功利观。所谓"超逸常度"，"常度"既指世俗社会日常的生活轨道，又指世俗社会中主流思想、文学美学的恒常法则。楚赋文本所写的内容，所显现出的生活价值观和美学向度超逸出这样的常度，其所具有的审美格调即是"超逸"之格。像《九歌》中缤纷而来的列仙，《招魂》所写的吉凶翻涌的灵魂世界，《归去来兮辞》中描写的与世俗生活形成对抗的隐士生活和人生姿态等，都是"超逸常度"且在赋的形式上"别出奇文"的。

至于"壮丽"，陈绎曾认为是赋中文辞气势雄壮到超出常态，不为常态所拘束而生成的特殊审美品格。这种对"壮丽"的理解和描述从源头上讲属于孟子以来的气美学论，在赋美学的层面更多来自曹丕《典论·论文》的文气说，曹丕自觉地将他对文气的理论洞见运用到对赋文学审美本质的描述上，运用到赋家、赋作的审美批评上，从而令其文气说成为赋美学的一个重要的理论。陈绎曾的楚赋"壮丽"观既然是赋美学的文气说的一种表述，则它的内容同汉代所理解的赋文润色鸿业造成的赋象景观的恢宏壮美并不一致，即陈绎曾的"壮丽"首先言述的是赋家创作时气盛言沛的主体生命气势，其次才是对楚赋文本气盛之美的指意。陈绎曾所说的楚赋"壮丽"因此在本质上属于文学创作美学范畴，言涉的是文学私语性质的美的生产，而不是作为帝国公共话语的汉大赋之美的营造。

"壮丽"之外，陈绎曾又列出"清丽"和"奇丽"，从而把赋文之"丽"细分为三种不同的审美格调。类似于这样的细分，最初见于刘勰《文心雕龙》，后来在赋美学史上并不多见。且陈绎曾对每种以"丽"为主的风格内涵的揭示，也都是独特的、前所未有的。如他所说"奇丽"的内涵是："运意险绝，造语精神。""运意"者，赋家在其赋文本世界中对意义的设计、注入、撒播，对意义流动于赋文本世界中的节奏、韵律、深浅之组织和安排。"险绝"者，指赋家对意义在赋文本中生长、运行、潜隐和显现的安排不是平稳的、常态的、模板化的，而是刻意让意义从人意想不到、不该存在、无法浮现的地方生长并浮现出来。同时，表达这种险绝意义的赋辞总是气势盎然的有力量的语言。赋文"奇丽"的审美形态即在上述创作方法中得到创作，它本身被规定为由气劲势雄的辞句表达的出人意料之外的、具有新颖而深刻意义的赋文之美。

在陈绎曾的楚赋审美格调论中，与三种赋文之"丽"邻近的赋文美学格调是"典雅"，"典雅"这个美学范畴天生带着浓郁的经学美学和贵族美学的色彩，陈绎曾只就赋的文学层面来予以陈述，其所说"典雅"被赋予的是文学自身的高贵的审美格调。陈绎曾认为楚赋典雅美的创作贵在立"意"，即赋家创作应做到"立意高平"。"高平"与"低俗"是一对矛盾的范畴,"高平"是"低俗"的对立面,高平之意即是高贵之意。具体地讲,文学意义的"高平"指支撑楚赋文本所写世界的意义之维、思想格调、精神境界和美学趣味十分高贵,在等级社会里,人们通常认为只有社会上层人物,或有深厚文化、文学修养和艺术情趣的文人才能拥有"高平"之意。"高平"的意义之所以是高贵的,除了它本身相对于"低俗"而言已经站在人的存在意义高处,还在于它总是强烈地表现出向人生意义之更高层级迈进的生命冲动。在赋辞方面,陈绎曾认为"典雅"的楚赋必得是"造语高古"的,即赋文本之所以会具有高贵典雅的审美格调,在于它的语辞不使用当下流行的语言或口语,而主要使用在过去的时代被古赋运用,且在运用中被积淀为典雅语言范式的辞语。

在楚赋文本的修辞和章法结构的审美韵调方面,陈绎曾用了"顿挫"一词来给予总结。这个词语古人以前主要用来给杜甫诗的美学风格定性,认为杜诗之美就在于他的诗歌"沉郁顿挫"。陈绎曾借用"沉郁顿挫"一词的后半部分来言说楚赋的审美形态及其创作,用以描述楚赋文本由情感的内节奏和语言的外节奏共构的美学格调,他所说的"顿挫"至少有两层意思:首先,既指文学文本中的情感、语言各自运动的节奏形式,又指文学文本中情感和语言二者融为一体,相互为用之时所形成的叙事、抒情节奏形式。其次,指读者阅读到楚赋文本的顿挫节奏之时所感受的文学节奏感。陈绎曾的楚赋"顿挫"论并非完全没有创新的意味在里面。他所理解的"顿挫",指赋家创作之时其立意是"跳荡"的。"跳荡",即赋文之意在文本中的出现有起有落,有隐有显,其起落隐显形成赋文本中意义存在、涌现之种种生动姿态。在辞的方面,他认为赋文中表达跳荡之意的辞语本身在节奏上也是起伏的。在楚赋文本中,意和辞的跳荡起伏相互应答,被认定为赋的一种特别的美学形态。陈绎曾认为在意和辞两方面都没有起伏跳动节奏的赋,是不美的作品,因为赋文之美在于其生机的洋溢和生机洋溢的节奏,有此生机和节奏,则赋文生动有趣,没有此生机和节奏,则赋文平板呆滞,死气沉沉,有丑而无美。陈绎曾对"顿挫"赋美的上述理解是从赋作为文学的一般意义上来进行的,其理解没有附加历史的、文化的和意识形态的具体规定性,这使得他的"顿挫"说表达的理论所指不是杜甫诗学所喜讲的与"诗史"相关的"沉郁顿挫"的意思。

综上所述,陈绎曾的楚赋美学是元代尊崇古赋的时代产物,他以屈原开创的楚赋美学问题为思与言的对象,其所建构的楚赋美学是基于特定赋体之美学问题而建构的思想体系,用以指导元代文人士子写作楚赋,具有极强的实践品格。陈绎曾的楚赋美学讨论的主要不是赋家个人在创作中面对的特殊美学问题,而是在楚赋写作过程中出现的具有普遍性的美学问题,其讨论所收获的理论成果主要表现为:一是为楚赋的写作确立了美的尺度,具体地说,是确立了楚赋赋家状物、叙事和抒情所必须遵循的美的尺度;二是对楚赋文本的审美格调、气韵风骨作了分类,对创作这些审美格调、气韵风骨的方法和技艺进行了整理和概括;三是将中国古代美学、文学美学的很多范畴用于楚赋美学思想的阐说,让楚赋美学范畴数量得到极大的增加,极大地丰富了楚赋美学的思想、理论内涵,拓展了楚赋美学的思想边界。这三方面的成果在中国赋美学史上都具有相当大的创新意义,代表了古人在元代对楚赋之美的最高认知水平,值得我们对之进行深入的研究。

(刘朝谦,四川师范大学艺术研究院教授,出版过专著《赋文本的艺术研究》等。)

白族文人王昇及其《滇池赋》考论

冯良方

内容摘要：白族文人王昇是元代云南文人之翘楚，今存其父及其本人之墓志铭，不仅能考见其家世生平，而且可从中见出元代云南文人从释儒向儒士之转变。其《滇池赋》是一篇描写滇池及昆明之山水和人文的成熟赋作，出自西南边地的白族文人之手，难能可贵。元代云南已具备辞赋生成的条件，《滇池赋》的出现拉开了云南辞赋史的帷幕。

关键词：白族　释儒　滇池赋　云南辞赋

一、布燮的子孙

王昇生平，云南历代志书多有记载，然均较简略。如景泰《云南图经志书》："王昇，字彦高，号止庵，昆明县利城坊人。通经术，能文章。由教官历任至云南诸路儒学提举、曲靖宣慰使司副使，授朝列大夫。"① 谢肇淛《滇略》："王昇，字彦高，昆明人。资禀聪明。官至宣慰副使。以文章、政事名于南诏。中州文士官滇者，咸与交游。"② 今存王昇及其父王惠之墓志铭，即邓麟《元宣慰副使止庵王公墓志铭》（以下简称邓《铭》）、李源道《为美县尹王君墓志铭》（以下简称李《铭》）③，所载更详，据此可比较全面地梳理出王昇的家世和生平梗概。

李《铭》载："君讳惠，字泽民，姓王氏。世居中庆之晋宁，后徙滇，遂为滇人。曾祖考讳世，僰氏，有土，尝领布燮。考讳连，袭职。天兵南指，以其众内属。"据此知王氏为僰人。僰人，今白族之祖先。白族是唐代后期形成于云南西部洱海周围的一个少数民族，南诏、

---

① 陈文修，李春龙、刘景毛校注《景泰云南图经志书校注》，云南民族出版社 2002 年版，第 41 页。
② 谢肇淛纂《滇略》，见《云南史料丛刊》卷六，云南大学出版社 2001 年版，第 720 页。
③ 邓麟《元宣慰副使止庵王公墓志铭》，见景泰《云南图经志书》卷八；李源道《为美县尹王君墓志铭》，见《元文类》卷五四。本文所引据《景泰云南图经志书校注》卷六（李《铭》附邓《铭》注中），第 414—420 页。以下不再注明。

大理国为了加强地方统治,把原居于洱海周围的白族迁移到云南各地,形成了当地的白族。王惠祖先"世居中庆之晋宁,后徙滇,遂为滇人"。中庆,即中庆路,元设,治所在今云南省昆明市。晋宁,为中庆路下属之一州,治所在今昆明市晋宁区之晋城。王氏可能是从洱海周围迁到滇池周围晋宁的白族,但何时迁入已不可考。景泰《云南图经志书》称王昇"昆明县利城坊人",则李《铭》所谓"后徙滇,遂为滇人",此"滇"当指元时中庆府下属之昆明县,或称滇城①,治所与中庆路治同,王昇祖先何时从晋宁移居昆明亦不可考。

王昇之高祖王世、祖王连②。王世曾官布燮,王连袭职。布燮,南诏、大理国官名。《新唐书·南诏传》谓:"官曰坦绰、曰布燮、曰久赞,谓之清平官,所以决国事轻重,犹唐宰相也。"③王世、王连皆身居布燮之高位,有封地,属于贵族阶层。王世生活在宋代大理国后期,王连生当宋末元初,所谓"天兵南指,以其众内属",即谓宋末元兵征大理国,王连率众而降。

据李《铭》,王昇之父王惠为宋末元初人。"至治元年夏五月,涉金沙江、渡泸水,感瘴疾殆,舆归。二年秋七月二日,疾革,越五日,遗训子孙,忠孝丧礼一则古,毋从爨俗,语毕而逝,年六十有二。"则王惠生卒年为南宋景定二年、元中统二年至元至治二年(1261—1322)。王惠历官威楚屯田大使、定远县簿、禄劝州判官、沾益州判官、马龙州判官、昆明县尹、路南州同知、永昌州同知、石平州判官、昆明县尹、宜良县尹、为美县尹、建昌丽江诸道推事。"生斯牧斯扬乃职,半刺六州宰四邑。"

王昇为王惠次子。据邓《铭》:"至正壬辰,改升曲靖宣慰使司宣慰副使、朝列大夫……因疾,越明年六月望日,作诗别亲友而终,享年六十有九。"则王昇生卒年为至元二十二年至至正十三年(1285—1353)。历官大理、中庆学正、仁德府儒学教授、曲靖宣慰司教授、临安路知事、威楚路军民总管府经历、临安宣慰司都事、云南诸路儒学副提举④、大理宣慰司经历、曲靖宣慰司经历、云南诸路儒学提举、镇南州知州、曲靖宣慰使司宣慰副使。

王昇家世显赫,祖先曾官布燮,王惠、王昇父子入元历任地方官,宦迹不出当时云南行省⑤。元人虞集谓云南:"方是时,治平日臻,士大夫多才能,乐事朝廷,不乐外宦。"⑥王昇父子堪称典型。

---

① 如李元道《圆通寺记》:"滇城之北陬一许里,……有寺曰圆通,云南左丞阿昔思公之所新也。"(《景泰云南图经志书校注》,第 17 页)圆通寺在今昆明市区内。
② 王昇之曾祖,无记载。
③ 欧阳修、宋祁撰《新唐书》,中华书局 1975 年版,第 6268 页。
④ 邓《铭》载王昇任"临安宣慰司都事"后官"云南诸路儒学提举",此据《景泰云南图经志书校注》,第 418—419 页注(15)改。
⑤ 建昌,元云南行省建昌路,治所今四川省西昌市。王惠、王昇其余游宦之地均在今云南省内。
⑥ 虞集《云南志略序》,王叔武著《云南古佚书钞合集》,云南人民出版社、云南大学出版社 2016 年版,第 179 页。

二、从释儒到儒士

邓《铭》谓王昇"以文章、政事名于南诏"①。其政事主要集中于以儒学教化云南，先后担任学正、教授、儒学提举等职。"进则以德润民，儒化未成，我将振之；彝伦攸叙，我将叙之；野有遗贤，我将贡之；方伯连帅，我赞襄之。"如"上命中书遣内御史郑宪夫、吏部员外郎曾希颜调官云南，省宪众调提举员阙乏人，非老于文学者不能当其任②，选充云南诸路儒学提举，充秋闱弥封官，董治大理、永昌、丽江、鹤庆、姚安、威楚诸路学庠，所至庙宇圣像一新，复学田一千四百九十双，皆磨崖纪之"。

儒学的接受和传播是元代云南文化发展的一个重大变化。

儒学自汉代传入云南，魏晋南北朝至唐宋，有了一定的发展。东汉章帝时期任益州太守的王阜"始兴起学校，渐迁其俗"③，出土于今云南昭通的东汉《孟孝琚碑》称孟孝琚"十二随官受《韩诗》、兼通《孝经》二卷"④，表明儒学已正式传入云南。唐代《南诏德化碑》称阁罗凤"不读非圣之书，尝学字人之术"⑤。《新唐书·南诏传》载异牟寻与韦皋书，称南诏"人知礼乐，本唐风化"。宋代大理国时期的《护法明公德运碑》充满了儒学术语，如言高量成"公自幼孤，久失庭训，不喜盘游。弱冠岁余，天地合德，日月同明。温良五德□□，六艺三□，随而有之，所谓生而知之者也"⑥。不过，元以前的云南文化具有浓重的宗教色彩，特别是南诏、大理国统治者推崇佛、道，二教遂成为当时文化的代表，儒学只是其辅助而已，这可以从当时以"师僧""释儒"为代表的知识阶层推知。郭松年《大理行记》："师僧有妻子，然往往读儒书，段氏而上有国家者设科选士，皆出此辈。"⑦李京《云南志略》："有家室者名师僧，教童子，多读佛书，少知六经者；段氏而上，选官置吏皆出此。"⑧倪蜕《滇云历年传》：段素英时，开科取士，"定制以僧道读儒书者应举"⑨。又《地藏寺古幢记》作者题为"儒释"，《兴宝寺德化铭》《嵇肃灵峰明帝记》的作者皆题为"师僧"，三文皆大理国时碑记，

---

① 南诏，此指元之云南行省。
② 此处"文学"当指儒学。
③ 范晔撰，李贤等注《后汉书》，中华书局 1965 年版，第 2847 页。"王阜"原作"王追"，误，此据方国瑜著《云南史料目录概说》上第 10 页改。
④ 方国瑜主编《云南史料丛刊》第 1 卷，云南人民出版社 1990 年版，第 163 页。
⑤ 方国瑜主编《云南史料丛刊》第 2 卷，云南大学出版社 1998 年版，第 377 页。
⑥ 《云南史料丛刊》第 2 卷，第 422 页。
⑦ 《云南古佚书钞合集》，第 155 页。
⑧ 《云南古佚书钞合集》，第 197 页。
⑨ 倪蜕辑，李埏校点《滇云历年传》，云南大学出版社 1992 年版，第 165 页。

内容释儒并兼。① 很明显,无论"师僧""释儒""儒释"还是"僧道",他们主要读的还是佛书或道书,儒书仅兼修而已。

元初以儒学加强对云南的统治,赛典赤、张立道等人功劳尤著。"云南未知尊孔子,祀王逸少为先师。立道言于赛典赤,首建孔子庙,置学舍,择蜀士之贤者为弟子师,岁时率诸生行释菜礼,由是人习礼让矣。"②经过后继者的不断努力,儒学在云南蓬勃发展起来,王昇父子身上凸显了这方面的历史景象。

王昇与"师僧""释儒"或"僧道"之兼读儒书者不同,是一位以儒学为主的仕人,这种特性在他父亲身上已有所体现。李《铭》载延祐六年(1319)王惠"迁仁德府为美县尹,兼劝农事,修孔子庙以馆来学"。临终之前"遗训子孙,忠孝丧礼一则古,毋从僰俗"。此所谓僰俗,指白族之丧葬习俗。景泰《云南图经志书》云:"土人……死则浴尸束缚置方棺中,或坐或侧卧,以布方幅,令有室僧名阿咤力者,书梵咒八字其上,曰'地水火风,常乐我净',而饰以五采,覆之于棺,不问僧俗,皆送之野而焚之,或五日七日,收骨贮瓶中,择日葬之。"③所记虽明初昆明地区之葬俗,当是元代流传之遗俗,为受佛教影响下的火葬。王惠本为僰人,但他却要求子孙"一则古,勿从僰俗",此"古"应该是受儒学影响的汉族葬俗土葬。邓《铭》亦记此事:"至于宅父忧,一则古之丧礼,南人化之。"王惠"葬昆明菩陀之西冈",王昇"葬于滇城之北石岩山,附先茔",父子当同葬于一处,从汉族之土葬。丧葬习俗是文化重要的标志之一,儒家十分看重"葬之以礼"。白族旧盛行火葬,后因受汉族影响改为土葬,其改变时间大致是在元代,王昇父子在这一改变过程中无疑起到了重要的作用,所谓"南人化之"是也。

"行省建立后,云南遵照元廷政令,在各地立儒学、建学官,置学署,兴学校、定学额。学校的建立,儒学的推广,逐渐从根本上改变了云南文化发展的方向,将大理国时期儒学与佛教结合的'释儒'文化分离为中原传统儒学与佛教两个体系,将教师与僧侣合一的'师僧'也分离开来,成为传授儒学的教师与传播佛学的僧侣两个并行体系,使儒学归儒学,佛教归佛教。既有利于儒学的独立发展,也使宗教不再参与世俗的文化传承。这是云南教育的重大转变,使儒学在云南得到广泛普及与深入发展。"④王昇父子为官时提倡儒学教化,逝世后改从汉族之土葬,是白族向往汉文化的体现,更是由"释儒"向以儒学为主之儒士转化的新型文人的表现。

① 分别见《云南史料丛刊》第2卷,第437、467、469页。
② 冯甦撰,胡正武点校《滇考》卷下,上海古籍出版社2013年版,第94页。
③ 《景泰云南图经志书校注》,第3页。
④ 林超民主编《中国地域文化通览·云南卷》,中华书局2014年版,第144—145页。

王昇是以儒学为主的新型文人,并不意谓他完全摒弃佛学等其他思想。今存其《中庆路大灵庙记》:"其略曰:蒙氏威成王尊信摩诃迦罗大黑天神,始立庙,肖像祀之,其灵赫然。世祖以之,载在祀典。至今滇之人无间远迩,遇水旱疾疫,祷无不应者。又曰:神主盟誓烛幽明,昔有阴为不善而阳誓于庙者,是日暴卒于庙庭,亦愿治者之所嘉赖也。"①此文又称《土主圣德碑》。天启《滇志》卷三载"《土主圣德碑》,元至正壬辰年立,云南诸路儒学副提举王昇撰",方国瑜认为此碑即《中庆路大灵庙记》②。光绪《昆明县志》卷四:"土主庙,古大灵庙,神为摩诃迦罗。"大灵庙即土主庙,所供奉的摩诃迦罗又名大黑天神,是佛教密宗的大神之一,为唐宋时南诏、大理国所信奉。土主,白族谓之本主。白族地区盛行的本主崇拜,大黑天神为本主之一,今大理、昆明等地土主庙中多有之。王昇为本主庙写碑记,称其灵异,可见对佛教密宗也不排斥,然通观其思想及行为已转向儒学。

王昇的儒学修养,其来有自。邓《铭》载其"初学于杨贤先生,受经于张子元大尹"。杨贤,方国瑜《王昇墓碑概说》:"不识即延祐七年(公元1320年)间撰《狮山正续寺碑》之杨兴贤否?昆明人,任武定儒学教授。"③张子元,字玄庭,曾任云南道肃政廉访使佥事,后升廉访使。

王昇的师从及交游甚广。邓《铭》载其"学诗于仲礼宪副,学文于李源道学士","中州文章巨公仕于滇之省宪者,如伯高右相、山堂右丞、雪山宪副、鹤野大参、著庭佥宪、秋江郎中,无不与之交游"。仲礼、雪山、著庭、秋江,未详。李源道,字仲渊,号冲斋,关中人,曾官云南行省肃政廉访使、云南行省参知政事等。伯高即岳柱,曾官云南行省右平章政事。山堂,即三旦八,字山堂,号飞山子,西夏人,曾官云南行省右丞、云南行省平章政事。鹤野即述律杰,字存道、从道(又称萧从道),号鹤野,曾官云南临安路元帅、云南行省参知政事。以上数人皆儒学、文学名家,且基本上都是由内地到云南担任重要职务者,王昇拜之为师或与之交游,不仅说明他的儒学和文学修养转益多师,且体现了他与内地文人交游学习的积极态度。

邓《铭》载王昇"有文藁若干册,贻厥子孙,录行于世"。方国瑜曰:"万历《云南通志》卷十五《艺文志》'乡人著述'载:'元《王彦高文集》,昆明王昇著。'景泰《云南志》卷一、万历《云南通志》卷一一并有王昇传,称有文集若干卷。今文集已不传,所知王昇著作仅数篇:一、《中庆路大灵庙记》,载景泰《云南志》卷一,已节略,非全文也。二、《碧鸡山碑记》,碑已

---

① 《景泰云南图经志书校注》,第32页。

② 刘文征撰,古永继点校《滇志》,云南教育出版社1991年版,第140页。又参见方国瑜主编《云南史料丛刊》第3卷,云南大学出版社1998年版,第344页。

③ 《云南史料丛刊》第3卷,第329页。

不存,惟景泰《志》卷一《云南山川》引数句。三、《高仑岗记》,见于郑邦洁《高仑岗证讹》,称得石碑,为元至正时,云南诸路儒学副提举止斋王某撰,疑即止庵王昇碑文,仅存数语。四、《滇池赋》,见景泰《云南志》卷一……"①《王彦高文集》是今知云南古代最早的别集之一,惜其不存,但从其残留的这几篇文章,尤其是完整的《滇池赋》,尚可窥见王昇的文学成就。

三、《滇池赋》探幽

《滇池赋》最早载于景泰《云南图经志书》卷一"云南府·山川·滇池"下,题"元曲靖等路宣慰副使王鼎赋"②。方国瑜说:"据邓麟王昇墓志铭,至正壬辰,王昇官曲靖宣慰副使,疑王鼎即王昇,盖鼎草书作'𣂪',字形相近,以昇为鼎之草体而误。"③此说甚是。

赋云:"予归自于神州,寻旧庐于林丘。怀往日之壮游,泛孤艇于中流。"④"归自于神州",意谓自京城归来,则此赋似赴京后不久回昆明之作。邓《铭》载王昇赴京仅一次:"改大理宣慰司经历,赴京奏边事,上嘉之,赏赉尤厚。调曲靖宣慰司经历,散官如故,佐新庶务。昔(时)南征车里,西讨木邦,而能善化各郡酋长,备军需,输战马,飞刍挽粟,奉檄征本道钱谷,俾供蜀陕饶骑五万糗粮二万八千石,马三千二百八十匹,功实居多。"据考"南征车里,西讨木邦",事在至正元年(1341)、二年(1342)⑤,王昇"改大理宣慰司经历,赴京奏边事",非赋中所写之赴京。赋题"元曲靖等路宣慰副使",邓《铭》载:"至正壬辰,改昇曲靖宣慰使司宣慰副使、朝列大夫,德望尤盛,教化愈新。因疾,越明年六月望日,作诗别亲友而终。"王昇任曲靖宣慰使司宣慰副使在至正壬辰,即至正十二年(1352)。赋云:"晴光兮浴日,爽气兮横秋。"王昇任曲靖宣慰使司宣慰副使后第二年六月即已逝世,不可能在此年所作赋中使用"横秋"这样的词语,故此赋当作于至正十二年秋。此年他可能再次赴京,但具体情况已不可考。

《滇池赋》之题材可归为赋之"地理类"。滇池为云南昆明名胜,明清文人多有赋咏诵,王昇之作为历史上最早的一篇⑥。赋文篇幅不长,可分为四段:首段总写滇池的地理位置

① 方国瑜著《云南史料目录概说》上,第256—257页。原标点为"见于郑邦洁《高仑岗证》,讹称得石碑",此参考屠述濂修,文明元、马勇点校《云南腾越州志点校》,云南美术出版社2006年版,第203页改。

② 《景泰云南图经志书校注》,第5页。

③ 《云南史料目录概说》上,第257页。

④ 本文所引《滇池赋》,出自《景泰云南图经志书校注》,第5页。标点略有改动,以下不再注明。

⑤ 《云南史料丛刊》第3卷,第329页。

⑥ 如清人文化远、戴绸孙等皆有《滇池赋》。

和宏伟气象;次段描写泛舟滇池所见之秋景;第三段写舍舟陆行,登上滇池周边的太华山,俯瞰昆明城郭胜概;最后歌颂元代对云南的统治。层次分明,结构严谨又富于变化。

《滇池赋》的写景颇有特色。"滇池"是描写的整体对象,自然当以"水"为中心。赋开篇云:

> 晋宁之北,中庆之阳,一碧万顷,渺渺茫茫。控滇阳而蘸西山,瞰龟城而吞盘江。阴风澄兮不惊,玻璃莹兮空明。晴晖澹苍凉之景,渔翁作欸乃之声。蛟鼍载出而载没,鱼龙或变而或腾。岸芷兮馥馥,汀兰兮青青。粤穷其源,合众派而为潆。爰究其流,乃自西而之东。不假乎冯夷之力,不劳乎神禹之功。自混沌之肇判,经螳川而朝宗。电光之迅兮,不足以彷其急;雷声之轰兮,未足以拟其雄。此滇池气象之宏伟,难以言语而形容者也。

此段叙地理、言形胜、列物产、究源流,铺陈不冗,夸饰有度,形神兼备,在广阔的时空之中凸显了"滇池气象之宏伟"。

第二段云:

> 予归自于神州,寻旧庐于林丘。怀往日之壮游,泛孤艇于中流。薄雾兮乍敛,轻烟兮初收。晴光兮浴日,爽气兮横秋。川源渺兮莽苍,江山郁兮绸缪。鸿雁集于沙渚,凫鹥翔于汀州。睹景物之萧萧,纵一叶之悠悠。少焉,雪波兮凌空,霜涛兮叠重。荡上下之天光,接灏气之鸿蒙。叹濯缨之靡暇,乃系缆于岩丛。发长啸于云端,寄尘迹于箜篌。

赋之所写为秋景,但丝毫看不出一点"悲秋"的情愫,而是秋高气爽,一派悠然自得之兴。作者虽然也"叹濯缨之靡暇",但只是"偷得浮生半日闲"的安逸罢了,并无哀怨。

赋继而写昆明之"八景"。作者并不局限于写"水",对"山"也着意用笔,更妙者还在于由"水""山"而及"城",山水与人文相映成趣,和谐相生。赋云:

> 探华亭之幽趣,登太华之层峰。览黔南之胜概,指八景之陈踪。碧鸡峭拔而岌嶪,金马逶迤而玲珑。玉案峨峨而耸翠,商山隐隐而攒穹。五华钟造化之秀,三市当间阎之冲。双塔挺擎天之势,一桥横贯日之虹。千艘蚁聚于云津,万舶蜂屯于城垠。致川陆之百物,富昆明之众民。

赋中所谓"八景",即碧鸡山、金马山、玉案山、商山、五华山、三市街、东西二塔、云津桥,前四者在当时昆明城外,后四者在城内。这段文字写实性很强,是文人诗赋中最早的"昆明八景",准确而精致地把握住了昆明的自然山水景观和人文社会风貌。以"八景"为题之赋,大致始于元代,《历代赋汇》卷十六"地理类"收有陈栎等同题的《燕山八景赋》五篇,皆元人之作。王昇《滇池赋》虽未以"八景"名篇,然亦可归入"八景"赋系列,丰富了元代"八景"赋的内容。以昆明地方文化而论,明清不少诗文描写"昆明八景",名称虽时有不同,但都当追源于此赋。

赋的结尾归结到对元代统一云南的歌颂:

> 迨我元之统治兮,极覆载而咸宾。矧云南之辽远兮,久沾被于皇恩。惟朝贡之是勤兮,犀象接迹而骁骁。如此池之趋海兮,亘昼夜之靡停。因而歌曰:万派朝宗兮海宇穹窿,神圣膺运兮车书大同。

此是赋体文学的常格,似有落入俗套之嫌,然自其构思而观之,并非生硬的狗尾续貂。滇池之水北入金沙江,最终东归于海,作者抓住这一水势生发议论,歌颂云南回归元代之统治如"万派朝宗",就相当自然而不令人有突兀之感。进而言之,作者对元王朝大一统的赞颂,也是有真情实感的。邓《铭》记王昇政绩,除传播儒学,尚有"备军需、输战马、飞刍挽粟"等功,他忠于元朝,恪尽职守,故得到朝廷的嘉奖和迁升,任大理宣慰司经历时"赴京奏边事,上嘉之,赏赉尤厚",其父、母、妻皆得封赠。王昇最后官居四品①,这在元代重用蒙古和色目人的时代,官位已经是较高的了。再者,大一统是儒家重要的政治理想,如前所论,王昇是一位新型的儒学文人,赋中出现相关的内容符合他的这一身份。另外,元代在云南与内地一样设行省统治,结束了南诏大理国数百年的地方政权,王昇先人为白族上层人物,对地方政权的弊端可能有所认识,故其子孙拥护元之大一统。以上情况表明,王昇之于元朝和元朝之于王昇,相互之间确有功有赏,《滇池赋》中的"颂圣"出自作者的真情实感,不能简单地视为佞谀。

《滇池赋》全篇以四、六言句为主,杂以五、七言句,骚句众多,亦有散句,句式长短相间,整而不板,骈而不滞。如前引"粤穷其源,……而形容者也",化散为骈,以散句收束。单从体制上说,此赋已是一篇成熟的赋体。《滇池赋》共八韵,可称为"八韵赋"。"八韵赋"是唐宋典型的应试律赋。沈作喆《寓简》引孙何之论曰:"唯诗赋之制,非学优才高不能当

---

① 参见《景泰云南图经志书校注》,第419页。

也。……观其命句,可以见学植之深浅;即其构思,可以觇器业之大小。穷体物之妙,极缘情之旨;识春秋之富艳,洞诗人之丽则。能从事于斯者,始可以言赋家流也。"①此论虽主要针对应试律赋而言,但赋体在古代诸文体中最难掌握,非长期浸染、严格训练、才学兼备不能达到圆熟境界,则是事实。《滇池赋》这样一篇成熟的"八韵赋"出自西南边地一位白族文人之手,更是难能可贵。

四、云南本土第一篇辞赋的生成

以云南为题材的辞赋汉代就已产生②,但云南本土赋家和赋作却诞生较晚。明清时期,一些云南地方史志往往以盛览及其赋为"滇中文学之始",此说并不可信。

最早提出这一说法的是明代李元阳的《万历云南通志》,其后,谢肇淛《滇略》、冯甦《滇考》、倪蜕《滇云历年传》、胡蔚《增订南诏野史》、师范《滇系》、《新纂云南通志》等皆沿其说。《万历云南通志》卷一一引《古今书尺》云:"盛览,字长通,叶榆人。学于司马相如,所著有《赋心》四卷。有司马相如答书云:'词赋者,合綦组以成文,列锦绣而为质,一经一纬,一宫一商,此赋之迹也。赋家之心,包括宇宙,总览人物,斯乃得之于内,不可得而传。'"③光绪《续云南通志》等已指出这些说法是靠不住的,后人亦有不少驳证。主要的理由是:首先,《古今书尺》今已不存,《太平御览》亦无上引一段文字。其次,盛览向司马相如问赋一事,最早见载于小说《西京杂记》卷二,其真实性本就存在问题,更何况原文称盛览为"牂牁名士",而非"叶榆人",为相如友人而非学生。牂牁郡,汉武帝时置,治所且兰,包括今贵州大部及云南东部部分地区等,司马相如卒于元狩六年(前117),当时还没有牂牁郡,牂牁郡设于元鼎六年(前111);叶榆,即今云南西部之大理,二地相距甚远。且《西京杂记》言盛览作《合组歌》《列锦赋》,而无"《赋心》四卷"。总之,以盛览及其赋为"滇中文学之始"的说法是不成立的④。而目前所知今存云南本土作家的第一篇赋,则是王昇的《滇池赋》。

辞赋的生成需要一定的社会基础。纵观中国辞赋史,经济、政治、文化、文学的诸种因素共同促进了辞赋的产生和繁荣。辞赋是最具有中国特色的文学体裁之一,是汉文化发展到较高水平的产物。诚然,元以前云南本土作家已能创制出水平不逊内地文人的诗、文

---

① 沈作喆撰,俞钢、萧光伟整理《寓简》卷五,大象出版社 2008 年版,第 42 页。

② 如班固《两都赋》之《东都赋》:"遂妥哀牢,开永昌。"哀牢、永昌,皆在今云南西南部。

③ 邹应龙修,李元阳纂,刘景毛、江燕点校《万历云南通志》卷一一,中国文联出版社 2013 年版,第 970—971 页。

④ 参见方国瑜著,秦树才、林超民整理《云南民族史讲义》,云南人民出版社 2013 年版,第 157—158 页;张文勋主编《白族文学史》,云南人民出版社 1983 年版,第 62—64 页;傅光宇《司马相如是张叔、盛览的老师吗?》,《昆明师院学报》1980 年第 6 期;冯良方著《云南古代汉文学文献》,巴蜀书社 2008 年版,第 32—33 页。

等汉文作品。仅以唐时南诏而论,徐嘉瑞《大理古代文化史》指出:"南诏诗歌、散文、骈文虽纪载缺乏,然就现存文献征之,无论诗歌、散文,均已发展至高度,其完满成熟,与中原文化相差无几。仅数量太微,故不易产生最优秀伟大之作品,以一般水准言之,固未见十分落后也。"①但辞赋却未能正式产生。有学者针对云南而言:"没有学子对汉文化的较多掌握,没有大量文人文学水平的大提高,没有汉文化的广泛传习,赋这种文学中较难创作的作品是不可能出现的。"②到了元代,云南成为与内地各省相同的中央王朝之行省,政治、经济有了长足发展,客观上促进了云南与内地文化和文学的交流。恰如李京所言:"天运勃兴,文轨混一,钦惟世祖皇帝天戈一指,尽六诏之地皆为郡县。至今吏治文化侔于中州。"③马可波罗来到云南"抵一主城,是为国都,名称押赤(Jacin)。城大而名贵,商工甚众"④。押赤,今昆明市。此与王昇《滇池赋》所写"千艘蚁聚于云津,万舶蜂屯于城垠。致川陆之百物,富昆明之众民",可以互证元代昆明经济之富足。景泰《云南图经志书·云南府》:"迨今渐被华风,服食语言多变其旧,亦皆尚诗书,习礼节,渐与中州齿。"⑤特别是儒学得到了大量的传播,汉文学水平进一步提高,昆明作为云南政治经济文化的中心⑥,已经具备辞赋生成的条件。

具体到王昇,确具创作辞赋之优势。如前所述,他出身白族之贵族阶层,白族是云南受汉文化影响最深的民族之一,其贵族早在唐宋之南诏大理国时期已能创作出水平接近内地的汉文学作品。他的祖先迁居昆明这个云南政治经济文化中心,其父已经自觉传播儒学,他自身更是一位新型的儒学文人,又师承内地文人,与游宦云南的"中州文章巨公"广泛交游,"文沿韩柳,诗追李杜",能写出云南本土作家的第一篇辞赋并非偶然。《滇池赋》作为一篇成熟的赋作,拉开了云南辞赋史的帷幕,它甫一出现,就非同凡响,为云南辞赋在明清时期的繁荣搭建了一个较高的平台。

(冯良方,云南大学文学院教授,出版过专著《汉赋与经学》等。)

---

① 徐嘉瑞《大理古代文化史》,云南人民出版社 2005 年版,第 214 页。

② 余嘉华、易山主编《云南历代文选·辞赋卷》,云南教育出版社 2014 年版,第 7 页。

③ 李京《云南志略》,《云南古佚书钞合集》,第 195 页。

④ 马可波罗著,冯承钧译《马可波罗行记》,江苏文艺出版社 2008 年版,第 246 页。

⑤ 《景泰云南图经志书校注》,第 3 页。今存元代云南文献不足,此言明代云南府(今昆明市),然景泰年间去元未远,亦可借以窥知元代昆明之风俗。

⑥ 云南文化中心经过多次转移,汉代为今昆明,魏晋南北朝为今曲靖,唐宋南诏、大理国时期为今大理,元代以后为今昆明。参见《中国地域文化通览·云南卷》,第 8 页。

清代赋学史上的乾隆五十三年(1788)

何新文　谈太辉

内容摘要: 乾隆五十三年的赋学成就大致包括:辞赋创作,有邵晋涵、吴锡麒等《圣驾巡幸津淀赋》,刘凤诰《恭纪平定台湾赋》,张惠言《游黄山赋》《黄山赋》,凌廷堪、焦循、王家相等结合自身经历所作不同题材的体物叙事赋;赋论赋话,既有浦铣所撰《历代赋话》与《复小斋赋话》的刻印,又有袁枚、杨宗岱、浦铣等人的赋话序跋;赋集赋选,有蓄耕堂刻《会稽名胜赋》、世德堂重镌《律赋衡裁》等。通过考察此年赋作赋论及赋文献的编刻成果,可知赋作者自觉叙写平定边邑和皇帝巡行天下文治武功的家国情怀、重视赋学批评及其文献建设的文化学术自觉,也可管窥乾嘉乃至清代赋学的繁荣景象。

关键词: 清代赋学　乾隆五十三年　赋创作　赋话　赋文献整理

清乾嘉之世,政治稳定,国力强盛,文学创作精彩纷呈,赋学也在此时进入繁荣阶段。对此,当代赋学研究者多有大致相同的认识,如郭维森、许结等认为,"清赋至乾嘉之世"而呈现"中兴之多元态势"①;孙福轩评价乾嘉、道光时期"律体赋和古体赋的创作均达到最为昌盛的时期","古、律赋批评亦由此同时达到高峰,是清代赋学最为辉煌的一个时段"②。本文拟以乾隆五十三年为例,根据相关文集所载赋篇、赋话论者,以及《清史稿》有关纪传、马积高主编《历代辞赋总汇》等文献资料,叙论此年辞赋创作与赋学理论批评的实际状况及其成就得失,并借此窥测乾嘉乃至清代赋学史上的一般情形与特点。

一、乾隆五十三年的赋创作

以笔者知见的赋篇文献而言,此年的辞赋创作,大致包括四个方面:一是邵晋涵、吴锡

---

① 郭维森、许结《中国辞赋发展史》,江苏教育出版社 1996 年版,第 802 页。

② 孙福轩《清代赋学研究》,浙江大学出版社 2008 年版,第 32 页。

麒叙写皇帝巡幸的《圣驾巡幸津淀赋》，二是刘凤诰赋颂平定台湾之武功的《恭纪平定台湾赋》，三是张惠言纪游大赋《游黄山赋》及《黄山赋》，四是凌廷堪、焦循、王家相等结合个人经历所作不同题材的叙事、体物、写景赋。

（一）邵晋涵、吴锡麒等作乾隆帝巡幸天津的《圣驾巡幸津淀赋》

乾隆皇帝爱新觉罗·弘历，在位六十年，三巡山东、六下江南，更多次巡幸天津。第一次巡幸天津是三十二年（1767），最后一次是五十九年（1794）。五十三年（戊申年）是四巡天津，乾隆帝时年七十八岁高龄。据《清史稿·高宗本纪》记载，五十三年二月"辛亥，上巡幸天津……辛酉，免天津府属逋赋。壬戌，上御阅武楼阅兵"①。二月辛亥，即夏历二月初七，乾隆皇帝离开北京紫禁城金銮殿，在众大臣陪同下，巡幸天津，期间巡视河工、武备，在阅武楼阅兵；还依例因皇帝亲巡而减免上一年天津府属所有"逋赋"即未缴纳的赋税。而有感于此年的皇帝巡幸，邵晋涵、吴锡麒等人创作了同题《圣驾巡幸津淀赋》等。

邵晋涵代作《圣驾巡幸津淀赋》②。邵晋涵（1743—1796），字与桐，又字二云，浙江余姚人，著名史学家。乾隆三十六年（1771）进士，应诏入四库全书馆纂修。前后任职史馆十余年，辑佚《旧五代史》，撰《四库全书史部提要》等。事见《清史列传》卷八六。20世纪30年代，黄云眉亦编有《邵二云先生年谱》。

邵晋涵的赋，其《南江文钞》载有《拟鲍照舞鹤赋》等三篇。其中，乾隆四十八年（1783）所作《生民未有赋》，称颂"古稀天子"的政治功绩，如《序》谓"古稀天子，犹日孜孜……实为万古所稀。夫万古稀者，即所谓生民未有也"③。这篇《圣驾巡幸津淀赋》署为"代作"，虽不知所"代"何人？但作者颂圣的创作意图，亦显而易见。如此赋《序》云：

> 岁在戊申二月，恭迓銮舆巡津淀，省民观俗。……臣旧厕词垣，得与载笔之列，兹又职在采风，宜有胪叙。谨就攸见闻，梗概其要指，献赋一篇，以抒下情。即以宣主德遭逢之盛，视周尹吉甫、召虎之矢音，实远过之。

据此《序》，可知此赋作于五十三年二月④，创作意图是宣颂圣主盛德。这篇长达三千余字的大赋，全篇以"歌衢童子"与"击壤老人"对问的形式结构成文。

---

①　赵尔巽等撰《清史稿》卷一五，中华书局1977年版，第541页。

②　马积高主编《历代辞赋总汇》第12册，湖南文艺出版社2014年版，第11644—11647页。

③　《历代辞赋总汇》第12册，第11641页。

④　罗炳良《黄云眉〈邵二云先生年谱〉补正》，亦补曰乾隆五十三年戊申"是年二月，代人作《圣驾巡幸津淀赋（谨序）》"。文载《史学理论与史学史学刊》2010年卷。

赋篇首段,"有歌衢童子问于击壤老人"曰:"……天子举时巡之礼,和烟祥郁,环绕于东西之沽铺。闻者麟耸,惬觏者凫趋。诗博泽而谣丰亨,煌煌乎观训之上仪也。盖亦展采以赓厥盛乎?"接下去,击壤老人又以"愿吾子其遂言之"引出歌衢童子"析木之津,实维天汉。承箕临斗"诸论。歌衢童子之言,引经据典,先据《左传·昭公八年》史昭所谓"析木之津"及杜预"箕、斗之间有天汉,故谓之析木之津"的注文①,追溯"天津"乃古人"天汉"星名,及其与星次"析木""箕""斗"等星宿之间位置关系;后半更以"击壤老人"的叙论为主,极力铺陈"津淀之源委""国家纯笃延洪之庆,与夫大圣人勤政惠民"之功。如赋中曰:

> 是日也,曦瞳昽,披暖飖。角亢为经,长庚列纬。瞻御仗于丹墀,朗景辉于华盖。率先黄阁之臣,下逮羽林之属。……仲春吉月,释奠礼行。符圣德以合揆,宣玉振与金声。……方今上瑞会,天麻臻,寿宇敞,福履申。屏藩带卫,暨四方岳牧之臣,喝忱辑虑,民隐具陈。……百嘉骈集,万福具来。海添筹而长承宝纪,绵及于亿兆京垓。于是老人童子,轩翩作竖;频望枢躔,遍云蒸而霞蔚。

赋中不乏寻根索源、广征博引的刻意铺写,也有堆砌辞藻和用偏僻字的汉赋风习,但铺叙当今圣上巡幸津淀规模、赞颂朝廷勤政惠民的政治功绩,仍然是主要的内容和创作特色。

吴锡麒作《圣驾行幸天津赋》②。吴锡麒(1746—1818),字圣征,钱塘(今杭州)人,乾隆四十年(1775)进士。《清史稿·文苑二》本传谓其"工应制诗文,兼善倚声"③。他在乾、嘉时期以骈文和律赋著名,嘉庆间刻其《有正味斋骈体文》④;道光间,林联桂《见星庐赋话》附录《国朝骈体正宗》载其骈文题目;潘遵祁编选《唐律赋钞》,附辑其《论律赋》一文以唐赋为例论律赋作法;又咸、同年间,景其濬刻《四家赋钞》,选吴锡麒律赋二十六篇为《有正味斋赋稿》,咸丰学人殷寿彭《序》赞其赋"为律赋中独辟之境"⑤;《历代辞赋总汇》录其赋三十三篇。当代骈文研究者,对于吴锡麒的骈文与赋,也有肯定性评论⑥。

吴氏此赋是一篇一千五百字左右的骈体赋,以四、六言诗体句式为主,展开皇帝巡幸津淀主题内容的铺写。此赋无序文,而以一段六、七言诗句领"起":

---

① 杜预撰《春秋左传集解》第4册,上海人民出版社1977年版,第1316—1317页。
② 见《历代辞赋总汇》第12册,第11705—11707页。
③ 《清史稿》卷四八五,第13386页。
④ 吴锡麒《有正味斋骈体文》卷二四,嘉庆间刻本,南京图书馆藏。
⑤ 景其濬刻《四家赋钞》,同治间董氏诵芬堂刊本。
⑥ 莫道才《骈文通论》,齐鲁书社2010年版,第310页;路海洋《清代江南骈文发展研究》,中国社会科学出版社2016年版,第208—209页。

　　览形胜于天津,究神奇于海若。汇千淀以归墟,合百川而赴壑。登莱极望以苍茫,卢白交流而蟠错。水木环村,烟帆绕廓。聚郡国之梯航,作神京之锁钥。延袤乎二百余里,星拱云回;贯通乎七十二沽,支分脉络。溯九河于碣石,地中之雪浪潜翻;占两戒于陬訾,天际之银潢倒落。此其倚重阻以卫皇舆,所以勤圣驾而求民莫也。①

　　这可谓是破题作"起",点出"天津""津淀""圣驾"诸题中之字,为正文内容及主题的铺衍做了铺垫和提示;且语言简洁流畅,辞采华美,单句对仗,隔句押韵,对偶工整,韵律和谐,也为全篇奠定了清新明快的风格。

　　赋篇正文的铺写,自"吉岁维戊,良月为如。爰诏太仆,爰进野庐"一段换韵开始。"维戊""如月",是指"戊申二月"皇帝巡幸天津之时间,以下则逐层次铺叙巡幸津淀的经过、内容及其规模、场面,诸如"乐吾皇之游豫,早腾欢于里闬","天子乃降鸾舆,登鹢首,启云窗,凭水牖","念水利于京畿,实津门为关键。必堤坝以大其防,必疏导以清其本。惟计民生之益,不虞内帑之损","将以待吾皇之校阅,而已见士气之堂皇","复观鱼于中河":历叙民众欢呼皇帝巡游,皇帝巡视堤防水利、校阅兵士、河中观鱼诸事。其中,铺写皇帝在阅武楼阅兵的场景尤具特色,作者叙论结合,既生动描绘阅兵场上排兵布阵、鼓角齐鸣、杀声震天的勇武气势,又直接议论,字里行间,充溢着兵强马壮、保家卫国的战斗豪情。尤其值得注意的是,作者还特别在赋中"自注"当时"闽师方进剿"台湾叛军之事,既与《清史稿·高宗本纪》所载五十三年"获台湾贼首庄大田"的史事吻合,又可见出赋家对于朝廷平定台湾的了解和拥护之情。

　　最后,赋以"于斯时也"一段及"颂曰"作"结":

　　于斯时也,阛阓风驰,馗涂云属。扳耄提幼者肩摩,击壤歌衢者响续。帝乃周视间阎,采访谣俗。以广皇仁,以通民欲。进黄耇与梨眉,恤单茕与寡鹄。一民无废其壶浆,万户全蠲其赋粟。润芦台之草木,五色金膏;开渤海之光明,四时玉烛。饮之如醴,天衢斟不竭之尊;喜以当春,人乐谱太平之曲。爰为颂曰:维帝勤民,曲流恩液。……神效其灵,物蒙其泽。马骄其轮,盛哉禹迹。

　　所谓"阛阓风驰,馗涂云属。扳耄提幼者肩摩,击壤歌衢者响续",是形容阅武楼阅兵之后皇帝观鱼河中时,街市及大道上人们前呼后拥、扶老携幼前来观看的热烈情景。作者还借

---

① 《历代辞赋总汇》第 12 册,第 11705 页。

此写出皇帝巡幸,而免除上年"赋粟"的亲民举措,赞颂皇帝"勤民、流恩"盛德,总结全赋,点出题旨,呼应前文。

(二) 刘凤诰所作《恭纪平定台湾赋》①

台湾自古以来属中国领土。据《清史稿》之《地理志·台湾志》及《郑成功列传》等记载,顺治十八年(1661),驱逐荷兰侵略者而收复台湾②;《圣祖本纪二》载,康熙二十二年(1683),施琅将军奉命征讨企图在台湾自立的郑氏王朝,"(二十三年)夏四月己酉,设台湾府县官,隶福建行省"③;《高祖本纪六》载,乾隆五十三年清廷平定台湾天地会首领林爽文等的叛乱④。刘凤诰《恭纪平定台湾赋》,则以文学形式赋写此年征剿叛乱的胜利。

刘凤诰(1761—1830),字丞牧,江西萍乡人。乾隆五十四年(1789)一甲三名进士⑤,官至吏部右侍郎。《历代辞赋总汇》录其《恭纪安南归顺赋》等赋近三十篇,《恭纪平定台湾赋》即其中名篇。刘氏此赋约一千二百字,主要内容是叙写平乱的战斗经过和庆贺平定台湾的武功。赋篇开头,先叙台湾地理环境及历史沿革;赋篇中段,描写朝廷遣师剿灭林爽文、庄大田叛乱之战的具体内容。如赋中曰:

> 皇上智烛先几,蚤遴能事。鹭门之旌纛斯专,铁板之艅艎疾至。投诚者赢二千,同仇者隃万计。……上复亲筹方略,特命福将。左旋螺以祝平安,巴图鲁以助骁壮。金气肃飔,楼船压浪。……乍竹林之罟决,旋仑仔之蚁屯。两庄夹击,三块纵焚。……自旦战至见星而未已,诚有合左氏之所云。斯时诸罗,邑中之人,徯王师之至也,士卒开城而跪,僮妇焚香而喜。户庆更生,伏地不起。……四隅逼阻,面缚首函。孚人见信,余党毕歼。逮槛车至于阙下。

如此叙写,即与《清史稿》所载史事相吻合,诸如"林爽文为乱,命福康安、海兰察督师讨之",诸罗被围,水师提督柴大纪督兵民御之,皇帝命改"诸罗"为"嘉义"以旌其功;福康安师与叛军战"仑仔顶",日暮至昏黑;捕获首领林爽文"槛致京师"等相吻合等。赋末,以朝野同庆平台成功的胜利结束:

---

① 《历代辞赋总汇》第 14 册,第 12886—12887 页。
② 《清史稿》卷七一,第 2263—2265 页。《清史稿》卷二二四,第 9163 页。
③ 《清史稿》卷七,第 212—214 页。
④ 《清史稿》卷一五,第 537—549 页。
⑤ 江庆柏《清朝进士题名录》,中华书局 2007 年版,第 648 页。又,潘务正《清代翰林院与文学研究》,人民出版社 2014 年版,第 387 页。

于是乎歌铙洗甲,画阁之像列,与告成之碑并镌焉。此何? 莫非皇上万年太平之福,奚止协柔刚于著占也哉? 今者波戢不扬,年丰为富。官勤拊循,民息争斗。快文身之入觐,验东风而恐后。

既叙写平定叛军后,朝廷命台湾、嘉义皆建福康安、海兰察生祠塑像,且"图形紫光阁"的史实,更抒写自己为当今皇帝宣德祝寿的忠贞之情。刘凤诰此赋,语言流畅,文辞华美,韵律和谐,可读性较强,颇有清人骈赋清新明快之风格。

(三) 张惠言所作纪游大赋《游黄山赋》及《黄山赋》

张惠言(1761—1802),字皋文,江苏武进(今常州)人。乾隆五十三年作《游黄山赋》,五十七年(1792)编刻《七十家赋钞》。《清史稿·儒林三》本传载"惠言少为词赋,拟司马相如、扬雄之文"[①]。他是常州词派和阳湖古文家的代表人物,又以辞赋名家。所著《茗柯文编》有赋二十篇。

《游黄山赋》是一篇以七言为主而杂以四、五、六、八、九言等句式又句末多用"兮"字的骚体大赋[②]。张惠言《送钱鲁斯序》谓"乾隆戊申,自歙州归"[③],据此可大致推知游黄山二赋,是乾隆戊申即五十三年张惠言入京师会试途中游安徽歙县时所作。此赋序文云:

黄山者,灵围之闲馆,有方之郁林。夫其奇瑰诡丽,超绝列岳,盖象昆仑、阆风、方丈、蓬莱,又其幽局官别,杳冥卉旭,凝霜仍雪,冈自太始,举世罕能登陟。……予与桐城王灼(滨麓)客游兹邦,因往探焉。

黄山,古称黟山,地处安徽南部,横跨歙县、休宁、黟县等区域,自古为天下名山胜域。张氏此《序》,总叙黄山乃神仙圣地之奇瑰诡丽,也表明与王灼客游此邦之时,"聊托篇翰,以志胜怀、登高能赋,颂其所见"的写作缘由。

赋的正文,以"游"为主线,自首段"迨区中之隘陋兮、貌寥廓而神撼"起,至"纷吾穷此遐览兮、与无友而为期"末段,分层次叙写"登山"游容溪峰、天都峰、莲花峰和"下山"游元君殿、嵌洼壑,至与仙人幽期而止。全赋篇幅宏大,气势雄伟,脉络清晰,在描摹黄山壮景风物之时又虚实参错,不时融入想象和夸张,既有汉大赋般的铺张夸饰,也有《庄子》《楚

---

① 《清史稿》卷四八二,第 13242 页。
② 张惠言《游黄山赋》,张惠言著,黄立新校点《茗柯文编》,上海古籍出版社 2015 年版,第 1—6 页。
③ 《茗柯文编》,第 71 页。

辞》的幽思浪漫。

《黄山赋》是在《游黄山赋》问世流传以后补作。因有读者惋惜《游黄山赋》尚未尽道黄山的奇绝景观而补作。如《黄山赋序》所谓:"余既作《游黄山赋》,或恨其阙略,非昔者居方物、别图经、沐浴崇陴、群类庶聚之意也,乃复捃采梗概以赋之。"①《黄山赋》约一千七百字,句式以四言为主,结构层次与《游黄山赋》以时间为线索叙"游"历不同,而主要是以空间为视点、具体描摹黄山的山势景物。或者说,《游黄山赋》重点是记叙"游黄山",《黄山赋》主要是描写"黄山"。作者在总括对黄山的整体印象之中,撷取富有特色的景观予以具体描写,其内容大致可分为五个层次:

首段概述黄山的地理位置,如谓"丹阳之南,蛮障之中,有黟山焉,是曰三天子之都。上络斗纪,下楼衡巫";第二段勾勒黄山的整体特征,突出黄山高峻广大的气势,如赋云"尔其大势,则岈岲崆崇,纠缠崛崎,……上出阊阖,平睨寒门,俯视一气,空如下天";第三段写黄山的宫室及其周围景观,如谓"尔乃览其支络,周其宫别:于前则云门豁閜……天都巍巍,岿然特雄。莲花右起……其上则有仙扉石室,醴泉之池……其左则天柱嵲兀,探珠参差……于中乃有锦鳞扬鬐……其谷则乖龙老蛟,蜿蜷渊处";第四段描写黄山的树木、兽禽、药物等景观,如谓"尔乃其木,则有木莲九照,神州无偕……其下乃有白虎苍豹,素蜼元熊……其上乃有双鵷独鹤……其下乃有琥珀威喜,伏灵石脂……粤有大药,黄连山精……赤砂石乳,紫芝九茎……万端异类";最后,第五段是抒写登山的艰险与登上山巅的快乐。如赋曰:

> 于是天雨新霁,蔚荟朝跻……东混扶桑,日之所出;南溃炎风,西淹总极;北迱积冰,漫漫泪泪;风至波起,天地炭燊;状若浮海,说于碣石……惊禽悲兽,跖魂哀啸。鳞鳞隐隐,不知处所……蓬莱闻风,昆仑曾城;琪树建木,珊瑚琳珉,戴胜虎齿,额阳流形;芒芒无端,随望而生……横凌九坑杏天外,于胥乐兮发蒙盖。

通过这样由总到分、分门别类的叙写,作者将黄山的全景大势与某些局部景观物产形象展现了出来,使读者可以欣赏到一个立体的多侧面的黄山。同时,作者将黄山比作他心目中的仙山,描绘出神话传说中的仙境,抒发了对于天上仙境的向往之情。从艺术角度看,赋篇贯穿始终的特点是写景状物的形象传神,准确细腻。

此赋较鲜明地表现出复古汉赋的特征。如马积高《赋史》指出,张惠言的"大赋主要是

---

① 《黄山赋》见《茗柯文编》,第6—10页;又,《历代辞赋总汇》第14册,第13588页。

学汉魏……可以他的《游黄山赋》、《黄山赋》为代表"①。郭维森等也认为"张氏大赋,以作于乾隆五十三年游歙时的《游黄山赋》和稍后所作之《黄山赋》最具代表性"②。

张氏二赋均是描写山川景物的体物大赋,在写作手法上刻意仿效汉代大赋铺张扬厉的笔法,多角度、多层面地描绘黄山的山势景物奇观。但是,这两篇赋也并非一味模仿汉大赋,作者舍弃汉大赋"主客问对"模式和"曲终奏雅"的讽谏尾巴,而使之成为纯文学性描写山川风物的大赋作品。故近代学者章太炎曾称道张惠言欲效汉人而拯救"赋遂泯绝"的千年绝业,"修补《黄山》诸赋,虽未至,庶几李、杜之伦;承千年之绝业,欲以一朝复之"③。

(四) 凌廷堪、焦循、王家相等结合自己经历所作不同题材的叙事体物赋

凌廷堪《登邺城赋》④。邺城,是古代著名都城,先后为曹魏、后赵、冉魏、前燕、东魏、北齐六朝都城,居黄河流域政治、经济、军事、文化中心长达四个世纪。邺城遗址范围,包括今河北省邯郸市临漳县西、河南省安阳市北郊一带。

凌廷堪《登邺城赋》无《序》,但赋文有云:

> 著雍涒滩之岁,六月哉生明。余发自大梁,将有京师之行。车马既戒,道出邺城。……是以兴来情往,吊古悲今,数群雄而搔首,感千载而惊心。……挥余策而摛辞,命仆夫而就道。

"著雍涒滩之岁",即乾隆戊申年;"六月哉生明",是六月初三日,考《尚书·武成》"厥四月,哉生明",《孔氏传》注曰"哉,始也。始生明,月三日"⑤。即所谓"哉生明",是指农历每月初三日,此时月亮开始有光亮。作者于乾隆五十三年六月初三日,自"大梁"(今开封)赴京途中,道访邺城遗址,是以兴来情往,吊古悲今,从而摛辞作赋,时年三十三岁。又,《校礼堂文集》载凌廷堪《大梁与牛次元书》(戊申),叙其在大梁的经历,可旁证此"戊申"年凌廷堪曾在大梁作书。书信末尾预言道:"仆他日倘幸获一第,备员诸曹,亦思为国家宣力,少酬平生。如其不然,则退伏空山,循陔著书,成一家之言,以自娱乐。"字里行间,年轻作者赴京师考进士前夕踌躇满志的情绪溢于其中。

---

① 马积高《赋史》,上海古籍出版社 1987 年版,第 593 页。
② 《中国辞赋发展史》,第 813 页。
③ 章炳麟《国故论衡·辨诗》,载徐志啸编《历代赋论辑要》,复旦大学出版社 1991 年版,第 118 页。
④ 凌廷堪《登邺城赋》,凌廷堪著、王文锦点校《校礼堂文集》,中华书局 1998 年版,第 20—21 页。
⑤ 阮元校刻《十三经注疏》上册,中华书局 1980 年影印本,第 184 页。

焦循《吊松赋》①。焦循(1763—1820),字里堂,甘泉(今扬州)人。《清史稿·儒林三》本传载其"少颖异……既壮,雅尚经术,与阮元齐名……性至孝……葺其老屋,曰'半九书塾',复构一楼,曰'雕菰楼',有湖光山色之胜,读书著述其中"②。著有《雕菰楼易学三书》《雕菰楼文集》等。其《吊松赋》序曰:

> 余斋阁前松一株,先人手植也。历四十年,高三丈,枝叶翠郁,挺然无纤曲。其所植丘,去地数尺。树益高,离宅数里即见,此往往指为识焉。乙巳,先人捐馆舍,松乃憔悴,迄今三年,以渐而死。余自外归,家人警告。绕树视之,泪下沾襟,谨陈茶果祭而吊之。

此赋序不足一百字,然文约而义丰,语短而情深,读之令人感慨。依其中所谓"乙巳,先人捐馆舍,松乃憔悴,迄今三年,以渐而死"数句推算,可知焦循此赋当作于"乙巳"后"三年"之乾隆五十三年(戊申)。

王家相《十月先开岭上梅赋》《稻孙赋》《百日习一经赋》《山中奴婢桔千头赋》③。这四篇律赋均无序文交代写作时间,但《十月先开岭上梅赋》以题为韵,题下署"乾隆戊申窗课";《稻孙赋》以"农事未休侵小雪"为韵,题下署"乾隆戊申窗课";《百日习一经赋》以"勤于自课得升高第"为韵,题下署"乾隆戊申科试";《山中奴婢桔千头赋》以题为韵,题下署"乾隆戊申科覆"④:据此可知,这四篇律赋均作于乾隆五十三年(戊申),作者时年二十五岁。

二、乾隆五十三年的赋话著述

此年的赋论成果,首先是浦铣代表性著述《历代赋话》和《复小斋赋话》的刻印问世;其次是袁枚、杨宗岱《历代赋话·序》,浦铣《历代赋话·后序》与《复小斋赋话·自序》,阮元《四六丛话·后序》等相关序跋文字。

---

① 焦循《吊松赋》,《历代辞赋总汇》第14册,第13669页。

② 《清史稿》卷四八二,第13256—13258页。

③ 王家相,字宗旦,号艺斋,撰有《茗香堂诗文集》《清秘续闻续》《论律赋》等,协助法式善编《三十科同馆赋钞》。参阅何新文等《中国赋论史》,人民文学出版社2012年版,第327—328页;潘务正《清代翰林院与文学研究》,第221页。

④ 《历代辞赋总汇》第14册,第13648—13651页。

（一）浦铣所撰《历代赋话》二十八卷、《复小斋赋话》二卷刻印问世

浦铣（1729—1813），字光卿，号柳愚，室名复小斋，浙江嘉善人①。主要生活在乾隆年间，与袁枚、孙士毅等人有交往。据清光绪间修《嘉善县志》及《历代赋话》《复小斋赋话》有关序跋所载，浦铣为当时"贫士"，淡于仕进，积学能文，尤工诗赋。乾隆三十八年（1773），天子省耕津淀，亦参与献赋。四十六年（1781），主讲粤西秀峰书院，为孙士毅（字补山）作《百一山房歌》②。五十三年，道金陵，以《历代赋话》质之袁枚，许为"必传无疑"。晚年"眼暗耳聋"，于嘉庆十八年（1813）卒，年八十五。

浦铣终生不遇，究其原因或与他不愿屈志钻营的人生态度相关，他在《复小斋赋话》卷下曾谓："予读傅长虞《叩头虫赋》，以其'谦卑、自牧，无往不利'，心窃鄙之。"③不能措意于仕途，便将精力才思施之于著述。据《嘉善县志》载，浦铣撰《唐宋律赋笺注》《柳愚诗存》等多种著作，可惜大多散佚或被人窃为己有。现仅《历代赋话》《复小斋赋话》及《百一集》三种。

1. 浦铣所编纂《历代赋话》正、续集二十八卷刻印问世

《历代赋话》于乾隆二十九年（1764）完成初稿，后几易其稿，至四十一年（1776）完成，比李调元《赋话》早两年。故此书是现知清代第一部以"赋话"名书的著述。最早的刻本是乾隆五十三年复小斋刻本，分为《正集》《续集》，各十四卷，书末附《复小斋赋话》二卷④。卷首载袁枚、孙士毅、杨宗岱及浦铣等四篇《序》及《赋话凡例》⑤，书末附"（戊申）八月中秋日《柳愚后序》"。

《历代赋话》全书约十五万字，内容丰富：如《正集》以"作赋之人"为纲，断代分为"战国、前汉、后汉、三国、晋、宋齐梁陈、魏北齐后周隋、唐、五代、宋、辽、金、元、明"共十四卷，起自《史记·屈原列传》，止于《明史稿·奸臣传》所载严嵩为《庆云赋》之事。辑录《史记》至《明史》等二十二部正史所载历代辞赋家本传，及一般作赋者本传中与赋有关的史料，可以说是一部战国至明代赋家传记史料的汇集。若只截取某一朝代，如将卷二、卷三所载

---

① 浦铣字光卿，号柳愚，据清光绪十八年（1892）刊本江峰青等所修《嘉善县志》。浦铣生卒年，参詹杭伦《浦铣生平著述新考》，载程章灿编《中国古代文学文献学国际学术研讨会论文集》，凤凰出版社 2006 年版。

② 《嘉善县志》载浦铣"主粤西秀峰书院，为孙补山中丞作《百一山房歌》"。

③ 浦铣著，何新文、路成文校证《历代赋话校证》附《复小斋赋话》，上海古籍出版社 2007 年版，第 400 页。

④ 《历代赋话》通行版本有，湖北省图书馆藏乾隆五十三年复小斋刻《历代赋话》附《复小斋赋话》本；上海古籍出版社 2001 年版《续修四库全书》第 1716 册《历代赋话》本；北京图书馆出版社 2006 年版王冠辑《赋话广聚》所收《历代赋话》乾隆刻本；上海古籍出版社 2007 年版《历代赋话校证》附《复小斋赋话》本等。

⑤ 《历代赋话校证》附《复小斋赋话》，第 3—8 页。

《史记》《汉书》和《后汉书》有关贾谊、司马相如、王褒、扬雄、班彪、班固、张衡、马融、王逸、王延寿、赵壹等赋家的传记史料连缀起来,就构成了汉代赋家史料的专史。

《续集》以"言赋"为主,辑录历代赋论资料。编者将散见群书而有关赋的品评文字及作赋故事,先依"楚辞、两汉、三国、晋、南北朝、唐、五代、宋、辽、元、明"历朝顺序,断代为十二卷;然后又在卷十三、卷十四设"诸家诸论",集中录入左思《三都赋序》、刘勰《诠赋》、钟嵘《诗品》、范仲淹《赋林衡鉴序》、李廌《师友谈记》、秦观论律赋、张表臣《珊瑚钩诗话》、陈师道《后山诗话》、祝尧《古赋辨体》、陈山毓《赋选序》《赋略序》等,诸文集、诗话、笔记中的赋论资料;卷十四则将《文心雕龙》中《哀吊》《谐隐》《风骨》《情采》《镕裁》《章句》《丽辞》《比兴》《夸饰》《事类》《练字》《指瑕》《总术》《才略》《序志》各篇的论赋文字辑出,系统编排。

《历代赋话》资料丰富,且有较为科学系统的编写体例,又"述而兼作",对所辑史料有所论析考辨,对于研究赋史、赋论很有价值意义。当代赋学界,自 20 世纪 90 年代以来逐渐关注《历代赋话》。除 2006 年版王冠辑《赋话广聚》所载乾隆刻本,2007 年版何新文等《历代赋话校证》,徐志啸、何新文、詹杭伦等,均有研究文著专门论评,可资参阅①。

2. 浦铣所撰《复小斋赋话》二卷刻印问世

《复小斋赋话》的编写,浦铣《自序》谓:"岁昭阳大荒落,天子将省耕津淀,仆忝在献赋。后温故有得,辄笔数语,积二百六十余则。会正、续《赋话》工竣,男荣淮从臾授梓。……戊申八月中秋日。"②太岁纪年之"昭阳大荒落",指"癸巳"即乾隆三十八年,浦铣开始编写;"戊申"即乾隆五十三年,《复小斋赋话》与《历代赋话》正、续集一并由复小斋刻印。

与《历代赋话》辑录作赋和论赋史料不同,《复小斋赋话》是浦铣论赋的赋话著作。全书凡二百六十余则,所论范围起自战国,止于明末,但重点在律赋。故王敬禧《复小斋赋话·跋》有"博综诸体而归于论律"之评;香港大学何沛雄教授《赋话六种·编者序》亦谓"其中论律赋之体裁、作法、破题、押韵、运辞、琢句等项,举例详核,最为精审"③。

《复小斋赋话》限于赋话体例,结构形式比较松散。但其内容"博综诸体而归于论律",所论范围较广,而又突出重点。或品评赋家风格、赏析名赋佳句,或论体制作法,颇有自己的赋学思想和批评特色。如重视作赋的独创性,注重赋篇的思想情感,兼重"雄健阔大"与"自然清丽"的风格,论赋不以古今而"以赋为断"等。"全书以品评论说为主,记事成分较

① 何新文《浦铣和他的两种赋话:赋话探考之一》,张国光、祝敏彻主编《文学与语言论集》,中国社会科学出版社 1991 年版;何新文《浦铣及其赋话考述》,《文献》1997 年第 3 期;詹杭伦《浦铣生平著述新考》程章灿主编《中国古代文学文献学国际学术研讨会论文集》,凤凰出版社 2006 年版;徐志啸《简明中国赋学史》,中国古文献出版社 2014 年版。
② 《历代赋话校证》附《复小斋赋话》,第 369 页。
③ 何沛雄编著《赋话六种(增订本)》,生活·读书·新知三联书店香港分店 1982 年版,第 5 页。

少,理论性和批评色彩较强。并且有真知灼见,是一部很有价值和影响的赋话专著。"①

《复小斋赋话》的版本,除乾隆五十三年与《历代赋话》同刻之复小斋刻本,尚有清光绪四年(1878)孙氏福清辑望云仙馆《檇李遗书》本;光绪六年(1880)孙氏望云仙馆校刊之单行本香港三联书店1982年版何沛雄编著《赋话六种》所校点《檇李遗书》本;国家图书馆出版社2006年版王冠辑《赋话广聚》所收乾隆刻本;上海古籍出版社2007年版何新文等《历代赋话校证》所附《复小斋赋话》;人民文学出版社2016年版孙福轩、韩泉欣编校《历代赋论汇编》所收本等②。

3. 关于浦铣两种赋话与李调元《赋话》的比较及评论

李调元(1734—1803),字羹堂,号雨村,绵州(今属四川)人。视学广东时撰《赋话》(一名《雨村赋话》)③,完成于乾隆四十三年(1778),比浦铣《历代赋话》定稿晚两年。《赋话》共十卷,分为《新话》与《旧话》两部分。其中《新话》六卷二百一十五则,大多是辑录前辈汤稼堂《律赋衡裁》"尾评"及《例言》《余论》原文;《旧话》四卷,则是辑录两汉至明作赋本事的资料。

较长时期以来,由于学界对于李调元《赋话》转述《律赋衡裁》言论的事实失察,故如铃木虎雄《赋史大要》、马积高《赋史》等文著,大多征引汤聘之论而误以为李氏《赋话》之言;詹杭伦《唐宋赋学研究》更评论"这部书是中国赋话的开山之作"。但与此同时,也不断有质疑之声:较早者如1991年徐志啸指出李调元《赋话》"难以见出编者个人理论见解"④;同年,何新文提出"早于李调元而以'赋话'名书者,尚有浦铣《历代赋话》与《复小斋赋话》。浦铣一人而有两种赋话传世,就其整体的文献、学术价值而言,也不在李调元《赋话》之下"⑤;1993年何新文又指出李调元《赋话》"不是系统的赋论著作,而且还较多地吸取了他人的成果"⑥;1994年詹杭伦撰《李调元和他的雨村赋话》谓《新话》共二百一十五则,其中出自《律赋衡裁·余论》者为四十一则⑦;2004年詹杭伦《论〈雨村赋话〉对〈律赋衡裁〉的沿袭与创新》更指出《雨村赋话》采录《律赋衡裁》"共191条,只有区区20余条可能由李调元自撰",故"《新话》部分仍未免'抄袭'之嫌"⑧。至此,李调元《赋话》转述《律赋衡裁》的事

① 何新文、苏瑞隆、彭安湘《中国赋论史》,人民出版社2012年版,第309页。
② 孙福轩、韩泉欣编辑校点《历代赋论汇编》上册,人民文学出版社2016年版,第178—205页。
③ 李调元《赋话》版本较多,如湖北省图书馆藏乾隆四十三年(1778)刊本《雨村赋话》,《丛书集成》初编据《函海》本排印本《赋话》,《赋话广聚》所收《函海》本《赋话》等。
④ 《历代赋论辑要》,第13页。
⑤ 何新文《浦铣和他的两种赋话——赋话探考之一》,《文学与语言论集》,第17页。
⑥ 何新文《中国赋论史稿》,开明出版社1993年版,第151页。
⑦ 詹杭伦文,见(香港)新亚书院版《新亚学术集刊》1994年第13期,第335—347页。
⑧ 詹杭伦《唐宋赋学研究》,中国社会科学出版社2004年版,第361页。

实已为赋学界知悉。

因此,综合目前已有研究成果,可在与汤聘、浦铣的比较中,对李调元《赋话》的价值得失重新评价:(1)汤聘《律赋衡裁》以选评赋篇和论述律赋创作艺术相结合的形式,在此后很有影响,直接开启了李调元、孙奎等人的律赋著述;(2)浦铣早于李调元而以"赋话"名书,且有较科学的"赋话"编写理论和具典范性质的《历代赋话》《复小斋赋话》,是清代成就最高的赋话作者;(3)李调元《赋话·新话》品评唐宋律赋主要是转述汤聘《律赋衡裁》原书而较少己见,其《旧话》辑录两汉至元明赋家事迹及作赋史料,则不无参考之用①。

(二)袁枚、杨宗岱、浦铣等所撰赋话序跋之文

《历代赋话》与《复小斋赋话》刻印前后,袁枚、孙士毅、杨宗岱、浦铣、王敬禧等撰写有多篇序跋,发表关于作赋及赋学史料编辑的见解。其中写于乾隆五十三年的,有袁枚、杨宗岱的两篇《历代赋话·序》以及浦铣的《历代赋话·后序》《复小斋赋话·自序》。

袁枚《历代赋话·序》。其内容大致有三:一是指出"古人重赋"的传统和所持"赋者古诗之流、骚即赋之滥觞"的赋体源流观念;二是评价浦铣创始赋话的价值贡献,如说"柳愚先生创赋话一书,溯厥源流,考其义意,凡正史稗官,遗文坠典,有涉于赋者,无不鳞罗而布列之。……其为艺苑之津梁无疑也";三是提出赋"可作志书、类书读"的著名论断。如序中云:

> 尝谓古无志书,又无类书,是以《三都》《两京》,欲叙风土物产之美,山则某某,草木、鸟兽、虫鱼则某某,必加穷搜博访,精心致思之功。是以三年乃成,十年乃万成。而一成之后,传播远迩,至于纸贵洛阳。盖不徒震其才藻之华,且藏之巾笥,作志书、类书读故也。②

袁枚曾云此段文字乃"读赋心得之语",实则是他对于赋体作品"丽淫竞富"特点的判断,尤其是"赋可作志书、类书读"的说法,在近现代赋学界颇有影响,屡为学人传播征引,以佐证汉赋"丽淫竞富"的弊病。

杨宗岱《历代赋话·序》。此序主要内容是介绍和评价浦铣身为贫士却"积数十寒暑"、勒成《历代赋话》"以补诗话、词话之缺"的学术贡献。如他夸赞浦铣"此书已上下二千

---

① 参阅《中国赋论史》,第291页。
② 《历代赋话校证》附《复小斋赋话》,第3页。

余岁,罗古作者晤言一室之内,序述其志,而得其含毫绵邈、寄兴深微之趣。间有疑误,按以己意,精核而博辨之";但同时也表明了自己肯定赋体文学成就,欣赏"文之有赋,如云容风态之丽于天、山容山态之藻绘于地"的文学、美学价值。

浦铣《历代赋话·后序》与《复小斋赋话·自序》。这两篇自序,主要内容是叙述潜心编辑、争取刻印《历代赋话》及《复小斋赋话》的具体经过,其中颇有费时长久而仍然坚持不辍,编成之后又"无力付梓"的艰辛。但是,浦铣本着"士不幸不遇"而赖书"以自见于后世"的古训,"无能著述,窃思附古人以自见"的愿望,而闭户著书,老而弥笃,无力付梓,而奔波求助。他对于赋的热爱以及整理赋学文献的热情,颇令人感动。如序中称:"刘后村有言:'士不幸不遇于当时,所赖以自见丁后世者,书耳。'余愧薄劣,无能著述,窃思附古人以自见,爰辑《历代赋话》正、续集二十八卷,而以《复小斋赋话》上下卷附之,为雕虫家谈助。"①阅读浦铣这两篇《序》文,还可了解乾隆学人对于撰辑赋论、整理赋学文献孜孜以求的坚韧精神与学术自觉。

(三) 阮元为其师孙梅撰《四六丛话·后序》

孙梅(1739—1790)《四六丛话》三十三卷,为骈文理论批评著作。据孙宁衷《跋》"于庚戌春季,甫脱稿,即以是秋捐馆"等语②,可知孙梅在乾隆五十五年(1790)春完成此书,并于是秋"捐馆"去世。其书刻成问世,则是嘉庆二年(1797)、三年(1798),由其子侄孙曾美等辑编,吴兴旧言堂刊刻。

该书前二十八卷,论楚汉至元的骈体文,依次分为"选、骚、赋、颂、序、记、论、杂文"等十九类,又有"总论"一目,凡二十;后五卷为"作家"类,分"文选家、楚词家、赋家"及"三国六朝、唐、宋、元四六诸家"七个子目,各家均附小传。此书卷四、卷五为"赋",所辑资料丰富。卷四首段"叙赋",概论赋的体制流变,如曰"两汉以来,斯道为盛……左、陆以下,渐趋整练;齐、梁而降,益事妍华;古赋一变而为骈赋……自唐迄宋,以赋造士,创为律赋"③。在"叙赋"之后,再辑录历代有关作赋及论赋资料,共两百多条。卷三十的"赋家"类,列宋玉、贾谊、司马相如等至元明祝尧、杨维桢等历代赋家小传九十六篇。《四六丛话》以"叙赋、作赋史料、赋家小传"结合的体制,为研究赋史赋学者提供了丰富史料,同时也表述了孙梅既肯定汉魏六朝赋,又重视唐代律赋的赋论观。

---

① 《历代赋话校证》附《复小斋赋话》,第 365 页。
② 孙梅著,李金松校点《四六丛话》,人民文学出版社 2010 年版,第 715 页。
③ 《四六丛话》,第 69 页。

阮元(1764—1849),字伯元,号云台,江苏仪征人(一说扬州人)①。编撰有《十三经注疏》《经籍纂诂》《揅经室集》等,《历代辞赋总汇》录其赋六篇②。所撰《四六丛话·后序》千余字,概叙楚汉以来"骈俪之文"的演变,其中颇多涉及辞赋,如曰:"惟楚国多才,灵均特起,赋继孙卿之后,词开宋玉之先,隐耀深华,惊采绝艳。故圣经贤传,六艺于此分途,文苑词林,万世咸归范围矣。洎夫贾生、枚叔,并辔汉初,相如、子云,联镳西蜀。中兴以后,文雅尤多,孟坚、季长之伦,平子、敬通之辈,综两京文赋。"大致概述了楚汉辞赋的发展情形。又赞评《四六丛话》"序首二篇,特表《骚》《选》"的特点,感慨自己"幸得师承、侧闻绪论";末尾署"乾隆五十三年,受业仪征阮元谨序"③。

三、乾隆五十三年赋集赋选的编辑刻印

此年赋集赋选的编刻,据踪凡《中国赋学文献考》,有蔇耕堂刻本叶简裁辑《会稽名胜赋》,世德堂重镌周嘉猷、周鋑辑,汤聘评骘《律赋衡裁》六卷等。

《会稽名胜赋》上、下册。清雍、乾时会稽人叶简裁(字伯荪)辑。计选录叙咏会稽名胜及人物故事的赋三十三篇,其中上册十四篇、下册十九篇。据《会稽名胜赋目录》的赋题看,所录赋篇中,既有描写会稽山川风景、名物古迹的,如吴寿昌《曹娥碑赋》、叶简裁《蓬莱阁赋》;亦有歌咏历史典故、人物故事的,如姚大源《稽山怀古赋》、沈锡蕃《剡溪访戴赋》等,具有较浓郁的地方文化特色。所选赋篇,多有句读、圈点和旁批,赋末有叶简裁等人评语。此本现有上海图书馆藏本,内封镌为"乾隆戊申春镌,会稽叶简裁伯荪评辑,蔇耕堂藏板"④。

《律赋衡裁》六卷。书名一作《历代赋衡裁》,清周嘉猷、周鋑辑,汤聘评骘。周嘉猷(? —1781),字辰告,号两塍,浙江钱塘人,乾隆二十五年(1760)进士,著有《两塍集》等;周鋑,生平不详。汤聘,字莘来,号稼堂。《国史列传·满汉大臣传》有传曰:"汤聘,浙江仁和人,乾隆元年进士,十年授陕西道监察御史,十五年提督江西学政,三十年擢西安布政使、湖北巡抚,……三十四年三月故。"⑤《律赋衡裁》六卷,是选评唐及宋代律赋的选本,现有

---

① 《清史稿·阮元传》《历代辞赋总汇》"阮元"简介,均作"仪征人"。林久贵在《阮元经学研究》(人民出版社2015年版)则认为阮元"是扬州人。他在《揅经室二集》卷二《扬州北湖小志序》中明确说:'元但通籍仪征而已,实扬州郡城北湖人也。'阮元是为便于参加科举考试,而占籍仪征"。

② 《历代辞赋总汇》第14册,第13684—13688页。

③ 《四六丛话》,第2—4页。

④ 踪凡《中国赋学文献考》下册,齐鲁书社2020年版,第664—665页。

⑤ 东方学会编《国史列传·满汉大臣传·汤聘传》,台北明文书局1985年印行。

北京图书馆藏乾隆二十五年瀛经堂刻本。前五卷正文选录前贤律赋作品：卷一至卷四依次按"天时、地理、人事、物类"分卷，主要选录唐人律赋及少数几篇宋代律赋；卷五为"别录"，选录梁陈、唐代及宋元时不甚合于律赋规则的赋。在所选赋篇原文后，汤聘均撰有一段尾评。卷六的《余论》四十八则和卷首"例言"，则为汤聘所撰的律赋理论见解。

此书版本，除乾隆二十五年瀛经堂刻本，尚有乾隆五十三年世德堂刻本。据踪凡《中国赋学文献考》引杨广岳《汤稼堂〈律赋衡裁〉与〈雨村赋话新话〉之文本对比研究》，此本曾在网上拍卖，该书1函4册竹纸线装，书名镌为"乾隆戊申重镌，仁和汤稼堂先生评定，律赋衡裁，世德堂藏板"①。

四、乾隆五十三年赋学成果的成就特色及其赋学意义

综如上述，可知乾隆五十三年的赋学成果颇为丰富，既包括邵晋涵、吴锡麒、刘凤诰、张惠言、凌廷堪、焦循、王家相等的辞赋作品，也包括当年刊刻问世的浦铣《历代赋话》与《复小斋赋话》，袁枚、杨宗岱、浦铣、阮元等人所撰与赋话相关的序跋之文；还有叶简裁辑《会稽名胜赋》、汤聘辑《律赋衡裁》。通过叙论此年赋创作、赋话论述及赋文献整理的成就特色，又可管窥乾嘉赋学的某些特点，以至对于认识乾嘉赋学乃至清代赋学的一般情形也不无意义。

（一）歌颂朝廷平定边邑和皇帝巡行天下的武功文治之赋最为丰富和引人注目，可谓此期辞赋创作的特色

笔者仅据《历代辞赋总汇》统计，乾隆年间此类题材、主题的赋，除上述邵晋涵、吴锡麒同题《圣驾巡幸津淀赋》和刘凤诰《恭纪平定台湾赋》，尚有约五十名作者创作此类长篇大赋六十余篇。这的确是一种令人瞩目的创作现象，如马积高先生所言，"这一时期歌功颂德的辞赋较多。其中尤以歌颂清帝多次平定边邑的武功和康、乾两帝多次南巡之作最引人注目，成为此时赋中的一个特色"②。

清人这类赋之佳者，如纪昀《平定西域赋》，"从结构的精工、描写的雅丽来说，颇能吸取汉魏大赋之长而避其短"③。纪昀《平定西域赋》即《平定准葛尔赋》，作于乾隆二十年（1755），当时，纪昀还在翰林院庶吉馆学习，得知朝廷平定西域准噶尔部落的消息后，就满

---

① 《中国赋学文献考》下册，第630—631页。
② 马积高《历代辞赋研究史料概述》，中华书局2001年版，第152页。
③ 《历代辞赋研究史料概述》，第152页。

怀热情地撰写了这篇两千余字的长篇大赋献给乾隆皇帝,其赋序云:"牙璋方起,捷报旋来。彼燕然之铭,《蒲梢》《天马》之歌,盖蔑如矣。臣载笔翰林,职是歌咏,谨拜手稽首,献赋一首,抒欢忭之忱,扬圣天子之鸿业。"①这类赋作的大量涌现,表明生当盛世的康、乾文人具有自觉运用赋体创作肯定所处时代、关心朝政国运的政治热情和文学情怀。

(二) 艺术形式上既有对汉晋大赋"体物写志"体制的继承,亦有沿袭六朝小赋传统而创作精美雅丽之写景抒情之作

乾隆五十三年的辞赋创作,除关注政治现实题材的歌功颂德之赋,也有叙写文人生活经历的叙事、写景、抒情赋。如张惠言的《游黄山赋》和《黄山赋》,虽仿效汉晋散体赋的长篇大赋体制,但不取汉晋大赋"主客问对"形式以及"曲终奏雅"劝百讽一的讽谏内容,而偏重于纯文学的描写,抒发个人的游历感受;凌廷堪《登邺城赋》吊古悲今,是以兴来情往;焦循《吊松赋》以自家斋阁前松树为题进行描绘刻画,语短情深;王家相《十月先开岭上梅赋》《山中奴婢桔千头赋》《稻孙赋》《百日习一经赋》等律赋,前两篇以题为韵叙写梅、桔景物,后两篇或以"农事未休侵小雪"为韵,或以"勤于自课得升高第"为韵,皆是平常农事与日常生活场景。且大多篇幅不长,文字雅丽。

(三) 身为上层文人的乾隆赋学群体表现出高度的文化与学术自觉

本文上述的赋作者及赋话评论与赋学文献整理的参与者,诸如邵晋涵、吴锡麒、刘凤诰、张惠言、凌廷堪、焦循、王家相、浦铣、袁枚、孙士毅、杨宗岱、阮元等,他们或是朝廷官吏、军政要员,或是社会名流,虽然身份各异,但均可统称为上层文人。这种情形,已然显示从事赋体创作和评论的人员,原本就是生活在上层社会、朝廷内外、王侯周围的文人群体,而与"雅俗共赏"的诗、文作者不同,他们执行"赋颂"与讽谏的任务,实践着贵族文学或雅文学的使命。

同时,乾隆赋话撰辑者身上,也体现着他们认同并传播传统文化、践行和推动辞赋发展的文学与学术自觉。他们有所赋颂,往往出于对时代的肯定和对皇帝的忠诚;对赋学史料搜集、赋学文献整理的坚持,又往往体现着高度的理论批评与学术自觉。其中尤以浦铣所撰《历代赋话》与《复小斋赋话》最为典型,这两种赋话著作,虽然刻印问世于乾隆五十三年,但它们的撰写刻印却经历了一个很长的过程。如《历代赋话》的编撰,先是浦铣的先兄浦声之先生的编撰未果,而后浦铣继其遗愿;此书至乾隆二十九年初具规模,乾隆四十一

---

① 纪树馨编校《纪文达公遗集》卷一,清嘉庆十七年(1812)纪树馥精刻本。

年完工定稿,在"书成一纪"之后的乾隆五十三年刻印问世,前后历时二十余年,而且是兄弟二人相继完成之作;刻印之际,袁枚、孙士毅、杨宗岱等名士又纷纷为之推荐,足见辑录历代作赋故事和展开赋论批评,是乾隆文士不懈坚持的成果,生动体现着乾隆文士的理论自觉与学术情怀。

(何新文,武汉生物工程学院文学院特聘教授,湖北大学文学院教授,出版过专著《中国赋论史》等;谈太辉,湖北工程学院文学与新闻传播学院讲师,发表过论文《浅论清末之民国时期楚剧在汉口的生存困境》等。)

试论赋中"繁类成艳"的修辞体认与破体互文

张思桥

内容提要：自刘勰在《文心雕龙》中提出了"繁类以成艳"的说法之后，"繁类成艳"即成为后世认知汉大赋的一个重要美学特征。钱钟书基于它在剧本、小说等其他文本中的互文应用，在《管锥编》中进行了一些新的探微。但由于钱钟书未曾对此进行更为详细的阐释，故"繁类成艳"这一特征仍未得到充分认识。实际上，作为一种成熟于"赋"文类的独特修辞，"繁类成艳"的形成不仅有其物类、文风、语体等多重历史渊源，同时自身存在着"炫博"与"代用"的双向体认。而"繁类成艳"在其历时性发展过程中，又早已轶出了其原始范围，并在诗、词、曲、小说等不同文类中产生了一种破体互文现象。

关键词：繁类成艳　赋　钱钟书

"繁类成艳"一词本出于《文心雕龙·诠赋》，即刘勰所谓"相如《上林》，繁类以成艳"[①]。"繁"，依《说文解字》本作"緐"，曰："緐，马髦饰也。"段玉裁注曰："引申为緐多，又俗改其字作繁，俗形行而本形废，引申之义行而本义废矣。"[②]故不难理解，"繁"，正所谓"繁多"之意。"艳"，《说文解字》曰："好而长也。"段玉裁注道："《小雅》毛传曰：'美色曰艳。'"[③]可见，"艳"与"美"内涵相近，正如段玉裁所注："此艳进于美之义。"[④]在陆机《文赋》中，较早将"艳"发展成了一个美学范畴，云："或清虚以婉约，每除烦而去滥。阙大羹之遗味，同朱弦之清氾。虽一唱而三叹，固既雅而不艳。"对此，张少康说道："文学作品应当讲究'艳'，如果文学作品都写成像'大羹不和'、'朱弦疏越'一样的东西，怎么能引起人的美感，从而起到它应有的作用呢？"[⑤]从"大羹不和""朱弦疏越"这些"艳"的对立特征上，我们可以更为直观地理解"艳"的内涵。

---

① 刘勰著，范文澜注《文心雕龙注》，人民文学出版社1958年版，第135页。
② 许慎撰，段玉裁注《说文解字注》，上海古籍出版社1981年版，第1156页。
③④ 《说文解字注》，第390页。
⑤ 陆机著，张少康集释《文赋集释》，人民文学出版社2002年版，第211页。

那么究竟何为"繁类成艳"？对于这一问题,我们不妨参看钱钟书《管锥编》中对"繁类成艳"的理解。依其所言:"然相如所为,'繁'则有之,'艳'实未也,虽品题出自刘勰,谈艺者不必效应声虫。能化堆垛为烟云,枚乘《七发》其庶几乎。"①按钱钟书之观点,相如赋充其量只能算得上是"繁"而不"艳",而枚乘《七发》方是"繁类成艳"的典型风格。但是,此处钱钟书的说法亦是值得商榷的。首先,何为"艳"与"不艳",在物类的排列中本不易区分。其次,以《子虚赋》中类举之句为例,则与《七发》中的相关叙写如出一辙,可谓难分伯仲。基于此种认识,我们则大致可以引申出:"繁类"本是一种修辞手段,而"艳"则是一种语辞特征,二者之间并不存在着直接和必然的联系。但假如遵循既定的认知,那么以"繁类成艳"之特征视相如、班固诸人之赋亦未为不可。基于此,我们所需要探讨的问题是:"繁类成艳"的修辞如何产生?"繁类成艳"的文学价值又当如何体认?

一、"繁类成艳"之修辞探源

文学非无源之水,每一种艺术形式均有其文化根柢,文字如此,修辞亦然。在《管锥编》中,钱钟书引西方术语曰:"夫排类数件,有同簿籍类函,亦修词之一道。"②此处,钱钟书实则即言"繁类成艳"是为修辞之一道。文中,笔者亦依从此说。而作为一种修辞方式,"繁类成艳"又有其历史与文化依托。按刘勰《文心雕龙·诠赋》之说:"赋者,铺也,铺采摛文,体物写志也。"③"铺采摛文",则略可视为"繁类成艳"在共时维度之命意所在。然而,就其历时性渊源或曰对前代文学遗产的继承上来看,大致又可以归结为以下三个方面:

(一) 取《诗经》、史乘物类以为体

在赋学领域,"赋源于诗"始终是一种主流之观点。考察汉大赋的发生,无论从"不歌而诵"或诗之"六义"而言,均与"诗"有着十分密切的联系。如"赋者,古诗之流也"(班固《两都赋并序》)④,"赋者,古诗之流也。始草创于荀、宋,渐恢张于贾、马"(白居易《赋赋》)等⑤,不一而足。而在对《诗》的功能的认知上,《论语·阳货》中曾如是说道:"子曰:'小子,何莫学夫诗? 诗,可以兴,可以观,可以群,可以怨。迩之事父,远之事君;多识于鸟兽

---

①② 钱钟书《管锥编》(一),生活·读书·新知三联书店 2007 年版,第 578 页。
③ 《文心雕龙注》,第 134 页。
④ 龚克昌等评注《全汉赋评注》(后汉),花山文艺出版社 2003 年版,第 206 页。
⑤ 白居易著,顾学颉校点《白居易集》,中华书局 1979 年版,第 877 页。

草木之名。'"①在这句话中，其中关键的一句是"多识于鸟兽草木之名"，而这正符合"繁类成艳"的基本原理。与此同时，赋家又多博学之士。例如，司马相如为文字学家，扬雄为学者，班固为史家，张衡又是地理学家与科学家。因此我们可以推测，诸如《战国策》《禹贡》《山海经》等史乘、地理著作，或许也曾在汉大赋的形成上产生过某些重要影响。以《山海经》为例，如：

> 西南三百六十里，曰崦嵫之山。其上多丹木，其叶如榖，其实大如瓜，赤符而黑理，食之已瘅，可以御火。其阳多龟，其阴多玉。苕水出焉，而西流注于海，其中多砥砺。有兽焉，其状马身而鸟翼，人面蛇尾，是好举人，名曰孰湖。有鸟焉……②

而《天子游猎赋》中则有：

> 云梦者，方九百里，其中有山焉。其山则盘纡岪郁，隆崇嵂崒，岑崟参差，日月蔽亏，交错纠纷，上干青云；罢池陂陀，下属江河。其土则丹青赭垩，雌黄白附，锡碧金银；众色炫耀，照烂龙鳞……③

从其整体行文来看，无论是对方位的排列，还是对物类的胪举，其结构可以说是如出一辙。

(二) 取庄、骚文风以为气

汉初赋家，多受楚文化之熏陶，故在前人评述上，亦多有"赋源于骚"一说。如章学诚《校雠通义》："古之赋家者流，原本《诗》、《骚》，出入战国诸子。"④程廷祚《骚赋论》："赋也者，体类于骚而义取乎诗者也。"⑤这说明，以庄、骚为代表的南方楚文化，在汉赋的形成中产生过莫大影响。李泽厚在其《美的历程》中认为："汉文化就是楚文化，楚汉不可分。尽管在政治、经济、法律等制度方面，'汉承秦制'，刘汉王朝基本上是承袭了秦代体制。但是，在意识形态的某些方面，又特别是在文学艺术领域，汉却依然保持了南楚故地的乡土

① 杨树达《论语疏证》，上海古籍出版社 1986 年版，第 454—457 页。
② 袁珂校《山海经校译》，上海古籍出版社 1985 年版，第 38 页。
③ 龚克昌等评注《全汉赋评注》（前汉），第 124 页。
④ 章学诚著，王重民通解《校雠通义通解》，上海古籍出版社 1987 年版，第 117 页。
⑤ 程廷祚撰，宋效永校点《青溪集》，黄山书社 2004 年版，第 67 页。

本色。"①另外,在傅璇琮、蒋寅所主编的《中国古代文学通论》中则说道:"关于赋体形成与楚辞的密切关系人们论述颇多……汉赋与两汉地域文化的关系是我们探讨两汉文学和地域文化首当其冲的问题,而楚文化无疑又是其中最为引人注目的地域文化。"②对此,刘勰则将汉赋总结为"受命于诗人,拓宇于楚辞"。首先以《庄子》为例:

> 缦者,窖者,密者。小恐惴惴,大恐缦缦。其发若机栝,其司是非之谓也;其留如诅盟,其守胜之谓也;其杀如秋冬,以言其日消也;其溺之所为之,不可使复之也;其厌也如缄,以言其老洫也;近死之心,莫使复阳也。(《齐物论》)③
>
> 庖丁为文惠君解牛,手之所触,肩之所倚,足之所履,膝之所踦,砉然响然,奏刀騞然,莫不中音。合于桑林之舞,乃中经首之会。(《养生主》)④

能够看出,其"汪洋恣肆"之文风,若非"缦者,窖者,密者""其发、其司、其留、其守、其杀、其溺、其厌""手之所触,肩之所倚,足之所履,膝之所踦"等"繁类",则必无从可观。除此之外,如庄子寓言中的虚拟宾主、设问对答,对汉大赋文章气脉的形成,亦不乏原型意义。一如章学诚所谓:"假设问对,《庄》、《列》寓言之遗也。"⑤

在《楚辞》中,"繁类"之特征往往会以诗体风格表现出来。如:

> 揽木根以结茝兮,贯薜荔之落蕊。矫菌桂以纫蕙兮,索胡绳之纚纚。(《离骚》)⑥
>
> 抚长剑兮玉珥,璆锵鸣兮琳琅;瑶席兮玉瑱,盍将把兮琼芳;蕙肴蒸兮兰藉,奠桂酒兮椒浆;扬枹兮拊鼓,疏缓节兮安歌,陈竽瑟兮浩倡。(《九歌·东皇太一》)⑦

可以说,无论是在《楚骚》还是在《庄子》中,"繁类"的特征均不是以行文中的物类排比、罗列来直接体现,而是利用变形、修饰等手段,形成一种整体的"气脉",即类似于钱钟书所说的"化堆垛为烟云"。故庄、骚之繁类,往往交错互出,而非直接并显。

---

① 李泽厚《美的历程》,天津社会科学院出版社 2001 年版,第 114 页。
② 傅璇琮、蒋寅主编《中国古代文学通论》(先秦两汉卷),辽宁人民出版社 2016 年版,第 385—386 页。
③ 郭庆藩撰,王孝鱼点校《庄子集释》,中华书局 2006 年版,第 51 页。
④ 《庄子集释》,第 117—118 页。
⑤ 《校雠通义通解》,第 117 页。
⑥ 黄灵庚集校《楚辞集校》,上海古籍出版社 2009 年版,第 61—64 页。
⑦ 《楚辞集校》,第 378—385 页。

（三）取纵横家语体以为势

关于赋之起源，迄今已形成不下五种说法。而自章学诚已还，"出入战国诸子"的说法始得兴起。章学诚言："古之赋家者流，原本《诗》《骚》，出入战国诸子。假设问对，《庄》、《列》寓言之遗也；恢宏声势，《苏》《张》纵横之体也；排比谐隐，《韩非·储说》之属也；征材聚事，《吕览》类辑之义也。"①至章炳麟、刘师培出，更是将其发展成了"赋出于纵横家"。如章炳麟《国故论衡·辨诗》云："武帝以后，宗室削弱，藩臣无邦交之礼，纵横既黜，然后退为赋家，时有解散。"②又刘师培《论文杂记》曰："有写怀之赋，有骋辞之赋，有阐理之赋。……写怀之赋，其源出于《诗经》。骋辞之赋，其源出于纵横家。阐理之赋，其源出于儒、道两家。"③"欲考诗赋之流别者，盖溯源于纵横家哉？"④从其结论来看，显然存在武断之嫌。但倘若从史实一面而观之，此说诚不乏卓见。试看：

> 苏秦始将连横，说秦惠王曰："大王之国，西有巴、蜀、汉中之利，北有胡貉、代马之用，南有巫山、黔中之限，东有肴、函之固。田肥美，民殷富，战车万乘，奋击百万，沃野千里，蓄积饶多，地势形便，此所谓天府，天下之雄国也。"（《战国策·苏秦始将连横》）⑤

> 今陛下致昆山之玉，有随、和之宝，垂明月之珠，服太阿之剑，乘纤离之马，建翠凤之旗，树灵鼍之鼓。（《谏逐客书》）⑥

贾谊承战国余风所作《过秦论》，其特点则更为鲜明。试观其上篇：

> 当此之时，齐有孟尝，赵有平原，楚有春申，魏有信陵：此四君者，皆明知而忠信，宽厚而爱人，尊贤而重士。约从连衡，兼韩、魏、燕、赵、宋、卫、中山之众……⑦

文中作者不辞其烦，穷物列举。其"繁类以成艳"的程度，较后起之大赋可谓有过之而

---

① 《校雠通义通解》，第117页。
② 章炳麟《国故论衡》，上海古籍出版社2003年版，第91页。
③ 刘师培著，舒芜校点《论文杂记》，人民文学出版社1959年版，第115—116页。
④ 《论文杂记》，第129页。
⑤ 缪文远《战国策新校注》，巴蜀书社1987年版，第68—69页。
⑥ 司马迁《史记》，中华书局1959年版，第2543—2544页。
⑦ 《史记》，第1962页。

无不及。此外,如"东、西、南、北、中""内、外""前、后""阴、阳"等方位空间的穷举,往往亦是大赋善用之手段。但实际上,早在战国时代的"纵横家言"中,这种"繁类成艳"所依附的重要手段已经被运用得炉火纯青了。而且与庄、骚不同的是,它对汉大赋的影响,往往不是酝酿一种内在的"气",而更多的是营造一种外观上的"势"。排比、类举,均是其惯用的技法。

二、"炫博"与"代用":关于"繁类成艳"的双重体认

既明确了"繁类成艳"的出来所自,我们应如何来看待这种生成于汉大赋的修辞艺术?可以说,在文学语境中,它和"掉书袋"等惯习一样,经常会被视作一种文学上的劣习。的确,从其消极一面而言,它固然有赋家"炫博"的成分在。然而,倘若从其积极一面来看,则"繁类成艳"在"类书"甚至书籍匮乏的时代,又起到了"赋代字书""赋代类书"的重要作用,即陆次云所谓"以代乘志"。因此,我们应当以"二柄"之眼来体认由汉大赋所开创的"繁类成艳"。

一方面,"繁类成艳"体现出了一种逞才炫博之弊。论及汉大赋的"逞才炫博","繁类成艳""铺张扬厉"可谓其典型概括。从某种意义上来说,二者之间本是一致的,前者更多是偏向一种修辞手段,而后者更多是偏向一种艺术特色。在袁行霈主编《中国文学史》(第一卷)中,甚至直接说道:"诗之妙在内敛,赋之妙在铺陈;诗之用在寄兴,赋之用在炫博。"[①]就其一边来说,大赋之"炫博",的确在很大程度上是通过"繁类成艳"而表现出来。毫无疑问,"炫博"这个词汇本身即带有一种批判意味。那么,这种"体认"究竟是如何发生的? 倘若细考其源流,关于"炫博"的批评实际上从汉代赋家自身即已开始。扬雄《法言·吾子》曰:"或问:'景差、唐勒、宋玉、枚乘之赋也,益乎?'曰:'必也,淫。''淫则奈何?'曰:'诗人之赋丽以则,辞人之赋丽以淫。如孔氏之门用赋也,则贾谊升堂,相如入室矣。如其不用何?'"[②]"淫"本为过甚之义,如"郑声淫""淫雨霏霏"。而何为"丽以淫"? 表现在辞赋上,即是"闳侈巨衍"等特征。一如《汉书·扬雄传》中所载:"雄以为赋者,将以风也,必推类而言,极丽靡之辞,闳侈巨衍,竞于使人不能加也。"[③]虽然扬雄主要针对的是赋用上的"劝百讽一",但还原到赋艺上,如"推类而言,极丽靡之辞",概括起来,实际上正是刘勰所说的"繁类成艳",而这恰恰正是扬雄晚年所否定和批评,并用以与"诗人之赋丽以则"所对举的。除此之外,后世对汉大赋"炫博"的体认,还与一则材料密切相关。据《西京杂记》卷

---

① 袁行霈主编《中国文学史》(第一卷),高等教育出版社 2005 年版,第 9 页。
② 汪荣宝撰,陈仲夫点校《法言义疏》,中华书局 1987 年版,第 49—50 页。
③ 班固《汉书》,中华书局 1962 年版,第 3575 页。

二记载:"其友人盛览,字长通,牂牁名士,尝问以作赋。相如曰:'合綦组以成文,列锦绣而为质,一经一纬,一宫一商,此赋之迹也。赋家之心,苞括宇宙,总览人物,斯乃得之于内,不可得而传。'"①其材料之真实性历来饱受质疑。但正如有学者所说:"按《西京杂记》本为晋人葛洪托名刘歆所编纂的杂载西汉轶事传闻的笔记,所载故事多非信史,不能肯定这段话确为司马相如所言。然而由于这则材料本身对汉赋瑰玮宏富的特点所作的极为精到的概括,使得后世批评家们往往不甚追究其文献的历史真实性。"②按司马相如所言(或为假托),如果说"一经一纬,一宫一商"对应的是"繁类",那么"合綦组以成文,列锦绣而为质",对应的则是"成艳"。诚然,一如有学者所说,若是仔细梳理其论说产生之历史背景,"赋心""赋迹"未必就是一则单纯关于汉大赋"繁类成艳"的理论概括,亦可能是"魏晋人结合其时文学理论与玄学思潮提出的关于辞赋本体与辞赋创作的看法"③。但必须要承认的是,在长期的接受过程中,它早已成为人们对汉大赋"炫博之用"的一种体认,而"逞才炫博"也已成为人们对于汉大赋的一种习惯认知。

另一方面,"繁类成艳"承载了"赋代字书""赋代类书"之用④。据《文心雕龙·练字》载:"至孝武之世,则相如撰篇。及宣成二帝,征集小学,张敞以正读传业,扬雄以奇字纂训,并贯练雅颂,总阅音义,鸿笔之徒,莫不洞晓。且多赋京苑,假借形声,是以前汉小学,率多玮字,非独制异,乃共晓难也。暨乎后汉,小学转疏,复文隐训,臧否大半。"⑤在汉赋四大家中,西汉司马相如、扬雄在文字学上均造诣匪浅,是以在其赋作中,"字林"的特点体现得较为突出。刘勰在《练字》篇中还说道:"联边者,半字同文者也。状貌山川,古今咸用,施于常文,则龃龉为瑕,如不获免,可至三接,三接之外,其字林乎!"⑥此处,"字林"虽未明指汉大赋,但结合上述之论说与汉大赋自身的特点,如《上林赋》中的"于是乎崇山矗矗,巃嵸崔巍,深林巨木,崭岩参嵯,九嵕巀嶭。南山峨峨,岩陁甗锜,摧崣崛崎",这里的"字林"实际上即是指向了大赋。进一步来考察,在中国文学史上,《尔雅》向来被誉为辞书之祖,并最早著录于《汉书·艺文志》中。但据考证,书中材料,多有来自《楚辞》《庄子》《吕氏春秋》等书,可见其大抵不出秦汉之间。秦火焚书于几时未知,但在这种字书稀缺的背景下,汉大赋中对于僻字的"繁类毕举",的确是可以起到替代"字书"的重要作用。至东汉已降,大赋的创作出现了一个很大的转折,即刘勰在《文心雕龙·练字》中所说的"暨乎后

---

① 葛洪辑,成林、程章灿译注《西京杂记全译》,贵州人民出版社1993年版,第65页。
②③ 陶慧《"赋迹""赋心"说涵义新探》,《文艺理论研究》2017年第4期。
④ 这里其实更侧重于"繁类"之功用,但"艳"作为"繁类"所产生的一种客观美学特征,亦不可截然分割开来。
⑤ 《文心雕龙注》,第623—624页。
⑥ 《文心雕龙注》,第624—625页。

汉,小学转疏,复文隐训,臧否大半"①。与此同时,大赋作家的身份开始向"史"靠拢,如班固、张衡,均是以史家笔法来书写大赋。在其作品中,往往以"征实"态度取代"虚辞滥说",其风气一直影响到了晋代左思的《三都赋》,故左思在《三都赋序》中明确说道:"余既思摹《二京》而赋《三都》,其山川城邑则稽之地图,其鸟兽草木则验之方志。风谣歌舞,各附其俗;魁梧长者,莫非其旧。何则? 发言为诗者,咏其所志也;升高能赋者、颂其所见也。美物者贵依其本,赞事者宜本其实。"②针对这种现象,刘勰在《文心雕龙·神思》中,有"张衡研京以十年,左思练都以一纪"的说法③,相对于司马相如的"善为文而迟""为《上林子虚赋》,意思萧散,不复与外事相关,控引天地,错综古今,忽然如睡,焕然而兴,几百日而后成"④,虽有才力上的差异,但其不同的创作取向是更加重要的。此际,汉大赋的"繁类",又出现了从"字书"到"类书"的转化。关于这一点,袁枚在《历代赋话序》中极为明确地说道:"古无志书,又无类书,是以《三都》《两京》,欲叙风土物产之美,山则某某,水则某某,必加穷搜博采,精心致思之功。是以三年乃成,十年乃成,而成之后,传播远迩,至于纸贵洛阳。盖不徒震其才藻之华,而藏之巾笥,作志书、类书读故也。"⑤众所周知,我国古代第一部类书《皇览》编于曹魏之初。而在此之前,"类书"的功能则更多是靠汉大赋承担起来的。如果说"赋代字书"是一种文化传承,那么"赋代类书"则更多是开创了一种文化范式。从这个意义上来讲,则无论是"赋代字书"还是"赋代类书",都是由"繁类成艳"所衍生的积极产物。

三、"繁类成艳"在不同文类中的破体互文

"繁类成艳"虽由汉大赋而生发,但实际上,在嗣后出现的各种文类中,它或被直接援用,或被变形使用,或以俗代雅,或遁入他体,可以说已形成了一种修辞范式,有着十分普遍的艺术表现。在修辞学中,这一手法与"列锦"颇为类似。所谓"列锦",谭永祥言:"以名词或以名词为中心语的定名词组,组合成一种多列项的特殊的非主谓句,用来写景抒情,叙事述怀,这种修辞手法叫'列锦'。"⑥吴礼权则直接将其定义为"名词铺排"⑦。可以看

---

① 《文心雕龙注》,第 624 页。
② 萧统编,李善注《文选》,中华书局 1977 年版,第 74 页。
③ 《文心雕龙注》,第 494 页。
④ 《西京杂记全译》,第 65 页。
⑤ 浦铣著,何新文、路成文校证《历代赋话校证》,上海古籍出版社 2007 年版,第 3 页。
⑥ 谭永祥《汉语修辞美学》,北京语言学院出版社 1992 年版,第 224 页。
⑦ 吴礼权《名词铺排与清诗创作》,《长江学术》2018 年第 1 期。

出,"列锦"实际上正是"繁类以成艳"的另一种近似表述。诚然,"名词铺排"并非最早出现于汉赋,在先秦《诗经》中即有所体现,但其却更为突出地体现于汉大赋之中。正如吴礼权所言:"汉赋中亦有名词铺排文本的建构,虽非触目皆是,但类型的丰富性远超比赋更源远流长的诗歌。"①故而刘勰以"繁类成艳"作为相如赋的重要特征,亦为中肯之论。

在更多场域,通过文学家的灵活嵌用,这种修辞往往不再像在汉大赋中一样饱受诟病,反而成为一种独特的、活泼的修辞手段。诚如钱钟书所说:"然小说、剧本以游戏之笔出之,多文为富而机趣洋溢,如李光弼入郭子仪军中,旌旗壁垒一新。"②但为钱钟书所忽略的是,"繁类成艳"实际上不仅只出于小说、剧本等通俗文学之中,在其他文类中同样亦有多方面体现。一如吴氏所说:"从汉代开始,不仅诗人意识到了名词铺排独特的审美价值,其他如赋家、词家、小说家、元曲作家等,都清醒地意识到了名词铺排在造景呈象、拓展意境、提升作品审美价值方面的独特意义。"③同时,我们亦不能简单地将其视之为"游戏之笔",而应当看到它在不同文类中所起到的客观作用。兹举隅以下几种主要文类观照之。

(一) 以实化虚:"繁类成艳"与诗

在古诗中,"繁类成艳"常常又以"列锦""堆砌"等说法而置换之。实际上,在古诗中,既存在着非常明显的"繁类成艳",也有经过修饰和化用的语句。比较明显的如《木兰辞》:"东市买骏马,西市买鞍鞯,南市买辔头,北市买长鞭。"以往的研究,多是从"互文"的角度来解读这几句文本,但如仔细考察,这几句诗的手法明显与大赋中"其东则……其西则……"模式类似,可谓是对"繁类成艳"的一种直接借用。诗贵"虚实结合",但在更多时候,诗中的"繁类成艳",又是通过对"意象"的紧凑化处理来实现的,从而达到一种"以实化虚"的反弹效果。如温庭筠《商山早行》中"鸡声茅店月,人迹板桥霜",两句十字,"鸡声、茅店、月、人迹、板桥、霜"皆为名词之列举,无一余墨。再如晏殊《无题》中"梨花院落溶溶月,柳絮池塘淡淡风",陆游《书愤》(其一)中"楼船夜雪瓜洲渡,铁马秋风大散关",同样是这一句式。在以往的诗歌研究中,这种句式常会被作为"列锦"之典型。但实际上,这种句式与《诗经》中惯常被理解为"列锦"的"复沓"手法尚有所区别,反而与汉大赋中的"繁类"更为接近。总而言之,在这些作品中,对"繁类成艳"的袭用都是十分成功的,通过对意象的刻意处理,使其在诗词的"虚实相生"上起到一种独特的作用。但是,并不是每一首作品都能

---

① ③　吴礼权《名词铺排与汉赋创作》,《阅江学刊》2018 年第 4 期。
②　《管锥编》(一),第 579 页。

将"繁类成艳"运用得十分恰当。诗家语本尚凝练,倘若处理不善,则会变成一种败笔。

(二) 形式内置:"繁类成艳"与词

与其他韵文相比,词与赋的联系恐更为密切,因在词体创作中,有一种说法被称作"以赋为词",这方面以柳永和周邦彦最为代表。诚然,在"以赋为词"的作品中,我们往往不难看出"繁类成艳"的痕迹。但实际上,除此之外,有些词的词谱本身即体现了"繁类成艳"的特点,可称得上是一种"形式内置"。如《行香子》《木兰花慢》,其中"鼎足对"句式,本身即富有"繁类成艳"之色彩。兹以秦观《行香子》为例:

> 树绕村庄,水满陂塘。倚东风,豪兴徜徉。小园几许,收尽春光。有桃花红,李花白,菜花香。　远远围墙,隐隐茅堂。飏青旗,流水桥旁。偶然乘兴,步过东冈。正莺儿啼,燕儿舞,蜂儿忙。①

在秦观词作中,诸如"桃花红,李花白,菜花香""莺儿啼,燕儿舞,蜂儿忙"语句,正乃"鼎足对"之一种,其"繁类成艳"之特征已然甚明。与之相似的还有元代萨都剌《木兰花慢·彭城怀古》中的"想铁甲重瞳,乌骓汗血,玉帐连空""更戏马台荒,画眉人远,燕子楼空"。

除此之外,在诸多词中,由于句式相对于诗更为自由,故对名物的罗列更为便利,此尤为突出体现于长调之中。如柳永《望海潮》:

> 东南形胜,江吴都会,钱塘自古繁华。烟柳画桥,风帘翠幕,参差十万人家。云树绕堤沙。怒涛卷霜雪,天堑无涯。市列珠玑,户盈罗绮竞豪奢。　重湖叠巘清嘉。有三秋桂子,十里荷花。羌管弄晴,菱歌泛夜,嬉嬉钓叟莲娃。千骑拥高牙,乘醉听箫鼓、吟赏烟霞。异日图将好景,归去凤池夸。②

在这首不足百字的词中,倘若将意象连类排列,则是"烟柳、画桥、风帘、翠幕、云树、堤沙、怒涛、珠玑、重湖、叠巘、三秋桂子、十里荷花、羌管、菱歌、钓叟、莲娃、千骑、高牙、箫鼓、烟霞"。类似的作品还有周邦彦的《满庭芳·夏日漂水无想山作》,如其中"风老莺雏,雨肥

---

① 徐培均、罗立刚编著《秦观词新释辑评》,中国书店 2003 年版,第 303 页。
② 柳永著,薛瑞生校注《乐章集校注》,中华书局 1994 年版,第 169 页。

梅子,午阴嘉树清圆……"俱可以称得上是"繁类以成艳"了。

(三) 表现规定:"繁类成艳"与曲

在《管锥编》中,钱钟书举隅《百花亭》一剧本为"繁类成艳"张目。曰《百花亭》第三折王焕叫卖云:"查梨条卖也!卖也!卖也!这莫是家园制造道地收来也!有福州府甜津津、香喷喷、红馥馥、带浆儿新剥的圆眼荔枝也!有平江路酸溜溜、凉阴阴、美甘甘连叶儿整下的黄橙绿橘也!……有酸不酸、甜不甜、宣城贩到的得法软梨条也!"[①]其实诸如此类艺术表现,在曲中并不鲜见。因其说唱结合的表现方式所需,故常能起到一种渲染之效果。关汉卿有云"我是个蒸不烂煮不熟捶不扁炒不爆响珰珰一粒铜豌豆"[②],正是如此笔墨。由于表现习惯,"繁类成艳"不仅在剧曲中,在散曲里同样也是有着大量体现。如:

> 黄芦岸白蘋渡口,绿柳堤红蓼滩头。虽无刎颈交,却有忘机友,点秋江白鹭沙鸥。傲杀人间万户侯,不识字烟波钓叟。(白朴《沉醉东风·渔夫》)[③]
>
> 孤村落日残霞,轻烟老树寒鸦,一点飞鸿影下。青山绿水,白草红叶黄花。(白朴《天净沙·秋》)[④]
>
> 枯藤老树昏鸦,小桥流水人家,古道西风瘦马。夕阳西下,断肠人在天涯。(马致远《天净沙·秋思》)[⑤]

其中,我们比较熟悉的是马致远的《天净沙·秋思》。即以这首曲子为例,在前三句中,"枯藤老树昏鸦,小桥流水人家,古道西风瘦马",正如温庭筠《商山早行》一样,悉数为意象之罗列。长期以来,人们都将这首曲子视为名篇佳制,甚至将其誉为"秋思之祖"。究其缘由,正是此处对"繁类成艳"的运用,乃将曲之"表现"与诗之"意境"进行结合,是通过巧妙运用"堆砌"而反向达到了一种客观凝练之效果。可以说,它恰恰是一种审美意义上的"物极而反"。

(四) 形象塑造:"繁类成艳"与小说

对于"繁类成艳"的运用,除了以上作品,小说也是钱钟书在《管锥编》中所提及的另一

---

①　《管锥编》(一),第 579 页。
②　隋树森编《全元散曲》,中华书局 1964 年版,第 173 页。
③　《全元散曲》,第 200 页。
④　《全元散曲》,第 197 页。
⑤　《全元散曲》,第 242 页。

种文本。如其所举《醒世姻缘》第五〇回孙兰姬"将出高邮鸭蛋、金华火腿、湖广糟鱼、宁波淡菜、天津螃蟹、福建龙虱、杭州醉虾、陕西琐琐葡萄、青州蜜饯棠球、天目山笋鲞、登州淡虾米、大同稣花、杭州咸木樨、云南马金囊、北京琥珀糖,摆了一个十五格精致攒盒"①,即为如此。其实细考其源,小说本起源于口头文学,需要通过一些语言的变化去提高听众的积极性,而这种"繁类成艳"的手段,恰恰能够在很大程度上调动起现场的氛围。是以直到如今,在许多评书中,我们依然可以看到这种修辞的使用。其后,虽然小说从口头文学变成案头文学,然而此一传统不废,仍为大部分小说家作为强调人物特征与渲染小说环境所沿袭。在小说中,这一修辞对包括人物形象在内的艺术形象塑造起到了十分重要的作用。除了钱钟书所举《醒世姻缘》,明清小说中普遍存在着对这一修辞艺术的援用。如许仲琳《封神演义》第二回曰:"轰天炮响,振地锣鸣。轰天炮响,汪洋大海起春雷;振地锣鸣,万刃山前丢霹雳。幡幢招展,三春杨柳交加;号带飘扬,七夕彩云蔽日。刀枪闪灼,三冬瑞雪重铺;剑戟森严,九月秋霜盖地。""东摆芦叶点钢枪,南摆月样宣花斧。西摆马闸雁翎刀,北摆黄花硬柄弩。"②再如《红楼梦》第三回中对贾宝玉的描写曰:"面若中秋之月,色如春晓之花,鬓若刀裁,眉如墨画,鼻如悬胆,睛若秋波,虽怒时而似笑,即嗔视而有情。"③诸如此类,都极为生动地将相关人物形象的典型特征展示了出来。其实不独《封神演义》《红楼梦》如此,其他小说中对主要出场人物的描写亦大致如此。可见在小说文本中,"繁类成艳"并不只是一种游戏笔墨,而是一种重要的修辞艺术。

结　语

在中国文学史上,对汉大赋及其所开创的语言艺术多有不同见解。以汉大赋的"繁类成艳"为例,以往人们对它的认知,多是流于"堆砌名物""晦涩难读""过度渲染"等层面。但其实,"繁类成艳"本身是有其范式价值所在的。若从钱钟书一物二柄的角度来看,则"繁类成艳"既存在"板滞"之弊病,同时亦可引发"生动"之效果。一如上文所述,倘若运用得当,它不仅可以营造出一种语言上的独特气势与美感,同时还能起到一种"代用"(如字书、类书)效果。只不过在汉大赋中,由于繁类毕举的多有生僻字、陌生词,极容易造成一种审美上的阻拒性,故人们常常会将"类"与"繁"混为一谈,将"类的陌生"归咎于"繁类"之上。所以,"繁类成艳"之妨碍美感抑或增加美感,一是取决于"类"的取象,二是取决于它

①　《管锥篇》(一),第 579 页。
②　许仲琳编,张耕点校《封神演义》,中华书局 2002 年版,第 12 页。
③　曹雪芹原著,脂砚斋主人评点《脂砚斋重评石头记》,天津古籍出版社 2006 年版,第 37 页。

在不同文学形式中的嵌用恰当与否。引申来说,虽然与"繁类成艳"相对的是"要言不烦""言约意丰"等较为积极的评价,但正所谓"极则必反","言约"过甚,则又会让人不知所云。正是在这个意义上,《春秋》乃有"断烂朝报"之讥。总体而言,如果仅从汉大赋自身的文本特点去考察"繁类成艳",无疑会在很大程度上遮蔽甚至取消它的历时性艺术价值,因此我们当从历史的多边去反视,对其进行较为客观地评价。

(张思桥,安徽师范大学文学院讲师,出版有专著《古典诗学与比较诗学》等。)

《赋汇题解》的特点、阙误和补正*

踪　凡

内容摘要：清倪一擎《赋汇题解》是一部对《历代赋汇》所有赋题进行诠释的解题类著作，客观上反映了中国古代赋体文学广博浩瀚的文化内涵，也有助于当时的文人士子快速理解《历代赋汇》所收赋篇的主题和内容。《赋汇题解》具有赋题求全、语言简洁、征引富赡、按语精到等特征，但也有不标出处、内容粗浅、知识缺漏等弊端，尤其是出自四书五经的赋题，古人习见，大都从略。校证该书时需要加以补充、匡正，以便今人阅读、利用，进而对历代赋的广博内容和百科性质展开研究。

关键词：《赋汇题解》　特点　阙误　补正

在马积高《历代辞赋总汇》（全26册，湖南文艺出版社2014年版）出版之前，清陈元龙所编之《历代赋汇》（1706年）一直是收录先秦至明代赋最为完备的专体文学总集。《历代赋汇》（以下简称《赋汇》）全书共184卷，目录2卷，收赋达4155篇（该书《总目》作4161篇）。该书是"清康熙年间宏大的文学整理工程之一"[①]，由康熙皇帝御定并作序，故又名《御定历代赋汇》。陈元龙（1652—1736）在前人辑佚成果的基础上，对先秦至明代赋进行更大规模的搜集与整理，按照题材内容分类编排，于康熙四十五年（1706）编成该书，旋即付梓。《赋汇》正集140卷，收叙事体物之作，分为天象、岁时、地理、都邑、治道、典礼、祯祥、临幸、搜狩、文学、武功、性道、农桑、宫殿、室宇、器用、舟车、音乐、玉帛、服饰、饮食、书画、巧艺、仙释、览古、寓言、草木、花果、鸟兽、鳞虫30类；外集20卷，收抒情言志之作，分为言志、怀思、行旅、旷达、美丽、讽谕、情感、人事8类；此下又有逸句2卷，补遗22卷，辑录作品空前完备。

＊ 本文为国家社会科学基金重大项目"历代赋论整理研究"（19ZDA249）、国家社会科学基金一般项目"历代赋集序跋辑录、整理与研究"（18BZW087）阶段性成果。

① 许结《历代赋汇（校订本）》前言，凤凰出版社2018年版，第3页。

与明人周履靖《赋海补遗》(887篇)、李鸿《赋苑》(875篇)、施重光《赋珍》(437篇)、陈山毓《赋略》(332篇)和清代康熙年间的赵维烈《历代赋钞》(245篇)、王修玉《历朝赋楷》(167篇)、陆棻《历朝赋格》(375篇)相比,《赋汇》不仅卷帙最大,规模已达前人或同时人的5至10倍,而且注重辑佚,零章断句无不搜罗,校勘亦十分精审。《赋汇》之后300余年,出现的大型赋体文学总集主要有两部:一是清光绪年间鸿宝斋主人编纂的《赋海大观》32卷(1888年),辑录先秦至清代赋12265篇,篇数达《历代赋汇》的3倍①。但由于该书贪大求全,错讹满纸,并且以石印本面世,字小伤目,难以卒读,故影响不大。一是马积高主编的《历代辞赋总汇》,汇集先秦至清代赋30789篇,按时代先后编排,篇数已达《历代赋汇》的7.4倍,是有史以来规模最大的辞赋文学总集。但《历代赋汇》按照题材分类编纂,更有利于读者考察不同题材赋的发展演变,其学术价值与地位仍然不容忽视。

一、《赋汇题解》的编撰

对于《赋汇》,四库馆臣如此评价:"二千余年体物之作散在艺林者,耳目所及,亦约略备焉。"②用语极有分寸。而清沈德潜《赋汇录要笺略叙》云:"圣祖仁皇帝钦定《赋汇》一书,自周秦以及元明,合二千余年之作,千百才人之思,部叙类居,略无遗阙。"③清杭世骏《赋汇题解叙》亦称:"尽天地民物之情状,苞七略四部之菁英,郁乎彬彬,诚赋家一统会也。"④清王之翰《赋汇题注序》亦云:"康熙中《御定历代赋汇》,正变兼陈,洪纤毕备,洵巨观也。"⑤当代学者何新文先生指出:"这是我国古代第一部也是至今最好、影响最大的一部搜集历代赋作品相当完备的大型赋总集。"⑥褒奖之声,不绝于耳。该书由康熙皇帝御定,地位尊贵,当时就被天下士子奉为金科玉律,乾隆年间钱陈群《赋汇录要笺略叙》称:"十余年来皇上召试词臣,间以是书命题。"其实不仅仅"召试词臣",此后各级考试命题,亦常常从《赋汇》取材。但"全书卷帙繁重,寒畯购置匪易,所录至四千余首之多,题目隐僻者,初学或未知所出"(王之翰《赋汇题注序》)。为了帮助文人士子快速阅读《赋汇》,迅速掌握每一个赋题的典故出处和创作要求,雍正、乾隆之后产生了一批为《赋汇》解题的导读

①　踪凡《〈赋海大观〉价值初探》,《文献》2011年第3期。
②　永瑢等《四库全书总目》卷一九〇,中华书局1965年版,第1727页。
③　吴光昭、陈书《赋汇录要笺略》卷首,清乾隆二十三年(1758)汲古斋刻本。
④　倪一擎《赋汇题解》卷首,《历代赋学文献辑刊》第200册,影印清乾隆二十三年(1758)仁和倪氏刻本,国家图书馆出版社2017年版,第145页。以下版本同此。
⑤　王晓岩《赋汇题注》卷首,清光绪六年(1880)飞云馆刻本。
⑥　何新文、苏瑞隆、彭安湘《中国赋论史》,人民出版社2012年版,第271页。

之作。见诸著录者,就有吴光昭、陈书《赋汇录要笺略》28 卷,倪一擎《赋汇题解》10 卷,陈世侃《赋汇题解》10 卷,慕维德《赋汇题解》若干卷(未刊),王晓岩《赋汇题注》8 卷等多种。其中倪一擎《赋汇题解》是质量较高的一种。

倪一擎,字建中,号笔农,仁和(今浙江杭州)人。本姓凌,字嘉树,室名有真意斋。时人称倪嘉树。乾隆时秀才。擅长诗赋,一生以教授为业,颇受敬重。弟子姚春漪曾作《倪嘉树课孙图》,属同人题诗,传为佳话。晚年失明,因自号不盲心叟。年 80 余而卒。著有《烟志》(一名《烟草志》)、《湖山便览》、《赋汇题解》、《律赋风喈注释》、《续名媛词话》等。今存《赋汇题解》10 卷、《标季试律鸾音》4 卷、《试诗古近鸾音》1 卷。事迹略见《杭州府志》卷一四六《文苑传》、法式善《梧门诗话》卷四。其妻苏畹兰,字纫九,号香岩,撰《坤维正气录》《闺吟集秀》《香岩诗文》。据董龙光考证,《赋汇题解》初刊之时"倪一擎仅二十六七岁,即使再将年龄往大推算,亦不过三十出头,非常年轻"①。

鉴定者杭世骏(1695—1773),字大宗,号堇浦、智光居士、秦亭老民等,仁和(今浙江杭州)人。清雍正二年(1724)举人,乾隆元年(1736)举鸿博,授编修,官御史。晚年主讲广东粤秀和江苏扬州两书院。著有《续礼记集说》《道古堂集》《榕桂堂集》《文选课虚》等。因杭世骏声名较广,并且曾经为《赋汇题解》作序,不少学者误将其视为《赋汇题解》的作者。例如清王之翰《赋汇题注序》云:"杭大宗(世骏)先生有《赋汇题解》,未之见也。"清张之洞《书目答问·集部》亦称:"杭世骏有《赋汇题解》,通行。"②今人王雪光等编《中国图书馆界人名辞典》一书,在介绍杭世骏著述时罗列该书③。何新文称:"编撰有《赋汇题解》的学者杭世骏(字太宗),也是康、乾时之仁和人。"④其实杭世骏只是作序者和鉴定者,真正的编者是倪一擎。

《赋汇题解》凡 10 卷,现有上海图书馆藏清乾隆二十三年(1758)仁和倪氏刻本。该书凡 2 册,内封 B 面镌:"乾隆二十三年新镌,仁和杭堇浦定,赋汇题解(隶书大字),本衙藏板。"首杭世骏《赋汇题解叙》3 叶;次《赋汇题解例言》8 条凡 2 叶;次《赋汇题解目次》2 叶;以下正文。左右双边,白口,单、黑鱼尾。半叶 10 行,行 21 字,小字双行同。版框高 19.3 厘米,宽 13 厘米。卷端题:"赋汇题解卷第　·,仁和杭世骏堇浦氏定,倪一擎建中氏编。"版心中部刻"赋汇题解卷一(天文)"和页码。偶有朱笔或墨笔批点,以补遗、正讹为主。

① 董龙光《〈赋汇题解〉与〈赋汇〉注解类文献之地位》,待刊。
② 张之洞撰,范希曾补正,徐鹏导读《书目答问补正》,上海古籍出版社 2001 年版,第 231 页。
③ 麦群忠主编,王雪光等编撰《中国图书馆界人名辞典》(上册),广西民族出版社 1987 年版,第 249 页。
④ 何新文《中国赋论史稿》,开明出版社 1993 年版,第 161 页。按:"太宗"当作"大宗"。

二、《赋汇题解》的特点与优点

《赋汇题解》对陈元龙《历代赋汇》中每个赋题都进行诠解,顺序完全依照《赋汇》,分为正集 30 类、外集 8 类,共计 38 类,2784 题,依次进行解题。《例言》称:"今依次类列,按题缀解,概不删削,以期完备。"①与略早出现的吴光昭、陈书《赋汇录要笺略》(清乾隆二十三年汲古斋刻本,以下简称《笺略》)一书比较,其特点更为突出。《笺略》凡 30 卷,内容浩博,但其用力处在于赋篇的摘句和语词笺释,若就赋题而言,则并不完备。例如《赋汇题解》卷九"鸟兽"类,共计笺释 182 题,将《赋汇》原书的所有赋题囊括,"概不删削",依次进行解题;《笺略》卷二七、卷二八亦为"鸟兽"类,共计笺释 140 题,遗漏 42 题,被遗漏者包括《舞鹤赋》《白鹤赋》《双鹤赋》《叹二鹤赋》《去鹤来归赋》《玄鸟赋》《夜亭度雁赋》《闻雁赋》《鸢赋》等。显然,《赋汇题解》更能全面反映《赋汇》收录赋题的情况。

简洁凝练是《赋汇题解》的又一特征。对于题意相近或者相同的赋题,倪一擎往往合并释之,以省篇幅。例如卷一"天象"类,倪氏将"初月"与"新月"合并,"斗为帝车"与"帝车"合并,"泰阶六符"与"三阶平则风雨时"合并;卷九"鸟兽"类,倪氏将"凤凰"与"凤"合并,"威凤"与"仪凤"合并,"莺""晓莺"与"闻莺"合并,等等,皆省去"赋"字,以求凝练。该书《例言》称:"题出四子书,及尽人通解者,只录载原题,不复赘解。"②例如卷一"天象"类,对于"光""初月""新月""秋月""怨晓月"等浅显易懂的赋题,作者不赘一词;对于出自《四书》的赋题,由于古代士子自幼诵习,早已谙熟于胸,倪氏亦选择不释或简释。例如卷一"天象"类"秋阳"题下,仅注"见《孟子》"三字,这是因为古人对《孟子·滕文公上》"江汉以濯之,秋阳以暴之,皓皓乎不可尚已"已经倒背如流③,无须辞费。同样道理,本卷"众星拱北"题下,倪氏仅注"本《论语》"三字,略作提醒,读者自然会想起《论语·为政》中"为政以德,譬如北辰,居其所,而众星共之"的名句④。

这是就大多数赋题而言,但也有特殊情况。遇到极其复杂或偏僻的赋题,倪氏则又泼墨如云。例如卷一"天象"类"律吕相生"题下,倪氏注云:

《史记·律书》:"以下生者,倍其实,三其法。以上生者,四其实,三其法。"索隐:

---

① 倪一擎《赋汇题解例言》,《历代赋学文献辑刊》第 200 册,第 149 页。
② 倪一擎《赋汇题解例言》,《历代赋学文献辑刊》第 200 册,第 150 页。
③ 阮元校刻《十三经注疏·孟子注疏》,中华书局 2009 年影印本,第 5884 页。
④ 阮元校刻《十三经注疏·论语注疏》,中华书局 2009 年影印本,第 5346 页。

"倍其实者,谓黄钟下生林钟,黄钟长九寸,二九十八。三其法者,以三为法,约之得六,为林钟之长也。四其实者,谓林钟上生太簇,林钟长六寸,以四乘六得二十四,以三约之得八,即为太簇之长也。"《汉书·律历志》:"阴阳相生,自黄钟始而左旋,八八为伍。"孟康曰:"从子数辰至未得八,下生林钟。数未至寅得八,上生太簇。律上下相生,皆以此为率。伍,耦也,八八为耦。"又:"黄钟初九,律之首,阳之变也;因而六之,以九为法,得林钟初六,吕之首,阴之变也。皆参天两地之法也。上生六而倍之,下生六而损之,皆以九为法。九六阴阳,夫妇、子母之道也。律娶妻而吕生子,天地之情也。"①

因为涉及音律,一般读者难以领会,倪氏便征引《史记》卷二五《律书》及司马贞索隐、《汉书》卷二一《律历志》及颜师古注引孟康曰,以近300字的篇幅加以诠释。

倪氏不仅征引富赡,涵盖经、史、子、集各部,而且常常以按语形式,对所引文献进行校勘、释义、辨析或补充。例如:

卷一"天文"类"太阳合朔不亏"条,倪氏先征引《后汉书·律历志》:"日月相推,日舒月速。当其同,谓之合朔。"然后进行释义:"按:合朔不亏,即当食不食也。《唐大衍历议》:'太平之世日不食者,或月变行而避之,或五星御侮而救之,或涉交数浅,或阳盛阴微。四者皆德教休明所致。'"②认为唐僧一行《唐大衍历议》中所列举的四种情况,都是政治清明、德教广被的结果。此为颂德题,毫无疑问。

卷二"地理"类"盖地图"条,倪氏引《帝王世纪》:"西王母慕舜德,来献白玉环及玦,并贡盖地图。"并有按语:"《集仙录》作'益地图'。"③此为文字校勘。

同卷"蒙山平野亭、蒙山"条,倪氏先引《汉书·地理志》:"泰山郡蒙阴县。"又引《十道山川考》:"蜀郡青衣县,《禹贡》蒙山。"然后进行辨析:"按:《禹贡》有两蒙山,蒙阴县之蒙山,所谓'蒙羽其艺'也;青衣县之蒙山,所谓'蔡蒙旅平'也。"④提醒读者有两个蒙山,读赋时需要作具体分析。

又如卷九"鸟兽"类"斑鸠"条,先引《禽经》与陆玑《诗疏》,然后加以辨析:"舍人《尔雅注》亦从陆疏,以鹘鹁为斑鸠。而景纯以为似山鹊而小,短尾,青黑色,多声,则非斑鸠。可知《禽经》似以鹁鹁为斑鸠,而《格物总论》谓斑鸠即祝鸠,总非确证。今之斑鸠,南多而北

① 倪一擎《赋汇题解》卷一,《历代赋学文献辑刊》第200册,第190页。
② 倪一擎《赋汇题解》卷一,《历代赋学文献辑刊》第200册,第162—163页。
③ 倪一擎《赋汇题解》卷二,《历代赋学文献辑刊》第200册,第193页。
④ 倪一擎《赋汇题解》卷二,《历代赋学文献辑刊》第200册,第200—201页。

少，其形与鹧鸪、竹鸡相似，或别为一种，而不在五鸠之数者也。"①罗列前人异说，并提出个人之见。

倪氏在注解赋题时，并不拘泥于文献记载，还根据赋作内容进行考辨，进而得出较为准确的结论。如卷二"地理"类"盘谷"条，倪氏题解："韩文公（韩愈）送李愿归盘谷，在孟州济源县。明王鏊《盘谷赋》为洞庭之隐者而作，盖取'考盘在谷'之义，非洞庭别有盘谷也。"②指出赋题中"盘谷"并非地名。再如同卷"海门山"条，倪氏按语称："周针赋中有'大吞江汉，气连淮浦'等语，且但言潮汐往来，而不及沙潬伏槛、感起怒涛之状，不应疏略至此。详味此赋，当以京口之海门为允。"③通过对赋句内容的考察，指出"海门山"不在大海之滨，而在京口（今江苏镇江）。

打开《赋汇》，宛如一部中国古代社会的百科全书，上自天文、岁时、地理，中有典礼治道、文学武功，下有衣饰器用、草木鸟兽，无所不包，无所不具。为《赋汇》作题解，当然要具有宏阔的学术视野和广博的社会科学、自然科学知识。倪氏虽没有功名，但也较为出色地完成了解题任务。例如，对于梅花和蜡梅花的区别，今人亦未必清楚，遑论古人。《赋汇题解》卷八"花果"类，先有"梅花、古梅、红梅、梅、少梅、早梅、瑞梅"条（将 7 个赋题合并为 1 条，罕见），倪氏注曰："《埤雅》：'梅，花中尤香者。'"④这里征引《埤雅》卷一三《释木》，指出了梅花芬芳馥郁的特征。下隔 2 条，即为"蜡梅花"，倪氏注曰：

　　《梅谱》："蜡梅本非梅类，以其与梅同时，香又相近，色似蜜脾。"黄山谷谓："京洛间有一种，香气如梅，类女工捻蜡所成，故名。"《渊鉴类函》："王敬美曰：'蜡梅，原名黄梅，至元祐间苏黄命为蜡梅。'"⑤

此处征引宋范成大《范村梅谱》、宋黄庭坚《戏咏蜡梅二首》诗注、清张英《渊鉴类函》卷四〇六《花部·蜡梅一》，指出蜡梅虽香，并非梅花，准确恰当，非专业人士不能道。据现代植物学分类，蜡梅（腊梅）是蜡梅科蜡梅属植物，花黄色，香气浓郁；梅（梅花）是蔷薇科杏属植物，花色或红或紫或白，芬芳，花期较蜡梅稍晚，二者绝不混同。梅花凌寒绽放，是"岁寒三友"（松、竹、梅）之一，又与兰、竹、菊一起列为四君子。在中国传统文化中，梅花象征着高

---

① 倪一擎《赋汇题解》卷九，《历代赋学文献辑刊》第 200 册，第 503—504 页。
② 倪一擎《赋汇题解》卷二，《历代赋学文献辑刊》第 200 册，第 209 页。
③ 倪一擎《赋汇题解》卷二，《历代赋学文献辑刊》第 200 册，第 211 页。
④ 倪一擎《赋汇题解》卷八，《历代赋学文献辑刊》第 200 册，第 484 页。
⑤ 倪一擎《赋汇题解》卷八，《历代赋学文献辑刊》第 200 册，第 485 页。

洁、坚强、谦虚的品格,故有大量的咏梅诗赋出现。倪氏在题解中所体现的科学精神,确实令人钦佩。

三、《赋汇题解》的阙误及其补正

为了帮助读者利用《赋汇题解》,并以此为据对《历代赋汇》和清人赋学观进行更深入的研究,我们以《历代赋学文献辑刊》影印清乾隆二十三年(1758)仁和倪氏刻本《赋汇题解》10卷(国家图书馆出版社 2017 年版)为底本,参照清康熙四十五年(1706)内府刻本《历代赋汇》184 卷(北京图书馆出版社 1999 年影印本),对《赋汇题解》一书进行全面校理和笺证①。除了对原文进行标点,我们还进行了以下工作。

一是对文献出处的补充。明清学者征引文献,往往只交代书名,没有卷数和篇名,给读者核查复检带来不便。例如卷一“天象”类“碧落”题,倪氏注曰:“李白诗:‘步纲绕碧落。’注:‘纲,罡气也。’李商隐诗:‘由来碧落银河畔。’注:‘东方第二天,有碧霞遍满,是名碧落。’”②只有诗句,没有诗题和出处。其实,李白诗句见《李太白集》卷一七《至陵阳山登天柱石酬韩侍御见招隐黄山》,李商隐诗句见《李义山诗集》卷五《辛未七夕》,我们皆加以补充,以期完备。

二是对相关知识点的补充。例如卷五“宫殿”类“辟雍、泮宫”条,倪氏原注:“《礼》:‘天子曰辟雍,诸侯曰泮宫。’注:‘谓半于天子之宫也。’”③篇名不具,亦不知辟雍、泮宫为何等建筑。今按:辟雍为周天子所设大学,校址圆形,围以水池,其形如璧,故名。泮宫,西周诸侯所设的学府,后来泛指学校。《礼记·王制》:“小学在公宫南之左,大学在郊。天子曰辟廱,诸侯曰頖宫。”④后人写作“辟雍”“泮宫”。《白虎通·辟雍》:“天子立辟雍何?辟雍所以行礼乐,宣德化也。辟者,璧也。象璧圆,以法天也。雍者,雍之以水,象教化流行也。”⑤又如卷九“鸟兽”“鳞虫”类赋题,倪氏征引文献甚夥,或描绘其形状,或介绍其习性,或指出其异名,但仍然不知为何种动物,我们只好加以补充。其中“仓庚”条校证云:“仓庚,也作鸧鹒,今称黄鹂、黄莺,一种鸣声悦耳的鸟。”“鸡鶒”条校证云:“鸡鶒,水鸟名,即池鹭,又名沼鹭、红毛鹭、红头鹭鸶。”“叩头虫”条校证云:“叩头虫即磕头虫,一种有甲壳的小昆虫。当虫体被压住时,头和前胸能作叩头状,故名。”直接揭示其今名和习性,务求清楚

---

① 踪凡、董龙光《赋汇题解校证》,贵州人民出版社即出。后文中凡“校证云”引文均出自此书,不再一一标注。
② 倪一擎《赋汇题解》卷一,《历代赋学文献辑刊》第 200 册,第 157 页。
③ 倪一擎《赋汇题解》卷五,《历代赋学文献辑刊》第 200 册,第 346 页。
④ 阮元校刻《十三经注疏·礼记正义》,中华书局 2009 年版,第 2885 页。
⑤ 陈立撰,吴则虞点校《白虎通义疏证》,中华书局 1994 年版,第 259 页。

明白。

三是对于倪氏阙注的赋题进行补释。倪氏阙注的原因有二，一是赋题浅显易懂，二是出自《四书》。例如卷一"天象"类"白云照春海"题，属于浅显题。其实该题是有出处的，唐骆宾王《骆丞集》卷二《海曲书情》："未能查上汉，讵肯剑游燕。白云照春海，青山横曙天。"我们作出补充。又如卷五"性道"类"三才"题，倪氏阙注，我们作补注云："三才即天、地、人。《周易·说卦》：'立天之道曰阴与阳，立地之道曰柔与刚，立人之道曰仁与义。兼三才而两之，故易六画而成。'"古人熟读《周易》，明白"三才"所指，但对于今人而言，该词已经陌生，应该补注。又如同卷"夫子之墙"题，出自《论语·子张》："夫子之墙数仞，不得其门而入，不见宗庙之美，百官之富。"①古代文人熟知，故倪氏阙如。我们补注出处，并且征引邢昺疏："譬如人居之宫，四围各有墙，墙卑则可窥见其在内之美，犹小人之道，可以小知也。墙高则不可窥见在内之美，犹君子之道，不可小知也。今赐（端木赐，孔子弟子）之墙也才及人肩，则人窥见墙内室家之美好；夫子之墙高乃数仞，七尺曰仞，若人不得其门而入，则不见宗庙之美备，百官之富盛也。"这样可以帮助读者深入理解赋题，给当代学人提供方便。

四是对《历代赋汇》所收赋篇进行交代。例如：

卷一"天象"类"秋霜"题，校证云："《赋汇》卷九收唐阙名《秋霜赋》一篇，《赋汇》补遗卷一收明钱文荐《霜赋》一篇。"将《赋汇》正集、补遗合并一处，以求全面。

卷三"都邑"类"南都"题，校证云："《赋汇》卷三二收汉张衡《南都赋》一篇，卷三四收宋王仲旉《南都赋》一篇（解见下），《赋汇》补遗卷五收明桑悦《南都赋》一篇。三赋所称之'南都'，分别指今之南阳、商丘、南京。"指出三赋题目相同，但所赋都城不同，以免读者混淆。

卷六"音乐"类"乐理心"题，校证云："《赋汇》卷九一收录《乐理心赋》二篇，唐独孤申叔、唐吕温撰，皆以'易直子谅，油然而生'为韵。今按：据《登科记考》卷一四，此为唐德宗贞元十五年（799）博学宏词科考试题。"既交代《赋汇》收赋情况，又揭示二赋的创作场合和科次。限韵往往能够反映作品主旨，故亦加以交代。

对于《赋汇》重收、误收等情况，我们也吸收学术界研究成果，在恰当地方予以说明。

例如卷一"天文"类"天象"题，校证云："《赋汇》卷一收汉张衡《天象赋》一篇。今按：《天象赋》又名《天文大象赋》《周天大象赋》，实为隋李播撰，《赋汇》误题。今考《新唐书·艺文志》：'黄冠子李播《周天大象赋》一卷，李台集解。'《通志·艺文略》：'《天文大象赋》，唐黄冠子李播撰。'自《宋史·艺文志》误题汉张衡撰，明张溥《汉魏六朝百三家集》、清陈元

---

① 《十三经注疏·论语注疏》，第5503页。

龙《历代赋汇》等并从其讹,当是正。"指出《天象赋》本来系隋代李播撰,《赋汇》误题张衡,并梳理了致误之由。

又如卷三"典礼"类"河东"题,校证云:"《赋汇》卷四八收汉扬雄《河东赋》一篇,《赋汇》补遗卷四九收汉扬雄《幸河东赋》一篇。今按:《幸河东赋》实为《河东赋》残篇,后人所节录者,重出。"指出《赋汇》重出情况。

又如卷一〇"行旅"类"适吴"题,倪氏不注,校证云:"《赋汇》外集卷一〇收汉梁鸿《适吴赋》一篇。今按:《后汉书》卷八三《逸民列传·梁鸿传》:'肃宗闻而非之,求鸿不得。乃易姓运期,名燿,字侯光,与妻子居齐鲁之间。有顷,又去适吴。将行,作诗曰。'据此,所作为《适吴诗》,《赋汇》误收。"此处征引《后汉书·梁鸿传》,指出该作品本应题为《适吴诗》,而不是《适吴赋》,《赋汇》误收。

五是对《赋汇题解》引用文献错误进行纠正。由于《赋汇》题目广泛,涵盖百科,加之倪氏身处底层,购书不易,故该书中有大量二手文献,主要转引自类书、韵书和古注,难免会出现差错。例如:

卷四"文学"类"斑竹笔管"题,倪氏引《梁书》曰:"元帝为湘东王时,笔有三品。文章赡丽者,用斑竹管书之。"[①]其实这段话出自南宋胡仔《苕溪渔隐丛话前集》卷二四《五季杂记》,倪氏误作《梁书》。

卷五"性道"类"知四十九年之非"题,倪氏注引《庄子》云:"蘧伯玉行年五十,而知四十九之非。"[②]其实这段话出自《淮南子·原道》:"蘧伯玉年五十而有四十九年非。"许慎注:"伯玉,卫大夫蘧瑗也。今年所行是也,则还顾知去年之所行非也。岁岁悔之,以至于死,故有四十九非。所谓月悔朔,日悔昨也。"[③]倪氏误作《庄子》。

卷七"书画"类"墨竹"题,倪氏注:"宋苏轼赋,盖题文与可《墨竹》也。"[④]今按:苏轼《文与可画筼筜谷偃竹记》载:"子由(苏辙)为《墨竹赋》,以遗与可。"《赋汇》卷一〇二收宋苏辙《墨竹赋》一篇,倪氏误作苏轼。

卷八"览古"类"光岳楼"题,倪氏注:"在大明府元城县。"[⑤]其实,此处光岳楼并不在大明府元城县(今河北邯郸),而在东昌府(今山东聊城)。明阙名《光岳楼赋》:"粤惟东郡,魏博名区。"《(嘉靖)山东通志》卷二一《宫室·东昌府》引梁云《光岳楼记》:"东昌,古博州也。"博州,唐时即属魏博镇,故称"魏博名区"。

---

① 倪一擎《赋江题解》卷四,《历代赋学文献辑刊》第200册,第313页。
② 倪一擎《赋江题解》卷五,《历代赋学文献辑刊》第200册,第329页。
③ 何宁《淮南子集释》,中华书局1998年版,第51页。
④ 倪一擎《赋江题解》卷七,《历代赋学文献辑刊》第200册,第428页。
⑤ 倪一擎《赋江题解》卷八,《历代赋学文献辑刊》第200册,第451页。

卷九"鸟兽"类"山鸡"条,倪氏引《吴都赋》薛综注云:"山鸡,如鸡而黑色,树栖晨鸣。今所谓山鸡者,鹭鹎也。"[①]其实薛综是三国时吴国人,约243年逝世,曾注张衡《二京赋》。左思是晋代人,大约生于250年,三国薛综绝无可能注晋人《吴都赋》。倪氏所题薛综注《吴都赋》者,均为刘逵注,见《文选》李善注引。

以上皆加以纠正,以免以讹传讹。至于书中的讹字、衍文、脱文等,皆已随文校改。希望通过这次校理,能够为学术界提供一部内容准确、语言简洁、完备好用的整理本,为研究古代赋体文学的题材内容、百科性质、文化意蕴,同题赋的渊源流变,以及清代赋学思想与论学旨趣提供翔实可靠的资料。

(踪凡,本名踪训国,首都师范大学文学院教授,出版过专著《中国赋学文献考》等。)

---

① 倪一擎《赋汇题解》卷九,《历代赋学文献辑刊》第200册,第501页。

《历代辞赋总汇》"清代卷"阙误考述

牛海蓉

内容摘要:文章主要从"收集采录问题"和"作家作品问题"两个方面对《历代辞赋总汇》"清代卷"的阙误进行考述。前者之"误收",除大量明遗民误入"清代卷",又考出 23 处误收例证;"重收"则有 38 例,"所收为残篇或衍文"5 例。后者之"作家生平有误",考订出 29 例;"作家生平失考或太简略",详考凡 28 例;"一人分列两处"33 例,"题目或韵字有误"7 例。

关键词:《历代辞赋总汇》"清代卷" 阙误 误收 重收 作家生平

《历代辞赋总汇》(湖南文艺出版社 2014 年版)的出版发行是学术界的一件盛事,全书共 26 册,收录先秦至清末 7391 位作者的辞赋 30789 篇,是迄今为止最完备的辞赋作品总集,势必给辞赋及其他学术研究者带来极大的便利。但是,《历代辞赋总汇》的编纂是一项浩大而艰辛的工程,难免出现一些错误。笔者仅就其"清代卷"(第 10—23 册)的阙误作了一些订补,现将其分类辑录于下,以备《历代辞赋总汇》修订再版时作为参考。

一、收集采录问题

虽然《历代辞赋总汇》(简称《总汇》)是目前收录历代辞赋作品最精良、最全面的文学总集,其"清代卷"仍然存在着漏收、误收、重收等错误。关于漏收,笔者另有续补①,这里主要涉及误收、重收等问题。

(一) 误收

误收大多是把前人辞赋当作清人辞赋收入"清代卷",如:

---

① 笔者已收集《历代辞赋总汇》漏收清赋 1518 人 4070 篇,编入正在进行的《历代辞赋总汇续编》,此书已入选"2021—2035 国家古籍工作规划重点出版项目(第一批)"。

1. 10 册 8487 页,林古度,无生平简介。据钱仲联《清诗纪事》"明遗民卷",林古度,字茂之,号那子,福建福清人。流寓金陵,有《林茂之诗选》[1]。按:第 10 册所收,除林古度为明遗民,以下诸人亦为明遗民,应收入"明代卷"为宜:谈迁、谢泰宗、陈宏绪、恽日初、王猷定、朱之瑜、陶汝鼐、李世熊、徐士俊、万寿祺、阎尔梅、朱鹤龄、姜埰、傅山、汤来贺、黄宗羲、方以智、周星、冒襄、杨彭龄、钱澄之、张尔岐、陈瑚、归庄、邱维屏、唐访、陈廷会、黄宗会、周容、王夫之、董说、吴骐、徐枋、顾景星、李邺嗣、冷士嵋、田兰芳、屈大均、陈恭尹、李腾蛟、吴炎、陶澄、朱一是、李焕章、许楚、柴绍炳、贺贻孙、薛始亨、王锡阐、王弘撰、沈世涵、范又鬞、俞显、孔自来。

2. 10 册 9073 页,周立勋,《总汇》以之为清人,误。据《光绪重修奉贤县志》卷二一"人物",周立勋,字勒卣,华亭人。与陈子龙、夏允彝等人倡立几社,为"云间五才子"之一。屡试不第,客死南雍,未入清。有《符胜堂集》[2]。

3. 10 册 9176 页,张维斗,《总汇》以之为清人,误。据《雅州府志》卷八"循吏",张维斗,无锡人。举人,崇祯二年(1629)任荥经知县[3]。

4. 11 册 10581 页,收杨思本《桃花赋》。杨思本为明末人,9 册 8432 页收赋 11 篇。

5. 13 册 12055 页,据《赋海大观》收陈章《水轮赋》2 篇,误。《水轮赋》"水能利物"已收于 3 册 2481 页,作者陈廷章,注"《文苑英华》作陈章",陈章为唐人。

6. 14 册 13224 页,收刘城《石榴赋》《哀孝子赋》《桐始华赋》。刘城为明遗民,9 册 8288 页此 3 篇赋已收。

7. 19 册 18810 页,收王起《庭燎赋》。王起为唐人,2 册 1756 页收其赋 58 篇,包括此篇。

8. 21 册 21398 页,收丘兆麟《戚姑山赋》。丘兆麟为明人,9 册 7511 页收赋 4 篇,包括此赋,题为《戚姑赋》。据《江西通志》卷五五"选举"、卷八二"人物",丘兆麟,字毛伯。江西临川人。万历三十八年(1610)进士。由行人擢御史,崇祯初为河南巡抚,加兵部侍郎,卒于任。有《玉书庭集》[4]。存赋 5 篇,《总汇》收 4 篇,缺《夜读赋》,该赋见《四库禁毁书丛刊补编》69 册《学余园初集》卷一。

9. 21 册 21554 页,俞汝谐,《总汇》以之为清人,误。其《吊董庄愍公赋》出自《滇文丛

① 钱仲联《清诗纪事》第 1 册,凤凰出版社 2004 年版,第 2 页。
② 张文虎等《光绪重修奉贤县志》卷二一,《中国地方志集成·上海府县志辑 9》,上海书店出版社 2010 年版,第 924 页。
③ 曹抡彬等《雅州府志》卷八,《中国方志丛书·西部地方 28》,成文出版社 1969 年版,第 210 页。
④ 谢旻等《江西通志》卷五五"选举"、卷八二"人物",分别见《四库全书》第 514 册、第 515 册,台湾商务印书馆 1986 年版,第 809 页、第 803 页。

录》卷一六,其生平应据《滇文丛录作者小传》卷上,俞汝谐,明末楚雄人。诸生,天资隽拔,学博词宏,尤长于诗赋。惜年不永①。

10. 21 册 21663 页,收文彦博《鸿渐于陆赋》。文彦博为宋人,4 册 2953 页收其赋 19 篇,包括《鸿渐于陆赋》。

11. 21 册 21751 页,收王棨《山不让尘赋》。王棨为唐人,3 册 2294 页收其赋 46 篇,不包括此篇。

12. 21 册 21752 页,收王勃《九成宫东台山池赋》。王勃为唐人,2 册 1239 页收其赋 12 篇,包括此篇。按:此赋后有《集贤院山池赋》,出自《赋海大观》,无作者姓名。

13. 21 册 21786 页,收工永颐《八公山赋》。王永颐为明人,9 册 8359 页此赋已收。

14. 22 册 22181 页,收汪克宽《吴山赋》。汪克宽元末人,5 册 4466 页收其赋 12 篇,包括此篇。

15. 22 册 22515 页,收沈自邠《雍肃殿赋》。沈自邠为明人,8 册 7074 页已收此赋。

16. 22 册 22796 页,收范荣《三无私赋》。范荣为唐人,3 册 2535 页收其赋 3 篇,包括此篇。按:此赋后有《历者天地之大纪赋》,出自《赋海大观》,无作者姓名。

17. 23 册 23282 页,收陆肱《五六天地之中合赋》《乾坤为天地赋》《复见天地心赋》。陆肱为唐人,3 册 2282 页收其赋 3 篇,其中《乾坤为天地赋》重收。

18. 23 册 23644 页,收杨杰《五六天地之中合赋》《天地为炉赋》。杨杰为宋人,4 册 3288 页收其赋 13 篇,《五六天地之中合赋》重收。

19. 23 册 23844 页,收蒋防《聚米为山赋》。蒋防为唐人,3 册 2157 页收其赋 19 篇,包括此篇。

20. 23 册 24011 页,收裴度《红豆赋》,此赋出自《赋海大观》。裴度为唐人,2 册 1813 页收其赋 12 篇。

21. 23 册 24206 页,收顾况《黄钟宫为律本赋》,此赋出自《赋海大观》。顾况为唐人,2 册 1590 页收其赋 4 篇。

22. 23 册 24243 页,收窦纟川《五色笔赋》。窦纟川为唐人,3 册 2213 页此赋已收。

23. 23 册 24246 页,收苏轼《洞庭春色赋》。苏轼为宋人,4 册 3126 页收其赋 27 篇,包括此篇。

也有把清人辞赋误入前代的情况,如:《同治彭泽县志》卷一六收刘毈《小孤山赋》,据此志卷一一"儒林",刘毈,字赓扬,号东桥,彭泽人。乾隆五十七年(1792)举人。中年绝意

---

① 秦光玉《滇文丛录作者小传》卷上,《滇文丛录》,《丛书集成续编》第 153 册,上海书店出版社 1994 年版,第 50 页。

科名,秉南康铎教人。晚年,构丛桂书室课子孙。一生著述甚富[1]。而《总汇》以此赋归于4 册 3809 页宋人刘黻名下。

(二) 重收

1. 9 册 8402 页,沈大成《花朝赋》《月夕赋》,12 册 10753 页重收。

2. 9 册 8432 页,易贞言《南岳七十二峰赋》,10 册 8841 页重收。

3. 9 册 8478 页,罗人琮《南归赋》《早行赋》,10 册 9368 页重收。

4. 10 册 9248 页,许缵曾《太华山赋》与《登西岳赋》实为同一篇,重收。

5. 10 册 9292 页,舒铣《石船赋》,21 册 21511 页重收。

6. 11 册 9722 页,蓝鼎元《临漳台赋》,12 册 11034 页重收。

7. 13 册 11965 页,收姚文田赋 6 篇,14 册 13488 页重收。

8. 13 册 12462 页,收李翊赋 3 篇,22 册 22062 页《日在毕赋》重收。

9. 13 册 12584 页,刘工询《岳麓修禊赋》,15 册 15040 页重收。

10. 14 册 12938 页,辛从益《汉瓦头砚赋》《鼻烟赋》,同册 13504 页,收辛从益 73 篇赋,此 2 篇重收。

11. 14 册 13017 页,谭兆发《登西阁赋》,同册 13485 页重收。

12. 14 册 13061 页,汪方钟《石燕洞赋》,同册 13186 页重收。

13. 14 册 13846 页,收吴荣光赋 5 篇,其中有《积书岩赋》,15 册 14718 页重收此赋摘句。按:15 册吴荣光名下还有《拂水岩赋》,出自《赋海大观》,校记"未署作者,姑附于此"。

14. 14 册 13851 页,收吴廷琛赋 18 篇,其中《造物无尽藏赋》,15 册 14790 页重收。按:15 册吴廷琛名下还有《造物无尽藏赋》摘句,出自《赋海大观》,注"未署名"。

15. 15 册 14052 页,收莫树椿赋 3 篇,其中《南苑春蒐赋》,23 册 23248 页莫树春此赋重收。按:应为莫树椿。

16. 15 册 14213 页,收李象鹍赋 10 篇,同册 15021 页,李象鹍名下有 9 篇,《甄陶在和赋》《允犹翕河赋》《三法求民情赋》《思艰图易赋》《星使出词曹赋》《过书举烛赋》《经正则庶民兴赋》7 篇赋重收。

17. 15 册 14240 页,陈沆,其名下《披榛采兰赋》收了 2 次。

18. 15 册 14448 页,收罗文俊赋 10 篇,其中《落叶赋》《二十八宿罗心胸赋》《镜清砥平赋》,17 册 16337 页重收,其中《镜清砥平赋》重收摘句。

---

[1] 赵宗耀等《(同治)彭泽县志》卷一一,国图藏同治十二年(1873)刻本,第 50 页。

19. 16 册 15235 页,收俞焜赋 5 篇,22 册 22809 页《攻玉以石赋》重收。

20. 16 册 15281 页,徐宝善,其名下《花九锡赋》收了 2 次。

21. 16 册 15534 页,收薛寿《感境赋》《听虫赋》,同册 15750 页重收。

22. 16 册 15942 页,收李佐贤赋 30 篇,其中《动静交相养赋》,17 册 16931 页重收。

23. 17 册 16709 页,收吴珩赋 8 篇,其中《蚕豆赋》,同册 16753 页重收。因出处不同,字句稍异。

24. 17 册 16778 页,收刘浔赋 2 篇,其中《牵牛花赋》,18 册 17825 页重收。

25. 17 册 17039 页,江国霖,其名下《文选楼赋》收了 2 次。

26. 17 册 17207 页,殷寿彭《秧针赋》,22 册 22958 页收殷寿彭赋 8 篇,包括此赋。

27. 17 册 17269 页,收青麐赋 16 篇,其中《澄怀园赋》,同册 17241 页青麐祥《澄怀园赋》重收。按:应为青麐,《清史稿》卷 397 有传。

28. 17 册 17322 页,收周学浚赋 2 篇,其中《诗赋》,18 册 17392 页重收。

29. 18 册 17531 页,收艾作模赋 7 篇,19 册 19146 页重收。

30. 18 册 17755 页,收姚仁瑛赋 24 篇,其中《苏文忠乞校正陆宣公奏议赋》,22 册 22704 页重收。

31. 18 册 18047 页,收郝植恭赋 2 篇,同册 18412 页《铁马赋》重收。

32. 19 册 18766 页,叶兰笙,其名下《乞花场赋》收了 2 次。

33. 21 册 21226 页,缪芝《炼五色石补天赋》,23 册 24119 页重收。按:23 册缪芝名下还有《炼石补阙赋》,出自《赋海大观》,校记"未署作者,姑附于此"。

34. 21 册 21400 页,宛名济《东坡自临皋移居雪堂赋》,22 册 22550 页重收,题目作《东坡移居雪堂赋》,并为摘句。

35. 21 册 21495 页,吴隆基《蟋蟀赋》,22 册 22390 页重收。

36. 21 册 21517 页,于召南《菖蒲拜竹》,同册 21658 页重收。

37. 21 册 21578 页,张廷钺《如皋射雉赋》,23 册 23376 页重收。

38. 23 册 23101 页,收席振逵赋 11 篇,其中《广寒游赋》摘句,同册 24027 页《广寒游赋》重收。

(三) 所收为残篇或衍文

1. 11 册 9767 页,邵远平《大西洋国贡黄师子赋》,据邵远平《介山文存》,赋末"龙章凤姿,虎文豹斑,固非耳目之近玩"为衍文①。

2. 11 册 10135 页,靖道谟《白鹿洞赋》末尾有残缺。据《庐山志》下册,残缺部分为"(根茂实)遂,津润流兮。厥修不迪,吾能无忧兮。来名教之乐地,舍此将焉求兮"②。

3. 11 册 10435 页,王锡《鸳鸯赋》所收为残文。据《啸竹堂集》卷一,"又何言"后为以下文字:"怨之必及,而颂祷之必由。殆备天地交孚之义,顺阴阳合德之休,媲帝廷之蜇降,方周室之好述。象如宾于冀野,追跨风于秦楼。人感物而有悟,结伉俪之绸缪。庄姜讵兴歌于黄里,文君应绝吟乎白头。于是歌曰:'鸳鸯鸳鸯双飞止,萦画桥兮泛绿水,结同心兮柳丝,贻香草兮莲子。弗贪欢爱生,惟解相思死。'又歌曰:'对影闻声已可怜,绿杨花扑一溪烟,人家女儿出罗幕,愿作鸳鸯不羡仙。'"③

4. 11 册 10435 页,王锡《西湖赋》无题目,并缺开头部分。据《啸竹堂集》卷一,此赋有题注"学使颜学山先生月课题",其开头部分如下:"东南胜地,吴越名区。脉来天目,气萃扶舆。千山苍翠,万木纷敷。甘泉逬落,汇成碧湖。浅深境别,远近景殊。对两峰兮若屏障,望三竺兮如画图,鹫岭岩峣以秀起,龙泓幽阒而盘纡。柳映六桥浓郁,梅开孤屿清癯。港名学士,山号仙姑。池爱金莲可漱,洞推石屋堪娱。龙听经则祠建,虎跑地则泉输。此固人间之乐国,海内之仙都也。以故琳馆联楹,珠林接踵。飞甍遍于川原,峻宇盈乎丘陇。鹤楼兮树杪悬,雁塔兮霞外耸。至于阴岑舞榭,宛转歌台,朱门夕掩,绣幕晨开。法临春结绮之制,用齐云落星之材。喜雕栏之曲折,瞻画阁之崔嵬。幽同阆苑,胜拟蓬莱。若其桃李缘溪,松杉夹(路)。"④

5. 12 册 11046 页,彭启丰《哨鹿赋》开始为"皇帝宪金,令行大蒐",据《芝庭文稿》卷一,此句前为:"蓐收执矩,少昊治秋。火行司爟,秋祀貙膢。我(皇宪金,令行田蒐)。"⑤

二、作家作品问题

(一) 作家生平有误

1. 10 册 8616 页,孙宗彝,误为"孙完彝"。

① 邵远平《介山文存》,《清代诗文集汇编》第 149 册,上海古籍出版社 2010 年版,第 10 页。
② 吴宗慈《庐山志》下册,《江西名山志丛书》,江西人民出版社 1996 年版,第 109 页。
③④ 王锡《啸竹堂集》卷一,《清代诗文集汇编》第 206 册,第 294 页。
⑤ 彭启丰《芝庭文稿》卷一,《四库未收书辑刊》9 辑 23 册,北京出版社 1997 年版,第 446 页。

2. 10 册 8737 页,宗元鼎,误为"宋元鼎"。所收《后芜城赋》出自宗元鼎《芙蓉集》①。据《清诗纪事初编》卷四,宗元鼎,字定九,号香斋,江都(今江苏扬州)人。诸生,康熙十八年(1679)贡太学②。

3. 10 册 8851 页,刘兆麒,误为"刘兆麟"。

4. 10 册 8954 页,汪师韩(1632—1705),雍正八年(1730)进士,均误。其《忆樗园赋》序:"康熙五十五年,师韩年十岁。"可知其生于康熙四十六年(1707)。据《碑传集补》卷八《汪师韩传》,汪师韩,字韩门,钱塘(今浙江杭州)人。雍正十一年(1733)进士,任编修、湖南学政等③。

5. 10 册 9054 页,赵而忭,误为"赵尔忭"。

6. 10 册 9090 页,王岱,康熙二十年(1681)迁澄海知县,误。据《清诗纪事初编》卷八,应为康熙二十二年(1683)迁澄海知县④。

7. 10 册 9245 页,周灿,顺治六年(1649)进士,误。据《钦定四库全书总目·愿学堂集》,应为顺治十六年(1659)进士⑤。

8. 10 册 9566 页,范孟珠(1660—1717),乾隆五十六年(1791)截取赴都,均误。据《(同治)桂阳县志》卷一四"人物",范孟珠,字南华,桂阳(今湖南郴州)人。乾隆十五年(1750)举人,七上春官不第。乾隆四十二年(1777),截取赴都,卒于京师,士林惜之⑥。

9. 11 册 9801 页,李以宁,"营山人,《巴县志》以为巴县人。康熙十一年(1672)举人"。据《(同治)营山县志》卷二一"选举",李以宁,康熙二十三年(1684)举人⑦。颇疑同名二人,存以待考。

10. 11 册 10033 页,刘青黎,湖北襄阳人,均误。应为刘青藜,河南襄城人。其《艮岳赋》又见于刘青藜《高阳山人文集》卷一一⑧。

11. 11 册 10120 页,李孚青,康熙五十四年(1715)进士,误。据《国朝耆献类征初编》卷一一七,"合肥人,文定公天馥子。康熙己未(康熙十八年)进士"⑨。《明清进士题名碑

① 宗元鼎《芙蓉集》,《清代诗文集汇编》第 72 册,第 430 页。
② 邓之诚《清诗纪事初编》卷四,中华书局 1965 年版,第 498 页。
③ 闵尔昌《碑传集补》卷八,《清代传记丛刊》第 120 册,明文书局 1985 年版,第 518 页。
④ 邓之诚《清诗纪事初编》卷八,第 928 页。
⑤ 纪昀等《四库全书总目·愿学堂集》,中华书局 1997 年版,第 2533 页。
⑥ 钱绍文等《(同治)桂阳县志》卷一四,《中国地方志集成·湖南府县志辑 29》,江苏古籍出版社 2003 年版,第 185 页。
⑦ 王树汉等《(同治)营山县志》卷二一,《中国地方志集成·四川府县志辑 58》,巴蜀书社 1992 年版,第 374 页。
⑧ 刘青藜《高阳山人文集》卷一一,《清代诗文集汇编》第 798 册,第 128 页。
⑨ 李桓《国朝耆献类征初编》卷一一七,《清代传记丛刊》第 148 册,第 357 页。

录索引》李孚青作"河南永城人"①，查《清史稿》卷267《李天馥传》："河南永城人。先世在明初以军功得世袭庐州卫指挥金事，家合肥。"②二李孚青为同一人。

12. 11册10553页，吴永和，字文壁，误。据《七十二峰足征集》卷七五，应为文璧③。

13. 12册10989页，朱霞，华亭人，误。据《(乾隆)娄县志》卷二六"人物"，应为江苏娄县人④。又据《群雅集》卷一《三泖秋涛赋》作者注"华亭县学"，知其曾为华亭县学诸生⑤。

14. 12册11280页，陶元澡，误，应为陶元藻。《续修四库全书》1441册有陶元藻《泊鸥山房集》。

15. 12册11499页，阮葵生，号吾生，误，应为��生。参见《(同治)重修山阳县志》卷一四"人物"⑥。

16. 13册12336页，林愈藩，误，应为林愈蕃。《清代诗文集汇编》第334册收《林青山先生文集》，卷一二收其赋作，作者作林愈蕃。

17. 13册12407页，《左右江赋》作者林有席，误。据《(民国)桂平县志》卷五四，此赋作者为胡机⑦。林有席有《登喜雨楼赋》，《总汇》未收。

18. 14册13013页，潘恭寿，《总汇》作乾隆时江苏丹徒画家，同名而误。所收5篇赋俱收自《赋海大观》，作者应为同治十三年(1874)进士潘恭寿，罗田(今湖北黄冈)人。庶吉士，散馆授职编修。后改名潘颐福⑧。

19. 14册13024页，张映斗，"河北抚宁人，乾隆时岁贡生"。所收3篇赋出自《赋海大观》，俱为律赋，是否此人所作，存疑。据《明清进士题名碑录索引》，张映斗，乌程(今浙江湖州)人，雍正十一年(1733)进士⑨。《皇清文颖》卷四八收其《律吕相生赋》，为律赋。

20. 15册14044页，叶志铣，误，应为叶志诜。其赋出自叶志诜《御览集》，收入《清代诗文集汇编》第531册。

21. 15册14674页，熊少牧，道光十六年(1836)举人，误。据《晚晴簃诗汇》卷一三八，

① 朱保炯、谢沛霖《明清进士题名碑录索引》，上海古籍出版社1980年版，第1230页。
② 赵尔巽《清史稿》，中华书局1977年版，第9962页。
③ 吴定璋《七十二峰足征集》卷七五，《四库全书存目丛书补编》第44册，齐鲁书社2001年版，第130页。
④ 谢庭薰等《(乾隆)娄县志》卷二六，《中国地方志集成·上海府县志辑5》，第281页。
⑤ 李振裕《群雅集》卷一，《四库全书存目丛书补编》第28册，第532页。
⑥ 何绍基等《(同治)重修山阳县志》卷一四，《中国地方志集成·江苏府县志辑55》，江苏古籍出版社1991年版，第208页。
⑦ 黄占梅等《(民国)桂平县志》卷五四，《中国方志丛书·华南地方131》，成文出版社1968年版，第2393页。
⑧ 陈锦等《(光绪)罗田县志》卷五，《中国地方志集成·湖北府县志辑21》，江苏古籍出版社2001年版，第349页。
⑨ 《明清进士题名碑录索引》，第513页。

熊少牧,道光十五年(1835)举人①。

22. 15 册 14984 页,袁名曜,嘉庆十六年(1811)进士,误。据《明清进士题名碑录索引》,袁名曜,嘉庆六年(1801)进士②。

23. 16 册 15735 页,谭莹,误,应为谭莹。赋见其《乐志堂文集》,作"谭莹玉生撰"③。

24. 17 册 16963 页,《祖逖闻鸡起舞赋》作者张鸿逵,误。据《(民国)中牟县志·艺文》,此赋作者为张鸿远。且据《县志》卷八"选举",张鸿远,中牟(今河南郑州)人,同治元年(1862)进士,任翰林院编修④。

25. 20 册 20172 页,刘师培"光绪二十年甲午举人",误。应为光绪二十八年(1902)举人,参见蔡元培《刘申叔事略》:"(年)十九,领乡荐。二十,赴京会试,归途,滞上海,晤章君炳麟及其他爱国学社诸同志,遂赞成革命。时民国纪元前九年也。"⑤

26. 20 册 20283 页,钟灵,"镶蓝旗满洲人,光绪六年进士",误。所收《春纸臼赋》亦见于《(同治)平江县志》卷五三。据《县志》卷四二"儒林",钟灵,字仙吟,号任庵,平江(今湖南岳阳)人。雍正十三年(1735)举人,以知县借补泰州州同⑥。

27. 21 册 21176 页,孙曰瑞,误为孙日瑞。见《(康熙)安庆府志》卷三一⑦。

28. 21 册 21208 页,伍柳,"字柳门,江苏常熟人",误。其《天华山赋》又见于《(光绪)吉安府志》卷五二,据《府志》卷三〇"人物",伍柳,字菊偶,安福(今江西吉安)人。顺治十一年(1654)进士。任顺庆推官、永昌知府等,参修《江西通志》⑧。

29. 21 册 21227 页,萧文蔚,江苏福山(今江苏常熟)人,误。据《(乾隆)福山县志》卷八"选举",萧文蔚,山东福山(今山东烟台)人,顺治十一年(1654)举人,官桃源(今江苏泗阳)知县⑨。

(二) 作家生平失考或太简略

1. 10 册 9029 页,谭宗,生平不详。据《扬州画舫录》卷二,谭宗,字公子,余姚(今浙江余

---

① 徐世昌《晚晴簃诗汇》卷一三八,1931 年徐氏退耕堂本.
② 《明清进士题名碑录索引》,第 1346 页。
③ 谭莹《乐志堂文集》,《清代诗文集汇编》第 606 册,第 1 页。
④ 萧德馨等《(民国)中牟县志》卷八,《中国方志丛书·华北地方 96》,成文出版社 1968 年版,第 1049 页。
⑤ 蔡元培《蔡元培全集》第 7 册,中华书局 1989 年版,第 113 页。
⑥ 张培仁等《(同治)平江县志》卷四二,《中国地方志集成·湖南府县志辑 9》,第 146 页。
⑦ 姚琅等《(康熙)安庆府志》卷三一,《中国地方志集成·安徽府县志辑 10》,江苏古籍出版社 1998 年版,第 872 页。
⑧ 定祥等《(光绪)吉安府志》卷三〇,《中国方志丛书·华中地方 251》,成文出版社 1975 年版,第 979 页。
⑨ 何乐善等《(乾隆)福山县志》卷八,《中国地方志集成·山东府县志辑 51》,凤凰出版社 2004 年版,第 499 页。

姚)人。客扬州,善书①。按:前叶弥广,后宋曹,并有"《甘泉县志》所录书家,此三人耳"②。

2. 10 册 9177 页,胡梦发,"湖北大冶人。康熙时人"。据《(同治)大冶县志》卷一〇"文苑",胡梦发,号卜子,大冶(今湖北黄石)人。成童时偶作《黄鹤楼赋》《衡山颂》,工整累兀,见者叹为奇绝。屡踬棘闱,康熙四十四年(1705)中举,时年 73 岁。有《兰菊轩集》③。

3. 10 册 9558 页,鲁之裕,"字亮侪,三南人"。据《(民国)太湖县志》卷二〇,鲁之裕,字亮侪,太湖(今安徽安庆)人。康熙五十九年(1720)举人,任内阁中书、直隶布政司参政等。有《式馨堂诗文集》④。

4. 11 册 9831 页,黄始,《养吉斋丛录》载康熙十八年(1679)应博学鸿词试名单中有黄始,当即此人。据黄始《听嘤堂四六新书》卷首所作自序,黄始,字静御,吴县(今江苏苏州)人。其选评辑录《听嘤堂四六新书》八卷,成于康熙八年(1669)⑤。《总汇》所收《感旧赋》亦见于此书卷八。

5. 13 册 12057 页,车文,河南太康人,拔贡生。据《(民国)太康县志》卷八"出身",车文,太康(今河南周口)人,乾隆六年(1741)举人⑥。

6. 14 册 13304 页,欧阳鹤鸣,生平不详。《总汇》据《(同治)彭泽县志》卷一六收其《(恭纪)鼎建小孤山庙赋》。据《彭泽县志》卷一一"文苑",欧阳鹤鸣,原名锐,号书山,彭泽(今江西九江)人。乾隆三十五年(1770)举人。主泽州体仁书院,后为萍乡鳌洲书院山长。有《文家秘要》⑦。

7. 16 册 15544 页,王庆麟,生平不详。据《(光绪)重修华亭县志》卷一二"人物",王庆麟,字冶祥,号澹渊,娄县(今上海)人。嘉庆十二年(1807)举人。敦行厉志,以古作者自期。任大桃知县,分发河南,未几卒⑧。

8. 16 册 15616 页,熊士鹏,约 1810 年在世,竟陵(今湖北天门)人。据《晚晴簃诗汇》卷一一八,熊士鹏,字两溟,竟陵人。嘉庆十年(1805)进士,官武昌教授⑨。

9. 21 册 21119 页,欧阳正亨,无生平简介。《总汇》据《(同治)彭泽县志》卷一六收其《彭泽县赋》。据《彭泽县志》卷九"举人",欧阳正亨,彭泽(今江西九江)人。乾隆十八年

①② 李斗《扬州画舫录》卷二,《清代史料笔记丛刊》,中华书局 1960 年版,第 49 页。
③ 胡复初等《(同治)大冶县志》卷十,《中国地方志集成·湖北府县志辑6》,第 242 页。
④ 高寿恒等《(民国)太湖县志》卷二〇,《中国地方志集成·安徽府县志辑16》,第 178 页。
⑤ 黄始《听嘤堂四六新书》,《四库禁毁书丛刊》集部 135 册,北京出版社 1997 年版,第 516 页。
⑥ 杜鸿宾等《(民国)太康县志》卷八,《中国方志丛书·华北地方466》,第 481 页。
⑦ 《(同治)彭泽县志》卷一一,第 56 页。
⑧ 杨开第等《(光绪)重修华亭县志》卷一二,《中国地方志集成·上海府县志辑4》,第 567 页。
⑨ 徐世昌《晚晴簃诗汇》卷一一八,1931 年徐氏退耕堂本。

(1753)举人,官巨鹿知县①。

10. 21 册 21140 页,严履丰,无生平简介。据《(同治)直隶绵州志》卷三六"选举",严履丰,绵州(今四川绵阳)人。道光二年(1822)举人②。

11. 21 册 21162 页,孙国宝,"江西安远人,廪生"。据《(同治)安远县志》卷七"选举",孙国宝,字征贤,安远人。道光十年(1830)岁贡。道光二年(1822)参修《安远县志》③。

12. 21 册 21329 页,王克勤,无生平简介。据《(乾隆)彰德府志》卷九"选举"、卷一七"文苑",王克勤,字禹惜,内黄(今河南安阳)人。乾隆十九年(1754)进士。家贫,备历诸艰。壮年潜志于濂洛之学,益以主敬存诚为主。后任卫辉教授,卒于官④。

13. 21 册 21409 页,余心孺,无生平简介。据《(乾隆)卫辉府志》卷一三"职官",余心孺,广西宜山(今广西河池)人。举人,康熙三十九年(1700)任延津知县⑤。

14. 21 册 21512 页,熊国夏,无生平简介。据《(嘉庆)永定县志》,熊国夏,嘉庆六年(1801)永定县拔贡生,参与修纂《永定县志》⑥。

15. 21 册 21514 页,王勋,号恕堂。据《(乾隆)太平府志》卷一九"职官",王勋,字恕堂,鄠县(今陕西西安)人。拔贡。乾隆十六年(1751)分巡安徽宁池太广道⑦。

16. 21 册 21515 页,王骏,无生平简介。据《(乾隆)太平府志》卷二一"选举"、卷二六"文学",王骏,字神驹,芜湖(今安徽芜湖)人。廪贡,加授训导,将选卒⑧。

17. 21 册 21539 页,杨璿,无生平简介。据《(康熙)黑盐井志》,杨璿,号他山,黑盐井(今云南楚雄)人。岁贡生,吏部候选训导。参修康熙四十九年(1710)《黑盐井志》⑨。

18. 21 册 21545 页,董良弼,无生平简介。据《(康熙)嶍峨县志》卷首,董良弼,嶍峨(今云南峨山)人。参修康熙三十七年(1698)《(康熙)嶍峨县志》⑩。

19. 21 册 21597 页,张㵑,无生平简介。据《(乾隆)彰德府志》卷一七"文苑",张㵑,字西㠏,自号迂野子,河南安阳人。邑廪生。好学能文,与许三礼(顺治十八年进士)友善,待

---

① 《(同治)彭泽县志》卷九,第 13 页。
② 文棨等《(同治)直隶绵州志》卷二六,《中国地方志集成·四川府县志辑 16》,第 469 页。
③ 黄瑞图等《(同治)安远县志》卷七,国图藏同治十一年(1872)刻本,第 26 页。
④ 卢崧等《(乾隆)彰德府志》卷九"选举"、卷一七"文苑",国图藏乾隆五十二年(1787)刻本,第 8、22 页。
⑤ 毕沅等《(乾隆)卫辉府志》卷一三,国图藏乾隆五十三年(1788)刻本,第 25 页。
⑥ 金德荣等《(嘉庆)永定县志》,《中国地方志集成·湖南府县志辑 71》,第 11 页。
⑦ 朱肇基等《(乾隆)太平府志》卷一九,《中国地方志集成·安徽府县志辑 37》,第 239 页。
⑧ 朱肇基等《(乾隆)太平府志》卷二一"选举"、卷二六"文学",《中国地方志集成·安徽府县志辑 37》,第 285、374 页。
⑨ 沈懋价《(康熙)黑盐井志》,《中国地方志集成·云南府县志辑 67》,凤凰出版社 2009 年版,第 311 页。
⑩ 彭学曾等《(康熙)嶍峨县志》,《中国地方志集成·云南府县志辑 32》,第 369 页。

以上宾,俾其子师事焉①。

20. 21 册 21598 页,张作肱,无生平简介。据《(嘉庆)涉县志》卷五"选举",张作肱,字亮斋,涉县(今河北邯郸)人。乾隆二十四年(1759)举人。任武陟教谕、卫辉府教授等②。

21. 22 册 22136 页,李腾芳,无生平简介。据《(同治)嘉禾县志》,李腾芳,湖南嘉禾人。贡生。乾隆三十一年(1766)参修县志③。

22. 22 册 22284 页,吴槐,无生平简介。《总汇》据《赋海大观》收其《投签阶石赋》,此赋又见于吴镇《松崖文稿》。吴镇《投签阶石赋》后有记:"此拟周莲塘学宪岁试兰州童生考古之作。时三儿承禧,侄孙槐,幸皆游泮,其试卷诗赋,亦蒙刻《关中校士录》,今并附于后,用以鼓舞儿曹,俾勿负名公之奖励也。"④则吴槐乃吴镇侄孙。据《(乾隆)狄道州志》卷四"选举",吴镇,狄道(今甘肃临洮)人,乾隆十五年(1750)举人⑤。吴槐赋并有注"岁试兰州古学,童生一名"⑥。

23. 22 册 22935 页,徐有珂,乌程(今浙江湖州)人。据《(同治)湖州府志》卷一三"选举",徐有珂,乌程人。同治三年(1864)举人⑦。

24. 23 册 23067 页,夏炜如,无生平简介。据《(光绪)江阴县志》卷一四"选举",夏炜如,江阴(今江苏江阴)人。咸丰四年(1854)恩贡生。就职直隶州州判⑧。

25. 23 册 23153 页,袁瓒,无生平简介。据《(光绪)当阳县补续志》卷四,袁瓒,字廉叔,奉贤(今上海)人。咸、同时人⑨。

26. 23 册 23430 页,陈永清,无生平简介。据《(乾隆)瑞安县志》卷四"职官",陈永清,忠州(今重庆)人。康熙五十九年(1720)举人。乾隆十四年(1749)任瑞安知县,修《县志》⑩。

27. 23 册 23749 页,邹志初,钱塘人。据《(民国)杭州府志》卷一一三"选举",邹志初,钱塘(今浙江杭州)人。道光十七年(1837)举人。任西安(今浙江衢州)教谕⑪。

① 《(乾隆)彰德府志》卷一七"文苑",第 18 页。
② 戚学标等《(嘉庆)涉县志》卷五,《中国地方志集成·河北府县志辑 62》,上海书店出版社 2006 年版,第 562 页。
③ 陈国仲等《(同治)嘉禾县志》,《中国地方志集成·湖南府县志辑 24》,第 291 页。
④⑥ 吴镇《松崖文稿》,《清代诗文集汇编》第 349 册,第 331 页。
⑤ 呼延华国等《(乾隆)狄道州志》卷四,《中国地方志集成·甘肃府县志辑 11》,凤凰出版社 2008 年版,第 294 页。
⑦ 宗源瀚等《(同治)湖州府志》卷一三,《中国地方志集成·浙江府县志辑 24》,上海书店出版社 2000 年版,第 259 页。
⑧ 卢思诚等《(光绪)江阴县志》卷一四,《中国地方志集成·江苏府县志辑 25》,第 392 页。
⑨ 李元才等《(光绪)当阳县补续志》卷四,《中国地方志集成·湖北府县志辑 52》,第 614—615 页。
⑩ 陈永清等《(乾隆)瑞安县志》卷四,《中国地方志集成·浙江府县志辑 64》,第 91 页。
⑪ 陈璚等《(民国)杭州府志》卷一一三,《中国地方志集成·浙江府县志辑 2》,第 1022 页。

28. 23 册 24062 页,钱之鼎,无生平简介。据《(光绪)丹徒县志》卷二二"科目"、卷三三"文苑",钱之鼎,字伯调,号鹤山,丹徒(今江苏镇江)人。嘉庆十五年(1810)举人。道光三年(1823)归,拓旧宅,构三山草堂。未一载卒[①]。

(三) 一人分列两处

1. 叶方蔼,10 册 8860 页收 4 篇,10 册 9352 页收 1 篇,共 5 篇。

2. 陈鉴,10 册 9097 页收 2 篇,8 册 7410 页收 1 篇,共 3 篇。按:陈鉴为清初人。

3. 徐鼎,10 册 9239 页收 1 篇,14 册 13050 页收 1 篇,共 2 篇。

4. 徐旭旦,10 册 9551 页收 2 篇,11 册 10037 页收 1 篇,共 3 篇。

5. 韩定仁,12 册 10986 页收 3 篇,9 册 8374 页收 1 篇,共 4 篇。按:韩定仁为雍正时人。

6. 马锦,14 册 13001 页收 2 篇,23 册 23122 页收 1 篇,共 3 篇。

7. 胡鼎,14 册 13289 页收 1 篇,22 册 22752 页收 1 篇,共 2 篇。

8. 詹应甲,14 册 13571 页收 21 篇,9 册 8476 页收 2 篇,共 23 篇。按:詹应甲为清人。

9. 朱琦,14 册 13733 页收 11 篇,15 册 14794 页收 1 篇,共 12 篇。

10. 罗绕典,15 册 14482 页收 51 篇,17 册 16616 页收 1 篇,共 52 篇。按:17 册作"罗绕舆",误。罗绕典《知养恬斋赋钞》共 4 卷,所收赋作俱见于《赋钞》,收在《清代诗文集汇编》第 581 册。

11. 蔡寿昌,16 册 15477 页收 3 篇,23 册 23957 页收 3 篇(其中 1 篇出自《赋海大观》,未署作者),共 6 篇。

12. 吴嘉言,16 册 15913 页收 2 篇,22 册 22391 页收 2 篇,共 4 篇。

13. 戴兰芬,17 册 16326 页收 2 篇,23 册 24156 页收 1 篇,共 3 篇。

14. 周良卿,17 册 16425 页收《老人星赋》摘句和《冬日可爱赋》,22 册 22595 页收《秋末晚菘赋》,共 3 篇。又 22 册 22595 页重收《老人星赋》全篇,作者误作"周良庆"。

15. 乔邦宪,17 册 16788 页收 2 篇,23 册 23539 页收 1 篇,共 3 篇。

16. 何晋祥,17 册 16880 页收 1 篇,22 册 22454 页收 1 篇,共 2 篇。

17. 舒文,17 册 16921 页收 2 篇,23 册 23782 页收 1 篇(摘句),共 3 篇。

18. 姜皋,17 册 16946 页收 6 篇,18 册 17665 页收 2 篇,其中《墦间乞食赋》重收,共

---

① 何绍章等《(光绪)丹徒县志》卷二二"科目"、卷三三"文苑",《中国地方志集成·江苏府县志辑 29》,第 434、663 页。

7篇。

19. 雷维翰,17册17178收2篇(其中1篇出自《赋海大观》,未署作者),21册21495页收1篇,共3篇。

20. 殷兆镛,17册17183收7篇,同册17205页收2篇,其中《朝珠赋》重收,共8篇。

21. 吴鼎昌,17册17247页收2篇,22册22392页收2篇(其中1篇出自《赋海大观》,未署作者),共4篇。

22. 陈浚,18册17448页收1篇,同册17941页收11篇,共12篇。

23. 黄统,18册17507收2篇,23册23490页收2篇(其中1篇出自《赋海大观》,未署作者),共4篇。

24. 卢鉴,18册17786页收9篇,19册19500页收23篇,其中《拟成公绥啸赋》《拟潘安仁射雉赋》《拟谢希逸月赋》《拟庾子山华林园马射赋》《河间献王进雅乐赋》《台城柳赋》《水仙花赋》7篇重收,共25篇。

25. 夏联钰,20册20286页收2篇,23册23063页收1篇,共3篇。

26. 王诒寿,21册20974页收6篇,同册21724页收1篇,共7篇。

27. 谷逢钧,21册21411页收2篇,23册24169页收2篇(其中1篇出自《赋海大观》,未署作者),共4篇。

28. 王恩寿,21册21681页收1篇,同册21787页收1篇,共2篇。

29. 徐泰然,22册22875页收2篇(其中1篇出自《赋海大观》,未署作者),同册22924页收1篇,共3篇。

30. 祝桂荣,23册23074页收1篇,同册23077页收1篇,共2篇。

31. 蒋继伯,23册23867页据《赋海大观》收5篇,17册17145页,蒋超伯名下的《望思赋》《登台赋》《感梦赋》《招海客赋》《拟鲍明远芜城赋》《茅屋赋》《鹁赋》7篇为蒋继伯赋作。这7篇赋作出自蒋继伯《晓瀛遗稿》卷下,因附在蒋超伯《通斋集》后,而误入蒋超伯赋作①。

32. 刘清淳,23册23884页收1篇,同册23903页收1篇,共2篇。

33. 顾家瑞,23册24198页收1篇,同册24210页收1篇,共2篇。

(四) 题目或韵字有误

1. 10册9552页,据《(嘉庆)宁远县志》卷九收徐旭旦《虞庙双栀赋》,误。据《光绪宁

---

① 蒋继伯《晓瀛遗稿》,《清代诗文集汇编》第682册,第731页。

远县志》卷四,应为《虞庙双楮赋》①。椐,树小,多肿节,古时以为手杖。楮,常绿乔木,叶长椭圆形,花黄绿色,果实球形。木材坚硬,可制器具。此赋序"蟠根屈曲,大数十围,高可参天",也符合楮木特点。

2. 12 册 11739 页,黄钺《黑鸟浴赋》,误。应为《黑乌浴赋》②。

3. 14 册 13784 页,孙尔准《墓田园赋》,误。应为《墓田图赋》③。

4. 14 册 14293 页,陈沆《二十八宿罗星胸赋》,误。应为《二十八宿罗心胸赋》。

5. 15 册 14356 页,朱骏声《拟稽叔夜琴赋》,误。应为《拟嵇叔夜琴赋》。

6. 17 册 16667 页,俞兴瑞《西山读画楼赋》,误。应为《西山读书楼赋》。赋末有注:"予幼在萧山学署,读书滴翠楼,正对城外西山。"

7. 22 册 22270 页,吴沐《桃花潭赋》以"桃花流水深千尺"为韵,误。据赋作用韵,韵字应为"桃花潭水深千尺"。

此外,还有不同作品混杂的问题。如 9 册 7978 页,朱之俊《弄空天之清影戏沧洲之碧波赋》,据其《排青楼诗》,实为《弄空天之清影戏沧洲之碧波赋》与《解脱园赋》两篇混为一篇,从开头到"尽发金光予"为前篇,从"修园静辟"到末尾为后篇④。另,据《(光绪)汾阳县志》卷八,朱之俊"国初为秘书院侍读,兼修国史副总裁"⑤,同卷又说"按:之俊既归命本朝登禁近矣,列之前明,非是"⑥。朱之俊为清初人,《总汇》列于"明代卷",作明人,误。

不可否认,《历代辞赋总汇》收集、整理和校订工作都十分严谨,它的出版发行为学术研究提供了极大的便利,我们应该对编纂者的辛勤劳动和取得的巨大成就给予充分肯定。但是,我们也应该纠正《历代辞赋总汇》编纂过程中出现的一些失误,目的是拾遗补阙,使其更加完善。

(牛海蓉,湖南大学文学院教授,中国赋学会副会长,出版有著作《全元赋史》等。)

---

① 张大熙等《(光绪)宁远县志》卷四,《中国地方志集成·湖南府县志辑 46》,第 486 页。
② 黄钺《壹斋集》,《清代诗文集汇编》第 428 册,第 527 页。
③ 孙尔准《泰云堂集》,《清代诗文集汇编》第 497 册,第 39 页。
④ 朱之俊《排青楼诗》,《清代诗文集汇编》第 9 册,第 279、294 页。
⑤ 方家驹等《(光绪)汾阳县志》卷八,《中国地方志集成·山西府县志 26》,凤凰出版社 2005 年版,第 179 页。
⑥ 方家驹等《(光绪)汾阳县志》卷八,《中国地方志集成·山西府县志 26》,第 181 页。

《历代赋汇》注解文献流传谫论*

董龙光

内容摘要：《历代赋汇》的编纂是中国赋学史上的重大事件。由于该书系康熙皇帝御定，大学士陈元龙编撰，地位尊贵，故盛极一时，在乾隆年间还出现了吴光昭《赋汇录要笺略》、倪一擎《赋汇题解》、陈淦《赋汇题注》等注解类文献。可惜这些文献流传不广，濒于失传境地。究其原因，恐怕与《历代赋汇》卷帙浩繁、受众较少，不能满足文人士子对作赋技法的需求，以及注解类文献多为单注本、自身抄撮类书、质量较差有关。这些文献虽然在清代没有受到太多重视，但是对考察《历代赋汇》的传播、研究清代赋学、理解赋意及赋题有一定价值。

关键词：《历代赋汇》　注解文献　流传　清代试赋　引书

康熙年间《历代赋汇》（以下简称《赋汇》）的编纂，是中国赋学史上的一件大事，也是清代文化史上的一件大事。该书凡184卷，收赋上起先秦，下至明代，"是我国古代第一部也是至今最好、影响最大的一部搜集历代赋作品相当完备的大型赋总集"①。《赋汇》问世后，诞生了一批或选注赋文，或注释赋题的文献，如吴光昭《赋汇录要笺略》、倪一擎《赋汇题解》等，在此统称为《历代赋汇》注解文献。前贤时彦关于《赋汇》注解文献的研究，主要集中于两个方面：其一是对这些文献的作者、版本、内容等进行考订；其二是将它们置于清代赋论视域下对其注释特色进行考察。前者如踪凡《中国赋学文献考》对《赋汇录要笺略》及《赋汇题解》的梳理②，后者如詹杭伦《清代赋论研究》对《赋汇题解》题注注释方式的考察③。然而踪著重在梳理历代赋学文献，詹著侧重阐释清代赋论，且受全书体例所限，二位并未对这些文献进行过多探讨。文献书籍的产生与流传，与当时的社会文化息息相关。

---

* 本文为国家社会科学基金重大项目"历代赋论整理研究"（19ZDA249）、北京市社会科学基金重大项目"历代赋学文献续编与研究"（17ZDA21）阶段性成果。

① 何新文《中国赋论史》，人民出版社2012年版，第271页。
② 踪凡《中国赋学文献考》，齐鲁书社2020年版，第867—869页。
③ 詹杭伦《清代赋论研究》，台湾学生书局2002年版，第364—366页。

本文旨在借鉴前辈学者的成果上,以《历代赋汇》注解文献为研究对象,从社会环境及文献本身等方面探讨这些书籍的编撰及流传情况。

一、《赋汇》注解文献于清代的流传情况

康熙四十五年(1706),由康熙帝御定并作序、大学士陈元龙编纂的《历代赋汇》付梓。《赋汇》的编纂及宗旨与康熙时期的文化政策息息相关,贯彻了康熙皇帝的文化主张,其要旨一是盛世修典,二是张扬赋体的现实致用①。由于《赋汇》秉承了帝王的意志,它的编纂及出版无疑是清代赋史及文化史上具有里程碑意义的事件。因此,无数文人对其倍加推崇,如法式善言:“此书出,《赋苑》、《赋格》均不足言。”②吴锡麒亦称《赋汇》“嘉惠士子,诚能求珠赤水,探木邓林,寻正变之源,通丽则之旨”③。加之,乾隆年间,“皇上召试词臣,间以是书(《赋汇》)命题”④,天下士子倍加重视。《赋汇》之地位及影响力可见一斑。

许结、踪凡均已指出,由于《赋汇》文字准确,刻印精美,影响力巨大,因此出现了一批为其导读、注释及题注的文献⑤。生活于乾隆年间的郑虎文曾于《张明府陆宣公翰苑集注序》中言:“今之所好、所读、所注者,或诗、或赋、或古今试帖、或《赋汇》诸题,捃扎剿贩,用为剽窃之具。而小夫俗儒,人手一编,珍为鸿宝,虽六经诸史未尽寓目,其他则又何及?”⑥说明在乾隆年间,社会上掀起了一股为《赋汇》作注(尤其是题注)的潮流,并且深受所谓“小夫俗儒”的追捧,他们对这些文献的珍视程度甚至胜于经史典籍。

然而这些在乾嘉时期可能大量出现的《赋汇》注解文献,如今通过国内古籍检索手段进行检索(如《中国古籍总目》、上海图书馆古籍联合目录及循证平台等),只剩两部,分别为吴光昭《赋汇录要笺略》28 卷(后附题注补充,共 3 卷)及倪一擎《赋汇题解》10 卷。前者将《赋汇》所载诸赋,摘录佳句,注释词语,目前可查仅有乾隆二十三年(1758)汲古斋刻本;后者为《赋汇》诸赋赋题的题注,仅有乾隆二十三年倪一擎自刻的“本衙藏板”。就编者身份而言,二人均为江浙文人,吴光昭为贡生,倪一擎为秀才,均没有获得官职。除了这两部书籍,根据文献记载还可找到其他《赋汇》注解文献的编纂线索,《杭州府志·艺文》中著

---

① 许结《历代赋汇》前言,凤凰出版社 2018 年版,第 3 页。
② 法式善《陶庐杂录》,中华书局 1959 年版,第 8 页。
③ 吴锡麒《论律赋》,《历代赋学文献辑刊》第 101 册,国家图书馆出版社 2017 年版,第 145 页。
④ 钱陈群《赋汇录要序》,《历代赋学文献辑刊》第 197 册,第 15 页。
⑤ 参见许结《历代赋汇》前言,第 23 页;踪凡《马积高主编〈历代辞赋总汇〉的文献价值》,《天中学刊》2017 年第 1 期。
⑥ 郑虎文《吞松阁集》卷二六,清嘉庆十六年(1811)刻本,第 1b 页。

录了乾隆时期海宁人陈世侃编《赋汇题解》10卷,周春又于《蒙余诗话》中称陈淊著有《赋汇题解》。陈淊乾隆时期担任过翰林院编修,陈世侃为其父,所谓《赋汇题解》,实际为二人合编的一部书。这部书的编纂,还惊动了乾隆皇帝,乾隆四十五年三月十六日有奏折:

> 臣等遵旨将编修陈淊、伊父陈世侃所进编辑《赋汇题注》一书,详加阅看,尚属简当,应请旨交四库馆抄入全书。其书内讹错字画,即交该馆校核更正。至陈淊遵照前旨拟赏八丝缎二匹。谨奏。①

根据这则奏折可知,陈世侃、陈淊父子所编书名实为《赋汇题注》。陈淊将书进献朝廷,并被奏请由四库全书馆抄录,"尚属简当"的评语也表明该书具有一定质量。《光绪嘉兴府志》记载:"(陈淊)以父阑斋所辑《赋汇题注》进呈,蒙恩嘉奖。"②由此可见,该书受到了乾隆皇帝的好评。也许是《四库全书》不收健在者之书,该书并未抄入《四库全书》,但之后也未见刊刻,可见流传不广,或许已经亡佚。除了这三种文献外,目前各种检索手段暂未发现其他乾嘉时期的《赋汇》注解文献。

莫友芝《郘亭日记》中记载咸丰十一年(1861)三月二十二日,托蔡念篁将自己的四箱书带回遵义,其中就有《赋汇题解》一书③。此时莫友芝已南下,身在湖北,未知此书来源何处,亦未知此书著者为陈淊、陈世侃还是倪一擎,抑或是他人,此书也未见著录于莫友芝所编书目中。光绪年间,王晓岩辑注《赋汇题注》一书,可视为《历代赋汇》的影响在清末的延续。王之瀚为该书作序称:

> 杭大宗(世骏)先生有《赋汇题解》,未之见也。今坊肆通行秀水吴翼心(光昭)《赋汇录要笺略》,援据精博,惟于题目,间有删节,至一题作者数人,或只录一二人,体例究未尽善。④

这段节录的序文揭示了两个信息。首先,在乾隆时期《赋汇》注解文献编纂热潮下诞生的

---

① 翁连溪《清内府刻书档案史料汇编》,广陵书社2007年版,第284页。
② 许瑶光修,吴仰贤等纂,嘉兴市地方志编纂室编校《光绪嘉兴府志》,上海古籍出版社2020年版,第1325页。
③ 《郘亭日记》载:"(咸丰十一年三月)廿二日庚戌,晴。蔡念篁十五日自望江来,言望江城中皆移一空,石于轻装走大通,念篁即西还矣。以善征二箱一篓来,夜,检点书箱,一并前寄存柏容四箱,托其便旬遵义,作家书,以四十八金寄家中。"又,《郘亭日记》咸丰十一年九月三十日有"寄交念篁带回书籍",其中有《赋汇题解》一书。分别见莫友芝著,梁光华等点校《莫友芝全集》第2册,上海古籍出版社2019年版,第266、317页。
④ 王晓岩《赋汇题注》卷首,北京大学藏清光绪六年庚辰(1880)飞云馆刻本。

文献,降至光绪年间仅有吴光昭《赋汇录要笺略》还在通行,诸如陈淦等人编纂的书籍在当时已湮没无闻。其次,《赋汇题解》一书在光绪年间虽然被人提及,但已不易见,且题为杭世骏所作。张之洞《书目答问》亦将该书作者归为杭世骏。今按,该书内封B面虽镌有"仁和杭堇甫定"六字,但若是翻阅该书,阅读杭世骏(堇甫)序文及正文第一叶,即可得知该书实际编者为倪一擎。这说明《赋汇题解》于光绪年间恐怕已难得一见。孙殿起《贩书偶记续编》著录:"《赋汇录要笺略》二十八卷补遗一卷外集一卷题注一卷(清秀水吴光昭撰。无刻书年月,约乾隆间汲古斋刊)。"①孙殿起为近代著名版本目录学家,其所见《赋汇录要笺略》版式内容与当今可见者一致,但是并未见《赋汇题解》一书。综合来看,《赋汇》注解文献至清末已流传甚少。

若要判断一部典籍的接受程度,版本数量无疑是一个重要的参考标准。在印刷术之前的时代,各类书籍均以抄本形式流传,可以说从那个时代流传下来的典籍,虽然有某些偶然性因素,但更重要的是这些典籍本身具有的经典意义。降至清代,刻书业已十分发达,无论中央还是地方、官营还是私营,均有刻书机构。一些流传度高、受众广的书籍不断被翻刻出版。

一般来说,作为某畅销书籍,其副产品也会广泛流传。例如明清之小说,人民喜闻乐见,诞生不少评点本,不乏书商为牟利而伪托名家的评点现象。以《赋汇》之地位,作为其副产品的《赋汇》注解文献,按常理来说亦应被世人推崇。然而流传至清末的《赋汇》注解文献极少,只有《赋汇录要笺略》与《赋汇题解》两种,陈淦《赋汇题注》等同类文献皆已亡佚。即便乾嘉时期,仅编纂了目前可考的三部《赋汇》注解文献,其中的编者吴、倪二人均为江浙文人。清代江浙地区刻书业十分发达,有多个知名书坊,但二人著作仅有一个版本,其中倪氏还是自家刊刻。相较清代其他拥有众多版本的赋学文献,这两部书籍的通行情况也显得过于惨淡,并非畅销书籍。总之,以《赋汇》的影响力作为参考,《赋汇》注解文献的流传情况确实十分冷清。

张舜徽先生论图书之亡佚,提出"书之亡佚不尽由于兵燹",并论古书散佚之原有二②。赵益根据张氏观点,指出古代文献历史发展和存亡继绝之际的内在缘由,要从两方面寻找原因:一是人的主观方面,二是文献本身的方面。主观方面来说,文献接受者的选择是决定性的,而从本质上讲,它是由文献的内容而来。因此,认识文献散佚的原因要回到文献本身③。故而讨论《赋汇》注解文献的流传,要从这些文献的本身入手。

---

① 孙殿起《贩书偶记·附续编》,上海古籍出版社2020年版,第876—877页。
② 张舜徽《广校雠略》,上海古籍出版社2013年版,第41—43页。
③ 赵益《中国古代文献:历史、社会与文化》,南京大学出版社2022年版,第102—103页。

二、乾嘉试赋与《赋汇》注解文献的流传

《赋汇》注解文献流通不利，与其编者的声名地位并无多少关系。陈淏声名地位明显高于吴、倪二人，但最终却是陈书不传。从文献接受者的角度来讲，这种现象的产生，或与清代试赋的现实需要有关。

首先，《赋汇》注解文献作为《赋汇》的副产品，它们的流传与《赋汇》本身的流传情况有密切联系。《赋汇》虽自问世后就备受文人推崇，但其实际流传度恐并不甚高。踪凡曾梳理《赋汇》之版本：康熙时期两个版本均为内府刻本，乾隆时期的版本均为"四库"相关版本①。换言之，乾嘉时期能够见到的《赋汇》版本，均由中央官方出版机构出版，甚至没有交由地方的官方书局进行刊刻。如此，士子若想拥有《赋汇》，只能于官方对外售书时进行购买。但是《赋汇》凡184卷，体量极大②，故而价值不菲，不少士子曾经阐明过这种情况：

> 我朝文运日升，作者林立，御颁《历代赋汇》一书，海涵地负，日烂月华，煌煌乎极盛！然卷帙浩汗，学者鲜能购读。③
>
> (《历代赋汇》)卷帙繁多，非有力者不能(构)[购]，亦非强记者不能读。④
>
> 赋则《昭明文选》及《汉魏一百三家集》外，搜罗纂集，虽有备者，大都详于韵律，失其古音。否则卷帙浩繁，购求不易。⑤

这些言论虽为新书之序言，可能带有为新书造势的目的，但是基本应确有其事，而非子虚乌有，即《赋汇》价格昂贵，普通文人士子无力购买。尽管依然存在有财力购买者，却大多仍如沈德潜所言"《赋汇》繁重，学者不能尽读"⑥。

民间士子鲜有购读者，馆阁文臣虽然对《赋汇》唾手可得，但阅览者依然不多。《高宗纯皇帝实录》记载了嘉庆元年一件庶吉士散馆考试之事：

> 夏四月，丙戌，敕谕：昨庶吉士散馆，适朕……心绪不宁，随手翻阅，于《赋汇》内偶

① 踪凡《赋学文献论稿》，商务印书馆2017年版，第386—395页。
② 国家图书馆藏清康熙四十五年内府刻本为10函76册，清康熙后期重印本为8函64册，蔚为大观。
③ 华希闵《延绿阁集》卷六，《清代诗文集汇编》第230册，上海古籍出版社2010年版，第77页。
④ 钱陈群《赋汇录要序》，《历代赋学文献辑刊》第197册，第15页。
⑤ 潜兆谷《赋苑类选自序》，《历代赋学文献辑刊》第47册，第3页。
⑥ 沈德潜《赋汇录要序》，《历代赋学文献辑刊》第197册，第6页。

捡"污卮"为题。《赋汇》并非僻书,学习词章者,原应留心检阅。乃庶吉士等俱不知傅咸所作,竟似作为元结之"洼尊",以致傅会失旨。虽《礼记》内"污尊抔饮",污字原读乌花切,但尊与卮原本不同,转似朕有意试以难冷题。不知朕向来命题,从不故求隐僻者,且书籍甚繁,读书人岂能——记诵?朕并不以此加之责备,当自引以为过耳。[①]

由此段材料可知,嘉庆元年(1796)翰林院庶吉士散馆试赋闹出了乌龙事件,乾隆帝本意以傅咸《污卮赋》为题,但庶吉士或附会为元结《洼尊铭》,或附会为《礼记》"污尊抔饮"。究其原因,《赋汇》作为常见书,应当被庶吉士们"留心检阅",然而事实正好相反,这些庶吉士因对《赋汇》了解不深,故而对试题自作阐发,"以致傅会失旨"。总之,无论是地方普通士子还是馆阁文臣,对《赋汇》的接受度均不高,这就导致了《赋汇》受众少,《赋汇》注解文献也并未引起重视。

其次,与乾嘉时期试赋题目有关。清代科考颇重试赋,潘务正统计清代试赋的情况包括"童生""生员"系考试、"书院"之试、庶吉士选拔的朝考、庶吉士月课考赋、庶吉士散馆试赋、翰詹大考、博学鸿词科试赋七种[②],几乎伴随清代士子一生。乾嘉时期的汪庭珍在其《作赋例言》中称:"作赋之法,首重认题。扼定题旨,则百变而不离其宗,俯仰向背,衬托跌宕,曲折都非泛设。"[③]因此,要想做好试赋,首先要认清赋题,以把握主旨。关于乾嘉时期试赋赋题来源,唐秉钧有过统计:

> 凡出赋题,若朝考召试《赋汇》上旧题居多,《同馆课艺》亦云略备。若学院考试,或出本邑山川形胜、人物典□事实,以及应时景物。如合通省士子,则出通省山川人物诸题。[④]

若是地方学院考试,无论是县试还是通省考试,赋题均出自当地的名山大川、人物典故以及应时景物等,这些均为考生平常所见所闻之事。以士子了如指掌的典实入题,士子并不需要翻看《赋汇》,也用不到《赋汇题注》《赋汇题解》这类题注文献来把握赋题旨意。

至于朝考及翰林院考试,所试赋题来自《赋汇》者居多。然而虽云《赋汇》旧题,实际上隐晦者不多,正如乾隆帝自己所言"向来命题,从不故求隐僻者"。潘务正根据《国朝三十

① 《高宗实录》十九,《清实录》第 27 册,中华书局 1986 年版,第 1005—1006 页。
② 潘务正《清代赋学论稿》,中华书局 2020 年版,第 65—69 页。
③ 汪庭珍《作赋例言》,《历代赋学文献辑刊》第 189 册,第 177 页。
④ 唐秉钧《文房肆考图说》卷八,书目文献出版社 1996 年版,第 630—631 页。

五科同馆诗赋解题》及相关文献将法式善《同馆赋抄》诸题出处进行列表，除拟作与时事，其中十五题源于《赋汇》，虽如此，但这些赋题之典均源于前代经典四部典籍①。翻阅其他馆赋选，如嘉庆年间陈士桢、丁鹿寿合编《馆赋初笺》及《近科同馆赋抄笺注》，所收诸赋赋题凡有典故者，亦来源于四部经典，甚至少有唐后之典。潘务正指出康乾均为博学之主，因此为应对"顾问"，翰林侍从要有广博的知识。潘先生征引了齐召南的一则事例：乾隆发问宁古塔一个古镜的款式，齐召南便引证书史奏之②。一个古镜便能引书以证，可见他们的博学。由此，四部经典对这些馆阁文臣来说则更不在话下。程琰曾记载其师阮学濬之言：“馆阁之职，必得经术，以备顾问。史才以注起居，博识以任校勘，而又颁制诰以宣上德、彰有功。非徒雕字琢句，专工词赋已也。”③这揭示出了馆阁文臣的基本素养，以经史典籍博学多识为本，诗赋之事为末。因此面对试赋之时，这些馆阁文臣即使不熟悉《赋汇》，凭借对典籍的掌握程度也可轻松应对赋题。相反，出于《赋汇》而未源于四部经典的赋题，如前述“污厄”，对这些博学之士来说反而成为僻题，以致他们根据所学附会生意。故清代各类考试虽大多试赋，但赋题并不隐僻，无论地方还是馆阁均以应考人员耳熟能详之事典入题，他们完全可以靠自己的能力应对自如，这就导致《题注》《题解》等文献缺乏市场。

最后，与士子试赋的现实需求有关。在清代，考生通过童试取得生员资格的比例约为1.5%，约98.5%考生无法通过入仕的第一道门槛④。清代科考自“童试”“生员”系考试便有试赋，故习赋在幼年时尤为重要。经上所述，赋题与赋旨显然不是他们需要克服的难点，其难点在于作赋之法。蒋攸铦曾言：“顾应制之作，具有体裁，摛埴索途，无能罃焉。”⑤如何把握试赋的体裁，对清代士人来说无疑是件重要之事。清代试赋为律赋，顾纯指出：“盖律者，法也。有对偶、有声病，古赋可以伪为，而律非富于射猎、揣摩有素者不能为也。”⑥在顾氏看来，律赋较古赋而言较为难作，古赋可拟作，而律赋则因有格律等因素的限制，对士子而言需要掌握法度，非勤加学习不能为也。而在有些清人看来，学习作赋，首先要学作律赋、小赋这些有规矩可循者⑦。总之，无论是从难度还是从法度来讲，律赋均为清代士子习赋的首要之选。然而“苟非学有渊源，工赋者亦少”⑧，士子对此也颇为苦

① 《清代赋学论稿》，第82—85页。
② 《清代赋学论稿》，第72页。
③ 程琰《本朝馆阁赋后集序》，《历代赋学文献辑刊》第40册，第11页。
④ 参见［美］本杰明·艾尔曼著，高致远、夏丽丽译《晚期帝制中国的科举文化史》，社会科学文献出版社2022年版，第139页。
⑤ 蒋攸铦《同馆律赋精萃序》，《历代赋学文献辑刊》第70册，第7页。
⑥ 顾纯《律赋必以集自序》，《历代赋学文献辑刊》第69册，第281—282页。
⑦ 详见王芑孙《读赋卮言》“小赋”“律赋”条。
⑧ 余丙照《赋学指南叙》，《历代赋学文献辑刊》第195册，第6页。

恼。如李调元《赋话》编撰之缘起即其任广东学政期间"凡岁试、月课之余,有兼工赋者,莫不击节叹赏,引而启迪之,而苦未有指南之车也"①,因此为好赋者编"指南之车"。顾莼督学云南时"见生童于作赋之法多所未谙,因择其稍有思路者重试之。与之口讲手画,诸生童亦颇有开悟"②,显然这些童生对应制之赋的作法了解不深。鉴于此,顾莼编撰《律赋必以集》为童生学赋之资。此外,由于试赋为律赋,而《赋汇》类书式的分类方式,混杂古、律之赋,不便于士子检索参照。而对于士子习赋最有帮助的,除了某些作赋指南著作,还有律赋选本,尤其以本朝馆阁赋的选本最易为士子模拟参考。因此与《赋汇》注解文献相比,律赋选本及赋话、赋格等作赋指南类书籍显然更受欢迎,也更易吸引一些知名书坊进行刊刻出版。现根据踪凡《中国赋学文献考》、瞿冕良《中国古籍版刻辞典》和相关古籍网站,将同时期一些律赋选及指南类著作列表如下:

书名	版本数或书坊名称	性质	其他
《国朝赋楷》	三种版本	馆阁赋选	有圈点及旁批
《律赋衡裁》	三种版本	律赋选	有圈点、旁批及尾评
《本朝馆阁赋前集》	困学斋(主人为鲍廷博)	馆阁赋选	有圈点及评论
《律赋清华》	一经堂(宋明老字号)	本朝律赋选	有解题、批点、总评和注释
《赋钞笺略》	五种版本	历代赋选本、作赋指南	笺注极详
《本朝试赋丽则》	三多斋(明代老字号)	本朝科试赋选	有题注、圈点、旁批、总评和释词
《同馆赋钞》	两种版本	馆阁赋选	
《律赋拣金录》	三种版本	本朝科试、馆阁赋选	有旁批和总批
《应试新赋备要初集》	两种版本	赋选、作赋指南	有批点
《律赋必以集》	两种以上版本	律赋选、作赋指南	有句读、圈点、旁批和尾评
《雨村赋话》	六种版本	作赋指南	
《读赋卮言》	五种版本	作赋指南	
《见星庐赋话》	两种版本	作赋指南	
《赋学指南》	十种版本③	作赋指南	另有"增注"本,约十一种版本

由上表可知,那些带有批点的赋选显然更具影响力。律赋选,尤其是科试、馆阁赋选所选

---

① 李调元《赋话自序》,《历代赋学文献辑刊》第 188 册,第 88 页。
② 顾莼《律赋必以集自序》,《历代赋学文献辑刊》第 69 册,第 282 页。
③ 其中一个版本在海外,为越南嗣德二十九年(1876)丹安集文堂刻本,参见踪凡《〈赋学指南〉版本叙录与研究》(《澳门文献信息学刊》总第三十一期)一文。

取的赋作均为上乘之作,不但能够使士子免去检索的麻烦,而且能让他们便捷有效地把握当朝赋作动态。同时,各赋的批点常常能够揭示作赋之法,对于指导士子习赋有重要价值。此外,诸如《雨村赋话》《赋学指南》等赋话、赋格类著作的编撰之由即提供作赋指南,它们的版本数量相当可观,如《赋学指南》从押韵、诠题到律赋每段的作法均有详细说明。是书编者余丙照虽仅为教书先生,没有取得功名,但是该书却在坊间不断翻刻,甚至有书坊盗印①。由此可见清代普通下层文人对能够全面提供作赋技法的书籍的喜爱。吴光昭之《录要》节录赋文并注释佳句,但是缺乏评点,而倪一擎《题解》、陈淦《题注》之类的著作则纯为题注,这些著作均对士子作赋缺乏实用价值和指导意义。

三、形制、文本质量与《赋汇》注解文献的流传

《赋汇》可能碍于体量及价格等因素在清代流传不广,若有文人想了解《赋汇》内容,从书籍形制上看,《赋汇》注解文献大多也不能满足文人的要求。

与经书的经传注疏合刊不同,《赋汇》注解文献中的"题解"类文献均为单注本,通过这类文献只能了解《赋汇》诸题,不能浏览辞赋内容,对《赋汇》的阅读没有太大作用。相较而言,《赋汇录要笺略》一书虽摘录历代辞赋名句,但其赋文与注文合刊的形制,"颇有助于《赋汇》的阅读、理解与传播"②,因此至清末依然在坊间流传。

回到文献本身,"文献的存亡实际上就是内容的优胜劣汰"③。我国古代有些书籍在诞生初期影响力不大,但后期凭借其出色的文本质量流传甚广。乾隆时期为《赋汇》作注解曾盛行一时,然而郑虎文直斥这些书籍"捃扯剿贩,用为剽窃之具"。以下结合现存的倪一擎《赋汇题解》来谈《赋汇》注解文献的文本质量。

《赋汇题解》继承了我国古代引书作注的传统,通过征引典籍解释赋题出处。检阅《赋汇题解》文本,可发现倪氏引书出现了大量讹误,主要有四种类型:

其一是文注不分。倪氏征引经史子原文阐明赋题时,有时还会引用这些典籍的注解以便读者更好把握赋旨。然而倪氏在引书时却偶有将典籍原文与注文混为一谈的现象。如《题解》卷二"葛峄山"条,倪氏作注云:"《汉书·地理志》:'东海郡县下邳。葛峄山在西,古文以为峄阳。'"所谓"葛峄山"云云,实际上来自颜师古注。又如卷九"斗鸭"条,倪一擎引《三国志·吴书·吴主传》:"魏文帝遣使求斗鸭,孙权具以与之。"其实这条为裴松之注

---

① 参见踪凡《〈赋学指南〉版本叙录与研究》。
② 《中国赋学文献考》,第867页。
③ 《中国古代文献:历史、社会与文化》,第103页。

《孙权传》时征引《江表传》的节录。严格来说，这只是征引不规范的行为，并不算太大失误。

其二是无中生有。分两种情况，一是典故无中生有，二是典籍原文无中生有。前者如卷二“岘山”条征引《晋书·羊祜传》：“祜与邹润甫登岘山，垂涕曰：‘自有宇宙，便有此山。’因立碑，后人名堕泪碑。”将立碑事件归为羊祜。实际上《晋书·羊祜传》并无羊祜立碑之事，而是襄阳百姓于岘山羊祜常游之地建碑立庙，百姓祭拜时望其者莫不流泪，因此杜预称该碑为堕泪碑。后者如卷二“泾渭合流”条，倪氏引《水经注》：“渭与泾合流三百里，清浊不相杂。”今本《水经注》并无该句。这是常见的问题，出现频率较高。

其三是张冠李戴，亦为书中出现次数较多的错误。或将甲篇引作乙篇，如卷八“白受采”条，倪氏征引《礼记·乐记》：“甘受和，白受采。忠信之人，可以学礼。”实际上这段文字源于《礼记·礼器》。或将甲书引作乙书，如卷二“海潮”条，倪氏引《太平寰宇记》的文字实源于宋周去非《岭外代答》卷一，而非《寰宇记》。或甲事作乙事，如卷九“山鸡”“翡翠”与“鯸鮧鱼”三条中均引《吴都赋》与赋注，均将注者称为薛综，然而注《吴都赋》者为刘逵，绝非三国时期的薛综。或混淆诸注，如卷十“日者”条，倪氏引了《史记·日者列传》索隐，实际上该文字出自《史记集解》，而非《史记索隐》。

其四是移花接木。指引书中，将甲、乙二内容合在一起，并题为一篇或一书。题为一篇者，如卷二“河堤”条，倪氏引《汉书·沟洫志》的文字实际上来源于《沟洫志》与《平当传》的拼合。题为一书者，如卷九“吐绶”条，倪氏征引《蔡宽夫诗话》作注，实际上这段文字为胡仔《苕溪渔隐丛话·前集》卷二十《李卫公》征引《蔡宽夫诗话》及《倦游杂录》文字的拼合。

古人引书作注，经常只征引自己需要的部分，有时会有意对所引文献进行删改。然而通过文本对比，可发现倪一擎引书出现的问题，并非其有意为之，而是抄撮类书所致。

众所周知，《赋汇》以类书方式进行分类，其范围包罗万象，上至天文下至地理，乃至鸟兽虫鱼草木之名尽收其内。正如杭世骏在《赋汇题解序》中指出的“苟非淹贯有素，何能悉究权舆”[①]。倪一擎为秀才，在浙江仁和地区以诗词为名，不以经史之学见长。想必除了科举所需的四书五经及一些文学典故，其他诸如地理、宫殿、舟车、草木、花果、鸟兽、鳞虫等知识，对倪一擎来说可能显得稍微陌生。因此，为了完成百科全书式的赋题注释，遇到知识盲点时，从类书中转引为最快捷有效的方法。如卷八有“花果”类，倪一擎便大量转引宋代专门记花之类书《全芳备祖》。倪氏转引最多的，是清代两部大型类书《渊鉴类函》与《佩文韵府》，除个别明引，最普遍的是从这两部类书中转引典籍，以致文字与讹误均沿袭

① 杭世骏《赋汇题解叙》，《历代赋学文献辑刊》第200册，第146页。

类书。该情况不胜枚举，以下仅列卷二中的三个例子，分别罗列《赋汇题解》原文、类书原文及典籍原文：

> 《周官》："颍州，其镇山曰嵩高山。"（"嵩山"条）
> 《周官》曰："颍州，其镇山曰嵩高山。"（《渊鉴类函·地部五·嵩高山一》）
> 《周礼》无
>
> 《梦溪笔谈》："《汉书》云：'海旁有蜃气为楼台。'登州海中时有云气，如宫室、台观、人物、车马，历历可见，谓之海市。"（"海市"条）
> 《笔谈》曰："《汉书》云：'海旁有蜃气为楼台。'登州海中时有云气，如宫室、台观、人物、车马，历历可见，谓之海市。"（《渊鉴类函·地部十四·海一》）
> "登州海中时有云气，如宫室、台观、城堞、人物、车马、冠盖，历历可见，谓之海市。"（《梦溪笔谈》卷二一《异事》）
>
> 梁简文帝诗："秋潭渍晚菊，寒井落疏桐。"（"秋潭"条）
> 梁简文帝诗："秋潭渍晚菊，寒井落疏桐。"（《佩文韵府》卷二八之一"秋潭"条）
> 后丁未，（明帝）幸同州，过故宅，赋诗曰："玉烛调秋气，金舆历旧宫。还如过白水，更似入新丰。霜潭清晚菊，寒井落疏桐。举杯延故老，令闻歌大风。"（《周书·明帝纪》）

第一条《周礼》无该句，倪氏从《渊鉴类函》无中生有；第二条《梦溪笔谈》没有征引《汉书》，倪氏从《渊鉴类函》添枝加叶；第三条作者本为周明帝，倪氏从《佩文韵府》张冠李戴。倪氏转引类书，哪怕常见之书亦不加以核对。如卷二"洞庭"条，征引《湘君》一条注文："吴中太湖，一名洞庭；而巴陵之洞庭，亦谓之太湖。"《佩文韵府》中征引仅题一"注"字，未标何人所注。倪氏转引时未加核查，径直题为"王逸注"，实际上该注文为洪兴祖的补注。除了从类书中转引典籍，倪氏还时常从"专科性"文献中转引典籍。如卷二有"地理"类，倪氏常引宋祝穆的《方舆胜览》与宋王象之的《舆地纪胜》，卷七"饮食"类、卷八"草木"类则多引明李时珍《本草纲目》等，或删节文字与这些典籍相同，或引书讹误相同，在此不加列举。

　　通过《赋汇题解》的文本内容来看，由于大量转引类书使得典籍割裂，错误连篇，可算作"剽窃之具"，郑虎文对《赋汇》注解文献的贬斥并非虚言。这些抄撮类书的书籍，虽然受到一些"小夫俗儒"的喜爱，但他们并不代表清代文化的主流，真正的有识之士对这样的书籍并不认可。吴其泰即称:"若注书,必其广邺架,富边筒,繁征博引,考据精详,而后可以为法。否则抄撮类书,不求其源,致使浅学俭腹据之为典,传讹踵谬,贻笑方家。此不惟无益,而反有害也。"①魏茂林亦指出自明代为应试诗赋解题者,便"大抵抄撮类书,转相稗贩,无足引述",并称:"近时坊间所行诗赋题解等书,尤为舛戾,贻误后学不浅,识者当自辨之。"②这些中过进士的文人,个人学识渊博,他们认为编纂注释性质的书籍不应该转引类书,否则对于后学而言不但无益反而有害。故而这些文本质量不高的书籍,虽然在当时可能有些受众,但是很难经过时间的检验流传下来。

余 论

由于《历代赋汇》自身的影响力,使得《历代赋汇》注解文献在乾隆时期颇为盛行。然而乾嘉时期虽然常以《赋汇》命题,但是受《赋汇》本身可能流传受限、试赋多以经史命题、士子应对试赋的现实需要等因素的影响,加之这些文献大多抄撮类书,文本质量不高,以致无论是陈淦《赋汇题注》这样质量较高的,还是倪一擎《赋汇题解》这样质量较差的,均流传不利。但所幸,当前还可见乾隆时期的《赋汇录要笺略》《赋汇题解》及光绪年间的《赋汇题注》。乾隆年间的两部文献被收入由踪凡、郭英德二位先生主编的《历代赋学文献辑刊》中。这些在清代并不受重视的文献,对我们现在学术研究来说却有一定价值。首先,这些文献是《历代赋汇》影响力辐射下的产物,可以根据这些文献编纂、刊刻及流传情况,来进行《历代赋汇》的传播研究。此外,这些文献是清代赋学文献的一部分,对于清代赋学的研究也有重要意义。其次,目前南北朝赋、唐赋、宋赋及明清赋还未有系统的注释本。《赋汇录要笺略》虽仅摘佳句注释,且有些注释过于简略,但是鉴于《历代赋汇》的涵盖范围,《赋汇录要笺略》仍能为我们理解及注释赋文提供重要的参考。最后,自唐代开始试赋以来,赋题便成为试赋之眼,洞晓赋题来源,便能把握一篇赋作之旨。我们并非清代馆阁文臣那样的饱学之士,理解古代赋题面临诸多困难。《赋汇题解》等题注类著作虽然因转引类书而多有讹误,但是当代古籍检索技术发达,题注类文献恰好能为我们提供索骥之图,有助于我们更好地理解赋题。

(董龙光,首都师范大学文学院博士研究生。)

---

① 吴其泰《国朝三十五科同馆诗赋解题序》,《国朝同馆诗赋解题》,清道光二十九年(1849)有不为斋刻本,第 1a 页。
② 魏茂林《国朝三十五科同馆诗赋解题·凡例》,《国朝同馆诗赋解题》,第 1a 页。

"汉赋四大家"考论

王飞阳

内容提要："汉赋四大家"，其来尚矣。始于左思对"夸虚"的指摘，刘勰本之，是说日衍。随着汉赋经典化，四大家并举渐成风行之势。逮及清代，已近常谈，论者多目扬、马、班、张为赋之典范。然迟至民国，"汉赋四大家"之名方为定型。20世纪八九十年代，借赋学专著风行学界，遂约定俗成，而为专业术语。关于"四大家"的论评，也发生"由贬到褒"的转圜。"汉赋四大家"不仅是一个称名问题，寻其奥府，则可窥四大家的经典属性在于大家气度、学问博通、凭虚之妙。四大家不仅为作赋提供范式，还为赋学理论奠定基础，二者并彰，遂有可具审视的赋学意义。

关键词：汉赋四大家　司马相如　扬雄　班固　张衡

文学史上，"四大家"之说屡见不鲜，名著者如"元曲四大家""晚清四大家""新派武侠四大家""南宋中兴四大家""汉赋四大家"等。而所谓"汉赋四大家"，即司马相如、扬雄、班固、张衡四人[1]。目前学界普遍认同"汉赋四大家"的说法，并无太多争议。然风行既久，司空见惯，故缺乏"溯源"的考量。其实，汉赋名家颇多，刘勰所云"凡此十家，并辞赋之英杰也"[2]，汉人独占八席，包括枚乘、司马相如、贾谊、王褒、扬雄、班固、张衡、王延寿。由"八家英杰"衍为"汉赋四大家"，无疑是在不断建构的过程中实现的。与之而来，四大家的经典性何在？为何能够脱颖而出？而标举"汉赋四大家"的赋学意义在哪？是否可以成立？这都是需要进一步探讨的问题。

一、"汉赋四大家"的源流考述

寻绎文献，"汉赋四大家"之说源自对四大家"夸虚"的指谪。较早者如左思《三都赋》

---

[1]　按：关于扬雄名字写法，本文概使用"扬雄"，若引用材料使用"杨雄"，则依照原文。
[2]　刘勰著，范文澜注《文心雕龙注》，人民文学出版社1958年版，第135页。

序云："然相如赋《上林》而引卢橘夏熟,杨雄赋《甘泉》而陈玉树青葱,班固赋《西都》而叹以出比目,张衡赋《西京》而述以游海若。假称珍怪,以为润色,若斯之类,匪啻于兹。"①左思去汉未远,作赋主张"征实",与汉赋"凭虚"本色不侔②。此处四大家绝非典范圭臬,而是作为"虚而无征"的斥责对象。然其只言及相如、扬雄、班固、张衡,显然视四人为汉赋的代表,这是"汉赋四大家"之说的厥初所在。后刘勰《夸饰》本左思之见,亦举扬、马、班、张,"相如凭风,诡滥愈甚。故上林之馆,奔星与宛虹入轩;从禽之盛,飞廉与鹩鹓俱获。及扬雄《甘泉》,酌其余波,语瑰奇,则假珍于玉树,言峻极,则颠坠于鬼神。至《东都》之比目,《西京》之海若,验理则理无不验,穷饰则饰犹未穷矣"③。刘勰虽认扬、马、班、张为辞赋英杰,然也指出诡滥夸饰是其瑕疵。可见,"汉赋四大家"起初并非誉名,而是负面典型。然随着汉赋渐成经典,"汉赋四大家"之说也由雏形而成风行之势。及至清代,四大家并举已近常谈,而扬、马、班、张多被目为赋家之模范。

南宋林光朝始推尊"赋圣",其云:"司马相如赋之圣者。扬子云、班孟坚只填得他腔子,如何得似他自在流出?左太冲、张平子竭尽气力又更不及。"④林氏特尊司马相如,认为扬雄、班固无法项背,张衡、左思更是不如。汉代赋家实夥,而引扬雄、班固、张衡与相如相比,自然也是强调汉代赋家以此四人为佳。林氏此说见于《朱子语类》,影响颇大,广为引用,后世如祝尧、王世贞、王之绩等,皆引其说。故"赋圣"说因之而成讨论的热点,而扬、马、班、张并举也成为主流之声。清人焦循云"汉之赋,周秦所无,故司马相如、扬雄、班固、张衡为四百年作者"⑤,此说流传甚广。所谓四百年作者,即"一代之胜",汉代赋家当以扬、马、班、张为冠。与左思、刘勰指瑕不同,焦循全然称颂,"汉赋四大家"的风评发生了巨大的反转。路德《关中书院课士诗赋序》云:"但欲使学者披览是编,识其门径,由试律而溯唐诗,由唐诗而溯曹、刘、鲍、谢,由律赋而溯徐、庾,由徐、庾而溯扬、马、班、张,又上溯屈、宋,又上而溯三百,则诗赋之道,且汇而为一,风雅颂之情皆可得而见也。"⑥路德此序,用意是在告诫士子诗赋之道要由试律入门,渐由律溯古,取法经典,方能汇而为一,自成一家。文学史上的溯源之路,其实就是追慕典范。《诗经》被奉为独尊,不仅是诗之经典,也是辞赋宗祖。然就赋而言,唐宋律赋为下,徐、庾为六朝骈赋代表,扬、马、班、张自是汉赋

① 萧统编,李善注《文选》,中华书局 1977 年版,第 74 页。
② 易闻晓《汉赋"凭虚"论》,《文艺研究》2012 年第 12 期。
③ 《文心雕龙注》,第 608—609 页。
④ 黎靖德编,王星贤点校《朱子语类》,中华书局 1994 年版,第 3300 页。
⑤ 焦循《易余籥录》卷十五,清光绪十二年(1886)刻本。
⑥ 路德《关中书院课士赋》,踪凡、郭英德主编《历代赋学文献辑刊》第 79 册,国家图书馆出版社 2017 年版,第 10—11 页。

模范。曾国藩晚年感叹"余近年最好扬、马、班、张之赋,未能回环朗诵,偶一诵读,如逢故人,易于熟洽"①,如逢故人,乃神往之交,显然是心慕汉赋四大家。而在《文选》的论评中,清人多并举扬、马、班、张,树为赋家圭臬。如钱陆灿评《景福殿赋》"此二赋俱可删,或存《灵光》一作。较诸马、班、扬、张诸公,觉可厌之甚"②,虽言过激切,然推尊汉赋四大家之心昭然可见。又如洪若皋评《魏都赋》"至其灵秀之笔,隽逸之气,思若洪河奔涌,致如孤岛竦峙,真可追扬、马、班、张之辙,而开徐、庾、鲍、谢之先"③,无疑也是以扬、马、班、张为赋家法式。

自左思、刘勰迄至清人,虽已并提扬、马、班、张,然并未直接提出"汉赋四大家"之名。"汉赋四大家"的称号成于民国,较早见于陈子展先生的《中国文学史讲话》,其于第二章第五节"赋与散文"云:"汉赋直接继承了楚辞的伟业,在文坛上握有将近四百年的权威,出了无数个的赋家,作了无数篇的赋。可是存留下来的赋,篇数很少,价值也很微。就是司马相如、扬雄、班固、张衡四大赋家的作品,现在看来也很少有文学的价值。"④陈先生所云"无数个",略有夸大,对汉赋的整体评价也不高,然却明确扬、马、班、张为"汉赋四大家"。是书出版于1933年,借于陈先生学名,影响较大。中华人民共和国成立后,北京大学中文系文学专门化1955级集体编著《中国文学史》于第四章"汉赋的产生及其代表作品"仅列举司马相如、班固、张衡、扬雄之赋,认为"内容极其空洞枯燥、虚伪造作,缺乏感情,缺乏现实生活真实的反映。这类作品以司马相如的《子虚赋》《上林赋》,班固的《两都赋》,张衡的《两京赋》为代表……汉代另一大赋家扬雄,著作虽多,但均系模拟他人之作"⑤。是书虽未标明"汉赋四大家",然以扬、马、班、张为汉赋代表,无疑也是承认四大赋家的事实。限于特殊的时代背景,论者对汉赋多有微辞,亦累及四大赋家的声名。"汉赋四大家"之说,并未真正风行。迨至20世纪八九十年代,随着汉赋研究热潮的到来,"汉赋四大家"才成为学界通行的术语名词。

启之先者,如曹道衡先生《汉魏六朝辞赋》第一章"赋的起源和发展"云"继司马相如、扬雄之后,大赋仍不断出现。在东汉,最著名的当推班固的《两都赋》和张衡的《二京赋》"⑥,视扬、马、班、张为汉大赋的表率。而一提起汉赋,首先必然想到大赋,换言之,"大赋四大家"就是"汉赋四大家"。又如龚克昌先生《全汉赋评注》序言就《夸饰》篇云"刘勰这

---

① 曾国藩《曾文正公全集·求阙斋日记类钞》第15册,同心出版社2014年版,第302页。
② 赵俊玲辑著《文选汇评》,凤凰出版社2017年版,第283页。
③ 《文选汇评》,第153页。
④ 陈子展《中国文学史讲话》,北新书局1933年版,第100页。
⑤ 北京大学中文系文学专门化1955级集体编著《中国文学史》,人民文学出版社1958年版,第113—114页。
⑥ 曹道衡《汉魏六朝辞赋》,上海古籍出版社2011年版,第25页。

里所批论的无非是汉四大赋家赋作中出现了一些极度夸张的事例,或写了一些无法检验的神物"①,也是接受"汉赋四大家"的观点。其实早在《汉赋研究》中,龚先生就已表达了相似的看法,"据此他接着尖锐地抨击了相如、扬雄、班固、张衡等四大赋家描写的失实"②,这里是本诸左思《三都赋序》而论,同样采用"汉赋四大家"的说法。作为治赋的先驱前辈,曹、龚先生之见深入人心,流传甚广。姜书阁《汉赋通义》小引云"而一言汉赋,则又无不以司马相如、扬雄、班固、张衡等少数大家及其少数几篇著名的'大赋'为代表"③,足见"汉赋四大家"之说的盛行程度。"汉赋四大家"通行既久,渐约定俗成,遂成为学界公认的专业术语。

由上可见,"汉赋四大家"其来也旧。最初是扬、马、班、张四家并举,后于民国初步定型,20世纪八九十年代借研究著述之潮而风行学界。而关于"汉赋四大家"的评价,也经历了"褒贬"的反复转圜。然既成固定术语,就应该思考"汉赋四大家"的经典性何在,为何能够历经千年而成为汉赋的楷模。

二、"汉赋四大家"的经典属性

四大家的经典属性,首先在于"大"。此中"大"字,即与大赋相系。"大"不仅在于鸿篇巨制,更在于其中大国精神。程章灿云"汉人的行事作风,无不透着壮阔豪迈的大家气度"④,这种大家气度,源自大汉之盛。"国无强文,德暗不彰"⑤,而赋体的特质本色就在于铺写敷陈、摛文镂藻,最宜歌功颂德、润色鸿业。《子虚》《上林》《甘泉》《羽猎》《两都》《二京》诸作,皆为骋辞大赋之典范,充分彰显汉人"以大为美"的豪迈精神。

司马相如《子虚》《上林》以齐楚为宾,相互博弈,进而凸显天子的权威。而博弈的起点,便是着眼于"大"。楚使子虚夸云梦方九百里,不过楚泽特小小耳者。齐乌有先生不以为然,言齐之地若吞云梦者,八九于其胸中曾不蒂芥。后亡是公听然而笑,以齐楚之事何足道哉,地方不过千里,岂可与天子上林相提并论。因夸地大,故铺陈山水,罗列众物,苞括天下,此二赋大气磅礴,暗合武帝雄心,故能见赏。扬雄《甘泉赋》乃奉诏而作,述郊祀甘泉泰畤之事,极致铺陈甘泉宫之壮观,宛如置身仙境,赋末颂扬大汉王朝绵长无极,字里行间洋溢自信恢宏之气。《羽猎赋》亦是奉命而作,虽有讽谏之意,然重心仍是铺陈羽猎过

---

① 龚克昌评注《全汉赋评注》序言,花山文艺出版社2003年版,第33—34页。
② 龚克昌《汉赋研究》,山东文艺出版社1990年版,第17页。
③ 姜书阁《汉赋通义》,齐鲁书社1989年版,第5页。
④ 程章灿《汉赋揽胜》,上海古籍出版社1995年版,第24页。
⑤ 黄晖撰《论衡校释》,中华书局1990年版,第854页。

程,展示大汉雄风,甚而不屑羲农,何啻三五!班固《两都赋》因论都而作,主张东都洛阳,反对仍都长安。赋中先借西都宾之口,着力铺陈长安形势险要、物产富庶、宫廷华丽,后由东都主人形容东都洛阳的政治举措,亦是铺张无比。虽主旨"扬东抑西",然骋辞华丽,切实呈现了大汉两都的壮丽风貌。张衡《二京赋》乃拟《两都赋》而作,然规模远过之。构思十年,创汉大赋"长篇之最"。虽讽喻色彩浓郁,然写法上亦是以敷陈为主,赋中地理形胜、宫殿朝堂、飞禽走兽、奇花异草、歌舞丝竹、神灵仙人、狩猎嬉戏,不一而足,难以尽列。辞藻之富丽,仍是为了弘扬大汉之德馨。大赋敷写,"正有宇宙之大、人物之盛,正如司马迁《史记》之作,以'究天人之际,通古今之变',非有大汉帝国的恢弘气度,并皆不能为之"①。扬、马、班、张之所以被誉为"汉赋四大家",根本在于他们的胸襟至大,笔力至强,气势至盛,昂扬着一种大国情怀。刘勰所举"辞赋英杰",王褒、贾谊并无大赋存世,所作骚赋旨在言情寓志。而枚乘《七发》、王延寿《鲁灵光殿赋》,一为劝谕太子,一是就殿铺写,虽为大赋,辞藻华丽,然其中的大国气度、自信豪迈终不及四大家。

其次,四大家的经典属性在于学问博通。史书载相如"蜀本无学士,文翁遣相如东受七经,还教吏民,于是蜀学比于齐、鲁"②;扬雄"少而好学……博览无所不见"③;班固"永平中为郎,典校秘书,专笃志于博学"④;张衡"少善属文,游于三辅,因入京师,观太学,遂通五经,贯六艺……善机巧,尤致思于天文、阴阳、历算"⑤。四大家好学贵览,足见博学。谢榛云:"汉人作赋,必读万卷书,以养胸次。《离骚》为主,《山海经》《舆地志》《尔雅》诸书为辅。又必精于六书,识所从来,自能作用。"⑥学博必须博览,更要以小学为基础。汉赋四大家中皆有小学著作,相如作《凡将篇》,扬雄著《训纂篇》,班固续《训纂》,张衡撰《周官训诂》。识字之所由来,乃是一种学问,而识字多,便是学问大。四大家能著字书,自是博学的表现。汉继亡秦,进一步推行"书同文"。终汉之世,朝廷一直致力于文字的收集、整理、普及,甚而选官亦以识字为准。"能讽书九千字以上,乃得为史。又以六体试之,课最者以为尚书、御史、史书令史。"⑦同时汉代崇尚经学,经学之于辞章的影响除讲求讽喻之旨,更在于滋养尚学的风气。四大家学养之渊深,可作汉代赋家的代表。

作赋最需学问,而赋中学问主要体现在:博物取资、字词繁难。四大家赋中有数不尽

① 易闻晓《论汉代赋颂文体的交越互用》,《文学评论》2012年第1期。
② 陈寿著,裴松之注《三国志》,中华书局1959年版,第973页。
③ 班固《汉书》,中华书局1962年版,第3514页。
④ 《汉书》,第4225页。
⑤ 范晔《后汉书》,中华书局1965年版,第1897页。
⑥ 谢榛《四溟诗话》,丁福保辑《历代诗话续编》,中华书局1983年版,第1175页。
⑦ 《汉书》,第1721页。

的名物,如相如笔下的上林苑中,各类珍禽奇兽、花卉草木、车马兵旗、台榭山水、粉黛衣食,举之不尽。仅就狩猎之物而言,就有貔豹、豺狼、熊罴、墼羊、鹠苏、白虎、墼马、蜚廉、獬豸、虾蛤、猛氏、騕裹、封豕、白鹿、狡兔、游枭、蜚虡、玄鹤、昆鸡、孔鸾、骏鶲、鹭鸟、凤凰、鹓鸰、焦明,物类聚合,宛如皇家动物园。而且每一类名物都广泛搜罗,同旁联贯,前后相从。如《上林赋》写马"騊駼橐驼,蚩蚩驒騱,駃騠驴骡",马字旁 9 个,一字即一物,各不相同。而"橐驼"即为"骆驼",从"马",《说文》谓"骆,马白色黑鬣尾也"①;"蚩蚩"出自《山海经·海外北经》,"有素兽焉,状如马,名曰蚩蚩"②,亦可视为马之一种。可见相如写马是由"马"字类推,穷搜冥想,聚物以类,展示知识和学问。张衡《西京赋》写鱼"鳣鲤鲂鮂,鲉鲵鳢鲨",班固《西都赋》写鸟"玄鹤白鹭,黄鹄鸈鹳,鸧鸹鸧鸹,凫鹥鸿雁",同样也是铺排名物,以见博物之广,识字之众。而因字无常检,古文、奇字、篆书、隶书、缪篆、虫书的遗存,反而成为赋家选字、堆砌名物、排比形容的文字渊薮③,留予临文造字的广阔空间。扬雄好用奇字,其《蜀都赋》写山多用僻字,如"岸石㠊崔""嵼嵼嶵巍""崼峱""崔崒崛崎""嶋岘""岍峵崫岢",这些字罕见典籍,实乃扬雄自创,以致注家无法释义,仅以"未详"勉为注。至于赋中的联绵字,或本于音义形变,或仍其声韵以变形义,或转音以变形义④,比比皆是,难以尽列。论者或嗤鄙佶屈聱牙,殊不知赋家用字之苦心。若不如此,何以出众,何以见赏,何以炫学?郑珍云"杨、马、班、张皆能洞见字原,出于其手者,形体音义吻合六书,古意斑驳"⑤,才是探本之论。四大家赋中的"古意"实由字生,后世文字趋简,古意渐消。章太炎云"小学亡而赋不作"⑥,切实指出小学之于作赋的重要性。赋和小学的渊源,要在学问相系。曾国藩在家训中屡番叮嘱"以精确之训诂,作古茂之文章",其论赋也是以小学为本,强调学问⑦。赋中的名物、僻字以及天文、地理、山川、舆志、神话、历史诸多知识,要求赋家须有充足的学问体量。获取这些知识在今天不为难事,但在书籍流通不便的西汉,却需要机遇。四大家都曾供职汉廷,得以广泛涉猎,遍览群书,遂能成为一代学问大家。陈继儒《林茂之赋草序》云"赋有赋学。六朝人不以学为赋,而为文,故其文耦。宋人不以学为赋,而为诗,故其诗实。学问用之赋中,较是本色"⑧,甚有见地。汉赋四大家用学于赋,故能成为赋史上不衰的经典。

① 许慎《说文解字》,中华书局 1963 年版,第 199 页。
② 袁珂校注《山海经校注》,上海古籍出版社 1980 年版,第 246—247 页。
③ 易闻晓《汉赋为"学"论》,《中山大学学报》2018 年第 6 期。
④ 易闻晓《辞赋联绵字的语用考述》,《南京大学学报》2016 年第 1 期。
⑤ 王锳、袁本良点校《郑珍集·小学》,贵州人民出版社 2002 年版,第 381—382 页。
⑥ 章太炎《国故论衡》,商务印书馆 2017 年版,第 129 页。
⑦ 王飞阳《小学为本,经世为用:曾国藩的赋论思想》,《船山学刊》2022 年第 6 期。
⑧ 林古度《林茂之赋草》,《清代诗文集汇编》第 1 册,上海古籍出版社 2010 年版,第 98 页。

四大家并举,还有一个经典属性是"凭虚"。汉大赋多假设问对,《子虚上林赋》之"子虚乌有""亡是公",《长杨赋》之"子墨客卿""翰林主人",《两都赋》之"西都宾""东都主人",《二京赋》之"凭虚公子""安处先生",都是虚托之辞,可谓"凭虚"的直接表征。左思、刘勰注目赋中名物有无、言语夸饰发论,以虚为卑,以实为贵。后世论者惯从大赋内容真假考辨,崇实抑虚十分明显。汉赋四大家或被斥责,皆是以"虚辞滥说""侈言无验""不周于用"落人口实。然此见当有偏颇之处,汉大赋本貌即是"虚实相济",这是大赋的体制要求,鸿篇巨制必然要求广阔的铺陈空间,泛搜异物,不避虚实。同时大赋凭虚也契合赋家的恢宏气度,适宜润色鸿业的时代需要①。

当然也有评家跳脱"内容"维度,转以强调法度,论赋之"虚实"注目用笔、构象、布置诸端,反而"崇虚抑实",肯定四大家的"凭虚"本色。鲍桂星评《两都赋》云"《西都》实,《东都》虚,看其布置之妙"②。所谓"《西都》实,《东都》虚",并非指《西都》写实多,《东都》凭虚多,而是说写《西都》以正面落笔为主,夸饰西宾侈靡淫佚;写《东都》则以侧面描写为主,折以东主返璞还醇。两篇比照,以《西都》实衬《东都》虚,从而达到"讽西都,颂东都"的目的,此鲍桂星所谓"东西合勘,精采百倍,气象万千"③。《两都赋》因先预设主旨,为东都洛阳宣扬,故于结构布局必然采取抑"西"扬"东",然具体行文并非直接颂美东都,而是以西都之奢靡反衬东都之合度,此正是两都虚实之别,亦是布置的妙处所在。刘熙载云:"相如一切文,皆善于驾虚行危。其赋既会造出奇怪,又会撇入窅冥,所谓'似不从人间来者'此也。至模山范水,犹其末事。"④相如之赋,多有奇怪之物、窅冥之事,这是无法讳言的事实。而在刘熙载看来,相如之所以有"神化"的本领,便于能够驾虚行危,把诸多虚无施于笔下,运法得当,而有变化莫测,不似从人间来的效果。至于模山范水,倒在其次,反成末事。凭虚非但不是"罪过",而是超神入化的绝技。清人赵炳评点王鏊《觭梦赋》,视梦为有无之间,不可谓之有,不可谓之无,而比之虚实。"由其实者言之,拟之《两京》《三都》《上林》《长杨》而不尽;由其虚者言之,拟之子虚、乌有先生、无是公而不尽。"⑤赋固兼虚实,虚实之功用不应囿于内容的较真,还应体现在法度的讲求,譬之若梦,正因有无难分,才显意蕴不尽。当然,无论是以内容维度,还是以法度标尺,均可证实赋有"凭虚"一面,而这正是汉赋四大家的本色彰显。

①　易闻晓《汉赋"凭虚"论》,《文艺研究》2012年第12期。
②　鲍桂星《赋则》,《历代赋学文献辑刊》第69册,第37页。
③　鲍桂星《赋则》,《历代赋学文献辑刊》第69册,第42页。
④　刘熙载《艺概·赋概》,上海古籍出版社1978年版,第92页。
⑤　王鏊《大愚集》,《清代诗文集汇编》第24册,第479页。

三、"汉赋四大家"的赋学意义

在回答"汉赋四大家"的赋学意义之前,需要思考这个命题能否成立? 文学史虽有诸多"四大家"之说,但其中也有一些概念含混,存在争议。如"元曲四大家",或以为关汉卿、马致远、郑光祖、白朴,或以为王实甫、马致远、郑光祖、白朴,或以为王实甫、关汉卿、马致远、郑光祖,说法不一,故聚讼纷纭,难有公论。甚而以为"元曲四大家"并不足以代表一代元曲,并提"元曲六大家",可见争执纷扰不断①。而争执之由,是在于对于各家的成就和地位看法不一。"汉赋四大家"虽成型较晚,然每提及汉大赋作家,总以司马相如、扬雄、班固、张衡并举,并无异议。汉代赋家虽多,但无疑四大家的成就是最高的。"汉赋四大家"在文学史上,绝对是一个被公认且广泛接受的说法,相信是可以成立的。一个文学经典的确立,往往需要依托选本的介入,如"唐宋八大家"的名号便是借《唐宋八大家文钞》而风行士林。但专收"汉赋四大家"作品的选本,寓目的仅有清钞本《两汉赋钞》(南京图书馆藏),收录《子虚赋》《上林赋》《羽猎赋》《长杨赋》《两都赋》《二京赋》八篇大赋,然未冠"汉赋四大家"的头衔。《两汉赋钞》体量有限,久在秘阁,故未风行,流传不远。可见"汉赋四大家"并非依托选本而约定俗成,而是根源四大家的经典属性,并借由民国以来的赋学专著风靡学界。"汉赋四大家"并论,遂有可具审视的赋学意义。

首先,"汉赋四大家"为赋体创作提供范式。整体而言,四大家既是汉大赋的典范,也是后世大赋创作的典范。论者每言及四大家,无论褒贬,都是视为大赋的代表。大赋的特征是大题巨制、空间广阔、叙物为主、不尚抒情、铺陈到底、多用散语②。于此,四大家可谓做到了极致。四大家大赋作品或写狩猎,或写郊祀,或写宫殿,或写京都,皆是大题,篇幅巨广,结构宏大,开后世大赋创作之先河。至于假设问对,虚拟人物,则是赋家习用的模式。而在铺陈上,以写物为主,类聚组合单个物类,兼以夸饰形容,散语铺排,杂以韵语,极声貌以穷文,亦多为后世祖述。许结云"司马相如、扬雄、班固、张衡被后世称为'汉赋四大家',他们有多篇代表性的名篇传世,乃汉大赋的最高成就者"③,庶几近于事实。"汉赋四大家"不只是一个称名问题,而是具有经典性的示范意义。在数千年的赋史长河中,只此一例。

就个人来说,四大家均有各自的特色和造诣,示予后世学赋津梁。司马相如既为"一

---

① 参看赵建坤《"元曲四大家":一个亟待梳理的含混概念》,《兰州学刊》2012 年第 6 期。
② 参见易闻晓《赋体演变的句式考察》,《湖南大学学报》2021 年第 1 期。
③ 许结《汉赋:极具中国特色的赋体巅峰之作》,《中国民族》2022 年第 2 期。

代辞宗",也是"千古赋圣",其赋无法可循,神化所致,最傲人之处在于其中的纵横之气,磅礴无匹。陈去病评《子虚》《上林》二赋云"浩气内转,精光外溢,譬之长江巨河,大波堆银,细浪喷雪,心骇目惊,莫可名状,千里一曲,自成波澜,特人不见耳"[1],可谓眼光独到。正因为这种难以项背的气势,相如辞章遂成为永恒的经典。而相如的人生际遇,也为历代文人所歆羡。相如辞章为赋学典范,而其人也为文人典范。扬雄虽拟相如,且因仕莽而被诬名,然其"四大赋"亦足永留青史。不同于相如"才子型文人",扬雄乃是"学者型文人",其作赋以事实为本,议论为用,征引《诗》《书》,虽具体铺陈仍有凭虚,然已启大赋征实的转向[2]。后世多以"扬马"并提,然就学赋而言,相如无迹可循,诚不易学,倒是扬雄施以学问,讲究法度,给予大赋创作更为久远的影响。班固则是京都赋的"大纛",洵是开山祖师,《文选》置《两都赋》于首,可见一斑。赋中"抑此扬彼"的写法,讽意少颂意多,直开大赋新貌。至于"赋后系颂,颂后系诗,又创一格"[3]。姚文田谓《两都赋》:"此大赋式也。《西都》全首是开,《东都》逐层作合。《西都》'穷泰极侈'一句,是通篇之骨。首二节尚是叙汉定都,下乃论次城郭郊邑、山川物产,以及宫室田猎,穷极铺张,全是为《东都》作势,故无一字滞相。《东都》言举其大,有典有则,煌煌大文,至其大纲细目,一丝不乱,则文章规矩备矣,不独为学赋之津梁也。"[4]大赋至班固手里,法度益备,启予创作无数之法门,故多为模拟。张衡《二京赋》便是仿《两都赋》而成,然其篇幅愈广,结构愈密,渲染愈过,视野愈阔。而在铺写名物方面,兼及民情风俗、游侠豪士,尤以百戏绘声绘色,动人耳目,赋予大赋新的蜕变,开创汉大赋长篇之极致。洪若皋评《二京赋》云:"观其位置缜密,铺张博丽,灵幻之气,奇崛之词,光焰时在楮墨间。至跌宕敲击处,机锋相触,而语句自然如波纹细动,天趣浑成,无锻炼雕琢之迹。盖刺生于朴,奇生于厚,艳生于质,自非深得《两都》之神者,何能有此? 大抵平子善于仿古,《二京》仿孟坚,而《四愁》又仿屈原,俱称千古绝唱也。"[5]平子淹通,虑周藻密,构思十载,故能自出机杼,此所谓拟议以成其变化者也。

其次,"汉赋四大家"为赋学理论奠定基础。因为精于创作,四大家对赋体有清醒的认知,二者相辅相成,故而在理论上也启人之先,泽被深远。司马相如论作赋之法,而有"赋迹""赋心"之论[6]。《西京杂记》载牂柯名士盛览尝问赋于相如,相如答曰:"合綦组以成

---

① 陈去病《辞赋学纲要》,国光书局1927年版,第78页。
② 易闻晓《论扬雄与汉大赋的转向》,《复旦学报》2018年第6期。
③ 鲁琢《赋学正体》,《历代赋学文献辑刊》第47册,第188页。
④ 姚文田《赋法》,《历代赋学文献辑刊》第60册,第408页。
⑤ 洪若皋《梁昭明文选越裁》,《四库全书存目丛书》第287册,齐鲁书社1997年版,第718页。
⑥ 按:或认为"赋心"之说乃魏晋人所伪托,参见陶慧《"赋迹""赋心"说涵义新探》,《文艺理论研究》2017年第4期。然证据未足,我们有理由相信这非赝说,因为这符合相如的精神气度。

文,列锦绣而为质,一经一纬,一宫一商,此赋之迹也。赋家之心,苞括宇宙,总览人物,斯乃得之于内,不可得而传。"①綦组成文,锦绣为质,是赋之丽藻;一经一纬,是赋之结构;一宫一商,是赋之声调。凡此皆是着眼赋之"外形",因貌可循故有迹,此所谓"赋迹"。赋心则是赋之"内在",其大无垠,故能囊括所有。然心无迹可循,故不可得而传。作赋不能徒有形貌,更重要的乃在于其中的才学和精神。相如此说,最得赋家三昧,其赋"神化所致",故其论亦博大缥缈,无怪乎盛览惭而退,终身不复敢言作赋之心。此论精简,意蕴无穷,加上传自相如之口,故为后世广泛认同。如王世贞云"作赋之法,已尽长卿数语,大抵须包蓄千古之材,牢笼宇宙之态"②;程廷祚亦云"长卿天纵绮丽,质有其文,心迹之论,赋家之准绳也"③。寥寥数语,却成为作赋之圭臬,可见相如影响力之大。

扬雄论赋之功用,而有"雕虫"之论。《法言·吾子》云:"或问:'吾子少而好赋。'曰:'然。童子雕虫篆刻。'俄而,曰:'壮夫不为也。'"④扬雄之所以视赋为雕虫篆刻,是因为其认为赋颂多讽少,无补于讽谏。所谓"或曰:'赋可以讽乎?'曰:'讽乎! 讽则已,不已,吾恐不免于劝也。'"⑤自此论出,后世祖述不断,"劝百讽一"遂成为汉大赋乃至汉赋的标签。吴肃公《梅元直字说》云:"赋之为艺始于汉,相如《上林》《子虚》,无当于学问,且讽一而劝百,吾无取焉。……生即掇取贵显,亦为有用之学,敷陈正直,毋徒为相如词赋之学而已哉。"⑥论相如赋无当于学问,言过其实。然汉大赋确是"劝百讽一",因大赋体制在于铺陈,宜于颂扬,赋体颂用,这应当也是有用之学。只是汉儒执于讽谏,强以赋体为刺,胡可得哉! 而且这种"重讽轻颂"的观念一直延续,甚而转以评价历代赋。施补华《拟白香山赋赋》云:"古人作赋,莫不有所讽托。言在此意在彼,似美而实刺,似夺而实予,故能为三百篇之苗裔。屈原、宋玉、司马相如、扬雄之徒,皆识此意。东京以降,竞尚词华而讽托少。齐梁之间,君臣上下务为侧艳之体,其词淫以哀,其志弛以肆,为赋之大衰。才如庾兰成,无以正之。唐以赋取士,其制日工,而古人讽托之意,识之者盖少。"⑦在"劝百讽一"的视域下,论赋惟重讽谏,若无讽谏,则无价值。赋体等于"雕虫",或有"赋亡"之说,逻辑在此。循流溯源,扬雄可谓"始作俑者"。

班固论赋之原始,而有"诗源"之论。《两都赋序》云"或曰:赋者,古诗之流也"⑧,直

---

① 葛洪《西京杂记》,中华书局 1985 年版,第 12 页。
② 王世贞著,罗仲鼎校注《艺苑卮言校注》,齐鲁书社 1992 年版,第 31 页。
③ 程廷祚《青溪集》,黄山书社 2004 年版,第 67 页。
④⑤ 汪荣宝撰,陈仲夫点校《法言义疏》,中华书局 1987 年版,第 45 页。
⑥ 吴肃公《街南续集》,《清代诗文集汇编》第 101 册,第 203 页。
⑦ 马积高主编《历代辞赋总汇》第 18 册,湖南文艺出版社 2014 年版,第 18111 页。
⑧ 《文选》,第 21 页。

开"赋源诗说"。其实,赋体与诗体迥殊,赋体厥初,源自屈辞,成之宋玉,当是更为精确的判断①。班固假托"或曰",便是不敢断言的明证。稽之史籍,在班固之前无只字片语言及"赋自诗出",其所云"古诗之流",乃着眼雅颂之亚,强调赋之功用,"或以抒下情而通讽谕,或以宣上德而尽忠孝"②,旨在为赋体正名。在"劝百讽一"的话语下,赋体处境岌岌可危。班固兼词臣、儒者两重身份,迫于舆论的压力,只能将"赋"攀附于经学,试图提高赋的地位,以期与《诗》平等。除外,班固也有重建乐府礼制、企图以"汉赋"取代"周诗"、彪炳大汉文章的雄心③,然其初衷绝非视赋为诗之苗裔。后世却曲解班固原意,坚定赋自诗出。或依赋本六义之一,或将赋之内容牵合风雅颂,或从赋之题材溯源,或认赋之诵源自诗之歌,或论赋主情以合诗心,牵强附说,似是而非。直至今日,"赋源诗说"仍是赋源论的主流声音。班氏此说,真可谓"衣被辞人,非百代也"。

张衡虽没有直接论赋的言语,然其赋作却透露一定的赋学观念。《东京赋》云:"坚冰作于履霜,寻木起于蘗栽。昧旦丕显,后世犹怠。况初制于甚泰,服者焉能改裁。故相如壮上林之观,扬雄骋羽猎之辞。虽系以隤墙填堑,乱以收置解罘,卒无补于风规,祇以昭其愆尤。"④无疑,张衡是反对"劝百讽一",而主张用赋讽谏。《二京赋》较之《两都赋》《羽猎赋》《上林赋》,讽意尤重。又如《西京赋》写到"卫后兴于鬓发,飞燕宠于体轻。尔乃逞志究欲,穷身极娱。鉴戒《唐诗》,他人是偷"⑤,暗指武帝、成帝耽于美色,穷奢极欲,寓意深矣。张衡少游太学,通习五经,熟谙六艺,儒家"美刺"观念深烙其心。逮至东汉中叶,大汉之盛一去不返,社会弊病丛生,故坚守立赋之本,寄讽于赋。

由上可知,四大家论汉赋,涉及赋论诸多方面。既有对赋旨"讽谕"的强调,也有对赋源自诗的叙说,同时还有对赋体创作的感悟。而"劝百讽一""古诗之流""赋心赋迹"之说,则是论赋的核心问题,也是后世治赋者绕不开的话题。其论虽简,然愈久弥深。"汉赋四大家"为作赋范式,乃是后世建构的结果。然论赋精微,则是自身对赋体的考量。二者并彰,递相祖述,遂呈现出巨大的赋学意义。"汉赋四大家"绝不只是一个称名问题,而是具有深厚的历史脉络,寻其奥府,才能凸显四大家的经典属性。

(王飞阳,贵州师范大学文学院博士研究生,发表过论文《翰林院与科举的双向互动》等。)

① 参见易闻晓《楚辞与汉代骚体赋流变》,《武汉大学学报》2020 年第 2 期。

② 《文选》,第 21 页。

③ 参见蒋晓光《思想史视阈下的"赋者古诗之流"》,《四川师范大学学报》2019 年第 6 期。

④ 《文选》,第 67 页。

⑤ 《文选》,第 49—50 页。

汉代赋家籍贯分布与流变的状态及其原因[*]

邓　稳

内容摘要：通过汉初至武帝、宣帝至西汉末、东汉、建安四个阶段赋家籍贯在中国十二个文化区的分布及其原因的探讨，不仅可以构建赋体文学在汉代版图的传播面貌，还可以从侧面反映中华民族大一统的进展过程及其影响因素。

关键词：汉代　赋家籍贯　分布与流变

在不同的时间段，汉代赋家籍贯分布的范围及其流变的原因并不相同，需要区别考虑。首先，可以根据汉赋是否形成与定型分为武帝之前与之后两个时期：武帝之前，汉赋尚未形成与定型，赋家籍贯分布受学习作赋的条件影响较大；武帝之后，汉赋已经定型，且有赋文本传播，学习赋作变得愈加容易且方便，赋家籍贯分布受其他因素的影响较大，但原因是多方面的。其次，两汉东西京的变迁带来政治中心的转移，从而使创作中心地发生变更，故而可以分西汉（宣帝至西汉末）、东汉两个时段讨论赋家籍贯分布形成的面貌与原因。再次，建安二十五年（220）各地割据势力虽有称汉皇为共主的假象，实则各自为政分别采用不同的文化政策，形成了不同的政治经济中心，探讨其时的赋家籍贯分布亦需要有所区别。本文把赋家籍贯在中国版图上各文化区的分布情况整理如下。

汉代赋家籍贯的区域分布流变表

汉代文化区	汉初至武帝	宣帝至西汉末	东汉	建安	总计	附两汉文人总数
河洛文化区	刘友、贾谊	刘钦、桓谭	夏恭、夏牙、葛龚、刘騊駼、张衡、朱穆、边韶、张升、桓麟、刘陶、边让、蔡邕、服虔	曹操、曹丕、曹植、阮瑀、潘勖、繁钦、应场、丁仪、丁廙、邯郸淳	27人	181人

＊　本文为国家社会科学基金项目"中国历代'大一统'赋研究"（21ZXW007）阶段性成果。

续表

汉代文化区	汉初至武帝	宣帝至西汉末	东汉	建安	总计	附两汉文人总数
吴越文化区	陆贾、朱建、枚乘、枚皋、庄忌、庄助、庄葱奇、朱买臣、刘辟彊	萧望之、徐明、刘德、刘向、刘歆	卫宏、王充、刘琬、高彪、韩说	张纮、陈琳、缪袭	22人	65人
三辅文化区	刘彻、庆虬之、司马迁	冯商、杜参、班婕妤	班彪、班固、班昭、王隆、冯衍、杜笃、傅毅、苏顺、马融、马芝、赵岐	杨修	18人	94人
齐鲁文化区	邹阳、公孙诡、羊胜、东方朔、孔臧、刘隁、兒宽	眭弘	刘苍、祢衡	徐幹、王粲、刘桢、卞兰	14人	120人
燕赵文化区	刘胜、刘越、吾丘寿王、董仲舒		崔篆、崔骃、崔瑗、崔琦、崔寔、张超	崔琰	11人	50人
巴蜀文化区	司马相如	王褒、张子侨、张丰、扬雄	杨终、李尤、李胜		8人	38人
荆楚文化区	刘安、淮南小山、淮南王群臣、长沙王群臣①		黄香、王逸、王延寿、胡广		8人	15人
河西文化区			梁竦、皇甫规、张奂、侯瑾、赵壹		5人	27人
幽并文化区				傅巽	1人	21人
滇黔文化区	盛览				1人	3人
闽粤文化区					0人	4人
西域文化区					0人	0人

附栏"两汉文人总数"的数字完全依据刘跃进《秦汉文学地理与文人分布》(中国社会

---

① "淮南王群臣""长沙王群臣"因人数不详、姓名不知，今列入表中，姑作一人计。

科学出版社 2012 年版)加以统计所得。据上表以及相关史料,我们拟讨论汉代赋家籍贯分布流变的几个问题。

一、赋体缘起因素对汉代吴越、荆楚
文化区赋家籍贯分布的影响

吴越文化区、荆楚文化区属于战国后期的"三楚"地区,皆隶属于楚国。苏秦游说楚威王时说:"楚,天下之强国也。大王,天下之贤王也。楚地西有黔中、巫郡,东有夏州、海阳,南有洞庭、苍梧,北有汾陉之塞、郇阳。地方五千里,带甲百万,车千乘,骑万匹,粟支十年,此霸王之资也。"①在战国争雄的时期,时人皆以为"横则秦帝,纵则楚王"。以今天的中国版图而言,其势力范围大致集中在长江中游的湖北、湖南两地,河南、山东南部以及江苏、安徽、浙江、江西、陕西、四川等省份的部分疆域,而江淮流域则为其核心区域。因为楚国受秦国扩张的影响,从故都郢(今湖北江陵)不断东迁,楚顷襄王于公元前 278 年迁都在陈(今河南淮阳,称"陈郢"),楚考烈王于公元前 253 年迁都钜阳(今安徽阜阳),后又于公元前 241 年迁都寿春(今安徽寿县)。楚国贵族、士人则东迁得更远,如战国四公子之一的春申君黄歇因辅助楚考烈王从强秦逃出而受封为春申君,初受赐"淮北地十二县"。后十五岁请封江东,《史记·春申君列传》载其事云:"黄歇言之楚王曰:'淮北地边齐,其事急,请以为郡便。'因并献淮北十二县,请封于江东。考烈王许之。春申君因城故吴墟,以自为都邑。"②春秋时期,诸侯王僭拟天子,七国皆是;战国时期,卿大夫僭拟诸侯王,田氏代齐如是。其实,春申君放弃淮北封地,以故吴墟"自为都邑"亦有自为一方诸侯的意图。在封吴地后,春申君广招宾客,以至"春申君客三千余人,其上客皆蹑珠履"。春申君黄歇对楚文化在吴越的传播有重大影响,仅举两例以见之。《战国策》卷十七"客说春申君"条载荀卿为书劝谏春申君谨防被李园所弑的书末云:

> 因为赋曰:"宝珍隋珠,不知佩兮。褘布与丝,不知异兮。间姝子奢,莫知媒兮。嫫母求之,又甚喜之兮。以瞽为明,以聋为聪,以是为非,以吉为凶。呜呼上天,曷惟其同。"③

---

① 刘向集录《战国策》,上海古籍出版社 1985 年版,第 500 页。
② 司马迁《史记》,中华书局 1982 年版,第 2394 页。
③ 《战国策》,第 567 页。

文中荀卿所赋诗句与《荀子·赋篇》"佹诗"之"小歌"基本相同：

> 璇玉瑶珠，不知佩也。杂布与锦，不知异也。闾娵子奢，莫之媒也。嫫母力父，是之喜也。以盲为明，以聋为聪。以危为安，以吉为凶。呜呼上天，曷维其同。[①]

笔者《〈赋篇〉篇名非荀况自题考》一文曾考论荀况并未题其篇名为《赋篇》[②]，《由〈汉志〉编撰实情考论"赋略"分类与排序》一文考论其所作并非是赋[③]，但荀况对这段文字乃至《赋篇》全文的著作权仍然不能驳倒。由荀况采用韵文的方式给黄歇写信来看，似乎荀况也深知黄歇喜欢楚辞似的韵文作品。下面这条材料又可以佐证这一推论。《汉书·地理志》云：

> 寿春、合肥……亦一都会也。始楚贤臣屈原被谗放流，作《离骚》诸赋以自伤悼。后有宋玉、唐勒之属慕而述之，皆以显名。汉兴，高祖王兄子濞于吴，招致天下之娱游子弟，枚乘、邹阳、严夫子之徒兴于文、景之际。而淮南王安亦都寿春，招宾客著书。而吴有严助、朱买臣，贵显汉朝，文辞并发，故世传《楚辞》。[④]

这段材料虽以合肥、寿春为中心，但所言"汉兴，高祖王兄子濞于吴，招致天下之娱游子弟，枚乘、邹阳、严夫子之徒兴于文、景之际"，依然可以看出吴地刘濞、枚乘、庄忌对《楚辞》传播的影响。因为吴王刘濞集团始自"汉兴"，其实要略早于淮南集团。当然，这两地也是春申君东移的路线，并构成楚文化一路东迁的轨迹。钱穆总结楚文化在战国、秦汉之际的变迁云：

> 及秦人一统，楚之故家遗族，流风余韵，尽促而东。则在淮泗以南迄于会稽，皆得楚称。项王围垓下，听汉军中四面皆楚歌。汉高命戚夫人楚舞，自为楚歌和之。虞骓之辞，《大风》之唱，皆楚声也。[⑤]

正因楚国及其贵族、士大夫的东迁，才形成特色鲜明的三楚文化。《史记·货殖列传》将淮

---

① 王先谦《荀子集解》，中华书局 1954 年版，第 319—320 页。
② 邓稳《〈赋篇〉篇名非荀况自题考》，《四川师范大学学报》2015 年第 4 期。
③ 邓稳《由〈汉志〉编撰实情考论"赋略"分类与排序》，《古典文献研究（第二十六辑下）》，凤凰出版社 2015 年版。
④ 班固《汉书》，中华书局 1962 年版，第 1668 页。
⑤ 钱穆《古史地理论丛》，生活·读书·新知三联书店 2004 年版，第 112 页。

河以北的沛、陈、汝南、南郡划为西楚,彭城以东的东海、吴、广陵划为东楚,衡山、九江、江南、豫章、长沙划为南楚。因此,项羽定都彭城,而自号"西楚霸王"。《史记·项羽本纪》集解引孟康语:"旧名江陵为南楚,吴为东楚,彭城为西楚。"①江陵、吴、彭城是三楚的核心地域,但这种地位并非一成不变。比如郢都江陵因为楚国王室、臣民的大量东迁,战国后期至汉朝都不是南楚的文化中心,反而被屈原沉江所在地南楚长沙代替。吴地从战国后期到汉代一直为文化中心,也产生了大量的赋家,但在吴王刘濞时期赋家们并未创作出优秀的赋篇流传后世,反而是梁孝王的文人集团大放异彩。彭城虽为战国后期的西楚中心,但本身介于齐鲁文化、河洛文化之间,所谓"风俗与化移易",也很快丧失了楚文化中心的地位。以彭城为中心的西楚虽然有助于培养以刘邦为祖先的汉家皇室成员对楚歌、楚辞,甚至赋体作品的热爱,但因其地位的尴尬,我们在绘制汉赋文化区域表格时,也很难把它们列在荆楚文化区、吴越文化区之中。不过,在讨论赋体缘起或者汉初至武帝时期赋家籍贯分布时则应当考虑其楚文化区域的特征。

《史记·货殖列传》论述西楚地区云:"夫自鸿沟以东,芒、砀以北,属巨野,此梁、宋也。陶、睢阳亦一都会也。昔尧作于成阳,舜渔于雷泽,汤止于亳。其俗犹有先王遗风,重厚多君子,好稼穑,虽无山川之饶,能恶衣食,致其蓄藏。越、楚则有三俗。夫自淮北沛、陈、汝南、南郡,此西楚也。其俗剽轻,易发怒,地薄,寡于积聚。"②西楚的大部分区域可以看作是荆楚文化向吴越地区迁移过程的中间偏北地带,在汉代很难作为一个完整的楚文化区域来看待,因此,其大部分地区被划入河洛文化区,只有南郡划入荆楚地区,保持其作为楚文化区域的身份。自沛郡崛起的刘邦统一了天下,整个楚文化在汉朝版图上的传播面貌发生了巨大改变。这是有关汉朝文化、汉赋兴起的一件十分重要的事情。虽然尧、舜、汤似乎都和这一区域有着密切关系,但讨论汉赋的兴起只能从楚歌说起。项羽本为荆楚人,随楚国东溃至吴越地区,后于彭城自号"西楚霸王",《史记·项羽本纪》载汉高祖五年(前202),楚汉会于垓下,项羽自作楚歌一事:

> (项羽)夜闻汉军四面皆楚歌,项王乃大惊曰:"汉皆已得楚乎?是何楚人之多也!"项王则夜起,饮帐中。有美人名虞,常幸从;骏马名骓,常骑之。于是项王乃悲歌慷慨,自为诗曰:"力拔山兮气盖世,时不利兮骓不逝。骓不逝兮可奈何,虞兮虞兮奈若何!"歌数阕,美人和之。③

---

① 《史记》,第 320 页。
② 《史记》,第 3266—3267 页。
③ 《史记》,第 333 页。

由此段可知，楚人皆习听楚歌，有一定文化者可以自作楚歌。刘邦出生在西楚沛县的普通家庭，其好听楚歌、能作楚歌。《史记·高祖本纪》载刘邦击败黥布返回沛郡自作楚歌一事：

> （刘邦）置酒沛宫，悉召故人父老子弟纵酒，发沛中儿得百二十人，教之歌。酒酣，高祖击筑，自为歌诗曰："大风起兮云飞扬，威加海内兮归故乡，安得猛士兮守四方！"令儿皆和习之。高祖乃起舞，慷慨伤怀，泣数行下。谓沛父兄曰："游子悲故乡，吾虽都关中，万岁后吾魂魄犹乐思沛。"①

项羽的《拔山歌》与刘邦的《大风歌》形式一致，可知西楚区域多好楚歌。刘邦自言无论远离故乡多久，永远"乐思沛"。《汉书·张陈王周传》载刘邦晚年对戚夫人说："为我楚舞，吾为若楚歌。"②这歌即传世的《鸿鹄歌》，可见刘邦终其一生皆好楚歌。梳理汉代宗室可以发现，刘邦之子孙不乏楚歌爱好者，如其子赵幽王刘友，虽封在赵国，但在被吕后幽禁之时亦作楚歌传世，学界多疑其即为《汉书·艺文志》"赋略"排在"屈原赋之属"第四位"赵幽王赋一篇"的赋作。淮南王刘安为刘邦之孙，曾以诸侯王的身份引领荆楚文化区九江郡的《楚辞》编纂及汉赋创作活动。中山靖王刘胜为刘邦第三代孙，是燕赵文化区的第一个赋家。宗正刘辟彊是刘邦兄弟楚元王刘交的孙子，亦为汉代赋家。阳丘侯刘隗为刘邦之孙，亦是齐鲁文化区甾川国本土的首位赋家。汉武帝刘彻更不用说，除了推广赋体文学的创作之外，自己也是三辅地区的首位赋家。文学地理学界对皇室成员籍贯的认定多有争议，曾大兴《中国历代文学家之地理分布》的初版将皇室文学家的籍贯"都一律系在第一代皇帝（开国皇帝）的出生地"，但后来认为"这样处理多少有些简单或武断"③。在修订版中作了一些改动，"即把皇室第一代、第二代文学家的籍贯系于开国皇帝的原籍（龙兴之地），第三代及以后各代的籍贯则大多系于京师。这样做，仍然难免简单化之嫌，但是比起初版的做法来，应该是更接近于事实的"④。这种求真精神与实际效果都较原版为优，但如其所言，仍难免"简单之嫌"。诸侯王封地其实也可以考虑作为皇室成员的籍贯。就汉赋而言，好楚歌而作赋的汉代皇室成员纷纷前往封地，无疑极大地推动了楚辞、汉赋在全国的传播。这是西楚文化区对汉赋发展的极大贡献，前人论述尚未深入。

因为赋体起源于屈原、宋玉，有着深厚楚文化风貌的吴越文化区在武帝之前乃至整个

① 《史记》，第389页。
② 《汉书》，第2036页。
③④　曾大兴《中国历代文学家之地理分布》，商务印书馆2013年版，第9页。

西汉一直拥有最多的本土赋家,虽然该区域在东汉的赋家总数下降不少,但就整个汉代而言,仍然高居赋家总数第二的位置。荆楚文化地区在武帝之前有淮南王集团赋家、长沙王集团赋家,但因为政治、经济等多种原因,其赋家人数只得与巴蜀文化区并列第六,但其作为赋体发展原始区域的动力作用不可小视。如果把各个区域的两汉赋家数与文人总数作比较,荆楚文化区 8∶15 与吴越文化区 22∶65,皆会超过赋家总数排名第一、第三的河洛文化区 27∶181、三辅文化区 18∶94,而跃居首位。因此,赋体缘起地缘性因素对促进荆楚文化区、吴越文化区乃至被消解的西楚文化区本土赋家的繁荣是积极而持久的。

二、京师对三辅、河洛文化区赋家籍贯分布的影响

两汉都城的变化,引发辞赋创作中心的巨大变化。一般而言,京师既为全国的政治、经济、文化中心,自然为文人荟萃之地。但汉代却又与后代京师有所不同,因为严格意义上的中央集权的大一统朝代始自秦朝,但秦不以文治天下,且历史短暂,并没有形成后代所认可的京师为全国文化中心的常态。这种常态是由汉朝开创的。因此,考察汉代东西二京如何网罗文人、扭转文风便具有独特的意义。

三辅地区为秦朝故地,并非赋体缘起的本源地,向来没有赋体文学的创作传统。严耕望《战国学术地理与人才分布》指出秦国在商鞅变法后的文化面貌:

> 能以客卿游仕于秦者亦惟有法家;其次纵横家……尤可注意者,秦国法家当政,不但政主专制,学崇一家,即同派学人,亦先居者排斥后来,如法家李斯之忌毁韩非毒杀之,墨家唐姑果排忌谢子斥逐之,秦太医令忌扁鹊刺杀之,此于他国极罕见,而屡见于秦;甚矣,如秦者,不但政主专制,即社会人群亦富强烈排斥性欤![1]

该区域的文化面貌与庄助荐同郡朱买臣的赋家习性大相径庭,大众文化生活也以秦声为主而不乐楚歌。李斯《谏逐客书》云:"夫击瓮叩缶弹筝搏髀,而歌声呜呜快耳者,真秦之声也。"[2]宣帝时,三辅人杨恽亦自言:"家本秦也,能为秦声。妇,赵女也,雅善鼓瑟。奴婢歌者数人,酒后耳热,仰天拊缶,而呼乌乌。"[3]秦风粗犷,今天的秦腔尚可见其遗风。总而言之,无论是精英文化还是大众文化,三辅地区在西汉之前皆缺乏产生汉赋的文化基础。三

---

① 严耕望《战国学术地理与人才分布》,《严耕望史学论文选集》,中华书局 2006 年版,第 53 页。
② 《史记》,第 2544 页。
③ 《史记》,第 2896 页。

辅地区的本土赋家多为外地移民,而其成为赋家的原因比较多样。

其一,外来三楚人士对三辅地区好楚风的影响。楚人刘邦进入三辅地区,以帝王之尊,肆力弘扬楚风。《汉书·艺文志》"诗赋略"著录"高祖歌诗二篇",即《大风歌》《鸿鹄歌》,上文已述其为楚歌。唐山夫人所著《房中祠乐》亦为楚歌。《西京杂记》卷一载:"高帝戚夫人善鼓瑟击筑。帝常拥夫人倚瑟而歌,毕,每泣下流涟。夫人善为翘袖折腰之舞,歌《出塞》、《入塞》、《望归》之曲。侍婢数百皆习之,后宫齐首高唱,声入云霄。"①上文已论刘邦后裔也多在长安传唱、创作楚歌,以至于在长安生活的陇西人李陵在漠北与苏武诀别时所唱"异域之人,一别长绝"的诗歌亦是与《大风歌》形式相同的楚歌②。后秦姚兴认为"三秦饶俊异,汝颍多奇士"③,刘跃进亦认为"'俊异'的一个重要内涵就是擅长楚风"④。这种风气在西汉中后期以后逐渐减弱,但在西汉初期应该对长安士人接受楚歌、创作赋体有一定的促进作用。

其二,迁入的赋家对这一地区作赋风气的影响。随刘邦进入长安的陆贾、朱建本为楚人,他们的创作虽不多,但也在此形成一个比较有影响的辞赋创作团体,日本学者冈村繁称之为北楚系辞赋家⑤。这一团体的代表赋家是贾谊。冈村繁对这层关系有过精辟的阐发:"他(贾谊)二十岁以前基本上生活于与楚辞策源地毫无关系的洛阳乡间。他开始接触真正辞赋的时期,是他出仕长安以后至受谗左迁的三、四年间。换言之,亦即他在长安得以与汉室周围许多齐、楚出身的高级官僚们直接交往的时期。此外则似乎不必考虑。"⑥笔者揣测司马相如也是在与北楚系赋家接触赋体后,才有随枚乘、庄忌东游梁国学习赋体创作的想法。此后,吴越地区的赋家枚乘、庄助、朱买臣以及与之学习作赋有成的司马相如等先后齐聚长安,拉开三辅地区赋体创作高峰的帷幕。这一创作运动带动大量仕宦京师的士人作赋,如来自燕赵文化区的吾丘寿王、董仲舒,来自齐鲁文化区的孔臧、东方朔、兒宽、眭弘等。这当然也影响到三辅地区士人加入赋体创作的活动中来。

其三,三辅本土士人受当时风潮影响而作赋。冯商为京兆长安人,《汉书·艺文志》"诗赋略"著录"待诏冯商赋九篇"。司马迁为左冯翊夏阳龙门人,在与武帝朝赋家交流过程中作赋,《汉书·艺文志》"诗赋略"著录"司马迁赋八篇",今有《悲士不遇赋》传世。《西京杂记》载:"长安有庆虬之,亦善为赋。常为《清思赋》,时人不之贵也。乃托以如所作,遂

① 葛洪撰,周天游校注《西京杂记校注》,中华书局 2023 年版,第 11 页。
② 见《汉书》,第 2466 页。
③ 《晋书》,中华书局 1974 年版,第 3000 页。
④ 刘跃进《秦汉文学地理与文人分布》,中国社会科学出版社 2012 年版,第 79 页。
⑤ 参冈村繁著,陆晓光译《周汉文学史考》,上海古籍出版社 2002 年版,第 133 页。
⑥ 《周汉文学史考》,第 126 页。

大见重于世"①。庆虬之将所作赋托以为司马相如的赋,自然对司马相如及其赋作比较了解,这亦可作为长安士人受外来赋家创作影响转而作赋的证据。

其四,有一种特殊情况是外来移民先转为文化世家,然后其子孙才开始成为赋家。三辅地区的移民自秦朝有明确的记载,据《史记·秦始皇本纪》载,秦始皇二十六年(前221),"徙天下豪富于咸阳十二万户。诸庙及章台、上林皆在渭南。秦每破诸侯,写放其宫室,作之咸阳北阪上"②。三十五年(前212),"关中计宫三百,关外四百余。于是立石东海上朐界中,以为秦东门。因徙三万家丽邑,五万家云阳,皆复不事十岁"③。刘邦建都长安以后,依然将六国豪杰名家迁入三辅地区。汉高祖九年(前198),刘邦徙齐、楚名门大族昭氏、屈氏、景氏、怀氏、田氏五姓,凡十余万口宅居关中,并与利田宅④。西汉前中期有过多次大规模的移民,累计人口在三十万人左右,至西汉后期,关中移民后裔已达一百多万人。三辅地区是秦汉王陵所在地,西汉迁徙前朝功臣后裔前往守陵。因此三辅地区移民大多为豪门大族,财势雄厚,亦不乏博学好文者。《史记·货殖列传》即指出汉初三辅地区的豪族构成情况:"关中富商大贾,大抵尽诸田,田啬、田兰。韦家栗氏,安陵、杜杜氏,亦巨万。此其章章尤异者也。"⑤各地移民的汇聚,构成三辅地区"五方杂厝,风俗不纯"的文化风俗新貌,《汉书·地理志》描述这一地区各族群的生存方式:"其世家则好礼文,富人则商贾为利,豪杰则游侠通奸。濒南山,近夏阳,多阻险轻薄,易为盗贼,常为天下剧。又郡国辐凑,浮食者多,民去本就末,列侯贵人车服僭上,众庶放效,羞不相及,嫁娶尤崇侈靡,送死过度。"⑥其中好礼崇文的世家大族不少起自军功或依凭外戚先富贵,在第二代、第三代努力之下才转为文化世家。和汉赋创作密切的世家大族,如右扶风的班氏家族、傅氏家族、马氏家族以及弘农郡杨氏家族皆是如此。据班固《汉书·叙传》,秦始皇末年,班壹避地于楼烦,壹生孺,孺生长,长官至上谷守,长生回,回为长子令,回生况,况举孝廉为郎,积功劳为农都尉,后入为左曹越骑校尉,其女于成帝之初为婕妤。班婕妤为班彪的姑妈,班彪之子为班固、班勇,班彪之女为班昭,皆是西汉末期、东汉初期的著名文化人物。以班氏家族迁徙史来看,班氏家庭是迁至三辅地区后,逐步演化成文化世家的,班婕妤、班彪、班固皆当生活于长安而学习辞赋创作。右扶风马氏家族,其先赵奢为将,号曰马服君,子孙因以为姓氏。武帝时,以吏二千石自邯郸徙于茂陵。至两汉之交,马援虽学《齐诗》但不好

---

① 《西京杂记校注》,第108页。
② 《史记》,第239页。
③ 《史记》,第256页。
④ 参见《汉书》,第66页。
⑤ 《史记》,第3281页。
⑥ 《汉书》,第1642—1643页。

章句之学,其子马廖、马防、马光、马客卿大多仍任以武职。其后,族人马融则以经学、赋学名重一时,完成了文化世家的转变。弘农地区的杨氏家族兴起于刘邦时因分项羽尸首有功而封为赤泉侯的杨喜,亦为武功起家。其后,杨敞为昭帝时丞相,杨震被称为"关西孔子",杨秉、杨赐皆一代名儒,至杨修始以赋名。因此,三辅地区的文化世家大多并非本土人士,这些外来移民往往在迁入几代以后才完成文化世家的转换,最终培育出三辅地区本土的赋家。

三辅地区本土赋家形成的艰难过程,其实反映出秦文化向汉文化过渡的痛苦涅槃。在秦国的长期统治之下,三辅地区的文学、学术传统衰微,所以要依赖外来移民的文化输入。但因为拥有京师作为全国政治、经济、文化中心的优越地位,这一转折十分成功,在两汉赋家籍贯分布总数上排名第三的位置即可为证。

东汉定都洛阳,河洛文化区在两汉赋家排名总数上占据第一的位置,但京师洛阳的本土赋家却并未有明显增多,这与西京长安对三辅本土赋家产生的巨大带动作用形成强烈反差。究其原因,应与以下两方面密切相关。

其一,洛阳较为狭小,属于司隶校尉部的河洛区虽有河南郡、河内郡、河东郡三郡,但河内郡、河东郡在两汉期间皆缺乏文化活力。《史记·留侯世家》载张良在刘邦犹豫建都长安还是洛阳之际说:"雒阳虽有此固,其中小,不过数百里,田地薄,四面受敌,此非用武之国也。夫关中左崤函,右陇蜀,沃野千里。南有巴蜀之饶,北有胡苑之利,……此所谓金城千里,天府之国也。"①这段话虽然是从军事上立论,但洛阳中小不过数百里的地理劣势却也显而易见。

其二,与东汉已在全国范围内逐渐形成好儒重文的传统有关。西汉正值秦朝好战废文带来的文化真空之际,汉皇在长安以利禄召集儒士、赋家,各地人士蜂拥而至,并很快扎根下来,演变成三辅地区的本土赋家。东汉时期,儒士和赋家虽然会大量聚集在洛阳,但罕有大规模地扎根于此,因此京师本土的赋家人数并未明显上升。

在整个两汉时期,河南郡、河内郡、河东郡三郡一共只有赋家3人,且包括西汉初期在长安习赋的贾谊,其衰落之状可以想见。河洛文化区赋家分布主要在沛郡(9人)、陈留郡(5人)、南阳郡(3人)、颍川郡(3人)、梁国(3人)、汝南郡(2人)。这一分布形成的原因,略有二端:一是沛郡、陈留、南阳等郡因与楚文化关系紧密而多出赋家;二是两汉时期河洛文化区有文学家181人,与排名第二的齐鲁文化区120人相较,多了61人,文学家的大量增加促进了本土赋家的增多。这个区域的文士靠近京师洛阳,大都有到洛阳读书、为官的

---

① 《史记》,第2043—2044页。

便利渠道,因此也有助于赋家的增多。

三、赋家流动对各区域本土赋家形成的影响

吴越、荆楚在汉赋形成初期即有本土赋家开始创作;三辅地区本土赋家的形成则一方面靠外来赋家的鼓动,另一方面靠本土士人的接纳;河洛文化区则主要表现为士人通过诵读前人赋作学习、创作赋篇。然而,其他文化区域本土赋家形成的方式又有什么特点呢?

其一,齐鲁以外向学习型方式产生本土赋家。齐鲁文化区是儒学的发源地,其民好学,两汉经学大师多出自此区域。《汉书·地理志》论鲁地风俗云:

> 周兴,以少昊之虚曲阜封周公子伯禽为鲁侯,以为周公主。其民有圣人之教化,故孔子曰"齐一变至于鲁,鲁一变至于道",言近正也。……孔子闵王道将废,乃修六经,以述唐虞三代之道,弟子受业而通者七十有七人。是以其民好学,上礼义,重廉耻。……今去圣久远,周公遗化销微,孔氏庠序衰坏。地狭民众,颇有桑麻之业,亡林泽之饶。俗俭啬爱财,趋商贾,好訾毁,多巧伪,丧祭之礼文备实寡,然其好学犹愈于它俗。①

齐鲁风俗虽同中有异,但好学可谓是其共通点。《汉书·儒林传》载窦太后甫去世,齐人公孙弘即与鲁国学者孔臧联名奏请兴建学校:

> 闻三代之道,乡里有教,夏曰校,殷曰庠,周曰序。其劝善也,显之朝廷;其惩恶也,加之刑罚。故教化之行也,建首善自京师始,繇内及外。今陛下昭至德,开大明,配天地,本人伦,劝学兴礼,崇化厉贤,以风四方,太平之原也。古者政教未洽,不备其礼,请因旧官而兴焉。为博士官置弟子五十人,复其身。太常择民年十八以上仪状端正者,补博士弟子。郡国县官有好文学,敬长上,肃政教,顺乡里,出入不悖,所闻,令相长丞上属所二千石。二千石谨察可者,常与计偕,诣太常,得受业如弟子。……请选择其秩比二百石以上及吏百石通一艺以上补左右内史、大行卒史,比百石以下补郡太守卒史,皆各二人,边郡一人。先用诵多者,不足,择掌故以补中二千石属,文学掌

---

① 《汉书》,第1662—1663页。

故补郡属,备员。请著功令。它如律令。①

这篇奏疏意义重大,汉代甚至整个中国历史由此开始从根源上罢黜百家,独尊儒术,对提高汉代百姓的整体文化水平也功不可没。即就提倡办学、推行以文治天下的建议来看,齐人公孙弘与鲁人孔臧同样具有好学的本质特征。当然,齐人还有一个特点是更加重视变通,《史记·齐太公世家》载姜太公治齐"因其俗,简其礼"②,已经显示出这一特点。钱穆对汉代齐鲁人的学术风格的比较也证明了这一特点:

> 则大抵治鲁学者,皆纯谨笃守师说,不能驰骋见奇,趋时求合,故当见抑矣。至于治《易》者,施、孟、梁丘皆出于田何;何,齐人也,故诸家亦好言阴阳灾变,推之人事。惟费氏《易》较不言阴阳,较为纯谨。故汉之经学,自申公《鲁诗》、《穀梁》而外,惟高堂生传《礼》亦鲁学。其他如伏生《尚书》,如齐、韩《诗》,如《公羊春秋》,及诸家言《易》,大抵皆出齐学,莫勿以阴阳灾异推论时事,所谓"通经致用"是也。汉人通经本以致用,所谓"以儒术缘饰吏治",而其议论则率本于阴阳及《春秋》。阴阳据天意,《春秋》本人事,一尊天以争,一引古以争。非此不足以折服人主而自伸其说,非此亦不足以居高而自安。③

因为齐地士人喜欢变通,在尝试学习赋体创作时,齐人也要略微早些。吴王刘濞集团、梁孝王刘武集团中的邹阳、公孙诡、羊胜皆为齐人,而鲁人最早作赋的则是孔臧,据《谏格虎赋》所述内容来看,孔臧作赋可能比较集中在武帝一朝,略晚于邹阳、公孙诡、羊胜等齐人。孔臧《鸮赋》本于贾谊《鵩鸟赋》,而《鵩鸟赋》又是贾谊居长沙三年后所作,无论思想还是文辞都具有南方楚地色彩。可见鲁人孔臧此时亦开始借鉴楚风,尝试赋体的创作。大概自武帝朝以后,一方面赋体已经形成并且有赋文本较为广泛的传播,另一方面士人包括传统的部分儒学大师也开始亲近文学,尝试赋体创作了。就齐鲁儒生而言,这种外向学习型的方式是其学习赋作的主要动力。

其二,巴蜀因司马相如外出习赋促进本土赋家的形成。巴蜀地区在两汉期间赋家总数并不多,但司马相如、王褒、扬雄、李尤皆为汉代乃至整个中国赋史上的一流赋家,该区域本土赋家的生成具有偶然性、独特性——因为司马相如出蜀事景帝而识赋,与梁国诸生

---

① 《汉书》,第3593—3594页。
② 《史记》,第1480页。
③ 钱穆《两汉博士家法考》,《两汉经学今古文平议》,商务印书馆2001年版,第222页。

游数岁习赋为名家而带动巴蜀地区的赋体创作。《华阳国志·巴志》云:"(巴)郡与楚接,人多劲勇,少文学,有将帅才。"①故历史上传言"巴有将,蜀有相",但"蜀有相"至少是西汉以后的事。《三国志·蜀书·许麋孙简伊秦传》载秦宓与王商书云:"蜀本无学士,文翁遣相如东受七经,还教吏民,于是蜀学比于齐、鲁。"②司马相如是否被文翁派遣而东受七经,学界多有争议,不敢肯定,但"蜀本无学士"一语道出蜀地文化发展的概况。司马相如东游学习辞赋,因《子虚上林赋》大得汉武帝赏识,名满天下,圆了"不乘赤车驷马,不过汝下也"的誓言。因此,《汉书·地理志》揭示出司马相如对巴蜀地区辞赋家的引领作用:"及司马相如游宦京师诸侯,以文辞显于世,乡党慕循其迹。后有王褒、严遵、扬雄之徒,文章冠天下。繇文翁倡其教,相如为之帅,故孔子曰:'有教亡类。'"③这里虽学术、辞赋混言,但从"慕循其迹"一语可以看出司马相如对巴蜀本土赋家生成的影响。实际上,该区域的赋家创作也皆有模仿司马相如赋的特色。如《汉书·扬雄传》记载扬雄对司马相如赋的苦心学习、模拟:"蜀有司马相如,作赋甚弘丽温雅,雄心壮之,每作赋,常拟之以为式。"④"每作赋,常拟之以为式"即可见出其在学赋的最初阶段是以司马相如赋为范本。这种模拟极有成效,《汉书》本传即载"孝成帝时,客有荐雄文似相如者",扬雄因赋似相如而被汉成帝待诏承明庭。东汉李尤也因侍中贾逵"荐(李)尤有相如、扬雄之风"而召诣东观作赋并借此走入京师洛阳⑤,开始新的辞赋创作道路。总而言之,蜀郡赋家皆在学习、模拟司马相如赋后,进入京师展开自己颇具影响的辞赋创作道路。这一本土赋家形成的方式在汉代各文化区中别无仅有。

滇黔文化区在巴蜀文化区之南,其文化的形成往往通过巴蜀文化区的带动。盛览向司马相如请教作赋,真假不明,但亦可作为司马相如促进这一区域本土赋家形成的佐证。

其三,河西以外来文士的几代熏染才形成本土赋家。河西走廊东接西汉三辅地区边缘,西连西域门户,南"接陇、蜀"⑥,军事地理位置十分重要。自战国以来,这里为匈奴所占领,匈奴与西羌联手,不断侵扰中原。汉初,匈奴强盛时,幽、并、朔方三州北端,河西地区皆是匈奴势力,且互为犄角,很难应付。汉武帝从切断匈奴右臂的角度考虑,谋划攻取河西地区。元狩二年(前121),霍去病、公孙敖"出北地二千余里,过居延,斩首虏二万余

---

① 常璩撰,刘琳校注《华阳国志校注》,巴蜀书社1984年版,第83页。
② 《三国志》,中华书局1959年版,第973页。
③ 《汉书》,第1645页。
④ 《汉书》,第3515页。
⑤ 范晔《后汉书》,中华书局1965年版,第2616页。
⑥ 《后汉书》,第799页。

级"①，最终击溃居于河西孔道的匈奴浑邪王、休屠王，追至祁连山下。武帝时期，汉朝逐渐建立起武威、张掖、酒泉、敦煌四郡，并不断"徙民以实之"②。《史记·平准书》对徙民盛况有所说明："初置张掖、酒泉郡，而上郡、朔方、西河、河西开田官，斥塞卒六十万人戍田之。"③戍田的塞卒多为贫民，《汉书·武帝纪》曾载："有司言关东贫民徙陇西、北地、西河、上郡、会稽凡七十二万五千口，县官衣食振业。用度不足，请收银锡造白金及皮币以足用。"④《汉书·地理志》载徙者或为罪人："或以报怨过当，或以悖逆亡道，家属徙焉。"⑤因此，这些移民虽有促进当地文化交流的作用，但对于学术、文学来讲远远不够。两汉之际，三辅地区动荡不安，"唯河西独安"⑥。因此，天水成纪人隗嚣逃至陇右，隗嚣曾为刘歆幕僚，遂倾接文士。与此同时，右扶风平陵人窦融开始经营河西诸郡，亦接纳文士，其中即有左冯翊赋家王隆。有了这一大批文士进入河西地区，河西本土文人或赋家渐渐显现出来。"凉州三明"皇甫规、张奂、段颎，即在东汉时期踏入文坛。其中，安定朝那人皇甫规、敦煌渊泉人张奂即有作赋记载。此后梁竦、侯瑾、赵壹纷纷进入赋家行列，而赵壹更成为东汉末年的著名赋家。河西赋家的出现说明一个非汉文化区要涌现赋家，除了大量移民外，大批文士的进入也是必不可少的条件。

幽并文化区，略同于河西文化区，但因为地域偏僻而辽阔，并没有大量文士密集涌入的条件，故终两汉四百余年，只在建安时期出现傅巽一位本土赋家。燕赵文化区介于幽并文化区、齐鲁文化区之间，特色不甚鲜明，姑且不论。

四、从赋家与文学家的数量对比，
试论两汉无赋区域的形成

文学家不一定是赋家，赋家则一定是文学家。文学的概念多不明晰，因此各家统计的文学家数量大相径庭。不过，对于先秦两汉而言，学者在作统计时一般使用较为宽泛的文学、文学家概念，这一概念基本上与章太炎《国故论衡》中卷《文学总略》所言相合："文学者，以有文字著于竹帛，故谓之文。论其法式，谓之文学。"⑦因此，赋家、文学家皆以文字

---

① 《汉书》，第176页。
② 《汉书》，第189页。
③ 《史记》，第1439页。
④ 《汉书》卷六《武帝纪》，第178页。
⑤ 《汉书》卷二八上《地理志上》，第1645页。
⑥ 《后汉书》卷三一《郭杜孔张廉王苏羊贾陆列传》，第1098页。
⑦ 章太炎撰，陈平原导读《国故论衡》，上海古籍出版社2003年版，第49页。

之使用、篇章之法式为准绳,换言之,赋家与文学家有一个相沟通的渠道,即文字运用之法式。

如果把前表每一郡国对应的"西汉赋家""东汉赋家""建安赋家"与附录栏以西汉、东汉、建安排序的"两汉文人总数"作同期比对的话,可以清晰地观察到赋家数量在三个时段的高低起伏与文学家数量的变化高度的吻合。为求简便直观,仅根据前表制作汉代各文化区赋家与文学家数量对应的表格,以供考察。

汉代各文化区赋家与文学家籍贯分布流变对照表

文化区	两汉赋家总数 (西汉、东汉、建安)	两汉文人总数 (西汉、东汉、建安)
河洛文化区	4+13+10=27	63+86+32=181
吴越文化区	14+5+3=22	37+21+7=65
三辅文化区	6+11+1=18	28+65+1=94
齐鲁文化区	8+2+4=14	79+28+13=120
燕赵文化区	4+6+1=11	27+18+5=50
巴蜀文化区	5+3+0=8	11+27+0=38
荆楚文化区	4+4+0=8	7+7+1=15
河西文化区	0+5+0=5	6+21+0=27
幽并文化区	0+0+1=1	8+10+3=21
滇黔文化区	1+0+0=1	0+3+0=3
闽粤文化区	0+0+0=0	0+4+0=4
西域文化区	0+0+0=0	0+0+0=0
总计	47+49+20=116	266+290+62=618

该表末栏为"总计"。赋家"47+49+20=116"表示赋家籍贯可考者,西汉47人,东汉49人,建安20人,东汉最多,西汉略次,建安最少;文学家"266+290+62=618"表示文学家籍贯可考者,西汉266人,东汉290人,建安62人,也是东汉最多,西汉略次,建安最少。是知,赋家总数在西汉、东汉、建安三个时期的流变状态与文学家的流变状态相互呼应。

以十二个文化区来看,三辅、河西、幽并、河洛、齐鲁、荆楚、吴越七个区完全对应,闽粤、西域在汉代未产生本土赋家,文学家也几乎没有,也属于对应状况。由表格统计来看,不对应者只有巴蜀(赋家"5+3+0=8";文学家"11+27+0=38")、滇黔(赋家"1+0+0=1";文学家"0+3+0=3")、幽并(赋家"0+0+1=1";文学家"8+10+3=21")、燕赵(赋家"4+6+1=11";文学家"27+18+5=50")四个文化区。巴蜀赋家西汉略多于东汉,如果不计算籍贯不明者张子侨、张丰2人，也与东汉3人持平，而文学家东汉要远高于西汉，这其实与蜀地文士、赋家皆由司马相如带动有关，上文已论，可参。滇黔文化区的赋家盛览真实性不能确定，如其为真，其作赋也与其为司马相如"友人"相关，故在西汉独存。东汉、建安本土赋家并未产生。燕赵东汉赋家独多，但6人中有5人皆出自涿郡崔氏家族，这与家族文学熏染相关。幽并地区在文学家人数最多的东汉却没有赋家，而在建安时期文学家、赋家的人数都只有1个，这是一个特例。不过，幽并、滇黔在汉代皆属于远离汉文化的区域，文士出现往往都是外来者，或偶然因个别本籍人外出与中原士人交流所造成。

由各个文化区域本土赋家的养成与其文学家之间存在的这种一一对应关系，我们可以尝试着讨论两汉无赋区域的产生原因。两汉无赋区域包括闽越文化区和西域文化区。

（一）闽粤文化区本土赋家未形成的原因。这一区域常常被秦汉历史、文学研究者统称为"江南"，但论述多集中在吴越文化区的会稽郡。汉代的会稽郡向南延伸到福建漳州市以南[1]，因此"闽粤文化区"的称谓也只是比"江南"更为准确或者说较为精细一些的区域划分。其范围则主要包括汉代扬州刺史南部及交州刺史部所辖版图，基本同于今天广东、广西、海南等地。据《史记·秦始皇本纪》，秦始皇曾用兵数十万征战数载，于始皇三十三年（前214）攻取岭南，建立桂林、象郡、南海三郡，首次将岭南地区纳入中华大一统的版图。当时南下将士大都留屯岭南，他们甚至上书请求派三万名未婚女子来岭南缝补衣裳，最终得派一万五千人，岭南地区借此得到极大的开发。秦汉时局动荡，中原王朝无暇南顾，来自河北真定的留屯将士赵佗借此建立南越国。武帝元鼎六年（前111），武帝兵分五路攻灭南越国，置苍梧、郁林、合浦、交阯、九真、南海、日南、儋耳、珠崖九郡，并建交阯刺史部。其东边先为闽粤国，后削为郡县，部分被划入扬州刺史部，但其文化发展进程与岭南地区较近，故统而论之。这一地区的发展比较曲折，在武帝时期曾因相互纷争，"东粤请举国徙中国，乃悉与众处江淮之间"[2]。在后来的发展中，该区域人口保持了持续增长，如据《汉书·地理志》与《后汉书·郡国志》，交州九郡由西汉平帝元始二年（2）时的1372290人增加到东汉顺帝永和五年（140）的1929692人。东汉后期，相当一部分中原士人来到闽粤文化区，并且从事文化教授工作。如汉末北海郡人刘熙即于建安中往来苍梧、南海之间，教授门徒几百人。吴国虞翻贬谪交州，"虽处罪放，而讲学不倦，门徒常数百人"[3]。中原士人南来也确实促进了闽粤地区本土文士的崛起，比如苍梧郡陈钦、陈元、陈坚卿皆为《左传》传授大儒。《汉书·儒林传》载："汉兴，北平侯张苍及梁太傅贾谊、京兆尹张敞、太中大

---

① 参谭其骧《中国历史地图集》（秦·西汉·东汉时期），中国地图出版社1982年版，第24—25页。

② 《汉书》，第3860页。

③ 《三国志》，第1321页。

夫刘公子皆修《春秋左氏传》。谊为《左氏传训故》，授赵人贯公，为河间献王博士，子长卿为荡阴令，授清河张禹长子。禹与萧望之同时为御史，数为望之言《左氏》，望之善之……授尹更始，更始传子咸及翟方进、胡常。常授黎阳贾护季君，哀帝时待诏为郎，授苍梧陈钦子佚，以《左氏》授王莽，至将军。而刘歆从尹咸及翟方进受。由是言《左氏》者本之贾护、刘歆。"①陈钦子陈元，不传父业，东汉建武初，与桓谭、杜林、郑兴齐名，并留下传世名篇《上疏难范升奏左氏不宜立博士》。但考察陈氏父子几代行迹，可能离开苍梧郡后，很少或几乎没有回去。《三辅决录》卷二"陈钦传左氏远在苍梧"一条的说法其实颇有歧义，似应修改为："苍梧陈钦传左氏。"虽然，闽粤地区还是开始零星出现一些文士，正如刘跃进所言："东汉后期，在北方文化的熏染下，岭南地区也形成了一个略具规模的文人群体，叙写了岭南文学发展的新篇章。"②

闽粤文化区西北部与滇黔南部、东南部接壤，除了极少数迁移而来的中原人或少数由此地迁出的闽粤人外，大多数原著居民在汉都还面临着语言不通的困难。《后汉书·南蛮西南夷列传》即载有益州刺史梁国朱辅所上莋都夷诗三首，其一《远夷乐德歌诗》云：

> 大汉是治，堤官隗构。与天合意。魏冒逾糟。吏译平端，闵驿刘脾。不从我来。旁莫支留。闻风向化，征衣随旅。所见奇异。知唐桑艾。多赐缯布，邪毗缜繡。甘美酒食。推潭仆远。昌乐肉飞，拓拒苏便。屈申悉备。局后仍离。蛮夷贫薄，偻让龙洞。无所报嗣。莫支度由。愿主长寿，阳雒僧鳞。子孙昌炽。莫稚角存。③

李贤注云："《东观记》载其歌，并载夷人本语，并重译训诂为华言，今范史所载者是也。今录《东观》夷言，以为此注也。"④据此可知，上所录莋都土著诗歌小字部分当为少数民族语言，大字部分为益州刺史朱辅所译。闽粤文化区西南角，即日南郡之南，在王莽时依然言语不通。《后汉书》载其现状云：

> 逮王莽辅政，元始二年，日南之南黄支国来献犀牛，凡交阯所统，虽置郡县，而言语各异，重译乃通。人如禽兽，长幼无别。项髻徒跣，以布贯头而著之。后颇徙中国罪人，使杂居其间，乃稍知言语，渐见礼化。⑤

---

① 《汉书》，第3620页。
② 《秦汉文学地理与文人分布》，第166页。
③④ 《后汉书》，第2856页。
⑤ 《后汉书》，第2836页。

以此可知,当中原王朝开境拓地以后,除了军事、行政管理之外,首要移风易俗;而更易风俗,首在通一语言,此后才能渐以文教教其识字、作文。闽越地区西北、西南在汉代皆长时期处于语言不通、无文字载事的环境,可以想见其土著中不能识字作文的也极为普遍。因此该区域虽渐有零星文学家,却很难出现赋家。

(二)西域本土赋家未及形成的原因。西域与闽越文化区更有所不同。汉初有疆域实分汉廷所辖部分、内诸侯王所辖部分、外诸侯所辖部分,除此之外则为外国,但随着汉武帝的东西南北开拓,许多外国愿意内属,汉朝封其为王,则称之为外诸侯,如南越王即是。随着大一统的深入,许多外诸侯国被削,最终成为汉朝的郡县,如闽粤文化区分置苍梧等九郡。西域的范围有大小两种,《后汉书·西域传》把敦煌以西所了解的国别皆列入西域的范围,因此讨论了欧洲大秦(罗马国)。我们这里使用一个较小的概念,即汉代"西域都护府"的范围,大约与今天的新疆维吾尔自治区相等。这一区域在汉代或断或绝,最为亲善时也只为外诸侯,并未纳入统一的郡县制度之内。这是其较为特殊的地方,也是其汉文化程度不高的表现之一。其不便汉赋创作的因素主要是言语不通。据《汉书·西域传》,西域文化区各国通常设置"译长"一官,如且末国设"辅国侯、左右将、译长各一人"①,译长的主要职责即翻译汉语。这样的国家很多,如精绝国、扜弥国、于阗国、皮山国,这些国家皆为汉朝属国,所以专设译长一职,超出汉朝控制范围以外的安息国、捐毒国等则未见设置。远嫁乌孙的细君公主也以"昆莫年老,语言不通"为悲愁②,可见言语不通是其创作赋体文学的极大障碍。但两汉期间,西域地区也在交流中不断地向着汉文学创作靠近,其表现可以分为以下几个方面:

其一,西域诸国官吏制度多用汉制,这部分人对汉字有相当程度的掌握。《汉书·西域传》称西域五十国:"自译长、城长、君、监、吏、大禄、百长、千长、都尉、且渠、当户、将、相至侯、王,皆佩汉印绶,凡三百七十六人。"③佩汉印绶则必识以汉字书写的印文,则这部分人对汉字有相当程度的掌握。在此区域出土的大量汉代文字实物,可以证明这个区域在汉代已经使用汉字。史书也常载西域国王向汉朝上书,如莎车国人"欲自托于汉,又欲得乌孙心,即上书请万年为莎车王"④。这种官方文书的需要,使汉字在这一区域得到一定程度的推广。

其二,迁徙至此区域的汉人带来了楚歌等汉文学作品。细君公主远嫁乌孙国,因言语

---

① 《汉书》,第3879页。

②⑤ 《汉书》,第3903页。

③ 《汉书》,第3928页。

④ 《汉书》,第3897页。

不通也曾悲痛作歌诗:"吾家嫁我兮天一方,远托异国兮乌孙王。穹庐为室兮旃为墙,以肉为食兮酪为浆。居常土思兮心内伤,愿为黄鹄兮归故乡。"⑤这是一首楚歌,也是汉赋的一种形式,如果她的后代或西域本土人习而作之,该区域未必不能够在汉代出现本土赋家。

其三,西域出现过汉文化程度很高的国家。汉宣帝时,乌孙公主遣女至京师学鼓琴,还过龟兹,被龟兹王留下,并使使报乌孙公主,公主许之。后乌孙公主上书汉廷,愿令女儿比宗室入朝。龟兹王绛宾爱其夫人,于元康元年来长安留住一年,乐汉人的衣服制度,"归其国,治宫室,作徼道周卫,出入传呼,撞钟鼓,如汉家仪。外国胡人皆曰:'驴非驴,马非马,若龟兹王,所谓骡也。'"①由此可见,龟兹王本人对汉代礼乐制度、宫室器物的喜爱。这样的关系一直保持西汉成、哀之际。

在两汉期间,西域诸国无论在本土还是入朝汉廷,都有较多的时间和机会接近汉文化,乃至汉赋,可能因为审美及无实际需要的原因,西域并未产生本土赋家。但其器物、风俗却在汉赋中留下浓墨重彩的篇章,笔者将作他文展开讨论。

(邓稳,四川师范大学文学院副研究员,发表过论文《由〈汉志〉编撰实情考论"赋略"分类与排序》等。)

---

① 《史记》,第3916—3917页。

建安时期的美食诗学：
中古早期中国的食物与记忆

[美]高德耀撰　阮诗芸译

内容摘要：原文"Gastropoetics in the Jian'an Period：Food and Memory in Early Medieval China"载于《Early Medieval China》2018 年第 24 期，作者高德耀（Robert Joe Cutter，1947—），美国亚利桑那州立大学国际语言与文化学院教授、汉学家、孔子学院院长，代表作有《斗鸡与中国文化》（*The Brush and the Spur：Chinese Culture and the Cockfight*，Hong Kong：The Chinese University Press，1989）、《曹植诗赋集》[*The Poetry of Cao Zhi*（192—232），De Gruyter，2021]。作者在本文中通过多种体裁作品探讨了宴饮在建安文学中的重要性，梳理了涉及饮食意象的诗歌发展阶段，并分析了宴饮写作的社会价值及其蕴含的传统文化记忆。

关键词：公宴诗　宴乐　饮食文化

威廉·巴克兰（1784—1856）于 1813 年成为牛津大学矿物学讲师，以讲课生动闻名。有一次上课，他拿着一块鬣狗头骨冲到一名本科生面前喊道："世界是由什么统治的？"那学生还没回答，他冲到另一名学生面前，后者说"不知道"。巴克兰喊道："诸君，胃统治着世界。伟人吃得很少，但普通人吃得更少。"巴克兰是著名的地质学家、古生物学家和神职人员，后来成为威斯敏斯特修道院院长①。但他也是一个古怪之人，做起研究来真的是狼吞虎咽。他的餐桌上有腌制的马舌、鳄鱼、狗崽、小家鼠、刺猬、海龟、鸵鸟、大老鼠、青蛙、蜗牛等。关于他的记述几乎都提到他曾于 1848 年无意中吞了一口路易十四风干了的心脏②。

---

① Oxford University Museum of Natural History, "Learning More：William Buckland," 2, http://www.oum.ox.ac.uk/learning/pdfs/buckland.pdf (accessed January 26, 2017).

② George C. Bompas, *Life of Frank Buckland*, 11th ed. (London：Smith, Elder & Co. 1886), 69；Westminster Abbey, "William Buckland," http://www.westminster-abbey.org/our-history/people/william-buckland (accessed January 26, 2017).

　　吃是个复杂的话题,吃与地点、时间、习俗、阶级、环境、经济、礼仪等相互关联。假如巴克兰院长尝试的食物令人感到古怪,那是因为他的菜谱颇具个人特色,且与当时英语世界的大多数其他成员及今天我们大部分人吃的都不一样。非同寻常的奇异食物最可能出现在一些重要的场合上,例如宴会。吉姆·哈里森(1937—2016)曾在勃艮第参加过一次三十七道菜的午宴。他吃的其中一道菜是"龙蒿黄油鸡翅尖睾丸炖鳗鱼",但"卡门贝尔奶油烤面包配牡蛎"却令他难以接受①。每个人都有自己的口味,即使严肃的食客也是如此。

　　食物长久以来都与记忆有关,也与忘却相连。在品尝了食莲者"甜蜜的莲子"后,奥德修斯的手下纷纷"想留下与食莲者作伴,以莲花为食,忘却了回家的路"②。圣餐是耶稣下令"以之来纪念我"的一种仪式,体现了食物与记忆之间古老而强烈的联系。我们"用短暂的、重复性的进食行为作为中介,完成更加持久的铭记这一行为"③。我们吃下的饭菜成为我们的一部分,"你就是你吃的东西",这句话从字面上和比喻意义上看都是如此。因此,食物以多种方式被我们内化:食物被作为营养消化,食物自古以来就是快感的一个来源,"味"(各种含义的"味")在我们记忆中根深蒂固。皮埃尔·布迪厄(Pierre Bourdieu)写道:"或许在品味食物的时候人们才会找到婴儿学习时期最强烈、最不可磨灭的印记,食物的味道能够抵抗原生世界的消逝和崩塌,能够最持久地保有对原初的怀念。"④正如纳迪亚·塞热梅塔基(C. Nadia Seremetakis)所说:"没有什么像往昔那样令人回味。"⑤食物与记忆之间的关系常常让人想起普鲁斯特和他的小玛德琳蛋糕⑥。同样地,在记忆成为文学研究者最近的一个热门话题之前,利布尔(1904—1963)就对这个问题有过独到见解:

　　　　普鲁斯特的小玛德琳如今在民间观念中已根深蒂固,就像牛顿的苹果、瓦特的蒸汽锅一样。那个男人吃了一块茶点,味道唤起了一些回忆,他写了一本书。这个过程可以用 TMB 公式来表达,即味觉(T)—记忆(M)—书(B)……普鲁斯特因为受到这样小的激发就能够写作,他的胃口不能再大一些,实在是全世界的损失。如果吃下十几只加德

---

　　①　Jim Harrison, *A Really Big Lunch: Meditations on Food and Life from the Roving Gourmand* (New York: Grove Press, 2017), 58-81; originally published in The New Yorker in 2004.

　　②　Richmond Lattimore, trans. *The Odyssey of Homer* (1967; New York: Harper Collins, 2007), 139.

　　③　David E. Sutton, *Remembrance of Repasts: An Anthropology of Food and Memory* (Oxford: Berg, 2001), 2.

　　④　Pierre Bourdieu, *Distinction: A Social Critique of the Judgement of Taste*, trans. Richard Nice (Cambridge, MA: Harvard University Press, 1984), 79.

　　⑤　C. Nadia Seremetakis, "The Memory of the Senses, Part Ⅰ: Marks of the Transitory," 1, in The Senses Still: Perception and Memory as Material Culture in Modernity, ed. C. Nadia Seremetakis (Chicago: University of Chicago Press, 1996).

　　⑥　Jon D. Holzman, "Food and Memory," Annual Review of Anthropology 35 (2006): 362.

纳岛牡蛎、一碗蛤蜊浓汤、几只沙海螂、若干海湾扇贝、三只炒软壳蟹、几根新鲜采摘的玉米、一大块薄箭鱼排、一对龙虾和一只长岛鸭，他或许就能写下一部鸿篇巨作。①

巴克兰的小狗老鼠餐是他被后人记住的一个原因，但这些只是数据，可以记住的数据，说明不了味道和记忆的相关性。更恰当的例子是"普鲁斯特式时刻"，味蕾接触到茶水浸泡的玛德琳蛋糕块，普鲁斯特就想起了童年的假日。利布尔和哈里森的一些文章是源于他们吃过的多样且丰盛的食物。三位作家都很好地证明了利布尔的 TMB 公式。

"美食诗学"这个词目前已被运用在文化研究与人类学领域，主要与"移居及离散状态下"的地区及种族身份有关②。但本文用这一术语指称涉及食物、文化惯例、文化记忆、诗学传承、诗学生产、社会联结与社会身份的复杂关系。这是一种看待诗歌的方式，包含了审美特殊性和社会关联性。本文所讨论的诗歌中，美食诗学不仅仅关乎食物激发了记忆，继而启发诗歌还是一系列更加复杂的情况，包括了个体、文化和文学的记忆、社群经验以及食物的供奉——尤其是在与宴饮有关的诗歌中，但并非全部。这些诗歌是一群共享有记忆、共识和品味的特殊社会群体的产物，诗歌中的种种饭菜食物不仅仅是文学主题、现实存在物，也是群体身份的标志③。

本文主要关注中世纪早期的诗歌，尤其是曹植（192—232）这位在其生活时代最重要的诗人。曹植继承了早期创作的大量样本，他和建安时期的其他诗人对许多文学形式、主题、传统及实践的发展作出了重要贡献，对后世影响深远。这个时期的诗歌中宴饮也是一个重要主题④。

田晓菲曾研究过建安文学塑造过程中宴饮和记忆的作用。她强调建安作为一个文学时期是回忆性的创建，有力地论证了这个时期是一个浪漫化的构建物，源自"对那些逝去之人和过去之事的怀旧纪念"，而在这种怀念中宴饮处于中心地位⑤。这种对建安风格的

①　A. J. Liebling, "A Good Appetite," in *Secret Ingredients：The New Yorker Book of Food and Drink*, ed. David Remnick（New York：Random House，2009），30.

②　Parama Roy, "Reading Communities and Culinary Communities：The Gastropoetics of the South Asian Diaspora," Positions：East Asia Cultures Critique 10.2（2002）：476.

③　后世有一种不同类型的宴会诗，罗秉恕提到了"宴会诗歌作为群体性重要艺术的必需组成部分"，见 Robert Ashmore, "The Banquet's Aftermath：Yan Jidao's Ci Poetics and the High Tradition," T'oung Pao 88（2002）：227.

④　见 Robert Joe Cutter, "Cao Zhi's（192—232）Symposium Poems," CLEAR 6.1/2（1984）：1–32；黄亚卓《汉魏六朝公宴诗研究》，华东师范大学出版社 2007 年版；田晓菲《宴饮与回忆：重新思考建安》，《中国文学学报》2010 年，第 21—34 页。

⑤　Tian, "Yanyin yu huiyi," 21. On the literary period and the role of feasts，also see chapters 1 and 2 of her just published *The Halberd at Red Cliff：Jian'an and the Three Kingdoms*（Cambridge，MA：Harvard University Asia Center，2018）.

构建起始于曹丕(187—226)对过往的出游与宴会的怀念,这在他 218 年写给吴质(约177—230)的信中表达得尤为显著①;之后谢灵运(385—433)模仿建安文人的诗歌进一步推动了这一发展②;《文选》中收录大量尤其与宴饮有关的建安诗歌,将这一构建推向顶峰③。田晓菲还探讨了宴饮在政治、文化和军事语境中的重要性。她指出,王公贵族将饮食娱乐提供给宾客,照料其身心发展,同时也展现自身的财富与力量。王公提供饮食,宾客则回馈以诗歌和赞颂。因此,所谓公宴提供了一个交易空间,"一个理想场所,可以让王公和官员巩固并增强社会纽带,开展象征性的交换"④。交换在这类诗中是反复出现的线索。

宴饮在中国很早就有记载。著名的青铜器天亡簋年代大约在周武王(约前 1046—前1043 年在位)统治末年,上面有一段整休押韵的铭文记录了国家仪典,其中提到了供奉食物与酒水⑤。唐森杰(Jeffrey R. Tharsen)在评论这座器皿的铭文及其他青铜铭刻韵文时写道:

> 假如说使用押韵和其他修辞与文学手法是为了让文字获得一种力量感,以散文不能达到的那种方式魅惑听众,那么在这些铭文中我们看到的不仅是讲述铸造者及其先人之伟大功绩和德行的史诗,而且也是一种复述和保存这些叙事的仪式化的手段。虽然这里展示的铭文不能代表西周青铜铭文的整体面貌,这些分析可以清楚展现当时人采用各种诗学和文学手法的先进本领。创作者们赋予文字一种力量和庄严感,用来使得后代子孙既沉浸在其先祖的英雄事迹的叙述中,又能够震撼于叙述所采用的精致复杂的风格和形式。⑥

---

① Tian, "Yanyin yu huiyi," 22-23. 这篇经常被翻译的作品叫《与吴质书》,见萧统《文选》,上海古籍出版社1986 年版,第 1896—1898 页。

② 这八首诗题为《拟魏太子邺中集》,收入萧统《文选》,第 1432—1439 页。又见 Tian, *The Halberd at Red Cliff*, 31-58; Rebecca Doran, "Perspective and Appreciation in Xie Lingyun's 'Imitations of the Crown Prince of Wei's Gatherings in Ye,'" in Early Medieval China 17 (2011): 51-73.

③ 又见黄亚卓《汉魏六朝公宴诗研究》,第 2 页。

④ Tian, "Yanyin yu huiyi," 29-30.

⑤ David W. Pankenier, "Tian Wanggui 天亡簋," in *A Source Book of Ancient Chinese Bronze Inscriptions*, ed. Constance A. Cook and Paul R. Goldin (Berkeley: The Society for the Study of Early China, 2016), 13-15.

⑥ Jeffrey R. Tharsen, "Chinese Euphonics: Phonetic Patterns, Phonorhetoric and Literary Artistry in Early Chinese Narrative Texts" (PhD diss., University of Chicago, 2015), 101-102. 唐森杰在注释中援引了柯马丁(Kertin Kern)引扬·阿斯曼(Jan Assmann)的话:"可以概括地说,诗学创作主要的目的以一种有助于记忆的方式将与身份确认有关的知识转变为一种可持久保存的形式。"见 Martin Kern, "Bronze Inscriptions, the Shijing, and the Shangshu: The Evolution of the Ancestral Sacrifice during the Western Zhou," in *Early Chinese Religion*, *Part One: Shang through Han* (1250 BC - 220 AD), ed. John Lagerwey and Marc Kalinowski (Leiden: Brill, 2009), 180. 柯马丁在以下文章中也引了这句话:"The Poetry of Han Historiography," Early Medieval China 10-11.1 (2004): 58. 原文见 Jan Assmann, *Das kulturelle Gedächtnis: Schrift, Erinnerung und politische Identität in frühen Hochkulturen* (Munich: Beck, 1992), 56.

仪典、食物、诗体、庆典——天亡簋对于饮食的供奉仪式的纪念和铭文富有力量的诗性语言相得益彰，在集体记忆中铭刻下了那一个场合的重要性，并最终以青铜的铸造得以圆满。这四个特征在中国前帝国时代的《诗经》中可以找到，尤其是一些关于在仪典背景下进献酒水或食物的内容。如《烈祖》：

> 嗟嗟烈祖！有秩斯祜。申锡无疆，及尔斯所。既载清酤，赉我思成。亦有和羹，既戒既平。鬷假无言，时靡有争。绥我眉寿，黄耇无疆。[①]

供奉酒食的交易性质在这里十分清晰，记忆与实践通过这个经典型文本流传下来。这首诗对祭祀行为进行了描述、演出和纪念。在短暂的宴会上，逝去的先祖（或神灵）与在世之人之间的阶级关系类似于王公贵族与其朝臣下属之间的关系，这一点十分明显。《诗经》中已经出现了不那么仪典化的语境下的宴饮诗，如《六月》的最后一节：

> 吉甫燕喜，既多受祉。来归自镐，我行永久。饮御诸友，炰鳖脍鲤。侯谁在矣？张仲孝友。[②]

《诗经》中的宴饮诗对于中世纪早期诗人来说十分熟悉。下文我们会看到，这一节的第六句"软壳龟烤鲤鱼泥"（炰鳖脍鲤）被曹植化用进多篇作品中。另一个例子是曹操（155—220）在名篇《短歌行》中对描写宴饮宾客的《鹿鸣》的引用[③]。这样的创造性行为之所以成为可能，是由于通过社会实践与书本学习获得的文化记忆带来的心理联想。宴会有能力（及功能）使得参会者相互联结，宴饮诗也能够跨越时间维持文化的种种特征。奚如谷（Stephen H. West）曾说：

> ……食物作为生活的基本必需品之一很早就被提升到了艺术和高雅的层次；随之而来的高雅文化地位使得食物在文学艺术的语言和结构中持续成为一样关键的材

---

① 郑玄笺，孔颖达疏《毛诗正义》，中华书局 2009 年版，第 1341 页。

② 《毛诗正义》，第 910 页。

③ 《短歌行》两种较有用的注解见 Stephen Owen, *The Making of Early Chinese Classical Poetry* (Cambridge, MA: Harvard University Asia Center, 2006), 197 - 200 及 Hsiang-Lin Shih, "Jian'an Literature Revisited: Poetic Dialogues in the Last Three Decades of the Han Dynasty" (PhD diss., University of Washington, 2013), 126 - 133. 又见 Tian, "Yanyin yu huiyi," 30—32, 她在文中就统治者纵情饮食的危险探讨了此诗和其他作品，还讨论了选人用能和领导阶层的责任。关于中国古代对于纵情声色的危险，见 Roel Sterckx, *Food, Sacrifice, and Sagehood in Early China* (Cambridge: Cambridge University Press, 2011), 94 - 106.

料……艺术、礼仪与食物相互支持,每一项都是国家和家族季节性祭祀、日常生活仪典和庆典不可或缺的建构性元素。①

公元前三世纪早期描写或纪念宴饮的诗歌通常会提到酒水食物,但不同作品的处理方式千差万别,如曹植广为流传与被收录的《名都篇》②:

名都多妖女,京洛出少年。宝剑值千金,被服丽且鲜。斗鸡东郊道,走马长楸间。驰骋未能半,双兔过我前。揽弓捷鸣镝,长驱上南山。左挽因右发,一纵两禽连。余巧未及展,仰手接飞鸢。观者咸称善,众工归我妍。归来宴平乐,美酒斗十千。脍鲤臇胎鰕,炮鳖炙熊蹯③。鸣俦啸匹侣,列坐竟长筵。连翩击鞠壤④,巧捷惟万端。白日西南驰,光景不可攀。云散还城邑,清晨复来还。

本诗题目中的"篇"最早指书写文字用的一束竹片或木条,后来用于指一篇或一段文学作品。"篇"通常用在乐府诗标题中,暗示这篇作品是一首歌⑤。我们不确定这是不是曹植此诗最初的标题,又或许他最初称其为乐府,但在《文选》中《名都篇》位于"乐府"类别下。曹植采用了后世编纂者称为乐府的独特形式,这一点是清晰的。此诗收入《文选》,作

① Stephen H. West, "Playing with Food: Performance, Food, and the Aesthetics of Artificiality in the Sung and Yuan," HJAS 57.1 (1997): 68.

② 曹植撰,丁晏纂,叶菊生校订《曹集铨评》,文学古籍刊行社 1957 年版,第 61—62 页。

③ 萧统《文选》,第 1290 页异文"炮"作"寒"两个文本似乎有特别的关联:如上所述,《诗·小雅·六月》有"炰(炮)鳖脍鲤"句,曹植《七启》有"寒芳莲之巢龟",意思是在芳香的莲花中巢居的海龟做的杂烩。参见司马迁《史记》,中华书局 1959 年版,第 3227 页。"寒"在这句话中的含义有许多讨论。《汉语大词典》说"寒"这种食物的准备方法没有广泛接受的解释,并让读者参考王利器《盐铁论校注》,中华书局 1992 年版,第 386 页,其中引用了许多相关文献。五臣本《文选》"寒"作"炮",本文依据此本。杨慎反对这一解读。他首先采取旧本(即五臣之前的《文选》)的立场作"寒",并说:"五臣妄改作'炰鳖'。"若'炰鳖脍鲤',《毛诗》旧刊,浅识孰不以为'寒'字误而从'炰'字耶?不思'寒'与'炰'字形相远,音呼又别,何得误至于此。"杨慎著,王大厚笺证《升庵诗话新笺证》,中华书局 2008 年版,第 261 页。又见杨慎著,王大淳笺证《丹铅总录笺证》,浙江古籍出版社 2013 年版,第 515 页。

④ "鞠"是一种以填充了羊毛的皮球为道具的足球游戏。"壤"是一种使用两根木头的古代游戏。两根木头相距三四十步插进土里,目标是通过击打其中一根木头来击中另一根。关于"鞠",见 David R. Knechtges, trans., Wen xuan, or Selections of Refined Literature, vol. 2, Rhapsodies on Sacrifices, Hunting, Travel, Sightseeing, Palaces and Halls, Rivers and Seas (Princeton: Princeton University Press, 1987), 294;中华人民共和国体育运动委员会运动技术委员会编《中国体育史参考资料》卷一,人民体育出版社 1957 年版,第 33—90 页;余嘉锡《世说新语笺疏》,上海古籍出版社 1996 年版,第 711 页;Richard B. Mather, trans., Shih-shuo Hsin-yü: A New Account of Tales of the World, 2nd ed. (Ann Arbor: Center for Chinese Studies, University of Michigan, 2002), 390. 关于"壤",见邯郸淳《艺经》,引自李昉《太平御览》,中华书局 1995 年版,第 755 页。

⑤ 又见 Owen, The Making of Early Chinese Classical Poetry, 303.

者的可信度是很大的①。这篇作品难以系年，传统上有观点认为是曹植早年作品②。

开篇两句历来有许多解释。最早是唐代注疏家张铣(主要活跃在八世纪早期)说"'名都'，邯郸、临淄之类也"③。另一个说法是"名都"是单数名词，指东汉及魏首都洛阳④。关于这点，参见下文《箜篌引》第八句。不止一位学者认为这首诗的背景地点应该是汉故都长安。这个解释是根据一些版本异文，并将"京洛"理解为两都(长安、洛阳)，而"名都"则指帝国中的一些大城市。这样"名都"和"京洛"就是同义词，都指大型区域，没有什么特指⑤。

第十七句的"平乐观"和长安、洛阳都有关联。在班固《西都赋》和《汉书》中都提到皇家狩猎园林上林苑中有一座平乐观，这是用于竞争性游戏比赛的场所⑥。"三辅黄图"起初编纂于汉末或魏初，其中提到汉武帝(前140—前87年在任)于公元前109年下令建飞廉观。东汉时期62年，明帝(58—75年在任)将飞廉观中的铜像迁到洛阳西门外，建了平乐观⑦。但洛阳的平乐观应当不是娱乐场所⑧。董卓(死于192年)190年洗劫洛阳的时候肯定摧毁了平乐观；他将铜像熔化，用来铸造钱币⑨。

第十八句乍看起来指的是饮用奢华的酒水，注疏家认为此诗具有讽刺意味，这是很好理解的。现存曹丕《典论》残篇中说："孝灵之末，朝政堕废，郡官百司并湎于酒，贵戚尤甚，斗酒至千钱。"⑩

第十八至二十句和本文主题直接相关。这里提到了四种菜：鲤鱼沫，大约是生的；煨(腾)卵虾；黏土烤软壳龟；炙熊掌，可能是串烤的。正如康达维教授所说，熊掌大概是"其

①　又见 Hans H. Frankel, "The Problem of Authenticity in the Works of Ts'ao Chih," 199, in *Essays in Commemoration of the Golden Jubilee of the Fung Ping Shan Library* (1932 -1982), ed. Chan Ping-leung (Hong Kong: Fung Ping Shan Library, Hong Kong University, 1982)。

②　见吴朝义《曹植名都篇新证》,《西南民族学院学报(哲学社会科学版)》1988年第4期,第71、74页；李辰冬《曹植的作品分期》,《大陆杂志》1957年第15期,第109页；赵幼文《曹植集校注》,人民文学出版社1984年版,第487页。

③　萧统编,李善等注《六臣注文选》,中华书局1987年版,第27页。这个说法又复述于郭茂倩《乐府诗集》,中华书局1979年版,第912页。

④　《曹植集校注》,第485页。

⑤　《曹植名都篇新证》,第76页。

⑥　萧统《文选》,第75页；David R. Knechtges, trans. , *Wen xuan, or Selections of Refined Literature*, vol. 1, Rhapsodies on Metropolises and Capitals (Princeton: Princeton University Press, 1982), 226 – 227；班固《汉书》,中华书局1962年版,第198页；Homer H. Dubs, trans. *History of the Former Han Dynasty*, vol. 2 (Baltimore: Waverly Press, 1944), 98. 又见《曹植名都篇新证》,第75页。

⑦　何清谷《三辅黄图校释》,中华书局2005年版,第328页。张衡(78—139)《东都赋》李善注也提供了相同信息,见萧统《文选》,第103页。

⑧　《曹植名都篇新证》,第75页；Rafe de Crespigny, *Fire over Luoyang: A History of the Later Han Dynasty, 23—220 AD* (Leiden: Brill, 2016), 51 – 52, 435。

⑨　应劭注,班固《汉书》,第193页；又见《曹植名都篇新证》,第75页；Crespigny, *Fire over Luoyang*, 463。

⑩　虞世南撰,孔广陶校注《北堂书钞》,学苑出版社1998年版,第148页。又见傅亚庶《三曹诗文全集译注》,吉林文史出版社1997年版,第505页。

中最美味的"①。不过,古代文学作品提及食物的问题还需要多加考虑。一方面是我们不能确定作品中所描写的多大程度上反映的是真实的人类活动:他们是真的吃了这些食物,还是只是这一主题与类型传统的意象? 现如今我们知道熊掌的割取、运输、消费是非法的,但六世纪农业专论《齐民要术》就包含了蒸熊肉的菜谱②。《齐民要术》这本手册关注的是土地产业如何更好地运作,而不是对农民阶层的实践与活动的调查③。熊掌不是村民的日常食物,但在曹植的时代,上层精英是很可能偶尔吃到这道菜的。

关于《名都篇》的主旨,说法有很多。例如,一些人认为诗中少年子弟的生活作风反映了诗人自己富裕而放纵的年轻时期,另一些人认为这首诗是批判那些追求享乐、空有骑射本领却不为国家服务的贵族子弟④。另外一种解释是这首诗表达了曹植因遭曹丕猜忌而无法施展才华的不满⑤。曹植诗歌常常让人想要挖掘其中的自传元素,而他的许多作品是可以做这样的解读的。第八、十六和十七句中的代词"我"显然增加了这种可能性。罗吉伟(Paul Rouzer)用"都市落拓子"来指称此诗中的少年形象,并指出读者可以将其视为"曹植对自我的理想化投射"⑥。类似的,史香林(Shi Hsiang-Lin)说"我们不需要把(这首诗中)任何一个少年认成曹植,但是我们可以说曹植在这里描绘了一个理想的自我形象"⑦。考虑到乐府在当时的表演性,诗人与讲话者的关系可能不一定准确,但二者大概率是有关联的,尤其考虑到曹植及其兄弟这样的贵族子弟从小受到的教育中包含了骑射等武术。曹丕不止一次地明确提到这点⑧。

这首诗和另一类涉及酒食的诗不同,那就是公宴(公燕)诗及其类似的诗篇。当时人

---

① David R. Knechtges, "A Literary Feast: Food in Early Chinese Literature," JAOS 106. 1 (1986): 58.

② 贾思勰著,缪启愉、缪桂龙译注《齐民要术译注》,上海古籍出版社 2009 年版,第 520—527 页;石声汉《齐民要术今释》,中华书局 2009 年版,第 860—861、865—866 页。又见 Donald Harper, "The Cookbook and Gastronomy in Ancient China: The Evidence from Huxishan and Mawangdui,"《湖南博物馆馆刊》2004 年第 1 期,第 167—168 页。

③ Francesca Bray, "Qimin yaoshu 齐民要术," in Early Medieval Chinese Texts: A Bibliographical Guide, ed. Cynthia L. Chennault et al. (Berkeley: Institute of East Asian Studies, University of California, 2015), 236.

④ 《曹植名都篇新证》,第 69 页。

⑤ 曹海东《新译曹子建集》,台北三民书局 2003 年版,第 200 页。

⑥ Paul Rouzer, Articulated Ladies: Gender and the Male Community in Early Chinese Texts (Cambridge, MA: Harvard University Asia Center, 2001), 126 - 127.

⑦ Shih, "Jian'an Literature Revisited," 169.

⑧ 有关曹丕与曹彰(223 年去世)的箭术训练,见陈寿《三国志》,中华书局 1959 年版,第 89、555 页。又见 Robert Joe Cutter, "To the Manner Born? Nature and Nurture in Early Medieval Chinese Literary Thought," in Culture and Power in the Reconstitution of the Chinese Realm, 200 - 600, ed. Scott Pearce, Audrey Spiro, and Patricia Ebrey (Cambridge, MA: Harvard University Asian Center, 2001), 65; Robert Joe Cutter, "Shishuo xinyu and the Death of Cao Zhang," JAOS 129. 3 (2009): 404.

包括曹植在内创作了许多公宴诗①。在这些诗中，吃喝是在更加宫廷式的场景中发生的。上位者举办宴席，诗人为这样的特别场合创作诗歌，诗中不像《名都篇》那样具有自发性以及对无拘无束的快乐的追求。但这些诗时常也表达忧时忧生的思想，只是这些公宴诗是更加正式场合的产物，创作所使用的语域更高②。尽管在建安文学中为宴席写诗被视为一个重要元素，并不是所有当时为宴饮场合创作的诗都提到食物和酒水——曹植的《公宴》就没有③。其他一些诗篇也会略去《名都篇》中那种对酒食的枚举，反而采用更加简略的指称，包括"酒""肴""馔""膳"等，如曹植《侍太子坐》④：

> 白日曜青天⑤，时雨静飞尘。寒冰辟炎景，凉风飘我身。清醴盈金觞，肴馔纵横陈。齐人进奇乐，歌者出西秦。翩翩我公子，机巧忽若神。

在其他同类诗中我们也发现类似的对酒食的指称方式。宇文所安说："我们不知道在建安时期的宴会中谁最早写下了'食与酒'相对的诗句，但这种写法一旦流传开来，就形成了其他诗人的模板。"⑥以下诗句可以表明这种倾向⑦：

> 嘉肴充圆方，旨酒盈金罍。⑧（王粲《公宴诗》）
> 丰膳漫星陈，旨酒盈玉觞。⑨（曹丕《于谯作》）
> 羽爵浮象樽⑩，珍膳盈豆区。⑪（曹丕《孟津诗》）

---

① 关于公宴诗，见 Cutter, "Cao Zhi's (192 – 232) Symposium Poems," 1 – 32；Owen, *The Making of Early Chinese Classical Poetry*，204 – 213 及黄亚卓《汉魏六朝公宴诗研究》。

② 见 Owen, *The Making of Early Chinese Classical Poetry*，204 – 207。

③ 《曹集铨评》第35页与《曹植集校注》第48页此诗题为《公宴》；萧统《义选》第942—943页此诗题为《公燕诗》。

④ 《曹集铨评》，第35页。

⑤ 《宋本曹子建文集》"天"作"春"。此书是对《续古逸丛书》（商务印书馆1922年版）中宋版曹植作品的复刻本。黄节《曹子建诗注》遵从此本，指出《大招》开篇有"青春受谢，白日昭只"句。见洪兴祖《楚辞补注》，中华书局2015年版，第229页。黄节认为尽管此诗故事背景设定在夏季，雨后太阳刚刚出现时就像春季一样宜人。他还认为"青春"是暗喻太子，因为太子可以称为"春宫"或"青宫"。

⑥ Owen, *The Making of Early Chinese Classical Poetry*, 208.

⑦ 前三个例子也在以下文献中被提及：Owen, *The Making of Early Chinese Classical Poetry*, 208.

⑧ 萧统《文选》，第944页；吴云、唐绍忠《王粲集注》，中州书画社1984年版，第19页；逯钦立《先秦汉魏晋南北朝诗》，中华书局1983年版，第360页。

⑨ 《先秦汉魏晋南北朝诗》，第399页。

⑩ "浮"在这里可以理解为在饮酒游戏中喝下固定量的酒精饮料。又见易健贤《魏文帝集全译》，贵州人民出版社2009年版，第351页。

⑪ 《先秦汉魏晋南北朝诗》，第400页。《左传·昭公三年》"齐旧四量，豆、区、釜、钟。四升为豆，各自其四"；Stephen Durrant, Wai-yee Li, and David Schaberg, trans. *Zuo Tradition /Zuozhuan：Commentary on the "Spring* （接下页）

清酤盈爵……珍膳杂沓,充溢圆方。①(曹植《元会》)

丰膳出中厨……肴来不虚归,筋至反无余。②(曹植《赠丁廙》③)

玉樽盈桂酒,河伯献神鱼。④(曹植《仙人篇》)

《仙人篇》本身并不是一首宴饮诗,而是游仙诗,描写在神仙世界的见闻⑤。曹操《气出倡》和《仙人篇》一样是游仙诗;曹植《娱宾赋》是一首为特殊场合所作的作品,很可能是由曹丕举办的宴会;以上两首诗中,食物和酒仅仅一句话带过,在曹植《当来日大难》中几乎消失不见:

乐共饮食到黄昏。⑥(曹操《气出倡》)

美酒清而肴干。⑦(曹植《娱宾赋》)

乃置玉樽办东厨。⑧(曹植《当来日大难》)

显然,酒食相对的模板足以满足读者对这类诗形式上的期待,并且即使我们能在更早的作品中找到类似的写法,其中也不涉及用典。这些诗构成"共享的诗学"⑨。为了纪念所参加的宴会,为了将这些诗歌铭刻在后来读者的记忆中,诗人们用了他们记忆中适合这类创作的手法,采取了在一定程度上前人已经制定出的文化和语言安排方式。但这并不只是文学惯例或者陈词滥调。在这一共享的诗学背景下,不同情况下创作出的诗篇遵循不同的规则。中古早期的文学记忆、诗学惯例及原创性处在创造性的张力中。作家们对这种张力的认识体现在中古早期的批评性作品中,如曹丕《典论·论文》、陆机(261—303)《文赋》、刘勰(约465—532)《文心雕龙》等。

正如《名都篇》所示,面对建安时期文学,除了公宴诗及类似的特殊场合作品,我们还

(接上页)and Autumn Annals," 3 vols. (Seattle: University of Washington Press, 2016), 3: 1349.

① 《曹集铨评》,第35—36页。

② 《曹集铨评》,第45页。

③ 这首诗以宴饮开场,最后劝说丁廙保持正直。

④ 《曹集铨评》,第59页。

⑤ 游仙诗和宴会诗之间存在关系,已经被过去研究指出。见 Owen, *The Making of Early Chinese Classical Poetry*, 146; Shih, "Jian'an Literature Revisited," 264.

⑥ 《先秦汉魏晋南北朝诗》,第346页。

⑦ 《曹集铨评》,第12页。

⑧ 《曹集铨评》,第66页。

⑨ Owen, *The Making of Early Chinese Classical Poetry*, 206.

可以通过其他作品来研究对食物的枚举，如乐府、赋等，尤其是七体赋①。乐府的一个例子是曹植的《箜篌引》②。乍看之下，这首诗类似公宴诗，但其基调不同，讲话者是宴会的主人，并且诗体为乐府诗：

> 置酒高殿上，亲友从我游。中厨办丰膳，烹羊宰肥牛。秦筝何慷慨，齐瑟和且柔。阳阿奏奇舞，京洛出名讴。乐饮过三爵，缓带倾庶羞。主称千金寿③，宾奉万年酬。久要不可忘④，薄终义所尤。谦谦君子德⑤，磬折欲何求。惊风飘白日，光景驰西流。盛时不再来，百年忽我遒。生存华屋处，零落归山丘。先民谁不死，知命复何忧⑥？

这首诗不仅提到了一些食物，还描绘了饮酒纵乐的场景。"阳阿"这个名字通常与高超的舞蹈相联系，在这里或许用的是赵飞燕的典故。赵是公元前1世纪一位美丽的歌舞者，晋升为皇后，最终成为太后。传记称汉成帝（前33—前7年在位）第一次看见她时，她正在阳阿公主家中学习声乐舞蹈⑦。《淮南子》里也提到阳阿，高诱（大约于前212年）注说是著名表演者的名字⑧。"饮过三爵"指的是经典文本中提到在这类场合中最多不应饮超过三杯。例如《左传·宣公二年》："臣侍君宴，过三爵，非礼也。"⑨这首诗中间部分（第十一至十六句）表达了友谊与社会凝聚力，最后几句则符合"及时行乐"的主题模式。这首诗对饮食的写法更类似《名都篇》而非"食对酒"的对仗模板，这和创作环境显然相关。诗中提到的食物应该是宴会上真实的饭菜，因为牛羊肉在北方是常规食物，其他文本中也经常出现，例如《齐民要术》中还提供了如何饲养绵羊和牛以及菜谱等信息。记忆在这首诗中也以多种方式发挥作用。曹植和同时期诗人一样善用过去的典故，但他更关心的是"不忘"——不要忘记朋友，正如第十三句所说，"久要不可忘"，老朋友不能忘记；同时也不要忘记自己所拥有的身心惯习的价值。这首诗将饮食这样的肉体行为与情感和社会内容相

---

① 黄亚卓注意到了《名都篇》与赋体的关系，见《汉魏六朝公宴诗研究》，第39页。

② 《曹集铨评》，第55—56页。

③ 鲁仲连（前3世纪）的传记说："于是平原君欲封鲁连，鲁连辞让者三，终不肯受。平原君乃置酒，酒酣起前，以千金为鲁连寿。"司马迁《史记》，第2465页。

④ 参见阮元校刻，何晏集解，邢昺注疏《论语注疏》，中华书局2009年版，第5455页。

⑤ 参见《周易》第十五卦，阮元校刻，王弼注，孔颖达疏《周易正义》，中华书局2009年版，第60页。

⑥ 《周易·系辞传》"乐天知命故不忧"，见 Richard Wilhelm, trans., *The I Ching or Book of Changes*, trans. Cary F. Baynes, 3rd ed. (Princeton: Princeton University Press, 1967), 295。

⑦ 见《文选》，第1286页；《汉书》，第3988页。

⑧ 何宁《淮南子集释》，中华书局1998年版，第150页。

⑨ 参见杨伯峻《春秋左传注》，中华书局1981年版，第659页。

结合,从而提醒当下及后世的读者重视和铭记主客之间的友谊联结。这场社交性的宴会将各方凝聚成一个群体。我们不知道是否当时还有其他在场的人作了诗,但这在建安时期群体作诗十分常见,他们通常会以其场合为题,或是另立某一主题①。宴饮在一个层次上直接促进了社群的形成,而写作的行为又增进了另一层的联结:这个社群源于从过去到未来的诗人所创作的诗歌,并遵循某一文类或主题。

有趣的是,曹植及其他建安作家使用不同文类来处理相同或类似的话题。曹植的《七发》中,食物成了提供给一位想象中的遁世者的七种刺激物之一。七体赋似乎源于枚乘的《七发》,而《七发》又和《楚辞》中的召唤类篇目《招魂》与《大招》有关。康达维就注意到,七体的命名是源于作品分为七个部分,"大部分描述某种感官的快乐,其中包括饮食"②。从枚乘到中古早期结束,七体赋出现了很多,大部分没有完整保存下来,有的只能看到标题③。

《七发》写的是通过七种刺激物来唤醒一位生病的太子,其中第二种就是要让挑剔的美食家产生胃口:

> 犓牛之腴,菜以笋蒲。肥狗之和,冒以山肤。楚苗之食,安胡之饭,抟之不解,一啜而散。于是使伊尹煎熬,易牙调和。熊蹯之臑,勺药之酱。薄耆之炙,鲜鲤之鲙。秋黄之苏,白露之茹。兰英之酒,酌以涤口。山梁之餐,豢豹之胎。小饭大歠,如汤沃雪。此亦天下之至美也,太子能强起尝之乎?④

中古早期七体赋现存较为完整的有十一篇,其中十篇使用食物作为一种诱发物(剩下

---

① 建安时期的群体创作,可参见 Shih, "Jian'an Literature Revisited," 4 - 9。
② Knechtges, "A Literary Feast," 57. 有关汉魏六朝的七体文,见侯立兵《汉魏六朝赋多维研究》,人民出版社2007年版,第234—246页;Yeong-Chung E. Lien, "Zhang Heng, Eastern Han Polymath, His Life and Works" (PhD diss., University of Washington, 2011), 109 - 147。
③ Lien, "Zhang Heng, Eastern Han Polymath, His Life and Works," 118 - 121;《汉魏六朝赋多维研究》,第234—241页。
④ 这段译文出自康达维所作的未出版的带有大量注释的译文。中文文本出自萧统《文选》,第1563—1564页。译者注,这段英文译文为:The belly-fat of a young ox, In a vegetable mixture of bamboo shoots and cattails. A stew made of plump dog, mixed with mountain rind. Cooked grain from Miao Mountain in Chu, boiled cereal from wild rice—Rolled into balls, they do not crumble; But once sucked into the mouth, they dissolve. And then have Yi Yin to do the shallow-frying and dry-frying, Yi Ya to season and blend; A well-cooked serving of bear paws, A sauce of savory seasoning. A roast of thinly sliced animal flesh, slices of fresh carp, Autumn-yellowed perilla, vegetables soaked in white dew. Ale of thoroughwort blossoms, poured to rinse the mouth. A course of hen pheasant, the fetus of a domesticated leopard. Whether a small portion of cooked grain or a large drink, it is like boiling water poured over snow. These are the supreme delicacies in the realm. Would the prince be able to force himself to rise and partake of them?

一篇用了酒)①。但和《七发》与招魂辞赋不同的是，曹植及其《七启》序中提到的作者们写作了一些既不是召唤离去的灵魂也不是要振奋生病的太子的作品。这些作品本质上是在招隐诗的传统中②。和其他七体作品一样，这些作品在结构上虚构了两个人物之间的一场假设性对话。《七启》中的这两个人物是玄微子和镜机子，后者要引诱前者进入仕途。在序言及开场内容过后，镜机子所采用的第一项劝说工具就是一顿盛餐③：

> 昔枚乘作《七发》、傅毅作《七激》、张衡作《七辩》、崔骃作《七依》④，辞各美丽，余有慕之焉。遂作《七启》，并命王粲作焉。
>
> 玄微子隐居大荒之庭⑤……于是镜机子闻而将往说焉……志飘飘焉，峣峣焉，似若狭六合而隘九州⑥……"予闻君子不遁俗而遗名，智士不背世而灭勋。今吾子弃道艺之华⑦……未之思乎，何所规之不通也？"玄微子俯而应之曰："……夫太极之初，浑沌未分⑧，万物纷错，与道俱隆⑨。……茫茫元气⑩，谁知其终？……假灵龟以托喻，宁

---

① Lien, "Zhang Heng, Eastern Han Polymath, His Life and Works," 122 - 124.

② 关于招隐诗，见 Alan J. Berkowitz, "Courting Disengagement: 'Beckoning the Recluse' Poems of the Western Jin," in *Studies in Early Medieval Chinese Literature and Cultural History: In Honor of Richard B. Mather and Donald Holzman*, ed. Paul W. Kroll and David R. Knechtges, 81 - 115 (Provo, UT: T'ang Studies Society, 2003). 关于中古早期的隐逸问题，见 Alan J. Berkowitz, *Patterns of Disengagement: The Practice and Portrayal of Reclusion in Early Medieval China* (Stanford: Stanford University Press, 2000).

③ 《曹集铨评》，第 132—140 页。

④ 傅毅此篇的一个删节版本可见于欧阳询《艺文类聚》，上海古籍出版社 1999 年版，第 1023—1024 页。张衡《七辩》基本完整保存在《艺文类聚》(第 1026—1030 页)及其他文献中。又见张震泽《张衡诗文集校注》，上海古籍出版社 2009 年版，第 298—311 页。Lien, "Zhang Heng, Eastern Han Polymath, His Life and Works,"第 127—140 页中包含其译文。崔骃《七依》只有残篇。

⑤ 《山海经》卷十四至卷十七有关于"大荒"(the Great Nowhere)的介绍。曹植这句赋文指的是隐士居住的地方，可能是一座山。《山海经》中提到大荒山。见袁珂《山海经校注》，上海辞书出版社 1985 年版，第 413 页。

⑥ "六合"(Six Coordinates)是四个方向及上下(或天地)；"九州"(Nine Provinces)指中国的土地。

⑦ "艺"(Arts)在这里可能指"六艺"，这个术语有两个含义：一指包含礼、乐、射、御、书、数的古代课程；二是构成君子教育核心的六部经典。对六艺的经典描述见《周礼注疏》，北京大学出版社 2000 年版，第 314 页。颜师古在《汉书·艺文志》中注"六艺，六经也"，见《汉书》第 1702 页。关于其中转变过程，见 Michael Nylan, *The Five "Confucian" Classics* (New Haven: Yale University Press, 2001), 20 - 21.

⑧ "浑沌"是在宇宙和现象世界出现之前的一种无分的状态。"太极"在这里指的是一种标志着形式开始的阶段。见 Fabrizio Pregadio, ed., *The Encyclopedia of Taoism*, 2 vols. (London: Routledge, 2008), 1: 49 - 50.

⑨ 《曹集铨评》第 133 页指出《太平御览》"运"作"隆"。赵幼文遵循胡绍煐《文选笺证》的看法，主张作"运"(《曹植集校注》，第 14 页)。胡绍煐说："运与分相押。后人错将穷、终、躬、中、风视为韵脚，所以改为隆。"胡绍煐《文选笺证》，黄山书社 2007 年版，第 687 页。隆也可以押韵，那么如果胡绍煐的说法是对的，那么"太极之初，浑沌未分"就成了一个四句诗节的前半段，最后一句可以翻译为"与道一致旋转"。

⑩ "元气"(Original Breath 或 Original Pneuma)和宇宙及万物产生之初的早期阶段相关，见 Pregadio, *The Encyclopedia of Taoism*, 2: 1192.

掉尾于涂中。"①……镜机子曰："芳菰精粺,霜蓄露葵,玄熊素肤,肥豢脓肌。蝉翼之割,剖纤析微;累如叠縠,离若散雪,轻随风飞,刃不转切。山鶢斥鷃,珠翠之珍②。搴芳苓之巢龟,脍西海之飞鳞,臛江东之潜鼍,腾汉南之鸣鹑。糅以芳酸,甘和既醇。玄冥适咸,蓐收调辛③。紫兰丹椒,施和必节,滋味既殊,遗芳射越。乃有春清缥酒,康狄所营④,应化则变,感气而成,弹征则苦发⑤,叩宫则甘生⑥。于是盛以翠樽,酌以雕觞,浮蚁鼎沸⑦,酷烈馨香,可以和神,可以娱肠。此肴馔之妙也,子能从我而食之乎?"玄微子曰:"予甘藜藿,未暇此食也。"

除了序言中曹植提到他对于前人七体作品的钦慕,我们不知道曹植写作这篇长诗的目的。那个时代,选贤用人对政府而言是一个重要议题——这一点是他父亲所重视的⑧。七体作品有一个基本公式化的结构,但这并不代表这些赋不能在修辞上表达出某种观点。曹植可能实际上是在夸赞自己家族明智的统治政策——在曹植吩咐下写作同题作品的王粲可能也是如此⑨。又或者曹植和其他作者仅仅用七体来展现精湛的语

---

① 一天,楚王派使者请庄子去治理国家,庄子正在钓鱼。"庄子手持鱼竿,头也不回,说'我听说楚国有一只神龟,已经死了三千年,楚王将其保存在祖先神庙中,装在一个竹盒里,盖着一块布。就这只乌龟而言,它是愿意在死后让人珍藏其骸骨,还是宁愿在泥土中拖着尾巴活着呢?'两位官员说:'它宁愿在泥土中拖着尾巴活着。'庄子说:'去吧!我将在泥土里拖着尾巴。'"王叔岷《庄子校诠》,台北"中央"研究院历史语言研究所 1999 年版,第 681 页。

② "珠翠"我遵循李善注译为"mollusk meat";《文选》,第 1579 页;又见《曹植集校注》,第 15—16 页。

③ "玄冥"是北方之神,水路的总领;见 David R. Knechtges, trans. *Wen xuan, or Selections of Refined Literature*, vol. 3, *Rhapsodies on Natural Phenomena*, *Birds and Animals*, *Aspirations and Feelings*, *Sorrowful Laments*, *Literature*, *Music*, *and Passions* (Princeton: Princeton University Press, 1996), 130。"蓐收"是西方之神。有关玄冥和蓐收的传统在《左传》和《淮南子》中记载不同,但二者都涉及五行理论。见《左传·昭公二十九年》及《淮南子集释》,第 187—188 页。又见 David Schaberg, *A Patterned Past: Form and Thought in Early Chinese Historiography* (Cambridge, MA: Harvard University Asia Center, 2001), 109; John S. Major et al. trans. *The Huainanzi: A Guide to the Theory and Practice of Government in Early Han China* (New York: Columbia University Press, 2010), 118—119。

④ "杜康"和"仪狄"很早就被认为和中国的酒精饮料的发明有关;见 H. T. Huang, *Science and Civilisation in China*, vol. 6, *Biology and Biological Technology*, Part V, *Fermentations and Food Science* (Cambridge, MA: Cambridge University Press, 2000), 155, 161。

⑤ 参见《礼记正义》,北京大学出版社 2000 年版,第 573—574 页:"孟夏月……其音征……其味苦。"李善注月份为"季夏";《文选》,第 1580 页。

⑥ 参见《礼记正义》,第 601—604 页:"中央土……其音宫……其味甘。"

⑦ "浮蚁"指的是一种物质——酒渣或泡沫——浮在酒精饮料表面;见 David R. Knechtges, "Gradually Entering the Realm of Delight: Food and Drink in Early Medieval China," JAOS 117.2 (1997): 238。

⑧ 见 Rafe de Crespigny, *Imperial Warlord: A Biography of Cao Cao, 155 - 220 AD* (Leiden: Brill, 2010), 367 - 369; Paul W. Kroll, "Portraits of Ts'ao Ts'ao: Literary Studies on the Man and the Myth" (PhD diss. University of Michigan, 1976), 17 - 24。

⑨ Shih, "Jian'an Literature Revisited," 115 - 116, 124; Lien, "Zhang Heng, Eastern Han Polymath, His Life and Works," 125.

言技巧①。这两种目的并不矛盾。此赋中，玄微子动摇了镜机子的信仰体系的一些核心社会价值及附带的阶层关系。镜机子想要使玄微子归化，他使用的一些论点的前提是他和玄微子共享相同的惯习——也就是二人的取向、假定、文化记忆、品位、爱好都类似或相同。镜机子假定在饮食这方面玄微子会认同和喜爱他所罗列的事物，可能这些菜肴会让玄微子回忆起他归隐之前的生活。诗中人物不一定要真正吃过这些食物才能唤起怀旧的思绪，在生活中也是如此②。同时，在作品之外，这些食物是读者或听者所认可、熟悉的，能够在他们心中唤起记忆，无论他们是真实体验过这些菜肴，还是熟悉早期写作的传统。

康达维曾说："列举食物在一定程度上有点掉书袋的意味，尤其是在七体赋中。作者们提到的珍馐显然是他们几乎吃不到的东西。"毫无疑问，七体作品中的一些佳肴十分珍稀，但康达维也说："根据被汉魏六朝赋提及的频度，豹胎在流行程度上想必和熊掌可以媲美。"③《七启》中的食物并没有太过怪诞，曹植的关注点也主要在食物的准备及食物本身上④。实际上，从"肥豢脓肌……刃不转切"等句中的切割意象我们可以看出，对烹调术的思考使得食物从必需品提升到了艺术的层面，这在前文所引奚如谷的话中已经提到。王粲《七释》也包含了一段基于饮食的劝说，同样不止一处提到了食物切割的方式。王粲列举了许多鱼和水果（如梨、桔子、苹果、柑橘、琵琶、龙眼等），在段末的七个押韵的对句中，他提到了"旄象叶解，胎豹脔断；霜熊之掌，茸麋之腱"⑤。

本文所考察的大部分都是为特殊场合所作的诗赋，这些作品旨在描写和表达欢乐、贡献美颂。《七启》没有明显的标志说明是写给哪个场合，尽管曹植命王粲根据相同传统写作这一事实大概说明这是群体创作。前人已经注意到，"七体赋的一大价值在于对感官追求描写上详尽的铺陈与丰富的辞藻。这些作品尽管可能带有夸饰，但给我们留下了关于中古物质文化的描写"⑥。我们可以补充说，在这些作品中存在美食诗学的运作。古代关于仪典、饮食、作诗法和纪念的众多文本演变到这个阶段，饮食不仅仅是作为宴饮烹饪的相关意象（即围绕某个主题结合的一些修辞比喻）存在，同时在社会语境上看也是作为一个特定社会文学圈子联结的方式和标志，塑造了建安文学时代的典型风格。近代以来这

---

①　Lien, "Zhang Heng, Eastern Han Polymath, His Life and Works," 125.

②　Holzman, "Food and Memory," 367 认为"怀旧"（nostalgia）也可以是"一种对从未体验过的时光或地方的渴望"。

③　Knechtges, "A Literary Feast," 58.

④　又见 Lien, "Zhang Heng, Eastern Han Polymath, His Life and Works," 145。

⑤　罗国威《日藏弘仁本文馆词林校证》，中华书局 2001 年版，第 130 页；吴云等《建安七子集校注》，天津古籍出版社 2005 年版，第 347 页。

⑥　Lien, "Zhang Heng, Eastern Han Polymath, His Life and Works," 145.

些作品有时不被重视①,但它们流传至今的一个原因就是这些简单易读的作品中承载的文化意义。这些篇章不仅仅证实了它们被创作出来的场合,也制定(执行)并体现了根本性的社会价值和文化记忆的碎片,因为以一种载诗载酒的形式表现出来,从而轻易地被一些后世读者所忽视。

　　(阮诗芸,福州大学外国语学院副教授,发表过论文《赋之音乐效果英译研究——以康达维〈文选·洞箫赋〉为例》等。)

---

①　李宝均《曹氏父子和建安文学》,上海古籍出版社 1978 年版,第 52 页。

2023 年赋学研究年度报告

程　维

现代赋学研究体系的形成开始于 20 世纪初至 40 年代,陈去病《辞赋学纲要》、陶秋英《汉赋之史的研究》和日本学者铃木虎雄的《赋史大要》是这一时期的经典论著。20 世纪 50—80 年代,赋学研究在港台、日本和欧美蓬勃发展,代表性著作是台湾学者张清钟《汉赋研究》、香港学者何沛雄《读赋拾零》、日本学者中岛千秋《赋の成立と展開》等。20 世纪 80 年代以后,中国大陆的赋学研究开始炽热起来,并带动了港台和海外赋学研究的发展。近十年来,赋学研究空前繁盛,非常多的学者投入赋学研究的领域,新的著作、论文层出迭见,研究动态更新极快,这就需要我们对于赋学的研究现状进行及时的总结。于是我们决心推出赋学研究年度报告,供学界参考。

2023 年度的赋学研究呈现出欣欣向荣的态势,出版专著 7 种,发表赋学论文 300 余篇。总结这些成果,主要集中在以下几个维度。

一、赋学文献及其域外传播

目录学研究方面,有连凡《〈汉书·艺文志·诗赋略〉前三种赋分类考论》、吴光兴《文集"首赋"体制之建构——以两汉之际学术演变为背景》等文章,对于重要的旧话题提出了新见解。《汉书·艺文志·诗赋略》中"屈原赋之属""陆贾赋之属""孙卿赋之属"的分类标准问题,是文学目录学上的重要话题之一,学界的讨论非常多,莫衷一是。连文认为学界的各种观点基本都是从赋本身找原因,因而常常过于求全责备,但从文献分类的实际操作来看,并非如此。该文独辟蹊径,从文献整理者的主观性和偏差性出发,讨论《诗赋略》的分类问题。的确解释了过去研究中不少抵牾产生的原因①。吴光兴则讨论了目录学上另

---

① 连凡《〈汉书·艺文志·诗赋略〉前三种赋分类考论》,《国际儒学(中英文)》2023 年第 2 期。2023 年度有关《汉书·艺文志·诗赋略》的文章还有白少雄《〈汉志·诗赋略〉收录辞赋标准蠡测》(《重庆三峡学院学报》2023 年第 1 期)等。

一个重要话题,即文集首赋的问题。作者认为,文集"首赋"体制建构的原点是《七略·诗赋略》,西晋挚虞《流别集》承上启下,南朝萧统《文选》奠定重要地位,至唐代文集"首赋"体制已成为约定俗成的惯例①。该文清晰地梳理了文集"首赋"体制的整个建构历程,对于此目录学现象的形成提出了令人信服的解释。

赋学文献校勘与辨伪方面,柯马丁、踪凡等学者作出了突出贡献。文献考辨之门径,不少学者已有过论述。而单就赋学文献的考辨,则尚未得到方法论上的总结。踪凡《赋学文献考辨方法论》一文弥补了这一遗憾②。该文从赋学文献的书目检索、文献版本源流的梳理、同名文献辨析、盗版文献甄别、文献年代与作者考辨、文献辑佚与辨伪六个方面论述了赋学文献检索考辨之法。这些方法都是作者对自己长期以来赋学文献考辨经验的总结,精细入微又行之有效,值得借鉴。踪凡、查文莹《〈声律关键〉新校》一文对前辈学者詹杭伦标点整理之《声律关键》进行了匡补正谬,计162条,对于该书的校订贡献甚巨③。柯马丁《〈司马相如列传〉与〈史记〉中"赋"的问题》一文是非常值得注意的一篇文献性质辨析之作④。该文认为《史记·司马相如列传》与《史记》其他材料之间存在一系列矛盾,如列传中对"赋"的讨论建立在一个世纪之后的扬雄观点的基础之上,司马相如与卓文君的罗曼史,《封禅书》《大人赋》的叙述是逸事传统的产物,对"谈"字的不避讳,赋中正字是后世字体标准化的产物,列传的句法特征晚于《汉书》等,继而质疑《司马相如列传》的可靠性以及所载相如赋文本的原生性。结论虽是推测性的,但论证极为精彩,研究思路上更是能给予国内赋学界极多启发⑤。

赋学选本研究方面,有董龙光《刘宋时期的〈赋集〉编纂及其学术意义》,刘明《敦煌唐写本〈啸赋〉残卷校理》,华若男、杨许波《吕祖谦〈宋文鉴〉的选赋特色及赋史意义》,林思仪《南宋科考律赋集〈大全赋会〉考述》,彭安湘、程琛《〈古文苑〉辞赋"选系"三论》等。董文以谢灵运、刘义宗和宋明帝刘彧所编纂的三部《赋集》为核心,考察了南朝宋时期赋集编纂的书籍史背景、政治原因、知识界风气,并分析了刘宋时期的《赋集》作为我国第一次出现的专门性赋体总集在赋学范本、审美趣向、体例编纂、文体辨析、赋作保存等方面的重要意义⑥。刘文通

---

① 吴光兴《文集"首赋"体制之建构——以两汉之际学术演变为背景》,《文艺研究》2023 年第 1 期。

② 踪凡《赋学文献考辨方法论》,《中山大学学报》2023 年第 6 期。

③ 赵敏俐主编《中国诗歌研究动态(第二十七辑)》,学苑出版社 2023 年版。

④ 〔美〕柯马丁著,郭西安编,杨治宜等译《表演与阐释:早期中国诗学研究》,生活·读书·新知三联书店 2023 年版,第 183—202 页。

⑤ 本年度赋学文献校勘与辨伪的相关论文还有孙联博《〈杜诗详注〉征引江淹诗赋考辨》(《天水师范学院学报》2023 年第 5 期),王彬《〈东原录〉所载〈丹凤门赋〉考辨》(《华夏文化》2023 年第 4 期),郭薇《晚明常熟两篇〈松声赋〉作者考辨》(《嘉兴学院学报》2023 年第 4 期)等。

⑥ 董龙光《刘宋时期的〈赋集〉编纂及其学术意义》,《励耘学刊》(2023 年第 2 辑总第 38 辑),社会科学文献出版社 2023 年版。

过考察敦煌所出《啸赋》残卷的内容与卷次的不同文本依据,推测唐代白文本《文选》的"正文依据李善注本,卷次依据萧统原本"的产生机制,并综合抄写的文献来源和注音特点,判断《啸赋》残卷整体文献内容皆产生在唐代,属于唐写本①。该文对于文献形成复杂性的认知无疑是精当的。华若男、杨许波文认为,吕祖谦《宋文鉴》在选录赋作标准方面的独具慧眼及其对待古、律赋体的调和、折中态度,呈现出不同于当时赋集的独特风格;具有开赋体辨别的先河、助推北宋赋的经典化、建构北宋赋史等文学史意义②。林文考察了《永乐大典》残存南宋律赋集《大全赋会》,认为该书可能是南宋解试之作,从编纂体例、文章内容、作者分布方面都反映了当时科考时文的程序化趣向与理学色彩,折射出南宋士人的精神风貌与知识结构;又因其中大多数作者史籍未载,大多数赋作《全宋文》未见,因此具有重要的文献辑佚价值③。尤其值得注意的是彭安湘、程琛《〈古文苑〉辞赋"选系"三论》一文④,该文跳脱出选本的单一考察模式,而是将前后相续的选本视为一个群体。作者认为,就选赋而论,《古文苑》上承继《文选》,中比肩《文选补遗》,下启发《续古文苑》,构成了"一源三流"的"选系"群体;它们在赋学价值取向上共同体现出以选为史的意识、以选见志的用心、以选察时的目的;而内争衡文道、外诠分古律,是该"选系"成员间以及与其他赋选的主要分歧点。该文创造了"选系"批评的概念,并整体性考察整个历时性系列选本的特点与价值,这是非常具有开创性的选本研究,对于整体的文献学研究都有很大启发作用。

在赋学文献的域外传播研究上,本年度成果颇丰,主要以东亚汉文化圈的研究为主。左江考察了朝鲜时代《哀江南赋》的四种注解[分别出自李植编选的《俪文程选》,柳近编选的《俪文注释》,佚名编选的《选赋》(一卷本)、《选赋抄评注解删补》],并讨论了各本之价值,认为李植本水平最高,价值最大;柳近本能吸收清人注解,提出新见;删补本对李植本的注解文字进行了润色加工,可读性更强;选赋本因错误较多,价值最弱⑤。冯芒对日本典籍中出现的新赋与典丽赋展开考察。作者通过中日两国文献的对读互见,发现《新赋》是一部湮没于我国历史的唐代律赋集,后东传成为平安中期日人接受唐赋的重要文本来源;而入宋之后编选的唐宋律赋集《典丽赋》,后东传成为平安后期日人校勘唐人律赋的重要依据⑥。该文通过大量的文献比对,得出令人信服的结论;尤其是对于唐人律赋在中日

---

　　① 刘明《敦煌唐写本〈啸赋〉残卷校理》,《辽东学院学报(社会科学版)》2023 年第 1 期。

　　② 华若男、杨许波《吕祖谦〈宋文鉴〉的选赋特色及赋史意义》,《湖州师范学院学报》2023 年第 9 期。

　　③ 林思仪《南宋科考律赋集〈大全赋会〉考述》,周裕锴主编《新国学》(第二十四卷),四川大学出版社 2023 年版。类似单个选本的研究还有辛梓、吴日霞《刘节〈广文选〉赋论》(《桂林师范高等专科学校学报》2023 年第 2 期)等。

　　④ 彭安湘、程琛《〈古文苑〉辞赋"选系"三论》,《中南民族大学学报》2023 年第 12 期。

　　⑤ 左江《朝鲜时代的〈哀江南赋〉注解研究》,卞东波主编《域外汉籍研究集刊(第二十五辑)》,中华书局 2023 年版。

　　⑥ 冯芒《辑佚之外:日本典籍中的新赋、典丽赋考述》,汤家浩主编《华中学术(第 42 辑)》,华中师范大学出版社 2023 年版。

两国流播轨迹的勾勒,非常有参考价值。薛瑞丰考察了《憎苍蝇赋》在日本和朝鲜的注释、传播、模拟现象,并对其政治、文化背景进行了探究①。同样的动物意象,在不同国家的内涵有何或隐或显的差异性,这本身就是个有意思的话题。陈灿彬考察了《感春赋》的理学意涵以及它在 15 至 20 世纪朝鲜的拟作、次韵现象,文末附有"朝鲜文人拟次《感春赋》表"②。张雪君《交流与回响:论徐居正的〈赤壁赋〉题诗》一文对苏轼《赤壁赋》在朝鲜半岛的流播进行了简要的梳理③,并以徐居正的《赤壁赋》题诗为例,分析了《赤壁赋》在朝鲜半岛引发广泛且深远的文学、文化效应的原因。④

有关辞赋在英语世界传播的相关论文,则有蒋哲杰《汉魏六朝赋在英语世界的翻译与研究》⑤、阮诗芸《李高洁的苏轼赋文译介与研究》等⑥。蒋文描述了汉魏六朝赋在英语世界的翻译和研究现状,简要呈示并分析了英语世界赋学的发展路线;并对过度依赖汉学家个人来推广中国文学和文化的传播现状表达了担忧,提出中国赋学界应主动做好赋的翻译和推介工作的建议,颇具启发性与可行性。阮文则着重考察了英国汉学家李高洁于 20 世纪 30 年代出版的通俗性译著《苏东坡集选译》及学术性辞赋译著《苏赋》;前者曾引发国内学者如钱钟书等的书评,后者是英语世界唯一一部译介本辞赋别集。相对于东亚汉文化圈的赋学传播研究,英语世界的研究主要以翻译与介绍为核心,还有很大可开拓的研究空间。⑦

二、辞赋文本及本事研究

文本研究与本事研究,从大的层面来看,都属于本体研究的范畴。重要的辞赋文本,已然有不少杰出学者的精耕细作,加上能够辅助解释的出土材料很有限,故而欲在此领域取得创新与突破,难度很高。然而本年度,在赋学界的共同努力下,辞赋本体研究仍然取

---

① 薛瑞丰《欧阳修〈憎苍蝇赋〉在东亚汉文化圈的传播与仿拟》,卞东波主编《域外汉籍研究集刊(第二十五辑)》,中华书局 2023 年版。

② 陈灿彬《理学意蕴·政治情愫·域外流播——朱熹〈感春赋〉新论》,《中国韵文学刊》2023 年第 1 期。

③ 张雪君《交流与回响:论徐居正的〈赤壁赋〉题诗》,《东疆学刊》2023 年第 1 期。

① 本年度赋学文献东亚传播研究的论文还有丁泰勾《李奎报骚体赋的文学意蕴及其对中国文学的接受》(《延边教育学院学报》2023 年第 1 期),王贺雷、苗振浩《金光煜赋对楚骚精神的接受与继承》(《延边教育学院学报》2023 年第 2 期),张雪君《文本与空间的交互——韩国"海东江西诗派"对苏轼〈赤壁赋〉的接受与演绎》(《乐山师范学院学报》2023 年第 2 期)等。

⑤ 蒋哲杰《汉魏六朝赋在英语世界的翻译与研究》,《国际汉学》2023 年第 2 期。

⑥ 阮诗芸《李高洁的苏轼赋文译介与研究》,《燕山大学学报》2023 年第 6 期。

⑦ 本年度有关辞赋英译的论文还有尚巾斌、唐家扬《文学典籍翻译中文化缺省的翻译补偿——以〈赤壁赋〉3 种英译本为例》(《常州工学院学报》2023 年第 4 期)等。

得不少创新性的成果。

辞赋文本研究的著作有于淑娟《汉赋与汉代辞书研究》一书①。该书立足于语言文字学视角,来对两汉辞赋的文本进行研究。前四章分别从字形、词汇、修辞、结构探讨汉赋文本与汉代辞书的关联;细致地比较了汉赋与辞书的联绵字同词异形、字形繁化现象,叠字与方言特点,联边、复语和对偶等手法等。第五章讨论汉赋、辞书与汉代制度之关系。书末附有《汉赋联绵字简明通检表》《汉赋迭字简明通检表》,对于语言文字研究也有参考价值。小学是古代学者研究的重要基础,而汉代赋家又多是小学家,因此以此为视角来研究汉赋文本,是切中肯綮的方案。

论文方面,有对单篇赋作的重新阐释。如苏轼《赤壁赋》,古今讨论者甚夥。然而对于何为"不变者"、前后两层之关联性问题,争议仍然不断。成玮《追寻不变者:苏轼气论与〈赤壁赋〉新解》一文跳脱《赤壁赋》的内部阐释②,以苏证苏,阐释了苏轼的"气论"与该赋的关系;认为赋中所谓"不变者",便指作为万物质料的气;"惟江上之清风,与山间之明月,耳得之而为声,目遇之而成色",则指对形之精华的领取。该文以《赤壁赋》为引子,讨论了苏轼的气论问题;再以气论思想体系反观赋作;确乎对于《赤壁赋》的相关疑问,提出了合乎人之常情又合乎东坡气象的解释。岳进《早期辞赋中的身体治疾与山水观想研究——以〈七发〉为中心》一文以枚乘《七发》为核心③,探究声色欲望的满足、视听感官的享受、身心疾病的医治,与登山临水的身体感受之间内在的关联;从身体的维度展示山水如何进入主体的审美想象,建立情感体验关系,转变为审美对象。学界对于山水审美化的论述,主要集中在六朝。而本文将其提前到汉初的赋作《七发》,认为其以观想的方式牵引着身体的微妙感受的审美方式,绾合气血和精神的起伏变化,开启了中国山水审美化的进程。邓稳《由齐、楚设喻论〈子虚上林赋〉的大一统主旨》一文以文学地理学为视角④,讨论了《子虚上林赋》争议不断的主旨问题。该文从西周自汉初士人对东西地缘政治矛盾的认识、司马相如在东西两地的亲身经历出发,推断此赋主旨是"务明君臣之义,正诸侯之礼",即歌颂宣扬大汉内部的统一。侯金山《夏侯湛〈鞞舞赋〉"在庙""在郊"句辨义——兼论鞞舞在西晋时期的功用与地位》一文通过分析鞞舞在晋代元会中的应用、傅玄《鞞舞歌》的功能以及王僧虔对鞞舞的批评⑤,对于夏侯湛《鞞舞赋》中的"在庙""在郊"两句的传统

① 于淑娟《汉赋与汉代辞书研究》,商务印书馆 2023 年版。
② 成玮《追寻不变者:苏轼气论与〈赤壁赋〉新解》,《华南师范大学学报》2023 年第 5 期。
③ 岳进《早期辞赋中的身体治疾与山水观想研究——以〈七发〉为中心》,《文艺理论研究》2023 年第 2 期。
④ 邓稳《由齐、楚设喻论〈子虚上林赋〉的大一统主旨》,《天中学刊》2023 年第 6 期。
⑤ 赵敏俐主编《乐府学(第二十七辑)》,社会科学文献出版社 2023 年版。

解释进行了反驳，继而得出此两句非征实之论而是凭虚夸饰之辞的结论。考论翔实，结论可信。①

也有对系列赋学文本的综合考察。刘朝谦、张丹考察了汉魏系列《琴赋》中的多重复调式美学结构，认为其把儒家雅乐的美学观念和隐逸之士反抗主流社会的文化姿态打通成一体，从而形成古琴雅而悲苦的独特审美风格，反映出汉魏赋家在入世和出世之间的妥协与挣扎②。孙晶、王凯丽考察了王十朋与潘滋的同题赋作《蓬莱阁赋》，比较其写作缘起、地域文化书写、风神旨趣及对前代的继承与创新等③。王十朋是南宋名臣，潘滋是明代文人；二赋所写蓬莱阁又分属越州、登州，名同实异。这种具备复杂名实、时空关系的文本比较，在互文性研究中实属创新之举。田胜利对于京都赋用《诗》的现象和内涵进行了细致考察，认为其包含了赋家的匠心，例如京都赋用《风》诗少而《雅》《颂》多，实际是体现了赋家在用《诗》形式和内容上的双重选择④。刘伟生对于左辅的四篇赋作《蛙鼓赋》《隔篱听书赋》《拟潘岳籍田赋》《桂馨一山赋》进行了听觉上的叙事考察，认为其主旨是围绕儒家传统的道、学、政展开，其主要手法是实现听觉与视觉的相互转换，取材别致，内容健康，具有较高的思想境界与艺术价值⑤。从听觉层面把握左辅赋作的特色与价值，这显然是独辟蹊径的研究视角。潘静如《早期〈海赋〉创作与赋体及审美流变》一文⑥，对于西晋木华和南朝齐张融的两篇同题之作《海赋》进行了文本比较与接收的研究，并对于两赋文学

---

① 本年度单篇赋作文本研究的论文还有康芸英《从贾谊〈鵩鸟赋〉看其对〈庄子〉的接受与变异》(《湖北开放职业学院学报》2023 年第 5 期)，罗惠龄《董仲舒〈士不遇赋〉的易学思想——以本体诠释学的认知模式探析》(《衡水学院学报》2023 年第 6 期)，贾红莲《登高远望使人心瘁——从王粲〈登楼赋〉探析"登望兴悲"的文化渊源》(《名作欣赏》2023 年第 20 期)，杨秋萍《空间与文学：曹植〈洛神赋〉的空间叙事论析》(《开封文化艺术职业学院学报》2023 年第 5 期)，伍奕宣《浅析〈洛神赋〉对〈离骚〉的继承与新变》(《大众文艺》2023 年第 3 期)，梅国春《论陶渊明〈闲情赋〉的互文书写》(《东华理工大学学报》2023 年第 6 期)，兰宇冬、过文英《清旷之域——谢灵运〈山居赋〉的园林景观营造》(《美术大观》2023 年第 2 期)，梁爽《薄冰之上：萧皇后〈述志赋〉与入隋江南人之心态》(《汉语言文学研究》2023 年第 3 期)，孙元宸《鲍照〈芜城赋〉之"芜中有生"》(《名作欣赏》2023 年第 26 期)，庄亮亮《〈丑妇赋〉：另类书写的本质指向》(《陇东学院学报》2023 年第 3 期)，刘悦蕾《从赤壁怀古到"赤壁赋"怀古》(《博览群书》2023 年第 6 期)，王正《共享江上清风和山间明月——〈赤壁赋〉解读与诵读》(《名作欣赏》2023 年第 14 期)，李曼婷、陈嘉琪《论苏轼〈前赤壁赋〉的艺术魅力》(《名作欣赏》2023 年第 12 期)，王凯丽《慕仙求道非此处，崇圣忆贤纷全来——从义学地埋学角度浅析王十朋〈蓬莱阁赋〉》(《名作欣赏》2023 年第 11 期)，房召义《如将不尽，与古为新——谈苏轼〈前赤壁赋〉对汉赋的承变及意义》(《语文建设》2023 年第 15 期)，张媚东《游戏体的另类书写：论李清照〈打马赋〉辨体、尊体意识》(《红河学院学报》2023 年第 2 期)等。

② 刘朝谦、张丹《汉魏〈琴赋〉美学意识结构探析》，《河南大学学报》2023 年第 2 期。

③ 孙晶、王凯丽《通情·别域·异趣·巧拟——论越州、登州同题〈蓬莱阁赋〉》，《聊城大学学报》2023 年第 4 期。

④ 田胜利《移植镕铸：东汉京都赋的〈诗〉典义涵释析》，《文艺评论》2023 年第 5 期。

⑤ 刘伟生《书声政声蛙鼓声：常州左辅赋的听觉叙事》，《常州大学学报》2023 年第 1 期。

⑥ 潘静如《早期〈海赋〉创作与赋体及审美流变》，刘怀荣主编《古典文学研究(第 8 辑)》，中国海洋大学出版社2023 年版。

风格的嬗变性和经典性进行了妥适的概括。①

在赋学本事研究上,2023 年度也产生了一些高显示度的成果。著作上,有刘跃进主编、孙少华编著《秦汉文学纪事》和刘刚、李骜《宋玉赋地理、宋玉遗迹传说田野调查与研究》两书②。《秦汉文学纪事》弥补了秦汉文学纪事的空白,也弥补了赋学纪事的空白。同时,它对于传统的"文学纪事"体例有所创新,主要表现在:文体上不止步于"纯文学",还涉及他们与经学、史学、子学、宗教、玄学等的关系;纪事主体上,由传统意义上的"文人"扩展到对当时"文学"发生、发展具有一定促进作用之人,对当今文学研究有所启迪之人;"按语"评论,不止于分析文人"逸闻轶事",还兼及对其著述、文学思想来源与影响、文本风格等各方面分析,力图挖掘当时的学术信息。对于我们了解相同赋学作品的不同侧面、不同书写角度,了解赋家被塑造、被书写的需要与目的,从不同层面把握史料背后的学术线索,都提供了很大的便利。《宋玉赋地理、宋玉遗迹传说田野调查与研究》一书采取社会科学田野调查的手段,对于宋玉赋相关的一系列地理问题,如"阳城"与"下蔡"地望、"庐江"地望、"巫山"所指、"衡山"地望、"章华台"所指、"郢中"所指以及与宋玉生平相关的诸多地理问题,进行了实地与文献的双重考察,得出了一系列新的见解,例如宋玉赋中的巫山当是今湖北汉川之仙女山,而非重庆之巫山;宋玉赋章华台所指当是楚襄王仿建的位于今河南商水县的章华台,而不是楚灵王所建的两处章华台;宋玉赋"郢中"之"郢"所指是战国时期楚国的第二座都城陈郢。不少话题在历史上都存在争议,而作者的结论至少可备一说。论文方面,有三篇文章都涉及杜甫献赋之事。杜甫现存六篇赋中,只有《天狗赋》缺少作为"献赋"的直接证据,导致其性质不明。吴怀东《杜甫〈天狗赋〉"献赋"性质考论》一文③,通

---

① 本年度系列赋作文本研究的论文还有梁玉田《〈高唐赋〉与〈神女赋〉的互文性探究》(《广东石油化工学院学报》2023 年第 5 期),牟歆《文辞相副与视听融合——扬雄辞赋的纪实性书写》(《大西南文学论坛》第五辑,巴蜀书社 2023 年版),陈舒凡《圣地、空间与回归:扬雄赋中的创世神话》(《百色学院学报》2023 年第 2 期),丁娅兰《汉代文人行旅与汉赋中的北方地域景观》(《语文教学通讯》·D 刊〔学术刊〕2023 年第 7 期),张莹莹《心悲·孤怨·愁离:曹丕诗赋创作中的感伤情绪与身心体验》(《文化学刊》2023 年第 10 期),刘宁、高榕《论阮籍赋的主题及艺术特色——兼与前代赋对比》(《唐都学刊》2023 年第 5 期),张英伟《潘岳〈秋兴赋〉对宋玉〈九辩〉悲秋的承继与发展探赜——以"象喻"言说机制与"天人合一"思维方式为视点》(《广东开放大学学报》2023 年第 1 期),梁凯悦《潘岳悼亡之作探赜——以〈悼亡赋〉〈哀永逝文〉为例》(《齐齐哈尔高等师范专科学校学报》2023 年第 6 期),王丹阳《南朝宫体赋中的美人书写及其审美意趣分析》(《荆楚学刊》2023 年第 2 期),吴银玲《唐玄宗朝科场诗赋的政治内涵》(《名作欣赏》2023 年第 2 期),王彬《宋太宗赋的用韵状况与类型归属》(《广东开放大学学报》2023 年第 6 期),俞冰越《宋代文赋结尾对汉赋的传承与转写——以苏轼文赋为例》(《名作欣赏》2023 年第 23 期),李曙豪《庆云寺高僧成鹫诗赋中的端州风物人情》(《肇庆学院学报》2023 年第 1 期),房召义《〈药性赋〉和〈伤寒药性赋〉的赋学特征》(《辽东学院学报》2023 年第 4 期),于淇《药性与赋体文学的结缘——"药性赋"源流考》(《名作欣赏》2023 年第 9 期)等。

② 刘跃进主编、孙少华编著:《秦汉文学纪事》,中国社会科学出版社 2023 年版。刘刚、李骜《宋玉赋地理、宋玉遗迹传说田野调查与研究》,商务印书馆 2023 年版。

③ 吴怀东《杜甫〈天狗赋〉"献赋"性质考论》,《文学遗产》2023 年第 6 期。

过对献赋传统、投匦制度与杜甫的实践,杜甫当时的处境、心态,韦氏家族对他的帮助等层面的考察,对于《天狗赋》的献赋性质作出推测和判断。论证翔实中肯,结论令人信服。孙微探究了杜甫献赋后为玄宗所赏却未能立即授官的原因,对学界的拖延说、作梗说、守选说一一进行反驳,继而认为杜甫献赋求仕、召试文章背后正是天宝十载(751)怀才抱器举人群体应诏之事,杜甫献赋而未能立即授官的原因并非朝廷的拖延,而是与李林甫对文士一贯打压的政策有关①。作者熟稔相关材料,以杜证杜,结论妥帖可信。王雨晴则反驳了旧注关于《雕赋》的进呈时间的说法,认为应是在天宝六载(747)落第后至天宝九载(750)冬预献《三大礼赋》前,并对《雕赋》的政治背景、投献失意的原因进行了推测②。

除杜甫赋,黄香《九宫赋》、孙绰《游天台山赋》、张阶《黄赋》等赋作的本事也得到关注。东汉黄香的《九宫赋》文辞古奥迂涩,自南宋章樵在《古文苑》中详为注释后,一直被视作附会九宫谶纬之作。侯文学、王珊珊《〈九宫赋〉颂章帝汶上明堂祭礼考订》一文③,通过对赋文疑难文句的疏证、篇章结构的分析、创作主旨的探究、文本系年的考证,推断出该赋以明堂九宫为楔引、以遨游轻举为体例、以天子巡幸为主线的颂圣之作的性质。论证精切,推翻了前人的看法。周兴泰《唐张阶〈黄赋〉本事考》一文④,通过辞赋内容与唐代史实的对照,认为张阶《黄赋》当为针对天宝九载(750)发生的"以土代火"之事而作,而非为未及第时所作。⑤

此外,还有一些论文涉及辞赋的边疆书写。马言、安相《赋写民族:和瑛〈西藏赋〉的边地书写》一文⑥,以蒙古镶黄旗人和瑛所作《西藏赋》为研究对象,考察了其对于边疆书写传统的承变、书写方法的创新、虚实转换的民族书写修辞、民族体认的大一统国家意识等。高人雄、周兴阳考察了清代描写天山的系列赋作,对书写传统、书写特点、修辞艺术、审美视角、国家认同等方面进行了多维度的探讨⑦。倪浓水、张洁莉《邱濬〈南溟奇甸赋〉中的"琼人扬琼"作为》一文认为⑧,邱濬《南溟奇甸赋》是对朱元璋"奇甸"这一赞语的发挥,成

---

① 孙微《杜甫献〈三大礼赋〉后未能立即授官原因新考》,《文学遗产》2023 年第 6 期。

② 王雨晴《由"触邪之义"到"正色立朝":杜甫进〈雕赋〉的政治文化内涵及相关问题论析》,《杜甫研究学刊》2023 年第 4 期。

③ 侯文学、王珊珊《〈九宫赋〉颂章帝汶上明堂祭礼考订》,《江西师范大学学报》2023 年第 3 期。

④ 周兴泰《唐张阶〈黄赋〉本事考》,《江海学刊》2023 年第 4 期。

⑤ 本年度有关赋学本事的研究还有马银川《〈哀湖南赋〉的记录与反思》(《文史知识》2023 年第 11 期),樊荣《阮籍写作〈东平赋〉的真实意图》(《天中学刊》2023 年第 4 期)等。

⑥ 马言、安相《赋写民族:和瑛〈西藏赋〉的边地书写》,《贵州民族研究》2023 年第 4 期。

⑦ 高人雄、周兴阳《清代西域天山赋的书写及其审美意蕴》,《南都学坛》2023 年第 5 期。

⑧ 倪浓水、张洁莉《邱濬〈南溟奇甸赋〉中的"琼人扬琼"作为》,《浙江海洋大学学报》2023 年第 1 期。

为"琼人扬琼"中"海南塑造"的一个经典文本。①

三、赋史建构与赋体演进

赋史研究是历年赋学研究的重头戏。本年度的赋史研究也成绩斐然,主要集中在四个方位。

其一,赋体生成。关于赋体生成与起源问题,众说纷纭,或谓源于《诗》,或谓源于《骚》,或谓源于诸子,或谓源于俳词,或谓源于祭礼,又有多源说。各有其据,但皆有偏颇。葛刚岩《解释学视野下的赋体原始》一文②,提出了新的观点和思路。文章认为"赋"字本义原指与戎事相关的军需财物,后转而为修辞之"赋",再演变升格为文体之"赋"。该文最重要的贡献在于其阐释学思路,即清楚区分了"影响"与"起源"的差异,影响是可以多元的,而起源应当是单一的。这为赋体起源的研究提供了新的方向。刘成敏则将先秦辨学作为赋体的源头机制进行探究③,不但为赋体生成提供新说,更借赋体来还原"口语社会"向"书写社会"演变的内在轨迹,考察言说、书写之于中国文学生成、衍变的意义,这是极富启发性的研究思路。唐定坤《别子为祖:论汉赋附〈诗〉的尊体建构》一文④,发挥王芑孙的文体发生学观点"别子为祖"之说,认为此说从主次亲疏上勾连了从《诗》到赋的演进中荀子、屈原、宋玉的作用和地位,指出了赋别《诗》为"祖"之后所具有的扩容特征,内涵了汉代赋家因追求文体尊严而攀附《诗》学的事实。这一观点对于传统的"诗源说"有着重要的补益作用。杨金波则将《左传》作为汉赋源头之一,认为二者物理联系、风格气象、假设问对上都有承继关系⑤,为赋体多源说提供了新的佐证。柯马丁《西汉美学与赋体的生成》一文⑥,检讨了现行的赋学观念,认为赋并非一种定义明确的文类,也非直接参与政治讽谏的文体,赋家更非有影响力的讽谏者;赋实际是西汉宫廷文化中最普遍的文学现象,以各种不同形式出现,是集合修辞、愉悦以及道德讽劝为一身的表演性文类。该文还原赋体在

---

① 本年度有关边疆赋的研究还有唐欣、张勇《崔琰〈述征赋〉考述——汉代郁洲岛的珍贵实录》(《文物鉴定与鉴赏》2023 年第 12 期),王准《明代纳西族土司木增〈雪岳赋〉考论》(《地域文化研究》2023 年第 5 期),罗雨星、罗红星《汉魏辞赋的海洋书写及其体现的海洋观念》(《广西教育学院学报》2023 年第 2 期),王飞阳《"赋史"互观:乾隆时期西域武功赋的本色与流变》(《六盘水师范学院学报》2023 年第 4 期)等。
② 葛刚岩《解释学视野下的赋体原始》,《清华大学学报》2023 年第 3 期。
③ 刘成敏《汉赋的谈辩:传统、辩者及文学史意义——兼及辩学视域中的汉赋批评》,《励耘学刊(第三十七辑)》,社会科学文献出版社 2023 年版。
④ 唐定坤《别子为祖:论汉赋附〈诗〉的尊体建构》,《华南师范大学学报》2023 年第 3 期。
⑤ 杨金波《〈左传〉与汉赋溯源的散文视野》,《求是学刊》2023 年第 4 期。
⑥ 《表演与阐释:早期中国诗学研究》,第 138—182 页。

西汉时期的原始生态的思路,是极具启发的文体研究门径。赋体起源与本义是个非常棘手、创新难度极高的老话题。本年度的赋学研究在此话题上仍有所斩获,实属可贵。

其二,序统建构。孙少华《"文本流动"与"赋家建构"——以西汉辞赋八家为例试论汉初文人赋学地位之升降》一文①,通过西汉赋家地位的变化过程的考察,来讨论文本的递代变化与文人地位变化的互动性问题。文章认为,《史记》《汉书》的叙述中,枚皋、东方朔赋学地位较低,无法与一流赋家如贾谊、枚乘、司马相如并称;而陆贾、东方朔神仙家、博物家、"辩略"家等其他身份的彰显,渐渐提高了他们在赋学领域的地位;刘勰对他们赋学地位的定位是接受了这种"历史建构"的结果,而未必符合辞赋文本当时的实际情况。学界对于赋学地位建构的讨论,往往拘囿于文学内部。该文的结论告诉我们,文学地位不一定是由文学批评所建构的,而可能是由其他形式的建构而自然连带造成的。这种超越了文学研究的统序建构视野是极具启发的。王思豪《"赋统"论——关于中国赋学的建统与归统问题》一文②,是对于赋学统序的统观性考察,对于中国赋学究竟有无"统"意识、赋学的"祖宗"观点构建出了什么问题、赋如何承载"道统"与"治统"、赋统如何走出"小道"、中国赋学的传承谱系建立到何程度等问题都作了深刻的讨论;继而得出中国"赋统"的建构意识早于"诗统""词统""曲统"意识生成,具备载道精神,在中华文脉的传承史上具有举足轻重的地位这一结论。该文是首篇通论"赋统"的文章,视野宏阔,思虑精深。沈相辉《模拟圣人:〈汉书·扬雄传〉中的身份认同与自传叙事》一文认为③,《汉书·扬雄传》是班固以扬雄《自序》为蓝本撰成,很大程度上是扬雄自我呈现的自传文本。扬雄在写作时就意识到这篇文字以后会被朝廷采用,故文中表现出明显的自我塑造与自我保护倾向;叙事结构上模仿孔子经历进行安排;叙事手法上继承了史传的叙事技巧,以达成文本真实性、客观性兼备的阅读感受。该文从叙事学角度剖析了扬雄自我建构过程,颇有新意。杨晓斌、肖佳琳通过考察《魏书》采撷的北魏赋作,回归历史语境,探究史家的史笔文心,借此认识北魏赋体创作的文学生态与整体面貌、史书的录文体例及其旨归,以及史传录文的文学价值、文体学意义④。考察细致,结论可信。

其三,赋史代迁。刘培《思想、历史与文学》一书收录多篇赋史研究的文章⑤,如汉魏六朝文学篇收录了《东汉论都赋内蕴的演变》《经学的演进与汉大赋的嬗变》《汉末魏晋时

---

① 孙少华《"文本流动"与"赋家建构"——以西汉辞赋八家为例试论汉初文人赋学地位之升降》,《文艺理论研究》2023 年第 4 期。
② 程章灿主编《古典文献研究(第二十六辑上)》,凤凰出版社 2023 年版。
③ 沈相辉《模拟圣人:〈汉书·扬雄传〉中的身份认同与自传叙事》,《华南师范大学学报》2023 年第 3 期。
④ 杨晓斌《史笔文心:〈魏书〉对北魏赋史的建构》,《民族文学研究》2023 年第 6 期。
⑤ 刘培《思想、历史与文学》,山东大学出版社 2023 年版。

期的经学与辞赋》,宋代篇有《两宋之交辞赋的传承与递变》《论南宋初期的爱国辞赋》《南宋中期辞赋创作的新变》《正心诚意 修辞立诚——论理学对南宋后期辞赋文学精神的规范与重塑》《论北宋真仁间辞赋创作的治平心态》《论两宋之际的党争与辞赋创作》《转向内在:宋代辞赋中"国家形象"的演变》等。该书从多个角度、多个维度考察了汉魏和宋代的赋学演变,是近来赋史研究的重磅之作。时俊龙《长江赋史论》是专题类赋史著作①。该书搜辑、整理、辨析、考订了历代长江赋的文献,并从赋作特色、赋学图景、文化意义、长江精神等多个层面对长江赋的发展史进行了考察。

论文方面,许结极为精练地概括了历代赋学创作的时代精神,认为汉赋尊"礼",晋赋崇"玄",唐赋重"律",宋赋尚"言"②。蔡丹君、于晨雪考察了银雀山汉墓《唐勒》赋入墓的因由,并确认其作为从"楚辞"到"汉大赋"之间的过渡性文体,在辞赋发展过程中的重要意义③。论文以小见大,研究范式具有启发性。孙少华探讨了王褒的赋体创新精神及其在汉赋发展史上的贡献,包括创新汉赋文体形式、赋予作品更加强烈的"文学性"、发展俗赋一体等④。论文大处着眼,又经细部谛察,极具说服力。陈丽平考察了《两都赋》被确认为经典的历史过程,认为在南朝刘宋之前《两都赋》长期被忽视,随着文选学在隋唐时期的形成,《两都赋》在注释学领域受冷落的状况得到改变,《两都赋》在京都赋范围内的经典地位得到巩固⑤。马银川、周兴泰讨论了游艺、节日两类题材的礼文化的内涵。周兴泰认为唐代节日赋具有铺陈典礼仪式与节庆活动、颂扬王道精神与帝王仁德,昭示驱疫祈愿、赦罪求福的民俗心理等文化意蕴⑥。马银川认为汉魏游艺赋中相关的礼义、规则、流程等的描写及娱乐色彩的淡化,是有其政治与文化的目的⑦。唐定坤探讨了"六朝体"赋这一重要赋学现象,认为其在题材、手法、用字、句式等方面,相对于"两汉体"赋而言都存在巨大的转向;其转向又分三个阶段,以建安开启路向,太康可为标识,齐梁最显复杂⑧。该文对于"赋亡""失体"命题和后代赋文本风格学归属的理解都有所助益。钱志熙认为,《山居赋》的写作动机,在于向朝野士庶解释隐逸行为,并且建构一种以自然思想为基础、顺从性情为宗旨的门阀士族新的隐逸思想;同时,谢灵运还有意识地标榜存在于会稽郡中的新旧两

① 时俊龙《长江赋史论》,浙江工商大学出版社 2023 年版。
② 许结《辞赋的时运与文心》,《文史知识》2023 年第 7 期。
③ 蔡丹君、于晨雪《银雀山汉墓〈唐勒〉赋的入墓因由与赋体价值》,《中原文化研究》2023 年第 3 期。
④ 孙少华《"一士其重九鼎轻"——汉宣帝时期王褒的赋体创新与文学贡献》,《求是学刊》2023 年第 4 期。
⑤ 陈丽平《班固〈两都赋〉在京都赋中经典地位的确立》,《唐都学刊》2023 年第 5 期。
⑥ 周兴泰《唐代节日赋的文化意蕴》,《中州学刊》2023 年第 7 期。
⑦ 马银川《论汉魏六朝游艺赋中的礼文化及其政教内涵》,《东岳论丛》2023 年第 1 期。
⑧ 唐定坤《论"六朝体"赋的演进与特征》,《中南大学学报》2023 年第 1 期。

种隐逸传统①。该文挖掘了"栋宇居山"士族之隐这种新兴的隐逸观念和模式,对于隐逸史、隐逸文学的研究都有所助益。余江梳理了前科举时代文才与士人仕途之间的关系,分析了赋的文体特点与封建选士要求的适应性,揭示了科举试赋的某种必然性②。陈蕾以北大汉简《妄稽》和敦煌《丑妇赋》为中心,考察了汉唐俗赋在题材意蕴、文体形式、"表演"艺术方面的传承与演变③。曹世瑞发掘了唐代辞赋同题创作与传播的现象,将《全唐赋》中509篇同题赋分为科举试赋、献赋与奉诏作赋、唱和赠答赋、异时异地同题赋四种类型;认为科举试赋是唐代最大规模的同题共作,献赋是对唐帝国繁盛的集体书写,唱和赠答赋是文人之间同声相应的交流,而异时异地同题赋是跨越时空的回响④。学界对于同题赋的研究主要集中在汉魏六朝,该文是对唐代同题赋的首度垦掘。陈彼烨分析了室宇赋在宋代各时期所呈现的不同特征,及其内容上逐渐摆脱体国经野的探讨,而转向生活的书写与人生问题的思考的创作倾向⑤。李卉考察了明清闺秀花卉赋的写作范式,认为其在创作动机上表现出对"讽谏"传统的突破,在具体描写中以纤细的语言材质在花卉观察中代入"自我",在旨趣上体现出明清女性文学新的思想境界⑥。古代文体中,赋体较诗、词、小说更接近男性思维。该文精细地分析了女性花卉赋的创作特点,并将其与男性同题材作品的时空特性、性别意识进行比较,是非常具有创新性的视角。张佳生、张晴考察了清代的八旗文人的辞赋,认为八旗赋家的特殊身份和心理意识使得他们在题材选择、情感抒发、艺术表现方面独具特点,对清赋的繁荣起到了推动作用⑦。赵俊波《中国近现代传媒与报刊拟赋》⑧、陈怡雯、孙福轩《民国时期文教报刊中的师生赋作》二文⑨,均以近代报刊赋为研究对象。赵文考察了报刊中大量涌现的拟赋的原因、特点,认为其语言、结构与原作高度雷同,其题材与新闻报道有密切的关联,其功能有讽刺、劝诫、宣传鼓动等。陈怡雯、孙福轩文认为,民国报刊中的师生赋作,较大程度地保留了传统赋体的抒写题材与体式特征,是古典辞赋在近代的余响。⑩

---

① 钱志熙《论谢灵运隐逸行为与思想——以〈山居赋〉为中心》,《湖南师范大学社会科学学报》2023年第2期。
② 余江《前科举时代赋与文人仕途之关系浅议》,《文学与文化》2023年第2期。
③ 陈蕾《从北大汉简〈妄稽〉和敦煌〈丑妇赋〉看俗赋流转》,《河南理工大学学报》2023年第3期。
④ 曹世瑞《赋可以群——唐代同题赋创作与唐赋传播》,《文学评论》2023年第1期。
⑤ 陈彼烨《论宋代室宇赋的发展》,《辽东学院学报》2023年第1期。
⑥ 李卉《女性文学范式:明清闺秀花卉赋的"突围"》,《南通大学学报》2023年第1期。
⑦ 张佳生、张晴《八旗赋论》,《满语研究》2023年第1期。
⑧ 赵俊波《中国近现代传媒与报刊拟赋》,《中国韵文学刊》2023年第3期。
⑨ 陈怡雯、孙福轩《民国时期文教报刊中的师生赋作》,《辽东学院学报》2023年第2期。
⑩ 本年度赋史研究的论文还有姚奎《论金元科举试赋的困境与嬗变》(《中国考试》2023年第9期),陈巧燕《唐赋京都书写之思想意蕴研究——以长安为创作中心的考察》(《贵州师范学院学报》2023年第1期),万羽《宋人"平淡"观念下的菊花书写——以菊花赋为例》(《辽东学院学报》2023年第3期),黄笑、张靖林《清代蒐狩赋:"以赋述礼"(接下页)

　　其四,赋体沿革。本年度的辞赋体制研究主要集中在汉代和清代。刘伟生《赋体铺陈叙事研究》一书从赋体铺陈本质出发,系统探究了赋体本质与叙事、赋体手法与叙事、赋体结构与叙事、赋体题材与叙事等赋体叙事的核心问题,探究赋体叙事结构的共性与个性,探究赋体题材与赋体叙事结构的关联,并具体分析猎苑、京殿、述行、女性、寓言等几类题材的叙事模式与文化意蕴①。该书开拓了赋体叙事研究新的领域,构建了赋体叙事研究的基本框架,在赋学研究内容上具有较大的突破。李霖、吴广平考察了屈原、宋玉的香草美人意象在创作传统与审美风貌上的差异,认为相较于屈赋香草美人意象的重抒情、重政治象征的特征,宋玉赋香草美人意象则重写实、重铺陈,主观性因素减少②。易闻晓《赋本义与名物推类铺陈》《类赋的辞章:汉代对问和设论的文体属性》二文③,皆是讨论赋体之作。前文讨论赋体推类铺陈名物的特性,认为铺陈是人类观念中名物叠复这一普遍现象的赋体投射。后文则从杂文与对问源流、设论与对问的分合交互、辞章之本与赋体流亚、事类铺陈与纵横遗风数个层面,探讨了汉代对问和设论的文体属性。二文皆见解通达,得其体要。马言《学问所系:汉大赋的文本建构》一文认为汉大赋以学问为赋的特点④,有得于先秦诸子学说、纵横之谈及汉代经学系统的润泽,对于宋代"以学问为诗"的潮流有开创范式的意义。潘务正《清代律赋神韵论》一文考察了清代律赋的体制特征⑤,认为由汉大赋到清代律赋,经历了从得形、得势到得韵、得性的发展历程;清代律赋融合与之体制相近的唐诗、八股时文等文体特性,又兼融六朝骈赋的传统,构建出以神韵为极轨的体制追求和审美体认,创生了律赋的新传统。清赋研究向来不发达,加上清代赋学选本和批评极为繁多,本文从纷纭杂沓的清代赋学文本和批评中准确抽绎出"神韵"这一范畴,对于清代赋学研究是巨大的推进。曹天晓考察了学界所未曾瞩目的檃括赋这一特殊体裁及其创作路

　　(接上页)与释经特色》(《辽东学院学报》2023 年第 3 期),连国义《东坡入赋:苏轼经典化的独特视域》(《乐山师范学院学报》2023 年第 12 期),范陈鑫《辽朝臣子进献诗赋现象探析》(《绵阳师范学院学报》2023 年第 10 期),陈莜烨《理学视域下的宋代室宇赋创作》(《临沂大学学报》2023 年第 1 期),姚奎《回顾与前瞻:金元辞赋研究述评》(《高原文化研究》2023 年第 3 期),谢邱荣《清代律赋的篇法讲求》(《广西科技师范学院学报》2023 年第 5 期),徐馨《论天人合一思想对西汉咏物赋创作的影响》(《扬州教育学院学报》2023 年第 4 期),杨健、董秀芳《永嘉南渡文人辞赋创作特征及成因论析》(《滁州职业技术学院学报》2023 年第 4 期),刘飖《〈陈沆集〉校点兼论陈沆的律赋成就》(《黄冈职业技术学院学报》2023 年第 5 期)等。
　　① 刘伟生《赋体铺陈叙事研究》,九州出版社 2023 年版。
　　② 李霖、吴广平《地理、身份与屈宋辞赋香草美人意象审美异同的形成》,邹华主编《中国美学(第 13 辑)》,社会科学文献出版社 2023 年版。
　　③ 易晓闻《赋本义与名物推类铺陈》《类赋的辞章:汉代对问和设论的文体属性》,分别发表在《武汉大学学报》2023 年第 5 期、《吉林大学社会科学学报》2023 年第 4 期。
　　④ 马言《学问所系:汉大赋的文本建构》,《求是学刊》2023 年第 2 期。
　　⑤ 潘务正《清代律赋神韵论》,《古典文献研究(第二十六辑上)》,凤凰出版社 2023 年版。

径,并探究了其产生和未能形成大规模创作的缘由①。程维探究了赋体产生早、历史长却未产生流派的原因,认为是由赋体的体制和观念的独特性造成的②。历代赋学批评长期持守的经义文体观,导致了赋学风格的整体上偏执与固化;赋体铺陈的核心文辞特征,造成风格的冲淡与理性的鸠居;"赋家之心"的非个体性、非自然性以及实用功能脱落的不彻底性,都从一定程度上挤压了风格与流派产生的空间。

书写名物也是赋体的重要特征。易闻晓考察了汉赋不同体制写"物"的变化,汉大赋多致名物,然以讽喻缩减篇幅,或大题短制,不克铺陈,骚体就事议论,名物为寡,汉末复归情物③。文章抓住"物"这一重要线索考察赋体承变,可谓切中要害。蒋晓光认为,汉大赋的名物依托土地产生,具有鲜明的地理特征;其域内名物的书写,传达出强烈的"大一统"意识;域外名物的书写,是"天下"内涵的丰富与"大一统"观念的延伸④。研究汉赋名物的地理特征,既有利于推动文学名物理论研究的深入,也能够为文学地理学的继续开拓提供借鉴。踪凡认为,汉赋作家同类相聚、"离辞连类"的铺写原则,为类书的产生提供了资料来源和分类基础;虚实相间、因夸成奇的名物书写,反映了汉帝国上升时期的文化气象;汉大赋动植物还具有"可增减性"与"可替换性",而过分铺陈也是散体大赋走向僵化与衰落的重要原因⑤。王飞阳对汉赋的旗类名物进行了考察,认为其少有祖述,多凭自创,从中可觇见赋家临文创制求异类推、自夸学问的心理趋向;旗类多伴随天子出行,见于狩猎、祭祀、出征、巡行之事,投映了汉代的天人感应观念⑥。黄水云探讨了长门意象在唐代的接受情况,或借长门极言望幸心切,或抒个人失宠之凄凉境遇,或强烈表达心中之怨怼与愤慨,或隐喻自己怀才不遇之苦闷,大抵都是接受了《长门赋》主题及意象而有所开创⑦。

四、范畴术语与赋论史研究

相对于辞赋研究来说,赋学理论的研究起步较晚,20 世纪 90 年代以前几乎乏人问津。20 世纪 90 年代初至 21 世纪前 5 年,学界对于赋学理论的研究,主要以整理为主,即对重要作家的重要赋论的梳理和诠释。近 20 年的赋学理论研究,渐渐走向深入化、多元

---

① 曹天晓《矑括成赋:清代辞赋创作新路径》,《天中学刊》2023 年第 2 期。
② 程维《论赋无流派的文体机制与创作心理》,《湖南师范大学社会科学学报》2023 年第 2 期。
③ 易闻晓《主物的文学:赋体分别与题材交互》,《中山大学学报》2023 年第 1 期。
④ 蒋晓光《汉大赋名物书写的地理特征及其文学价值》,《学术研究》2023 年第 12 期。
⑤ 踪凡《汉大赋中动植物书写的特色》,《聊城大学学报》2023 年第 3 期。
⑥ 王飞阳《汉赋旗类考》,《古籍整理研究学刊》2023 年第 1 期。
⑦ 黄水云《论〈长门赋〉意象及其在唐代之接受》,《天中学刊》2023 年第 4 期。

化,主要呈现为范畴研究、赋论史研究、辞赋美学等方面的成果。

赋学范畴与术语研究方面,有对常见范畴、术语进行重新阐释的,也有另辟新说的。前者如对"丽""缘情""体物""赋亡"等说的再阐释。如刘朝谦、张丹考察了"丽"范畴是如何在赋体发展过程中被逐步建构和获得认知的,继而认为其始于屈原、宋玉对赋之审美意识的初始生产,至扬雄而上升到赋言之"丽",至曹丕而赋"丽"观成为辞赋美学的本质论思想[①]。唐定坤《论陆机"诗缘情""赋体物"的分异互用》一文认为[②],缘情、体物二说本源于一句之中,不可割裂而论;乃是从技法切入角度逼出的诗赋体格分异,故存在着彼此交越借用的可能;"缘情"偏于诗体的普遍性,"体物"偏于赋体的时代性。该文对于赋学领域核心范畴的研究是有所推进。孙敏强、吴雪美、孙福轩考察了唐以后"赋亡"说的内涵、文化背景和言说场域,认为"赋亡"说有"赋无用而亡""赋体变而亡"两种内涵,儒家诗学教化观念的沉淀、赋学领域"祖骚宗汉""崇古斥律"复古心态的确立、汉赋的经典化以及士人对考赋传统的质疑,为"赋亡"说流衍与多义性内涵生成的独特文化语境[③]。开辟新说者,如许结《"侧附"说与赋体创作生态》和王飞阳《赋体"尚气"论》[④]。许文首次对《文心雕龙·诠赋》中的"侧附"一说展开探究。文章认为从赋体创作生态看,对"侧附"的释解必须关注"赋体"与"赋理",阐发赋史中"小制"从"谋篇"到"句法"的创作路径,而"理贵"旁渲则引申出赋体创作与批评的"比法"介入。王文从"气"范畴进入赋论的历史过程、辞赋诸体与"尚气"的关系、"气"在辞赋具体创作中的落实途径、诵赋与"气"之关系等多个角度,综合考察了赋体"尚气"的内在逻辑[⑤]。

赋论史研究方面的成果,主要集中在汉魏六朝和清代、近代。张巍分别了赋首、自作之序、他作之序三者间的差别,考察了赋序的源流,认为其是赋家对此前书册之序和篇章之序综合会通后的创造,是韵文自序的开端;而赋序与正文之间实质是一种文体组合关系,赋序有交代背景补足叙事、加强抒情性以及兼具某种文学批评等功能[⑥]。论证精密平实,极有说服力。于信、张洪兴探析了《文心雕龙》对于屈、宋的批评倾向,认为其主要方法是折衷诸家,

① 刘朝谦、张丹《从屈宋赋象审美意识到"丽"范畴的定型——中国赋体语言审美家园的筑造》,《云梦学刊》2023 年第 2 期。

② 唐定坤《论陆机"诗缘情""赋体物"的分异互用》,《宁夏大学学报》2023 年第 1 期。

③ 孙敏强、吴雪美、孙福轩《唐以后"赋亡"说及其文化语境》,《吉林大学社会科学学报》2023 年第 4 期。

④ 许结《"侧附"说与赋体创作生态》,《湖南师范大学社会科学学报》2023 年第 6 期。王飞阳《赋体"尚气"论》,胡晓明主编《古代文学理论研究》(第五十六辑),华东师范大学出版社 2023 年版。

⑤ 本年度赋学范畴术语研究的相关论文还有支媛《汉赋"讽劝"说生成的创作机理及理论内涵》(《哈尔滨师范大学社会科学学报》2023 年第 4 期),佘红云、叶秀清《曹植"辞赋小道"再探》(《湖北文理学院学报》2023 年第 9 期),肖林松《从宋玉〈风赋〉看赋家之"欲讽反劝"》(《豫章师范学院学报》2023 年第 2 期),李瑞珩《〈文心雕龙·诠赋〉"虽合赋体,明而未融"辨》(《名作欣赏》2023 年第 20 期),陈珂岚《袁宏道对扬雄"丽则"赋论的继承与发展》(《曲靖师范学院学报》2023 年第 1 期)等。

⑥ 张巍《赋序文体源流与功能论略——兼论赋序与赋首的差别》,《中山大学学报》2023 年第 3 期。

并从经学角度、赋学角度以及表现方法、艺术风格的揭示角度分析了刘勰在屈宋批评上折衷诸家的特色①。该文发挥并拓展了周勋初先生对刘勰"折衷""融合"的评价②,结论平实可信。许结考察了"徐庾体"由诗文而进入辞赋领域这一现象,认为"徐庾体"以绮艳巧密、竞美宫夌为基本特征,以排调典型与丽词规范为写作风格,尤其是以"隔句作对"之法开启唐人应制律赋的创作,构成了赋史的三大误读。如果对照南朝赋论的基本情况,以及所倡导之"今体"的声律与俪词,"徐庾体"作为一个理论符号,在赋论史上又存在由误读而认同的批评问题③。作者目光如炬,论述举重若轻。谢邱荣认为赋法谈说批评在体系建构、手法、诠题、谋篇、摘句分析等方面全方位模拟了诗话摘句批评的形式,然诗、赋文体不同,二者体律形式对句法限定有别,语用差异分明④。庄亮亮认为祝尧赋体"六义"理论与实践虽然直接受到朱熹及元前其他文人对"六义"在诗中的研究与实践的影响,但从《古赋辩体》结集成书的角度看,挚虞的《文章流别论》也应是祝尧"六义"辨体的重要理论渊薮之一;理论构建方面,一是继承朱熹的"三义"分析法并发展到"六义"分析,二是祝尧在辩证"诗""骚"关系确立"楚骚"正统性的途径下援骚入赋⑤。学界对于《古赋辩体》的研究成果主要集中在赋论观、文论史的承续以及辨赋理论的解读上,该文对于《古赋辩体》研究有所推进。顾一凡、徐雁平考察了何焯的赋学旨趣,认为赋论的核心概念是"体制",他不仅以体制衡量赋作的体裁、体貌和体源,亦考察其体用,兼有对赋体与赋用的思考;其评点以校勘为导向,以考据为初衷;其评语中虽有时文印记,但不妨其治经求道的深意⑥。本文是第一篇综合讨论何焯赋论的文章,论证严谨深入,有说服力。倪晓明考察了章太炎的赋论特征,认为其赋学思想具有字字征实不蹈空言、语语心得不因成说的"求是"精神,集中体现在"赋离于性情说""赋主物说""小学亡而赋不作"三大层面⑦。该文在古典赋论向现代赋学转型这一重大话题上作出了创新性推进。孙福轩以新发现的现代著名语言学家骆鸿凯的两部辞赋讲义《辞赋源流》和《辞赋史》作为研究对象,探考了其成书过程、内容及刊刻时间,并借此来观照骆氏对赋的起源、发展及其句法、音义的系统认识,以及在当时古体文学批评的大背景下辨析其对辞赋批评的继承和发展⑧。该文为近代赋学研究提供了新的

① 于信、张洪兴《〈文心雕龙〉在屈、宋辞赋批评上折衷诸家之说》,《社会科学辑刊》2023 年第 4 期。
② 周勋初《魏晋南北朝文学论丛》,江苏古籍出版社 1999 年版,第 233 页。
③ 许结《徐庾体与南朝赋论》,胡晓明主编《古代文学理论研究(第五十六辑)》,华东师范大学出版社 2023 年版。
④ 谢邱荣《律赋赋法对诗法的援取与分异——以句法为中心的语用考察》,《中国韵文学刊》2023 年第 3 期。
⑤ 庄亮亮《〈古赋辩体〉赋体解读理论的渊薮与构建》,《人文杂志》2023 年第 4 期
⑥ 顾一凡、徐雁平《何焯赋论及其评点旨趣发微》,《北京社会科学》2023 年第 2 期。
⑦ 倪晓明《论章太炎赋学思想的"求是"精神》,《社会科学动态》2023 年第 5 期。
⑧ 孙福轩《骆鸿凯赋学刍论——以新发现的两部"辞赋史"为中心》,《中国文学研究》2023 年第 2 期。

文献资料,也为赋学的古今转型研究增补了链节。①

　　辞赋美学研究方面,袁济喜、刘睿考察了谢灵运《山居赋》在中国古代山水审美理论上的独特价值,认为其拓展了山水审美中的物我关系,体现出对山水审美中身心关系、性理关系的思考,开创了"游"与"居"的互动关系,极大地拓展了山水的审美空间与精神理趣,影响了后世的山水文化②。该文对于中国山水美学研究有着切实的推进和重要的启发。薛富兴以"感赋"为例考察了魏晋的感兴美学,认为"心赋"乃魏晋辞赋的一大类型,其中又包括了以集中呈现人类感性心理状态为主题之"感赋",而"感赋"的背后潜藏着"感兴"③。该文的重要贡献在于,一是提出"心赋"观念,二是总结出魏晋"感兴"的五种模式,即由自然景观感发审美情感型、由自然景观兴发审美智慧型、由社会性情境感发审美情感型、由自然与社会综合性情境感发审美经验型、逆感型。这对于感兴美学是有重要推进的。刘朝谦、刘可论述了晋人的知识论辞赋观念,认为以左思和皇甫谧为代表的晋代赋论家试图超越汉人以"经"和"美"为核心赋体观念,开创出属于晋代的知识论赋观和赋文创作新格局④。文章对于汉、晋赋文"审美论""知识论"的提法,丰富了我们对赋的本质认识。冯小禄、张欢认为,汉赋的创作思想具有较显著的体系特征,分别体现为经典模拟、抒情而作和"缘事而发"的创作意识,整体性、具体性结合的整具性思维和文字学、经学、阴阳五行、历史评鉴等知识学谱系的创作倾向,以及将实用与审美、理性与感性兼容包括的创作精神⑤。学界对于辞赋创作论向来缺少系统性的研究,该文在此角度对于汉代赋论研究有突出的推进作用。

五、赋的文体交叉、学科交叉研究

　　辞赋与其他文体、其他艺术形式之间有着千头万绪的关联。辞赋语象的类型化、描绘性,与戏曲小说表演性、叙事性、虚夸性也有着共通之处。辞赋的体物特质所构成的形象性,与绘画、书法与器物具有共同的表现形态。从文体交叉、艺术交叉的视角来拓展赋学批评的视域,也是本年度赋学研究的重要创新点。

---

① 本年度有关赋论史研究的论文还有钱林《论东汉辞赋家的"现实性"赋学观》(《辽东学院学报》2023 年第 5 期),高文绪、罗宏梅《王阳明为赋取径探赜》(《遵义师范学院学报》2023 年第 3 期),张学成《论汉武新政背景下文学观念的转变与形成》(《名作欣赏》2023 年第 6 期)等。
② 袁济喜、刘睿《古代山水审美中物我关系的重构——以谢灵运〈山居赋〉为中心》,《学术研究》2023 年第 6 期。
③ 薛富兴《感兴:魏晋美学的一个核心命题——以"感赋"为例》,《云南师范大学学报》2023 年第 5 期。
④ 刘朝谦、刘可《晋人知识论赋观及其美学偏向》,《聊城大学学报》2023 年第 2 期。
⑤ 冯小禄、张欢《汉赋创作思想体系论:意识、倾向、精神》,《中华文化论坛》2023 年第 1 期。

其一,赋与诗、文的文体交叉研究。陈特《诗赋兴替与六朝文学的演进》一书①,以诗、赋二体为中心,以"文体秩序"与"文体生命"为视角,全面梳理魏晋南北朝诗赋的相关问题,从宏观、中层和具体三层面,全景而多维地对汉唐间诗赋兴替作出概括与深描。唐定坤探讨了赋体用歌诗的现象,总结出其历代呈现的三种功能模式②。辛梓考察了赋与诗用典的异同性,认为有赋始举事、诗好化言,赋典多类义体物、诗典多代言写志等差别③。该文切口虽小,但开启了一个新的话题,即同一修辞在不同文体中的呈现方式,或不同文体对于同一修辞的容受方式。这是颇值得注意的。谢邱荣考察了五、七言句式在诗、赋二体中的差异④。田竞以朱鹤龄、程梦星、姚培谦、冯浩四家笺注为例,考察了清儒以赋注李商隐诗的现象,认为其原因在于:一为标明语典;二为科场制艺重赋的习气所浸染;三为自觉追求语言美感;四为缓解以史注诗的僵硬感。⑤ 其本意都是希望以精详的考证而最大限度还原义山诗隐晦的诗意,以工典雅驯的语言契合李诗秾丽纤巧的风格。该文讨论了赋与诗文注释之间的关系,是前人所未涉猎到的。欧阳一锋认为,夏侯湛《张平子碑》是在继承东汉崔瑗《河间相张平子碑》的基础上,一改崔作辨裁之风,援赋入碑,扩大了碑文的容纳能力,使碑文语言更具张力⑥。印志远认为,辞赋文学从诞生的初期就与天文密切相关,而随着天文学说的演进,辞赋中的天文书写也会出现变动;辞赋的天文书写会涉及不同的学说以及概念,文本背后的知识面貌也不尽相同,只有回归历史语境,才能把握和体会古人的文化、思想以及观念⑦。当下的辞赋与天文关系研究,多是辞赋中的天文内容的静态考察,而缺少辞赋天文书写的动态整体观照,该文在这一方面作出了有益尝试。

其二,赋与小说的交叉研究。王思豪《"知类"的时代——存在于子、集之间的汉代"小说家"与"赋家"》一文认为⑧,赋与小说成"家"的最大学术背景是新的统一帝国所建构的"新王官之学",故以新参与者身份择"小说家"与"赋家"分别入"诸子略"与"诗赋略",观采新王政之道;在早期中国知识学系统化的过程中,小说家和赋家又以"艺文类聚"之法,将从"类"的知识体系文学化。该文的选题是非常重要的。众所周知,中国古代书籍由六部向四部分类的转变,主要跟知识生产比例的变化有关。而汉代以后,小说与赋作的大量产

---

① 陈特《诗赋兴替与六朝文学的演进》,上海古籍出版社2023年版。

② 唐定坤《论赋用歌诗的功能模式与文学旨趣》,《山东青年政治学院学报》2023年第4期。

③ 辛梓《赋与诗用典异同论》,《铜仁学院学报》2023年第6期。

④ 谢邱荣《诗、赋五七言句式的差异》,《合肥学院学报》2023年第3期。

⑤ 田竞《清人引赋注义山诗考论——以朱鹤龄、程梦星、姚培谦、冯浩四家笺注为例》,《西华师范大学学报》2023年第1期。

⑥ 欧阳一锋《援赋入碑:夏侯湛〈张平子碑〉对崔瑗〈河间相张平子碑〉之承变》,《阴山学刊》2023年第6期。

⑦ 印志远《汉唐天文学说的演进与辞赋书写》,《四川师范大学学报》2023年第3期。

⑧ 王思豪《"知类"的时代——存在于子、集之间的汉代"小说家"与"赋家"》,《社会科学》2023年第2期。

生,正是这一新变化的重要体现。作者抓住这一重要现象,从文献分类的角度谈小说与赋体的产生,及其对于知识分类的重要影响,是非常具有启发意义的。王思豪《参体同构:关于〈红楼梦〉中赋与赋写〈红楼梦〉问题》一文[①],考察了《红楼梦》小说与赋的互文性现象:《红楼梦》不仅援赋作入小说,更是援引赋法入小说;反过来,诸篇《红楼梦赋》又在小说史上首次以"赋"体完整组织、重写小说。《红楼梦》与《红楼梦赋》二者的成功"互参",是辞赋与小说试图以"赋法"同构的一个典型范例。邓凯月、王思豪《诗赋和骚赋:〈红楼梦〉承载的两个文学传统》一文认为[②],《红楼梦》承载诗赋和骚赋两个文学传统,其中诗赋传统可凝练成"赋法"二字,骚赋传统以名物为物质载体,以骚情为义理源头。从赋及其在发展流变过程中所形成的文学传统角度来考察《红楼梦》"文备众体"在文学血脉上的组成,由此可以更加深刻地思考中国文学发展的演变之路。王思豪《星洲藏珍:新加坡早期中文报载"红楼梦赋"探赜》一文[③],考察了新加坡早期中文报纸上所存"红楼梦赋",包括《振南日报》所刊载一组三篇"红楼梦回目赋"、《叻报》《星报》《天南新报》《石叻总汇新报》所载代贾宝玉所写祭林黛玉文四篇"类赋之文"等。既是文体交叉研究,又是域外接受研究,具有文献与研究方法上的双重创新。丁涵考察了李百川《绿野仙踪》中的赋体呈现,包括引用、改写、自创的创作途径,俗中见雅、寓庄于谐的审美特征等[④]。这样的探究不但有助于深化小说的文本解读,也为明清小说的文体互参研究提供借镜。陶明玉考察了赋与白话小说纵向的源流关系和横向的影响关系[⑤]。研究现代小说与辞赋关系的文章有雷世文《〈野草〉中的骈赋文体修辞》一文[⑥]。该文认为鲁迅《野草》的创作吸收了骈体与赋体的修辞遗产,又进行了创造性的转化和改造;鲁迅化用、改造了赋体"铺采摛文"、骈体"沉博绝丽"的修辞,以服务于自己的文体实践。该文不但是小说、辞赋、骈文的交叉研究,更是打通了古今,选题巧妙并颇具启发性。

其三,赋与戏剧的交叉研究。宋永祥《"观戏赋"的文本书写及其价值》一文[⑦],考察了以辞赋书写戏剧的艺术交叉现象,认为其大抵经历了从"附着"到"独立"的历史创作阶段,从书写简单的角抵、百戏到傀儡,直至对杂剧、传奇的全景式再现,赋体都有过参与。咏剧文学中,"咏剧诗"已得到充分研究,而"观戏赋"尚未得到充分注意;对其梳理和解读,对于

①　王思豪《参体同构:关于〈红楼梦〉中赋与赋写〈红楼梦〉问题》,《辽东学院学报》2023 年第 5 期。

②　安徽师范大学中国诗学研究中心编《中国诗学研究(第二十三辑)》,凤凰出版社 2023 年版。

③　王思豪《星洲藏珍:新加坡早期中文报载"红楼梦赋"探赜》,《吉林大学社会科学学报》2023 年第 4 期。

④　丁涵《清小说〈绿野仙踪〉中辞赋的形态、艺术效果及其成因》,《哈尔滨工业大学学报》2023 年第 3 期。

⑤　陶明玉《源流与影响:赋与白话小说的两重关系》,《中国韵文学刊》2023 年第 4 期。2023 年度赋体与古代小说交叉研究的论文还有苏煦雯《〈水浒传〉中赋体文的运用》(《菏泽学院学报》2023 年第 1 期)等。

⑥　雷世文《〈野草〉中的骈赋文体修辞》,《中国现代文学研究丛刊》2023 年第 1 期。

⑦　董晓、傅元峰主编《文学研究》,南京大学出版社 2023 年版。

古典戏剧史及赋体文学的研究都具有一定价值。宋永祥《论赋体因素在戏曲作品中的旁衍——以汤显祖戏文创作为中心》一文①，以汤显祖的戏文为例，考察了戏曲中大量存在的赋体因素，包括于戏文中嵌入赋作，以赋法用赋典，以赋体写人、事、景、物等，及其对于戏曲创作的意义。赋体与戏曲及其他口头文学的关系是尚未被学界关注的重要文学艺术现象，至今很多口头艺术形式中仍然存在赋体的渗入。这两篇文章都是在此领域的重要开拓。

其四，赋与绘画的交叉研究。王一楠《同绘赤壁：与苏轼有关的图像记忆》一书②，以艺术史上大量作品表现苏轼游览、书写赤壁的事件的绘画作品为研究对象，以对图像和文本的历史语境、文化传播的深入考察为路径，考察看似偶然遗世的画作、间隔久远的艺术代际之间的内在关联。该书从艺术史、文学史、思想史融合的角度，梳理赤壁图像的发展脉络，阐明与图像相关的人文记；是一本兼具思想性与人文性、专业性与趣味性的"语—图"互文研究作品。书中多个章节涉及不同版本的《赤壁赋图》和《后赤壁赋图》的精彩解读。同样研究赤壁赋图的还有王文欣《糅合与挪用：16、17 世纪赤壁赋瓷碗图像源流考》③。该文聚焦 16、17 世纪赤壁赋瓷碗，通过图像比对、文献考证等方法，考察其装饰图案的源流，认为其图像均大致遵循同一程式，不但糅合明代东坡戏文内容，还很可能挪用了《三国志通俗演义》一书中曹操赤壁横槊赋诗插图的视觉元素和构图，是明代晚期通俗文化发展的产物，显示出晚明制瓷业与出版业的紧密关联。陈子衿考察了孙绰创作《游天台山赋》时是否曾借助图像、为何借助图像、如何借助图像等问题，认为赋中所写实景为孙绰亲眼所见的天台山自然景象，虚景为孙绰借助图像构想的天台仙境④。阳清认为魏璀《捣练赋》与张萱《捣练图》是演绎盛唐文学与绘画"语图互文"、艺美互渗的重要作品，二者之所以俱臻绝妙，其关键在于艺术构思层面的"博见贯一"之功；二者各有特色、卓然独立，又会通互文、交相辉映，成为"赋画双绝"⑤。

其五，赋与书法的交叉研究。许结《论赋与书的同体批评》一文认为⑥，赋体与书体批评具有同构性，表现在赋用与书用构成征实原则，赋法与书法成就技术特征；赋象与书像

---

① 宋永祥《论赋体因素在戏曲作品中的旁衍——以汤显祖戏文创作为中心》，《天中学刊》2023 年第 6 期。

② 王一楠《同绘赤壁：与苏轼有关的图像记忆》，浙江人民美术出版社 2023 年版。

③ 王文欣《糅合与挪用：16、17 世纪赤壁赋瓷碗图像源流考》，《南京艺术学院学报（美术与设计）》2023 年第 1 期。

④ 陈子衿《孙绰〈游天台山赋〉借图创作缘由考》，《中国美术》2023 年第 5 期。

⑤ 阳清《赋画双绝：魏璀〈捣练赋〉与张萱〈捣练图〉》，《深圳大学学报》2023 年第 4 期。2023 年度赋与绘画的交叉研究的论文还有王玲娟、曹馨芳《〈西京赋〉与汉画体育图像探析》（《山东工艺美术学院学报》2023 年第 1 期），杨倩《对汉画舞重建中"左图右书"的思考》（《山东青年政治学院学报》2023 年第 4 期），石琳《唐代"工艺赋"中的工匠技术文化》（《山东工艺美术学院学报》2023 年第 3 期），常先甫《宋代书画艺术赋研究》（《山西大同大学学报》2023 年第 4 期）。

⑥ 许结《论赋与书的同体批评》，《齐鲁学刊》2023 年第 3 期。

呈示形似艺术,赋势与书势表现气运风骨。许结《论书法赋的类型与体义》一文认为[①],书法赋对文房四宝的关注及呈现方式,对各类书体法式的描绘及以句法形容笔法的方式,对书法本事与主题的聚焦,一并完成了这类赋作的类型与体义;而由书事与赋事建构的经典性,与由书法与赋法共通的技艺性,则成就了书法赋的独特意义。该文以书法赋为媒介,来观察赋体与书体的内在关联性,视角精妙而论证谨严。

综上所述,2023 年度的赋学研究取得了很好的成绩,尤其是在赋学本事、赋史建构、文体学科交叉研究等方面取得了一些突破性推进。但也有一些相对不足的地方,例如文献研究上,依赖传统校雠学路径,对于新的研究范式注意不够;本土学者与海外学者之间的相互关注度不够,致使不少重要的研究成果没有进入对方的学术视野;对于图像文献与域外文献的重视程度仍然不足等。相信在学界同仁的共同努力下,赋学研究未来一定会取得更为深入而丰硕的研究成果。

(程维,安徽师范大学文学院副教授,发表过论文《从律赋格到文章学——论唐代律赋范畴向宋代文章学的整体迁移》等。)

---

① 许结《论书法赋的类型与体义》,《济南大学学报》2023 年第 4 期。

开拓古典文学研究的新境界

——读王思豪《义尚光大：汉赋与诗经学互证研究》

蒋晓光

汉赋在中国文学史上具有重要的地位，是继《诗经》、楚辞之后一种十分重要的文体。然而由于早期赋体的界限较为模糊，对于汉代哪些作品是赋，哪些作品不是赋，后人一直没有十分清晰的界定，加上唐前赋集、别集大多已经亡佚，汉赋名篇靠寄生于部分总集以及类书中传世，因此汉赋的研究在 20 世纪之前一直是较为薄弱的，常常掺杂在诗歌、散文等文体中受到关注。汉赋研究的兴盛主要发端于 20 世纪 80 年代，至新时期以来，成果则愈加丰硕。在取得较为可观成绩的同时，也可发现，汉赋研究仍需要向纵深拓展，例如对传统的一些概念、判断，如何认识，如何落到实处，都是值得思考的。王思豪教授《义尚光大：汉赋与诗经学互证研究》一书（商务印书馆 2022 年版，以下简称《互证》）正是在这方面进行探索的优秀成果。

该书的价值体现在：

第一，从文本的内部系统述证"赋之诗源说"，彻底改变了传统的对"赋者古诗之流"等概念的模糊认识。

历史的核心是人以及围绕人产生的重要事件，在中国古代，人们特别重视构建历史人物的血脉传承。以《史记·五帝本纪》为例，自少昊至夏禹、商契、周弃，仿佛是一严整的家族体系，且契之母为帝喾之次妃，弃之母为帝喾之元妃，子孙传承体系极为严密。缘此，在传统的思维里，不仅人与人之间构成这样一种血脉相承的网络，在认识文体的衍生、变化时，也会沿着这一思路。

"赋"作为一种文体，自然不是凭空产生的。汉宣帝曾认为赋与《诗经》有着密切的关系,他说,"辞赋大者与古诗同义,小者辩丽可喜"①,而《两都赋序》明确表示,"赋者古诗之流也"②,以一种十分笃定的态度宣示了赋与《诗经》的关联。

汉人将赋与《诗经》挂钩是不足为奇的。无论《周礼》还是《毛诗序》,都将"赋"作为"诗"之六义之一,在《诗经》作为五经之一而受到重视的汉代,将汉赋与《诗经》联系在一起,首先是一种价值判断,即以《诗》尊赋。其次则是一种汉人理解的"事实"判断,他们认为赋从《诗》出。近代以来,关于赋的渊源的讨论是十分丰富的,未必将《诗》定为一源。但有一点必须明确,《诗经》确然对汉赋文本的形成产生极其重要的影响,原因有二:作赋之人的知识储备一般较高,所谓"不学《诗》,无以言"(《论语·季氏》),且汉人将"诗三百"当作谏书,因此士人阶层一般都读过《诗经》。在《诗经》普及程度较高的情况之下,且又具有讽谏的功用,在汉赋中化用《诗经》是十分自然的。再者,《诗经》在发展、传播的过程中,已经形成了一整套的成熟的认知体系,风、雅、颂是体裁有别,而赋、比、兴是修辞上的差异。随着战国以后至西汉"诗经学"的繁荣,读《诗》之士自然对从《诗经》里总结出的这一套修辞手段极为熟悉。或者说,《诗经》仿佛一本教材,为当时的人指明了各类修辞手段的示范,大大便利了人们的修习。缘此两端,如果说,"诗经学"的成熟为汉赋的写作提供了文学上的准备,也是不无道理的。

《互证》一书的可贵之处在于,彻底改变了传统的对"赋者古诗之流"仅存在于概念上的认识。从全书来看,甲编中的《"赋之诗源说"新诠解:经学与文学阐释的互动》《汉赋推尊:文学尊体范式的形成与树立》,从经学、文学的角度对"赋之诗源说"进行考察,并从多个视角对以《诗》尊赋的历史过程进行了还原。乙编《汉赋用〈诗〉考释》共三章,以文献学的方法,从文本的内部系统解决了"赋者古诗之流"的问题。尤其值得指出的是,作者对汉赋引《诗》、用《诗》的文献梳理,远超前代,贡献卓著,更为汉赋与其他经典关系的研究树立了典范。

第二,重点呈现了汉赋创作及其在汉代的理论阐释对于推动中国诗学概念成熟与演变的重要贡献。

《互证》一书立足汉赋与《诗经》之关系,从文学理论发展史的角度还原了汉赋的历史价值。书中指出:

> 《诗经》与汉赋文本在辞章与义理层面所形成的对话是"赋纳《诗》言""祖述《诗

① 班固《汉书》,中华书局 1962 年版,第 2829 页。
② 萧统编,李善注《文选》,中华书局 1977 年影印本,第 21 页。

思""心摹前构",这具有鲜明的中国文学批评话语体系特色。《诗》与汉赋是中国最早的两种文学文本的对话,因此也成为文学史上"自铸伟词"与"取镕经义"的典范,此后刘勰"征圣""宗经"之说在文学文本层面得以成立。(24)

再如:

> 赋以《诗》的六义之一而单行,成为较早出现的文学体式,它的推尊脉络是依附于风、雅颂、比兴,在体与用中纠葛、消长,出现矛盾与尴尬,但赋体在创作与批评过程中的尊体方法和革新态势,无疑在文学上具有鲜明的前导性,在中国文学批评史上具有典范意义。(326)

汉赋创作所实现的典范意义,从本质上讲是以文学实践推动了文学理论的成熟。《诗经》成为总结文学理论的样本,那么汉赋恰好发展了从"诗经学"延伸出来的文学理论,在对话中实现了理论的升华。

两汉四百年是中国文学从杂文学走向纯文学的重要阶段。从当时最为重要的学问即经学来看,真正在性质上接近文学的就是《诗经》。当然,我们今天谈论"文学",其概念已经从属于 20 世纪以来的"文学"观念,于是就会拿今天的观念去衡裁此前的作品。如果说受西方影响而形成的"文学"观念可以视作"纯文学"的观念,那么相对而言,可以将"杂文学"分为三种来认识:一是本身接近今天文学概念的作品;二是由于作品充分具备了文学性特征而将之纳入文学视野的作品;三是在观念、思想、方法上对后世文学产生重要影响的文献。就《诗经》而言,其本身符合今天的文学观念,而解经过程中产生的很多观念虽然不符合今天文学解读的方法,但又对文学产生过重要影响。就"五经"来说,《诗经》是言志抒情之作,随着"诗经学"的发达,许多解读《诗经》的观念、概念从特殊进而上升到了一种普遍的认识,对后世文学批评与创作产生巨大影响。

再如:

> 汉赋用《诗》隐去"《诗》曰"标志所释放出的语言结构创造活力,……可视为文学由"言语"走向"文章"的"桥"。赋广取《诗》辞,重在"体物",且隐蕴《诗》义,婉陈其情,从而完成了"言志"到"缘情"的更替。更替阶段的特征就是"义"的弱化、"志"的隐藏以及"辞"的彰显和"情"的蕴藉化,这是汉代经学之外的《诗》学关键,应该得到学术界的重视。(267)

作者从"文章"的视角将汉赋与"诗经学"关联起来,"《诗》曰"虽然隐去,但其精神在继承中得到转化,不仅"诗经学"实现了新生,而中国文章的发展也转向了全新的道路。

"赋者古诗之流"确有讨论的空间,然而从文学理论的角度来看,"赋者古诗之流"则又是恰如其分的。汉赋及其赋学观念的发展,一是继承了"诗经学"的文学观,二是发展了"诗经学"的文学观。从第二个层面来讲,其意义更为重大。质言之,汉赋继《诗》而起,以实践推动了文学观念的逐渐独立与成熟,在推动中国文论的发展上贡献十分巨大。长期以来,由于对汉赋研究的忽视,因此关于这一点也没有受到充分的认识。《互证》第三章《论"赋心""赋迹"理论的复奏与变奏》关于文之"心"与"迹"的探讨,第十一章《一个被遮蔽的语体结构选择现象——论汉赋用〈诗〉"〈诗〉曰"的隐去》对文本化用经典的研究,第十二章《"言"的文学:汉赋用〈诗〉"四言"之拟效与改造》论汉赋句法的文学文体意义,第十三章《文学化的无"音"之乐——汉赋用〈诗〉乐考论》论文学与音乐之关系及其转化,第十四章《中国早期文学文本的对话问题——从中西文论契合之视角诠解〈诗〉赋互文关系》则是从比较视野分析赋与经的关系,以上各章从多个方面论证了汉赋在理论方面的贡献,也是对早期中国文论重要命题的凝练与思考。总之,《互证》进一步证明了汉赋的繁荣实际上促进了中国文论的进一步发展。

第三,汉赋学术价值的还原。

章学诚在《校雠通义·汉志诗赋第十五》中论赋:"实能自成一子之学,与夫专门之书初无差别。"[①]又《文史通义·诗教下》:"赋家者流,犹有诸子之遗意,居然自命一家之言者,其中又各有其宗旨焉。"[②]这和汉代的实际大体符合。《两都赋序》将武宣时期的重要赋家分为两类,一是"言语侍从之臣",一是"公卿大臣",诸人共同努力而达到的结果则是"大汉之文章,炳焉与三代同风",按照汉人的观念,三代之文章主要保存在五经之中。《世说新语》载孙兴公云:"《三都》《二京》,五经鼓吹。"(《世说新语·文学》)不惟京都赋能够成为五经的羽翼,其他题材赋作亦可作如是观,这一点也构成了汉赋的学术品格。

相比此前的汉赋研究较多从抽象或印象的层面解读经与赋的关系,《互证》一书实际上按照章句、义理的形式对汉赋进行了解读。这就仿佛《汉书·楚元王传》评价刘歆的,"及歆治《左氏》,引传文以解经,转相发明,由是章句义理备焉"[③],《互证》一书在"转相发明"上多有贡献。

一者,进一步奠定了以经解赋的基础,承前所论,《互证》全面解决了文本化用《诗经》

---

① 章学诚著,王重民通解《校雠通义通解》,上海古籍出版社 2009 年版,第 116 页。

② 章学诚著,吕思勉评《文史通义》,上海古籍出版社 2008 年版,第 24 页。

③ 《汉书》,第 1967 页。

的问题,乙编《汉赋用〈诗〉考释》共三章堪称集大成式的整理。二者,发掘了汉赋传经的旨趣,以新的角度拓展了经学研究的范围。《互证》一书指出:

> 正因为赋家对以传解经的发挥,丰富了《诗》义的表现情趣,也增添了文学创造的形象性,以致后世经学家论《诗》,反过来引述汉赋以推阐《诗》义。(224)

作者对文学而促进经学发展的判断是十分正确的。丙编《汉赋用〈诗〉的经义内涵》之《论汉赋文本中的"大汉继周"意识书写——以汉赋用〈诗〉为中心考察》《论汉赋与〈诗〉经、传的共生与兼容》《以赋传经:汉赋辞章与〈关雎〉经解的互动》《义理考据辞章:〈诗经〉经解用汉赋章句考论》,这些研究深刻揭示了汉赋文本在征用经典、阐释经典以及推动经学发展方面的作用。

综上所论,《互证》一书具有鲜明的问题意识,各章之观点、结论皆能新人耳目,尤其可贵的是,这一切都建立在扎实文献考订的基础之上。对"赋之诗源说"的条分缕析,对汉赋用《诗》的绵密勾勒,赋与经的互动在文学、经学上的意义,等等,都打破了以往的拿思想比附文学、拿文学攀附经学的陈旧路径。假如说先秦两汉文学研究的创新难度极大,那么《互证》一书就是推进这一领域研究的最好回应。我们认为,这种从文本内里去述证观念,训诂考释与理论阐发紧密结合而实现结论的自洽,是应该提倡的。

思豪教授隶籍桐城,精通辞章之学,他在研究过程中很好地处理了义理、考据的关系。笔者认为,《互证》一书以诚朴、平正的心境对待理论研究和文献考订,这种勇于进行理论思考的研究态度,推陈出新,开拓了古典文学研究的新境界。

(蒋晓光,华侨大学文学院教授,出版过专著《汉赋与汉代礼制》等。)